DANIELLE TELLER

Après avoir grandi au Canada, Danielle Teller se rend aux États-Unis, où elle entame des études de médecine. Diplômée des universités de Brown, McGill et Yale, elle se dirige vers la recherche et l'enseignement médicaux. Mais en 2013, elle démissionne pour poursuivre son rêve d'enfant : devenir écrivain. *Cendrillon et moi*, paru en France en 2019 aux éditions Denoël, est son premier roman.

CENDRILLON ET MOI

DANIELLE TELLER

CENDRILLON ET MOI

La belle-mère parle enfin

Traduit de l'anglais (Canada)
par Audrey Coussy

DENOËL

Titre original :
ALL THE EVER AFTERS – THE UNTOLD STORY OF CINDERELLA'S STEPMOTHER

William Morrow an imprint of HarperCollinsPublishers

MIXTE
Papier issu de sources responsables
FSC® C003309

Pocket, une marque d'Univers Poche, est un éditeur qui s'engage pour la préservation de l'environnement et qui utilise du papier fabriqué à partir de bois provenant de forêts gérées de manière responsable.

ISBN : 978-2-266-30681-2
Dépôt légal : juillet 2020

Prologue

La cour royale

Il est devenu bien trop oppressant de dîner à la cour. La faute n'en revient pas seulement aux repas interminables, ou à l'obligation de respecter la dernière mode vestimentaire, de se poudrer le visage, de s'infliger des tortures capillaires pour exhiber de grandes cornes de bélier ornées de bijoux, de porter des robes en soie aux manches si étroites qu'on ne peut plus amener une cuillère à ses lèvres peintes avec soin... Non, ce sont les commérages qui sont insupportables, le bourdonnement sinistre de ces guêpes prêtes à piquer le moindre bout de chair tendre exposé à leurs dards empoisonnés.

Ce soir, on m'a placée à côté du comte de Bryston, un sot vaniteux qui se fait rare à la cour. Il règne sur une bourgade perdue au nord du royaume, et semble croire que l'allégeance inébranlable des siens à la couronne l'autorise à commenter les faits et gestes de la famille royale.

« Madame, j'ai cru comprendre que vos nobles filles ne sont pas encore mariées ? a-t-il demandé en tirant sur ses manchettes, si volumineuses qu'elles trempaient dans sa soupe.

— En effet, comte, ai-je répondu, aussi brièvement que la courtoisie l'autorise.

— Et pourtant, d'après ce qu'on m'a rapporté, il fut un temps où elles se seraient disputé les faveurs du prince Henry en personne ? » Le comte a délicatement tamponné ses lèvres écarlates avec sa serviette. « Elles auraient ainsi tenté de le détourner de la princesse Elfida ?

— L'idée semble vous divertir, comte. Je crains que, pour l'essentiel, tout ce que vous avez entendu ne soit que pure invention », ai-je répliqué avec une froideur manifeste.

Il a souri de toutes ses dents.

« Ah, eh bien, c'est une histoire des plus incroyables ! La belle jeune fille opprimée qui devient princesse, les demi-sœurs jalouses, la pantoufle de vair qui résiste...

— Comte, je ne peux donner crédit à de telles affabulations.

— Voyons, madame ! Vous savez bien que tout le royaume est sous le charme de notre bienveillante et radieuse princesse ! Et j'ai beaucoup entendu parler de vos filles et de vous.

— Une histoire captivante passe bien souvent sous silence l'humble vérité.

— J'espère que vous me parlerez de la pantoufle », a-t-il poursuivi en ignorant ma réticence. Il a rompu un morceau de pain et laissé une traînée de miettes sur la table. « Mon épouse brûle de connaître les détails ! On dit que le prince a invité toutes les jeunes filles en âge de se marier à essayer la chaussure, y compris vos filles ! » À ces mots, il a éclaté de rire.

« Est-ce si drôle de les imaginer recevoir les attentions d'un prince ?

— Eh bien... »

Son haussement d'épaules était des plus éloquents.

« Elles sont laides, et Elfida est belle », ai-je déclaré.

Le comte a froncé les sourcils et grimacé. L'élégance recommande de sous-entendre les vilenies plutôt que de les formuler explicitement.

« Comte, j'ai eu vent de certaines des rumeurs auxquelles vous faites allusion. Pour moi, ces fables trahissent une épidémie de cécité. Le prince Henry devrait être aveugle pour ne pas reconnaître l'objet de son admiration ou distinguer un laideron d'une jeune fille à la beauté inégalée. Mes filles seraient aveugles de ne pas se voir telles qu'elles sont dans le miroir ou sur les visages de ceux qu'elles rencontrent... » J'ai haussé le ton, si bien que j'ai dû marquer une pause pour reprendre d'une voix neutre. « Elles devraient également se voiler la face pour méconnaître cette vérité : les hommes se persuadent que les belles femmes sont pourvues de vertu et de moralité, alors qu'aucune vertu n'est assez grande pour embellir un laideron.

— Madame, la princesse Elfida est une étoile resplendissante qui brille au firmament royal, là où elle a toute sa place. Qu'elle vous invite, vos filles et vous, à dîner ici au palais témoigne de sa compassion, de sa mansuétude et de sa générosité, a-t-il conclu sans même tenter de déguiser son mépris.

— Il est vrai, comte. Il est vrai », ai-je murmuré.

Le comte de Bryston et consorts ne me prêtent attention que pour ma belle-fille. La princesse Elfida est la femme la plus célèbre du royaume, voire de l'histoire. Le peuple patiente dans la nuit et le froid, attroupé dans les rues des heures durant, avec l'espoir d'apercevoir son visage à travers la fenêtre de son carrosse doré. Lorsque la princesse porte une nouvelle robe ou adopte une nouvelle coiffure, toutes les femmes de la ville l'imitent. L'automne dernier, elle arborait un ras-de-cou en perles à l'église pour la Saint-Michel, et dès le lendemain les gorges de toutes les nobles de la cour étaient ornées de perles et autres joyaux. Arrivée la Noël, même les paysannes portaient des colliers en perles de bois ou en tissu, recyclant tout ruban susceptible de les mettre à la mode.

La princesse Elfida tient sa grande popularité de sa beauté saisissante, mais il y a autre chose, dans sa nature même, qui fascine les masses. Son mutisme habituel et une douce hésitation quand quelques mots s'échappent de ses lèvres lui donnent l'air pudique, tout comme sa façon de baisser la tête et de vous regarder par en dessous, derrière ses longs cils. Si l'on exclut sa collection de babioles et ses chiens, elle semble n'avoir ni passion ni vice, et lorsqu'elle prend part aux réceptions royales, son regard s'égare vers des spectacles invisibles qu'elle est la seule à voir. Son caractère insaisissable offre un parchemin vierge à n'importe quelle histoire, et toutes les filles rêvant de devenir un jour princesses peuvent s'imaginer à la place de la célèbre Elfida.

J'en sais plus sur sa vie que quiconque sur cette terre, et la véritable histoire n'est pas aussi fantasque que celle chantée par les troubadours. Personne ne veut entendre parler d'une jeune noble de chair et de sang qui, comme toute enfant ordinaire, a mouillé son lit, cru mourir d'ennui, fait la fine bouche devant des légumes verts et s'est querellée avec sa famille. Par ailleurs, loin de moi l'idée de porter atteinte à l'adulation entourant la princesse, qui fait son bonheur et celui de ses admirateurs.

L'histoire que je m'apprête à écrire n'est pas celle de la princesse, mais la mienne, la seule que je sois en droit de raconter. Ma plume ressuscitera peut-être des fantômes qui me tiendront compagnie durant les longues journées au palais, et si elle échoue, mon esprit tout du moins sera à autre chose. Quant aux fables sur le bien et le mal et aux chansons sur les pantoufles de vair, je les laisse aux ménestrels. Libre à eux de donner leurs propres versions de l'histoire de Cendrillon.

1

Le manoir

Il ne me reste que de vagues souvenirs de ma mère. Je me souviens de bras qui m'entourent et de ma tête qui s'enfonce dans une poitrine moelleuse fleurant la cuisine, le savon et une légère odeur âcre qu'il m'est à présent impossible d'identifier. Ce souvenir me réconforte tout en m'évoquant une impatience très enfantine et un dégoût de la chair molle.

Je me souviens clairement qu'elle chantait ; elle avait une jolie voix. Et il lui arrivait parfois de me laisser tresser sa lourde chevelure auburn.

On m'a dit qu'elle était morte dans d'atroces souffrances alors que mon frère tentait vainement de venir au monde. Le travail dura trois longues journées, pendant lesquelles le bébé mourut dans son ventre. Puis Dieu la rappela également à lui. J'ignore où je me trouvais pendant ces journées qu'elle passa en travail sur ce lit, qui devint son lit de mort. Peut-être m'avait-on confiée à des voisins. Ou bien mon esprit, se répugnant à conserver le spectacle de sa mort, l'avait arraché à ma mémoire. Je me demande parfois si les images qui peuplent mes cauchemars ne sont pas celles de souvenirs abandonnés revenus me hanter.

Plusieurs années après la mort de ma mère, on m'envoya travailler au manoir. On aurait tôt ou tard fini par m'y envoyer, car j'étais la plus jeune d'une fratrie de trois enfants et mon père, particulièrement pauvre, ne possédait qu'un peu plus de six hectares. Mon frère et lui faisaient de leur mieux sur nos terres, mais ils devaient aussi s'occuper d'autres parcelles appartenant au manoir. Je n'aurais jamais de dot, et l'entretien de notre chaumière ne nécessitait pas la présence de deux filles. Dans des circonstances plus favorables, j'aurais peut-être pu rester quelques années de plus pour aider ma mère à s'occuper du bébé mais, vu la situation, je quittai la maison avec encore la moitié de mes dents de lait. J'étais une enfant robuste, forte et grande pour mon âge. Mon père devait m'estimer capable de me débrouiller au manoir.

Le jour de mon départ, je restai allongée au grenier un long moment une fois tout le monde levé. Les yeux fermés, j'écoutai ma sœur préparer le feu et réprimander les poules qui lui traînaient dans les pattes.

Mon père lança : « Tu devrais réveiller Agnès. » Mais je ne bougeai pas.

« Agnès ! Lève-toi et viens dire au revoir à papa et à Thomas ! » maugréa ma sœur. À contrecœur, je me levai et descendis du grenier. Le regard de mon père était grave et résolu. Il ouvrit les bras, m'invitant à approcher et à l'enlacer.

« Rappelle-toi que ta mère veillera toujours sur toi du paradis, dit-il d'un ton bourru. Sois pieuse et bonne. Nous te reverrons le 1er mai. » Il me relâcha et se tourna vers la porte.

« Au revoir, Nessie... Tu vas nous manquer », souffla mon frère.

Je les regardai se fondre dans l'aube naissante alors qu'ils partaient atteler les bœufs.

« Allez, je vais te servir un bol de potage bien chaud avant ton départ. » D'un geste vif, ma sœur remua la soupe dans la marmite fumante suspendue au-dessus du feu. Quand elle releva la tête, son regard brillait de larmes. « Oh, ce bois vert dégage trop de fumée... Ça me pique les yeux. »

Je connaissais par cœur le trajet allant de notre chaumière, située à Over End, à l'église de Nether End, mais je n'avais encore jamais été au-delà. Les bois touffus du domaine d'Aviceford s'étendaient derrière la rivière qui séparait l'église des terres du manoir. Le jour du Seigneur, j'avais pris l'habitude de m'éclipser un moment avant la messe pour me rendre sur les rives, et ratisser le sable en quête de jolies pierres. Même l'hiver, tant que le manteau de neige n'était pas trop épais, je risquais les réprimandes et me faufilais sur les berges. Une fois près de l'eau, pourtant, j'évitais de regarder les taillis sombres sur la rive opposée. Je savais que des fées résidaient dans les vieux troncs moussus, des fées qui, la nuit, se glissaient au coin du feu pour voler les bébés et laisser à leur place de maléfiques sosies. J'avais passé l'âge de croire aux fées, mais je ne souhaitais pas pour autant surprendre une ombre en train de filer dans les bois, ou voir des yeux jaunes et sournois luire dans le noir.

Une fois en sécurité à l'intérieur de l'église, je m'asseyais sous l'une des hautes fenêtres en ogive qui donnaient sur les arbres, un galet au creux de la main, et je suivais la danse des particules de poussière animées par la lumière vacillante du soleil. Alors seulement je me rappelais que les fées n'existaient pas.

Ce jour-là, au début du printemps, la rivière en crue avalait presque toutes les rives, et les branches dénudées égratignaient les nuages bas. Malgré la pluie diluvienne qui s'était abattue la nuit précédente, le ciel restait bas et sombre, gorgé d'eau. Il était menaçant et rendait l'air irrespirable.

En traversant le pont glissant, je comptai vingt-deux rondins humides sous mes pieds. Une fois passée de l'autre côté, à l'entrée de la forêt, je respirai un peu mieux. Les arbres qui bordaient la route étaient tout à fait ordinaires, et la route mouillée ne différait pas du chemin que j'avais emprunté. La boue avide collait à mes semelles, tant et si bien qu'elle m'arracha une chaussure, et mon bas s'enfonça bruyamment dans la gadoue. Après cela, à mon grand agacement, ma chaussure profitait de la moindre inattention de ma part pour glisser de mon pied trempé.

Je transportais un petit sac contenant ma seule robe de rechange, ma cape, la croix de bois que mon père m'avait taillée, des bas chauds reprisés par ma sœur et ma collection de pierres. Quelle sottise de traverser la campagne chargée de pierres, mais j'étais attachée à ma collection, après des années passées à l'enrichir. Pour chaque pierre conservée, j'en rejetais vingt. Chacune devait être unique, tout en s'assortissant aux autres. Mon endroit préféré pour en trouver se situait le long de la rivière, où l'eau les lissait et faisait ressortir leurs couleurs et motifs. Celle que je chérissais particulièrement était ovale et aussi plate qu'une dalle.

Sa surface verte était couverte de stries dorées, tels des fils de soie sur une tapisserie. J'avais pris l'habitude de la serrer dans le creux de ma main pour me calmer lorsque j'avais du mal à m'endormir.

Là où la forêt se clairsemait, des pas-d'âne poussaient entre l'herbe et les feuilles mortes, et leurs jolies fleurs ne perdaient rien de leur couleur dorée dans le clair-obscur de cette fin de matinée. La route commençait à monter, le bois laissant place à des prés, puis à des vergers. Je savais que mon père travaillait parfois ici et dans les champs mitoyens, et la distance qu'il parcourait chaque semaine força mon admiration.

En grimpant vers le manoir, je me concentrais tant pour garder ma chaussure au pied que le portail qui apparut devant moi me prit par surprise. Je m'étais attendue à un grand bâtiment, mais je n'étais pas préparée à la taille du mur qui l'entourait. Le portail en bois, au moins deux fois plus haut et trois fois plus large que les portes de l'église, était renforcé par des tiges et des clous en fer. À mon grand soulagement, il était entrouvert ; je le poussai de l'épaule pour l'ouvrir davantage.

Je fus d'abord accueillie par la puanteur des cochons, puis par la vision déconcertante de plusieurs constructions massives, certaines en bois et d'autres en pierre. Le ciel lourd décida alors de se décharger de son fardeau ; d'épais rideaux de pluie me barrèrent la vue et me rouèrent de coups, tels de petits poings charnus. Je courus me réfugier dans le bâtiment le plus proche et compris en approchant que c'était une écurie. Si les chevaux n'apprécièrent pas mon intrusion, leurs contestations furent assourdies par le bruit de la pluie tambourinant contre le toit en ardoise.

Je me blottis dans un coin, loin du courant d'air, et regardai les gouttes d'eau s'agglutiner à la pointe de mes cheveux, en regrettant nos bons feux de cheminée et nos bavardages entre sœurs. On ne m'autoriserait à quitter le manoir que certains jours fériés et pour les fêtes religieuses. Plus jamais je ne m'éveillerais serrée contre le dos chaud de ma sœur. Mes yeux humides et ma gorge nouée me poussèrent à penser à autre chose. Je distinguais les flancs luisants des chevaux dans la lumière feutrée ; un œil brillait parfois dans la pénombre d'une stalle. L'air était âcre, mais cette odeur que j'associais à la chaleur de leurs corps robustes me réconfortait. On ne m'a jamais appris à monter, pourtant, je pense que cela m'aurait plu.

Encore aujourd'hui, je me demande pourquoi Elfida – Ella, comme nous l'appelions avant qu'elle ne devienne princesse – avait si peur des chevaux. Son père avait insisté pour l'initier à l'équitation. Jusqu'au jour où il m'incomba d'accomplir sa volonté. Quand le pauvre palefrenier essaya de la soulever pour la mettre en selle, Ella se débattit dans ses bras avec la férocité d'un chat. Je pris les rênes, assenai une claque sur ses mains pâles et elle cessa de s'agiter suffisamment longtemps pour permettre au garçon de la faire aller au pas. Elle n'apprit cependant jamais à bien monter. Sans doute est-ce mieux ainsi, car la fauconnerie la fait pleurer toutes les larmes de son corps, sans parler de la vénerie. Lorsque la cour royale part chasser, Ella feint d'être malade, bien que son époux ait dû finir par comprendre qu'elle ne se joindrait jamais à eux. Elle se réfugie auprès de ses chiens dans le chenil, ou auprès de nous, en attendant que l'on ait rentré les chevaux et remisé le gibier.

J'attendis que la pluie faiblisse pour sortir. Le ciel s'était un peu éclairci, et je pris le temps d'observer les lieux. À présent, je pouvais voir qu'il y avait deux portails, celui que j'avais emprunté et un second un peu plus loin, encadré par de grandes haies. De l'autre côté, je distinguais ce qui devait être le toit du manoir.

Le portail s'ouvrit brusquement sur un homme et un garçon. J'avais fait la route sans croiser âme qui vive, et étais ravie de voir deux de mes semblables. Ils portaient des pourpoints simples, des chapeaux pour protéger leur visage, et le garçon avait une faux de jardinier à la ceinture. Je me hâtai vers eux, mon sac sur le dos.

L'homme se tourna vers moi et son sourire fit presque disparaître sous ses rides ses yeux pâles.

« Hé là, jeune fille ! Qu'est-ce qui amène une petite souris comme toi hors de la forêt ? dit-il en soulevant son chapeau pour me saluer.

— Le bailli a informé mon père que le manoir avait besoin de quelqu'un à la buanderie.

— Ah oui ? Et tu crois qu'une petite fille comme toi pourra aider la lingère ?

— Je ne suis pas petite ! Je suis plus grande que lui ! » m'indignai-je en désignant le garçon qui se tenait à ses côtés, l'air morose.

L'homme éclata de rire. « En effet, tu n'as pas tort. Bon, je ne m'y connais pas vraiment en lessive, mais ça ne me surprend pas que Mlle Elisabeth ait encore besoin d'une nouvelle assistante. Elle n'est pas commode, celle-là. »

Mon cœur se serra à ces mots, mais je restai silencieuse.

« Je m'appelle John, et lui c'est Benedict. Il va m'aider à élaguer quelques arbres dans le verger, n'est-ce pas, mon petit Benedict ? »

Le garçon fit une grimace, et John lui donna un coup de coude. « Excuse les mauvaises manières de mon jeune apprenti ; c'est un garçon étrange qui n'aime pas grimper aux arbres. Comment peut-on t'appeler, jeune fille ?

— Agnès, monsieur.

— Eh bien, Agnès, je suis ravi de faire ta connaissance. Si tu files au manoir, le chambellan t'aidera à trouver Mlle Elisabeth. Passe par l'entrée de service qui se trouve après le jardin d'herbes aromatiques. Elle mène aux cuisines, et il y aura bien quelqu'un pour t'orienter vers M. Geoffrey. Si M. Geoffrey est de bonne humeur, il t'autorisera peut-être à manger un bout de lard et à boire un peu de bière le temps que tu sèches. »

John m'adressa un clin d'œil avant de repartir en direction du verger.

« Prends ce qu'il y a à prendre, Agnès, et tu feras ton bonhomme de chemin ici. »

Cette dernière remarque ne calma en rien ma nervosité, mais ma bouche saliva à l'évocation du lard. La pluie avait cessé. Avec une profonde inspiration, je passai le portail par lequel John et Benedict étaient arrivés et je vis le manoir d'Aviceford pour la première fois.

Le ciel continuait de me jouer des tours : au moment où la demeure m'apparut, le soleil s'extirpa de derrière un nuage et ses rayons animèrent les murs en grès rouge. Des rangées de fenêtres vitrées brillaient d'une couleur dorée, leurs carreaux scintillant comme des diamants. Je ne connaissais que les vitraux de l'église, étroits et en ogive ; cette demeure regorgeait de grandes fenêtres à croisée, encastrées sous des arcs décoratifs. Ce manoir aurait tout aussi bien pu être un château, pour une novice comme moi. Le grand bâtiment principal était flanqué de deux tourelles crénelées, ornées de trois rangs de pointes dentelées et de délicates fenêtres quadrilobées. Des têtes de lion sculptées montaient la garde sur le seuil. Le porche voûté de l'entrée était surmonté de gargouilles sophistiquées aux oreilles pointues et aux gueules béantes d'où sortaient des gouttières en forme de trompette.

Je ne voyais pas les rats détaler dans les recoins sombres, ni n'entendais les termites grignoter les plafonds et les poutres. Je ne sentais pas le lierre déchirer la pierre et réduire les tours en poudre. J'ignorais encore tout des maux écœurants qui affligeaient les habitants de cette demeure. À mes yeux, le manoir était tout simplement magnifique. Je n'étais, après tout, qu'une enfant.

2

La buanderie

Pour ceux qui ne connaissent pas le manoir d'Aviceford, il s'agit du plus petit des trois que compte la grande propriété terrienne d'Ellis Abbey. Emont Vis-de-Loup, le plus jeune fils de lord Henry Vis-de-Loup, 4e baron de Wilston, avait été nommé seigneur féodal du fief d'Aviceford par l'abbesse Elfida (oui, la marraine de la princesse Elfida en personne). Emont ne recevrait pas d'héritage conséquent, et il ne pourrait jamais aspirer à la fonction de régisseur du domaine comme son père, mais le manoir lui offrait une rente confortable même après que l'abbaye eut prélevé sa dîme.

Emont ne s'était pas marié, et les commères du village aimaient à dire qu'il préférait réserver son affection aux tonneaux de bière et aux bouteilles de vin. Le chambellan se voyait donc chargé d'une partie considérable des missions seigneuriales. Lorsque Emont hérita du titre de lord, Geoffrey Poke était déjà bien installé au sommet de la hiérarchie des domestiques, et sa soif de pouvoir alliée au désintérêt d'Emont pour sa fonction permirent au chambellan d'élargir les responsabilités qui lui incombaient. Quand je le rencontrai pour la première fois, il était déjà devenu un autocrate à la poigne de fer qui ne tolérait pas la moindre contestation de la part de ses subordonnés.

Debout devant lui dans le couloir attenant au cellier, j'aurais tout aussi bien pu être un pigeon ramier bien petit hélas, qu'il envisageait de faire plumer pour le dîner. Il fit lentement le tour de ma personne, m'examina de la tête, trempée, aux pieds, dont l'un était nu. On m'avait forcée à retirer mon bas maculé de boue et à le laisser dehors avec mes chaussures, ce qui avait engendré cette situation humiliante.

« Comment s'appelle ton père, et où vit-il ? demanda-t-il brusquement d'une voix aiguë et nasillarde.

— William, monsieur. William Rolfe. On vit à Over End.

— Over End, dans le village d'Aviceford ?

— Oui, monsieur.

— Quel âge as-tu ? Quatorze ans ?

— Dix, monsieur. J'ai presque onze ans.

— En quoi peux-tu te rendre utile ? dit-il en haussant les sourcils.

— Je travaille dur, monsieur. Je suis forte, et ma mère m'a bien éduquée.

— Comment ta mère pourrait-elle s'y connaître en lessive ? Tu empestes le fumier », railla-t-il en approchant son visage taillé à la serpe.

Je fixai sa grosse lèvre inférieure, luisante de bave et particulièrement proéminente au milieu de son visage étroit. Sa bouche était si encombrée de dents qu'il ne pouvait pas la fermer complètement. Son haleine déplaisante m'incita à reculer.

Geoffrey continua de me fixer, humectant ses lèvres. Il émit un grognement guttural et fit un pas en arrière. « On va dire que tu feras l'affaire. La lessive s'entasse depuis que la dernière fille est partie, et je commence à manquer de linge. Je vais te conduire à Elisabeth. »

Je ne cessais de penser au lard depuis que John m'en avait parlé. Alors que le grand chambellan m'éloignait des cuisines, j'eus l'impression qu'on m'arrachait des mains un savoureux morceau de viande. « Monsieur ? Je n'ai rien mangé depuis l'aube. »

Il me lança un regard agacé. « Le repas a déjà été servi. Si tu as de la chance, tu auras peut-être droit au souper. »

Tandis que nous traversions un étroit corridor de pierres fissurées et aussi rugueuses que du vieux cuir, je remarquai la démarche claudicante du chambellan. Sa semelle gauche était bien plus épaisse que la droite, et le gros orteil formait un angle étrange. Quelle difformité grotesque cachait donc la surface huilée de son soulier ?

Le corridor rétrécit dans l'obscurité qui nous précédait, avant de disparaître dans la gueule sombre d'une porte ouverte. Geoffrey pointa un long doigt en direction de l'entrée. « Voilà la buanderie. Va voir Elisabeth. » Il s'éloigna en boitant, me laissant seule.

Du seuil de la porte, je scrutai les ténèbres. L'unique fenêtre près du plafond éclairait de sa faible lumière un bassin d'eau peu profond et bordé de pierres, mais le reste de la pièce était plongé dans la pénombre. Progressivement, les ombres prirent des formes familières. Un immense cuvier en bois reposait sur quatre pieds massifs près du bassin. Une cheminée éteinte trouait le mur du fond ; des cendres débordaient de l'âtre, et des bûches étaient empilées à même le sol, en tas désordonnés. Une montagne de linge s'accumulait dans un coin. Il n'y avait aucune trace de la lingère.

À l'idée de retourner voir le chambellan, mon estomac se noua. J'attendrais le retour de la buandière. Je cherchai un endroit où m'asseoir, mais faute de chaise, je me perchai sur les pierres lisses du bassin. Elles formaient un muret autour de ce qui devait servir de réserve d'eau pour la lessive. Je décidai d'enfiler mes bas propres en attendant. J'avais faim, mes vêtements et mes cheveux étaient encore humides, mais j'aurais au moins les pieds au chaud.

Alors que je me penchais pour retirer mon unique bas, un profond soupir brisa le silence de la pièce, tel un caillou jeté dans l'eau lisse d'un étang. Je me figeai, et un frisson me parcourut.

Un mouvement dans la masse de linge aurait dû me ramener à la raison, mais au lieu de cela, je paniquai. Je reculai précipitamment et tombai dans l'eau stagnante du bassin. Elle devait croupir depuis longtemps pour que se fût formée une telle couche de vase, et mon plongeon libéra une odeur pestilentielle. Un cri aigu retentit dans la pièce, résonnant contre les pierres, puis la lingère émergea de la pile de linge sale et fondit sur moi.

« Sors de là ! Sors de là, sale peste ! Qu'est-ce que tu fabriques ? » s'écria-t-elle, haletante.

Glissant sur les pierres couvertes de vase, je fis de mon mieux pour obtempérer. « Je m'appelle Agnès, mademoiselle, et je suis votre nouvelle assistante. »

Le regard qu'elle m'adressa fut indéchiffrable. Elle me toisa, les mains sur les hanches – on aurait dit des mains de poupée, qui détonnaient avec le reste de sa personne. Quand elle reprit la parole, son ton était mesuré. « Dans ce cas, voyons ce dont tu es capable. » Elle indiqua la pile de linge d'un signe de la tête. « Vu tout le travail qui t'attend, tu ferais mieux de t'y mettre tout de suite, tu crois pas ?

— Oui, mademoiselle », répondis-je en frissonnant. La pièce était glaciale, et j'étais trempée.

« Il fait froid ici, mais tu es en veine, ta première tâche sera d'allumer un feu. » Elle avança dans le rayon de lumière naturelle qui me la donna à voir pour la première fois tout entière. Elle était aussi dodue qu'une oie de Noël ; sa corpulence m'émerveillait. Des boucles blondes s'échappaient de son bonnet sale. Son visage aurait pu être agréable si sa peau flasque n'avait pas enseveli ses traits délicats.

« Eh bien, qu'est-ce que tu attends ? »

Je courbai les épaules et filai vers la cheminée pour balayer l'âtre, la tête basse. L'équivalent de plusieurs semaines de cendres accumulées encombrait le foyer. Je remplis un seau à ras bord pour ménager un peu d'espace, et je fis un petit lit à l'aide de brindilles et de paille. Près de là, je trouvai une bonne pierre à feu, une réserve de torchons à brûler, et le feu prit rapidement. Je commençai alors à trier les tas de bûches et de petit bois éparpillés sur le sol.

« Ne t'occupe pas de ça. Prépare plutôt les cendres », ordonna la lingère.

Je la regardai sans comprendre.

« Le charrier, petite idiote ! Étale les cendres sur le linge. »

Je n'avais encore jamais utilisé de cuvier. J'apportai le seau de cendres jusqu'à la cuve et saupoudrai avec précaution la suie noire sur le linge tendu dessus.

« Tu as peur d'abîmer tes petits bras délicats, princesse ? Déverse-moi ces cendres et va chercher de l'eau de pluie au tonneau ! » Elle me tendit une vieille bouilloire noircie.

Le bruit de mes pas résonna faiblement tandis que j'empruntai à nouveau l'étroit corridor, dépassant le cellier noir et exigu pour me diriger vers l'entrée de service. Le soleil de fin d'après-midi traversait les fenêtres, m'éblouissait et s'accumulait en flaques lumineuses sur les dalles. Une couche de cendres s'était accrochée au tissu humide de ma robe ; en m'époussetant, je ne fis qu'étaler les taches.

Alors que je m'approchais des lourdes portes entrouvertes menant aux cuisines, un mur invisible de sons et d'odeurs – tintements de casseroles, cris étouffés, poulets en train de rôtir et pain chaud – m'arrêta. J'inspirai goulûment, ce qui invita la faim à enfoncer ses griffes en moi.

Dehors, mes chaussures avaient à peine eu le temps de sécher, mais je retirai autant de boue que possible avant de les remettre. Un chemin serpentait le long de la façade arrière du manoir et menait aux jardins et au pigeonnier. La pluie et la mousse ayant rendu les dalles de pierre glissantes, je marchai à côté, dans l'herbe touffue et trempée, et laissai se balancer la bouilloire vide pour disperser les gouttes de pluie accrochées aux tiges tombantes des fougères.

Par-dessus le muret du jardin d'herbes aromatiques, je reconnus le pourpoint en cuir de John et son chapeau de paille effiloché. Il arrachait de pleines poignées de menthe et de consoude qui proliféraient là, recouvrant le sol d'une écume de verdure rebelle. Sans doute cherchait-il à faire de la place aux herbes qui dormaient encore sous terre.

« Petite souris ! La jolie petite souris blanche a noirci son pelage ; est-ce que tu as rencontré une sorcière ? »

Je grimaçai et son sourire s'adoucit.

« Ne fais pas cette tête, petite souris. Mlle Elisabeth est une femme dure, mais elle a aussi le sens pratique. Tu m'as l'air intelligente, tu trouveras un moyen de travailler avec elle. Garde la tête haute. »

J'acquiesçai et poursuivis mon chemin. Cela ne servait à rien d'argumenter.

Un tonneau plein d'eau de pluie avait été installé à l'autre bout du jardin, réservé à l'arrosage. Je plongeai la bouilloire dans l'eau claire et fraîche. La morsure du froid était à la fois douloureuse et délicieuse, et j'enfonçai un peu plus mes bras, m'appuyant contre le tonneau. La lumière ondulait à la surface de l'eau, et quand le roulis se calma, je me trouvai nez à nez avec mon reflet. Si je n'avais pas eu le cœur à ce point lourd, j'aurais éclaté de rire. Mon visage était presque entièrement noirci ; seul mon regard noisette et sérieux m'était familier. Je libérai une de mes mains pour m'asperger le visage.

John avait disparu quand je retournai avec difficulté vers la demeure, tenant la bouilloire à deux mains pour éviter qu'elle ne heurtât mes tibias. À nouveau, je marquai une pause à l'entrée de la buanderie, laissant mes yeux s'habituer à la pénombre.

La lingère s'était allongée sur une pile de linge sale, et j'espérai qu'elle s'était endormie. Elle remua dès que j'entrai dans la pièce et s'assit.

« Qu'est-ce qui t'a pris autant de temps ? Tu ne dormiras pas ce soir, à ce rythme-là. » Elle rajusta son bonnet. « Mets la bouilloire sur le feu. Faudra que tu retournes chercher de l'eau et que tu la fasses chauffer jusqu'à ce que le cuvier soit plein. Avec un peu de chance, tu auras peut-être terminé avant que l'on sonne les complies, mais j'en doute. » Elle se leva en défroissant sa robe. « Je vais souper.

— Mais, mademoiselle, je n'ai rien mangé depuis l'aube !

— Alors tu ferais mieux de te dépêcher. » Elle traversa la pièce d'un pas étonnamment léger. « Quand tu en auras terminé ici, tu iras dormir dans la cuisine. Tu trouveras une couchette près du garde-manger. » Son ombre, qui avait éclipsé l'embrasure de la porte, disparut dans le corridor.

J'avoue avoir cédé alors au désarroi le plus profond. Après son départ, je m'assis près du feu et pleurai un moment. C'était la première fois que je me trouvais loin de ma famille, et l'absence de ma sœur me perçait le cœur. Je n'avais pas assez savouré les bols de potage nourrissant préparés par Lottie, ou le réconfort que j'éprouvais serrée contre son dos robuste, bercée par sa respiration endormie. Ma maison me manquait terriblement, mais alors même que je regardais mes larmes s'écraser dans les cendres légères, je pris conscience d'un autre sentiment. Sous ma détresse se nichait autre chose, un instinct implacable et vengeur.

Mes bras fatiguaient de devoir porter puis soulever la lourde bouilloire par-dessus la cuve. De la fenêtre, la lumière du jour faiblit avant de disparaître complètement. Même si j'avais plus de mal à y voir, cette lumière morne ne me manquait pas. La lueur du feu ne suffisait peut-être pas, mais elle était chaleureuse.

J'étais préoccupée au moment où John entra dans la pièce, et je sursautai quand il toussa.

« Désolé, petite souris, je ne voulais pas t'effrayer. Je t'apporte simplement de quoi souper. »

Quand il posa un paquet enveloppé dans un chiffon et un pot en argile sur le sol, j'eus l'envie vertigineuse de me précipiter vers lui et d'enlacer sa poitrine étroite, comme je le faisais avec mon père, petite. Au lieu de cela, je lui dis : « Comment puis-je vous remercier, monsieur ?

— Ah, Agnès, c'est rien. Et tout le monde ici m'appelle John. J'ai vu Elisabeth dans la cuisine et je me suis dit que tu aurais peut-être besoin d'un casse-croûte pour te redonner des forces. Je t'ai apporté un peu de bière, du poulet froid avec des oignons et un morceau de pain. S'il y a bien une chose que tu vas apprécier en travaillant ici, c'est la nourriture !

— Que Dieu vous bénisse, et merci, merci, merci ! »

L'effusion de ma reconnaissance sembla l'amuser. « Je vais me coucher. Les domestiques dorment dans les dépendances, mais la lingère et son assistante dorment dans les cuisines.

— Mlle Elisabeth m'a dit qu'il y aurait une paillasse pour moi près du garde-manger. »

Il dut entendre le découragement dans ma voix, car il soupira et me confia : « Je suis arrivé au manoir quand j'avais à peu près ton âge. Elisabeth était encore plus jeune que ça. Je me rappelle quand elle s'est enfuie. Elle est revenue avec un œil au beurre noir et Dieu sait quoi d'autre encore. Son père avait trop de bouches à nourrir. Cet endroit peut être dur pour un enfant, je te l'accorde. Il y en a qui se laissent abattre. Mais pas toi. Fais de ton mieux pour résister, et un jour tu seras lingère en chef, et tu auras une laveuse sous tes ordres. »

Ses mots ne m'étaient d'aucun réconfort, mais je répondis : « Oui, monsieur.

— Bonne nuit, Agnès.

— Bonne nuit, monsieur. »

Une fois John parti, je me jetai sur le plateau et soupai avec délectation. Manger du poulet était un plaisir rare ; la nourriture et la gentillesse de John me redonnèrent du courage. Malgré mes bras endoloris et mon corps épuisé, les heures de travail qui suivirent me parurent moins pénibles. Je m'occupai l'esprit en rêvant aux plats cuisinés du manoir et au 1er mai qui approchait, et où j'aurais ma journée de libre pour assister aux célébrations à l'église paroissiale.

Après avoir contenu le feu, je récupérai mon sac et me rendis à la cuisine. Le corridor était plongé dans le noir, mais la pâle lumière de la lune à travers les fenêtres me guida jusqu'à la porte des cuisines. La pièce semblait trop grande pour servir de cuisines ; sa hauteur imposante aurait mieux convenu à une cathédrale. La lune éclairait la fumée bleue qui s'attardait encore près du plafond voûté. Un puits de lumière dardait des rayons épars sur les douces volutes, comme si l'Esprit-Saint descendait sur nous.

Des braises luisaient dans la cheminée assez grande pour contenir un bœuf, et elles découpaient la silhouette d'une pile de couvertures sur le sol qui devait dissimuler ma nouvelle ennemie. Cette masse imposante paraissait minuscule en comparaison du foyer. Mlle Elisabeth m'avait dit de chercher ma couche près du garde-manger, et j'en déduisis qu'il s'agissait de l'entrée sombre bâillant au fond de la pièce. Je ne fus pas surprise de constater à quel point il était éloigné de la cheminée. Je fis le tour des tréteaux et, à l'ombre de l'un d'entre eux, trouvai la paillasse que la lingère m'avait laissée. Une mince couverture reposait dessus.

Je sortis ma cape et ma collection de pierres, avant de poser mon sac à une extrémité de mon grabat en guise d'oreiller. Luttant contre l'épuisement, je tins à aligner mes pierres à la tête de mon lit, petit mur de soldats qui veilleraient sur moi pendant la nuit. Je m'enveloppai ensuite du mieux que je pus dans ma cape et ma couverture et sombrai dans un sommeil de plomb.

Journal personnel

La cour royale

La solitude est une denrée rare au palais, mais la princesse Elfida a réussi à s'en servir une portion généreuse. Elle a toujours préféré sa propre compagnie à celle des autres. Elle aime être entourée de visages familiers, mais les mondanités lui pèsent. Elle n'hésiterait pas une seule seconde à se débarrasser de ses dames d'honneur si l'opportunité se présentait, mais comme cela est impossible, elle les a reléguées dans des appartements éloignés des siens. Mes filles font partie de ces dames, et bien que leurs devoirs soient de peu d'importance, elles n'ont pas le droit de quitter sa suite. Cela m'attriste de n'avoir que trop rarement le plaisir de leur compagnie.

Aujourd'hui est un jour à marquer d'une pierre blanche, car mes chères filles, Charlotte et Matilda, m'ont accompagnée durant ma promenade. Le roi et la reine sont partis pour le palais d'été, et, en l'absence de la majorité de la famille royale et de la cour, nous nous sentons comme en vacances.

« Maman ! » s'est exclamée Matilda lorsqu'elle m'a retrouvée dans le jardin presque désert. Elle a accouru vers moi et enlacé mes épaules avec enthousiasme pour ne pas perdre l'équilibre. J'étais émerveillée par la robustesse de son corps, la chaleur pleine de vie de sa chair, son sang et ses os si précieux.

Charlotte l'a suivie d'un pas plus majestueux et l'a rabrouée.

« Tu ne devrais pas courir, Tilly. Arrête de te comporter comme un bébé. » Elle a déposé un baiser affectueux sur ma joue. « Que Dieu vous bénisse, maman. Comme vous êtes élégante ; ce vêtement vous va à ravir, il vous fait une taille fine de jeune fille.

— Et mon front est aussi ridé que celui d'une vieille carne.

— Ha ! vous êtes aussi belle que cette journée de printemps, a affirmé Matilda en m'embrassant sur l'autre joue.

— Le soleil brille en effet aujourd'hui, mais il fait aussi scintiller l'argent de mes cheveux.

— Vous êtes incorrigible, maman ! C'est à peine si l'on voit un cheveu blanc sur votre tête. »

Chacune m'a prise par le bras. Toutes deux sont bien bâties, larges d'épaules, et me dépassent de quelques centimètres. Elles m'ont agrippée fermement avant de m'entraîner le long de l'allée à la manière de gardes du palais qui expulseraient de la salle du trône un solliciteur irrespectueux. À ma grande surprise, la sensation n'était pas désagréable ; je traversais les jardins, portée par les flots puissants de leur amour filial.

Le domaine du palais est impressionnant, mais austère. Aucune fleur n'y pousse ; on n'y trouve que d'élégantes topiaires, fontaines et statues. Les allées bien dessinées se coupent à angle droit. L'ombre ne suffit pas à adoucir leur aspect géométrique et il leur manque le luxuriant désordre de la nature. Je me sens à découvert ici, exposée aux cruels rayons du soleil et aux nombreux regards qui vous épient depuis les fenêtres du château et des carrosses qui passent.

Alors que nous longions la fontaine centrale, le soleil a percé à travers une colonie désordonnée de nuages, projetant un éclat violent sur le bassin en onyx. Nous avons emprunté un chemin de traverse qui serpente au milieu d'un bosquet. Cette petite partie des terres avait pu conserver une touche de nature sauvage.

« Quel soulagement que d'être débarrassées de lady Margaret », a déclaré Matilda en faisant référence à la maîtresse de la garde-robe, une femme autoritaire qui surveillait avec sévérité les dames de compagnie. « Même Cendrillon est plus enjouée depuis que cette mégère n'est plus là.

— Vous devriez appeler votre demi-sœur "princesse Elfida", et ne laisser, s'il vous plaît, personne vous entendre injurier qui que ce soit. Nous avons déjà assez d'ennuis comme cela », l'ai-je réprimandée.

Matilda a tiré la langue et roulé des yeux avec exagération.

« Eh bien, lady Margaret est une harpie, et tout le monde le sait, même princesse Ingénue.

— Ella n'est pas ingénue. Elle ne s'intéresse tout simplement pas aux cancans et aux "intrigues", a rectifié Charlotte.

— "Princesse" Ella, tu veux dire. »

Cette fois-ci, cela a été au tour de Charlotte de tirer la langue à sa sœur. Matilda a poursuivi :

« En tout cas, par ingénue, je n'entendais pas niaise ; nous savons toutes qu'elle est vive d'esprit lorsqu'il s'agit de ses leçons et de la musique. J'entendais simplement qu'elle ne reconnaîtrait pas une traîtresse même si elle la voyait essuyer le sang d'un poignard planté dans le dos d'un cadavre.

— Quelle image excessivement haute en couleur, ma chère enfant. Devrais-je m'inquiéter ? » ai-je demandé.

Charlotte a poussé un soupir.

« Personne n'est sous la menace d'un coup de poignard dans le dos. Tilly exagère. C'est simplement que la cour est peuplée d'intrigants. Cecily Barrett expose volontiers sa jolie poitrine à la vue du prince Henry à la moindre occasion, et il ne peut s'empêcher d'y plonger le regard – et que sais-je encore. Ella – pardon, princesse Elfida – est si innocente, elle ne s'aperçoit de rien ; elle a choisi Cecily comme favorite, car celle-ci s'intéresse aux chiens. Alors qu'en vérité Cecily s'en moque bien. Elle fait semblant afin d'obtenir des faveurs.

— Le pire, c'est que Cecily est loin d'être la plus mauvaise du lot. La fille de Hamelin a la mainmise sur le coffre. Elle fait acheter des vêtements et des objets de valeur pour Ella, qui n'a pas la moindre idée du prix des choses. Et elle s'étonne ensuite que sa dotation annuelle soit dépensée au bout de six mois, a poursuivi Matilda.

— Qu'en est-il pour vous ? La situation s'est-elle améliorée ? » ai-je demandé.

Charlotte m'a attirée à elle et m'a embrassée une nouvelle fois sur la joue.

« Ne vous en faites pas pour nous, chère maman. Nous avons tant de chance d'être ici. »

Nous avons marché en silence un moment. L'ombre tachetée des arbres nous offrait un peu de répit après la lumière aveuglante du soleil, ainsi qu'une intimité temporaire. Les ombres allongées des arbres striaient d'or et de gris le chemin devant nous.

« Je ne peux faire autrement que de m'inquiéter. J'entends des bruits qui courent sur vous, ai-je repris.

— Rien de plus que des bruits de couloir.

— Oh, mais il faut que tu parles de ton gros orteil à maman ! s'est exclamée Matilda d'un ton à la fois amusé et amer.

— Tais-toi donc, Tilly !

— Quelle est cette histoire d'orteil ?

— Rien, un simple commérage, a répliqué Charlotte.

— Allez, dis-lui !

— Tu n'as qu'à le faire, puisque tu es si impatiente. Une vraie fauteuse de troubles !

— Eh bien, l'autre jour, plusieurs de ces dames nous ont coincées et ont insisté pour que nous retirions nos souliers. "Pourquoi donc ?" avons-nous demandé. "Nous avons entendu dire que vous aviez les pieds mutilés", ont-elles répondu. Je les ai trouvées bien sottes. Mais elles nous ont parlé de cette histoire qui circule selon laquelle le prince Henry aurait usé de la petite pantoufle abandonnée par Ella pour la retrouver après qu'elle s'était enfuie du bal. Lottie et moi nous serions fait passer pour Ella. Toutes les deux ! Dans l'espoir qu'il épouserait l'une de nous. »

Matilda a éclaté de rire, et j'ai senti Charlotte se tendre.

« Elles ont dit que Lottie était à ce point persuadée que le prince la prendrait pour Ella qu'elle s'était amputée du gros orteil afin de pouvoir enfiler la pantoufle. Et comme ça n'avait pas marché, j'aurais décidé que ce serait une excellente idée de me couper le talon et de fourrer mon pied mutilé dans la chaussure ensanglantée, certaine que le prince Henry poserait son regard sur moi et dirait : "Vous êtes la magnifique créature avec laquelle j'ai dansé toute la soirée hier !" »

La gorge serrée par les larmes qui menaçaient de s'échapper, Matilda a fini son histoire sur un hoquet, à mi-chemin entre rire et sanglot.

Charlotte m'a agrippé le bras avec toute la férocité qu'elle n'osait exprimer à voix haute.

« Il ne faut pas répéter ces sottises, Tilly. Nous devrions simplement être reconnaissantes que notre demi-sœur ait fait un beau mariage et que nous puissions vivre ici.

— Mais qui inventerait des mensonges aussi révoltants ? » me suis-je récriée. Mon sentiment d'impuissance a planté en moi les griffes de la colère. Je voulais me transformer en bouclier vivant pour m'interposer entre *ces femmes abjectes et mes filles et les protéger comme je le faisais quand elles étaient petites.*

« C'est ainsi que la rumeur enfle, a dit Charlotte en me caressant le dos. Ces dames s'attirent les faveurs d'Ella et la flattent afin d'obtenir la moindre miette d'information. Ella ne pense pas à mal. Vous la connaissez bien ; elle fait une narration fidèle des choses, en y apportant maints détails, sans toujours avoir une vue d'ensemble. Vous souvenez-vous du jour où, enfant, elle nous a raconté que le frère Joachim avait apporté un fouet pour la punir si elle était méchante ? Vous étiez furieuse, mais il s'est avéré que le prétendu fouet n'était qu'un jonc qu'il avait amené pour la leçon du jour. Ella n'avait pas compris qu'il plaisantait. Je suppose qu'elle n'avait encore jamais vu de vrai fouet. »

En effet, je suis certaine que la princesse Elfida n'a jamais vu ni fouet ni martinet de sa vie. On ne bat pas à tout-va les enfants de la noblesse, là où c'est si fréquent dans les familles pauvres.

3

Le lord du manoir

Le lendemain de mon arrivée au manoir, je fus réveillée par des hommes se querellant. De la table sous laquelle je m'étais assoupie, j'aperçus trois paires de jambes chaussées de bas en laine grossière ; elles appartenaient aux commis de cuisine, lancés dans une discussion houleuse pour savoir qui allait fendre du bois et qui allait s'occuper du feu. Je plissai les yeux sous l'effet de la lumière vive et je me levai avec précaution. J'avais dormi trop longtemps. Mon dos et mes bras me faisaient mal, et le froid avait pénétré jusque dans mes os. J'aurais besoin d'une couverture plus épaisse si je devais garder mon lit si loin du feu.

Les marmitons m'ignorèrent. L'un d'eux faisait de grands gestes tout en défendant son opinion, imitant le mouvement d'une hache fendant du bois lorsqu'on l'interrompait. Le plus âgé était mollement appuyé contre la table, une expression passive sur le visage. C'était une honte que les garçons refusassent de lui attribuer la tâche la moins pénible. Il avait l'air malade.

Il n'y avait pas trace de la lingère, et son couchage avait disparu. Je me demandai pourquoi elle ne m'avait pas réveillée. Ce n'était certainement pas par gentillesse qu'elle m'avait laissée dormir.

Je mis mes deux pierres préférées dans ma poche et le reste dans mon sac avec ma cape ; je regardai ensuite dans le garde-manger pour trouver un endroit où ranger ma paillasse. La pièce froide et humide était dépourvue de fenêtre. Les odeurs appétissantes et rances se mêlaient pour créer un arôme qui troublait nez et estomac. Deux gros morceaux de viande pendaient du plafond, et une côte de bœuf sanguinolente était posée sur un large étal en pierre. Les étagères regorgeaient de cocottes remplies de bouts de viande grise, enfouis sous du lard gélatineux ; cette viande un jour danserait et grésillerait délicieusement sur le feu une fois la couche de gras fondue. Des carottes et des courges, les légumes de l'année précédente, remplissaient à moitié des paniers souples. Je chipai une carotte ramollie et la rangeai dans ma poche. J'avais compris que je ne mangerais pas à heures régulières, et je n'allais pas laisser passer une occasion de me remplir l'estomac.

Les étagères du bas étaient fixées à quinze centimètres du sol. La pièce était propre et bien entretenue même si j'imaginais que des cafards, voire pire, avaient pu élire domicile là-dessous. Cela me sembla être la meilleure cachette pour ranger mes affaires et ma paillasse.

Une fois cela terminé, je retournai à la buanderie. La lingère m'y attendait, assise cette fois-ci sur une large chaise qui n'était pas là la veille. Dans la faible lumière, elle ressemblait à une araignée gargantuesque toisant avec froideur son prochain repas.

« Tiens, tiens, la princesse s'est éveillée. J'en conclus que tu as dormi sur tes deux oreilles ? »

Je me gardai de répondre, ne sachant comment éviter qu'elle ne me sautât à la gorge.

« Sais-tu ce que nous faisons ici pour encourager la ponctualité ?

— Non, mademoiselle, murmurai-je.

— Dix coups de fouet. » Son ton était badin, presque enjoué. « Mais dans ton cas, puisque tu es nouvelle, ce ne sera que cinq. Je pense que ça t'aidera à être à l'heure la prochaine fois. J'ai emprunté ce qu'il faut aux écuries. »

Elle leva le bras droit et je vis la courte lanière de cuir se dérouler dans sa main.

« Tourne-toi et soulève ta robe. »

Un feu s'embrasa dans mes entrailles. Je pouvais tolérer une punition, mais les coups de fouet, c'était pour les animaux.

« Allez, dépêche-toi un peu ! » dit-elle d'une voix doucereuse, la tête penchée sur le côté comme si elle m'offrait une sucrerie.

Je me tournai vers le mur. Le brasier flambait en moi, me léchait le cœur. Je relevai ma robe pour dévoiler mon dos, et lorsque le premier coup tomba, j'éprouvai du soulagement. Il n'était pas aussi fort que ceux administrés par mon père. Lui nous faisait couper les rameaux encore verts d'un noisetier qui poussait sur notre lopin de terre et s'en servait pour nous frapper. Avant que cette pensée ne se fût complètement formée, une souffrance atroce me dévora le dos. La douleur me traversa la poitrine, la tête, les membres, éclipsant la chaleur au creux de mon ventre. J'eus le souffle coupé. La douleur montait encore lorsque le deuxième coup arriva. Suivi du troisième. Une lumière blanche envahit mon champ de vision, sous mes paupières closes. Quatre. Cinq. Au cinquième coup, je tombai à genoux.

« Debout », m'ordonna la lingère d'une voix égale.

Comme je ne bougeais pas, elle ajouta :

« Je vais devoir te fouetter à nouveau, si tu lambines en plus d'être en retard. »

Je me redressai et baissai ma robe avec maintes précautions. Le tissu me brûla le dos.

« Rapporte ça aux écuries. Ils en auront peut-être besoin pour les autres bêtes. »

Elle jeta le fouet à mes pieds et je me penchai doucement pour le ramasser. La douleur commençait à se calmer, laissant place à la colère. Je marchai avec raideur, afin d'éviter que le tissu ne touchât mon dos.

Je fus tentée de passer le portail et de traverser vergers, prés et forêt pour rentrer à la maison. J'étais assez âgée, cependant, pour savoir que ma famille ne pourrait pas me garder, et je n'avais nulle part ailleurs où aller.

Aux écuries, je trouvai un garçon occupé à réparer une selle. Il leva la tête et cligna des yeux. L'endroit était plus petit à la lumière du jour qu'il ne m'avait paru dans l'obscurité de l'orage. J'avais espéré trouver le bâtiment vide. Je sentis mes joues rougir ; je voulais cacher le fouet dans mon dos. Au lieu de cela, je marmonnai « Mlle Elisabeth m'a demandé de rapporter ça », et je le posai à côté du garçon. Cela ne sembla pas l'intéresser ; il bâilla et reprit son travail. Recevoir une correction était monnaie courante.

« Certaines couvertures des chevaux ont-elles besoin d'être reprisées ? » demandai-je.

Il releva la tête.

« Oui, il y en a tout le temps. Qui es-tu ?

— Agnès. La nouvelle assistante de la lingère.

— Je ne vois pas en quoi ça te concerne, mais les couvertures sont accrochées là-bas. » Il haussa les épaules et m'indiqua l'endroit d'un signe de tête. « Prends celle que tu veux. Elles sont toutes trouées. »

Je choisis une couverture bleue qui semblait plus neuve que les autres et, sans réfléchir, la jetai sur mon épaule. Je ne pus retenir un petit cri de douleur quand elle s'abattit sur mon dos. Je m'éclipsai en lançant un « bonne journée ! » qu'il n'entendit peut-être pas.

Avant de retourner à la buanderie, je courus à la cuisine pour y déposer mon butin. La pièce s'était transformée en ruche bourdonnante. On touillait des plats, suspendait des marmites, épluchait des légumes, préparait du pain, concassait des épices, tamisait des sauces, entretenait le feu. Pendant que d'autres commis s'affairaient autour de lui, le chef cuisinier restait immobile, tel un rocher fendant en deux le courant, aboyant des ordres parfois noyés dans un tintamarre de bruits métalliques. Le plafond voûté créait des échos qui amplifiaient le vacarme. Les puits de lumière et le bois qui flambait ne faisaient qu'accentuer la chaleur suffocante et poisseuse qui régnait. La vapeur qui s'échappait des marmites recouvrait de gouttes d'eau les murs en pierre grise. L'énorme poutre basse qui traversait la vaste pièce dans sa largeur semblait flotter dans la brume ; de ses crochets en fer pendaient des carcasses roses sans tête. Près du garde-manger, un homme découpait ce qui ressemblait à une chèvre. Il appuyait sur son fendoir, le visage écarlate et en sueur, une traînée de sang lui barrant la chemise. Je passai à côté de lui sans me faire remarquer, cachai la couverture avec le reste de mes affaires et regagnai à la hâte la buanderie.

La lingère ne semblait pas avoir bougé depuis mon départ, mais c'était impossible, car elle tenait à présent une miche de pain dans sa petite main potelée. Elle détachait délicatement des morceaux de la miche à la croûte molle, puis les mâchait lentement, placide.

« Je suis contente de voir que tu as appris à être rapide. » Elle marqua une pause pour prendre une nouvelle bouchée. « Il va falloir que tu commences tous les jours à l'aube si tu comptes ne pas prendre de retard avec le linge. Tant que tu fais ton travail et que tu ne te plains pas, je n'aurai pas à te corriger. » Elle sourit. « Tu es en retard aujourd'hui, mais tu peux commencer par vider l'eau du cuvier dans le bassin. Malheureusement, il est trop sale pour le rinçage, alors tu vas d'abord devoir le nettoyer. » Elle balaya de la main les miettes éparpillées sur ses genoux. « Les pots de chambre se trouvent près du bassin. Vide la pisse dans le seau une fois que tu auras fini d'aller puiser de l'eau. Je rapporterai les pots. »

Je me demandai pourquoi elle y tenait. Il était parfaitement évident qu'elle souhaitait me faire faire tout le travail ; pourquoi alors se réserver cette tâche-là ? Peut-être souhaitait-elle voir les affaires que les invités laissaient dans leurs chambres. J'avais surpris le personnel de cuisine qui se plaignait d'avoir tant de bouches à nourrir aujourd'hui.

Elisabeth se redressa sur sa chaise.

« Si tu ne veux pas veiller trop tard, tu ferais mieux de t'activer. Tu as beaucoup de retard à rattraper.

— Oui, mademoiselle. »

Je gardai mes yeux rivés sur la chair tremblotante de son double menton. Mon dos me brûlait encore et j'avais le cœur lourd, mais je refusais de pleurer devant elle.

Une fois la lingère partie, je sortis la carotte ramollie de ma poche et la mangeai pendant que je planifiais mes tâches. Si j'arrivais à faire la lessive tout en m'occupant du reste, je gagnerais du temps. J'avais besoin d'un endroit propre pour y déposer le linge du cuvier, et il me faudrait donc nettoyer le bassin en premier. Je maudis à nouveau la lingère. Si le bassin avait été utilisé régulièrement, la vase ne se serait pas accumulée. Le vider allait me prendre des heures si je devais transporter dehors l'eau croupie, seau par seau.

Je levai les yeux vers l'unique fenêtre, près du plafond. Il n'y avait pas de vitres et les volets fermés avaient l'air d'être en très mauvais état ; des araignées y avaient tissé un épais rideau de toile. Si j'arrivais à jeter l'eau sale par cette fenêtre, le bassin serait rapidement vidé.

Je fouillai le linge jusqu'à trouver une pleine brassée de bas légers et de mouchoirs, que je nouais en une solide chaîne. La poignée du seau grinça lorsque je l'attachai au bout de ma corde improvisée. Défaire les nœuds ensuite ne serait pas une mince affaire, mais j'étais prête à payer ce prix si cette idée me faisait gagner du temps.

Une fois le seau placé dans le bassin, je grimpai avec prudence sur le cuvier. Le tissu tendu dans mon dos me fit étouffer un cri quand je me redressai. En équilibre depuis mon poste d'observation, je pouvais voir que la fenêtre avait un large rebord. Il me fallait faire un grand bond, mais cela valait la peine d'essayer.

Je nouai la corde à mon poignet afin de ne pas la faire tomber et je sautai du cuvier, agrippant le rebord de la fenêtre des deux mains. Je me servis de toute la force de mes bras endoloris pour me hisser jusqu'en haut, mes pieds dérapant sur le mur en pierre. La douleur dans mon dos se raviva et je m'écorchai avant-bras et genoux en luttant pour m'asseoir. En dépit des élancements qui me parcouraient, j'étais contente d'avoir réussi. Quand j'ouvris d'un coup de pied les volets en décomposition, la toile d'araignée se déchira et se mit à danser en bandelettes irrégulières dans la brise fraîche qui s'engouffrait. La fenêtre donnait à l'ouest, et je pouvais voir les vergers depuis mon perchoir. Les pruniers étaient en fleur, une touche féminine de rose à côté des pommiers dénudés. Bientôt, ces vieilles branches se couvriraient à leur tour de fleurs roses et blanches, une coquetterie éphémère avant l'arrivée des fruits.

Le soleil venait de quitter son zénith et, les yeux fermés, j'offris mon visage à la chaleur de ses rayons. J'entendais le croassement joyeux d'une grenouille solitaire. L'astre du jour dessinait des gribouillis vifs à l'intérieur de mes paupières et réchauffait mes os. Ma mère était là-haut, au paradis. Je me demandai si elle pouvait me voir. Elle m'aurait certainement dit de me mettre au travail.

Je tirai sur la corde attachée à la poignée du seau jusqu'à ce qu'elle basculât dans le bassin plus bas.

Puis, d'un geste agile et rapide, je fis monter le seau rempli d'eau en m'y prenant à deux mains. Une éclaboussure verte s'en échappa quand il racla contre le rebord de la fenêtre. Le posant en équilibre sur le bord extérieur, je versai l'eau croupie sur l'herbe fraîche en contrebas. Je fis ensuite redescendre le seau vers le bassin pour y puiser à nouveau.

Le bassin fut vite assez vide pour que je pusse bien le récurer. J'allais descendre d'un bond de la fenêtre lorsque John m'appela depuis l'extérieur.

« Tu es vraiment une petite souris ! Te voilà maintenant qui grimpes aux fenêtres. Est-ce que Mlle Elisabeth sait ce que tu fabriques ? » Il posa la brouette et rejeta son chapeau en arrière, me laissant apercevoir ses yeux plissés.

Je secouai la tête et plaçai un doigt devant mes lèvres, en espérant qu'il baisserait la voix.

« Viens-tu manger ? Je me rendais justement aux cuisines. Une fois que le maître a fini son repas, c'est au tour des domestiques de passer à table. Joins-toi à nous ! »

Je lui adressai un sourire et le saluai de la main. Manger serait vraiment bienvenu. Je descendis d'un bond de mon perchoir, versai un peu d'eau du cuvier dans le bassin et le nettoyai de fond en comble. Je préférais me priver de déjeuner plutôt que de recevoir un autre châtiment de la lingère. Je rinçai une dernière fois le bassin et épongeai le reste d'eau sale avec un chiffon. Puis je m'en allai manger, profitant du trajet pour vider une dernière fois le seau dehors.

Vers l'entrée des cuisines, le chœur des voix et le bruit des couverts s'entrechoquant s'intensifiaient. J'espérai qu'il restait encore quelque chose à manger. J'accélérai le pas, mais juste au moment où je passais le seuil d'un petit corridor qui reliait le cellier au garde-manger, un braillement incohérent me figea sur place. Mes yeux s'attardèrent dans le couloir plongé dans le noir, mais je ne distinguai qu'un rayon de lumière s'échappant d'une porte entrouverte qui, je le savais, menait au grand hall. Le silence s'installa un instant, puis des profondeurs du corridor s'éleva à nouveau la voix d'un homme où alternaient violentes élucubrations et marmonnements. En étant consciente que je ne devrais pas écouter aux portes, je poursuivis mon chemin vers la cuisine. Avant que j'eusse pu m'éloigner suffisamment, la voix rugit « Geoffrey ! » trois fois avec une véhémence croissante, et j'entendis une porte claquer, le bruit résonnant contre les murs.

J'eus vraiment l'impression de jouer de malchance lorsque Geoffrey Poke surgit de la cuisine en boitant, la mine renfrognée, et passa par le garde-manger pour accéder au corridor. Il portait une carafe et des coupes sur un plateau, et dans sa hâte, l'une des coupes tomba et se brisa sur le sol en pierre. Geoffrey lâcha un juron et sa mine s'assombrit un peu plus lorsqu'il m'aperçut. « Nettoie-moi ça ! » grogna-t-il en me dépassant. Il disparut dans le passage en claudiquant.

Je ramassai avec précaution les morceaux de céramique que je déposai au creux de ma robe. Par-delà le garde-manger me parvinrent des chuchotements, et les vociférations reprirent, interrompues seulement par une courte et violente quinte de toux. Après un moment, la porte s'entrouvrit dans un grincement et le pas irrégulier du chambellan résonna dans le corridor. Les plaies laissées par le fouet me picotèrent le dos quand je l'entendis arriver derrière moi. Je me retournai et attendis, les morceaux de la coupe brisée dans les plis de ma robe.

Le chambellan avait à présent les mains vides, et il se frotta les paumes vigoureusement sur ses cheveux gras et clairsemés. On aurait dit un fermier dont le collecteur d'impôts venait de saisir la meilleure vache.

Geoffrey posa son regard sur le seau à mes pieds, et son visage se détendit. « J'ai un travail pour toi », dit-il. Ses minces lèvres révélèrent un peu plus ses dents jaunes qui se chevauchaient.

J'attendis la nouvelle épreuve qu'il m'avait réservée.

« Dans le grand hall, tu trouveras ton *maître* – il prononça ce mot avec dédain – étalé par terre, vautré dans son propre vomi. Tu vas nettoyer sir Emont, ainsi que le sol, le fauteuil et tout ce qui aura été souillé par ses vomissures puantes. »

Je fus choquée par le manque de respect dont il faisait preuve envers le maître des lieux.

« Il ne se rappellera pas qu'on lui a envoyé un sale avorton dans ton genre pour nettoyer son foutoir. Il ne se souviendra de rien quand il se réveillera au milieu de la nuit, la bouche pâteuse et le crâne fendu en deux. »

Après un moment de panique, je compris qu'il parlait d'une migraine.

« Viens me voir quand tu auras fini. » Il repartit en boitant vers les cuisines.

Toute la satisfaction que j'avais pu ressentir grâce aux progrès réalisés à la buanderie s'évanouit sur-le-champ. Je ne voulais pas traverser ce passage pour me rendre dans une partie de la demeure où je n'avais pas ma place. Geoffrey commettait une vraie faute en m'envoyant là-bas. Une jeune laveuse ne devait pas s'occuper du lord du manoir. La situation plaisait à Geoffrey, bien que je fusse incapable de savoir si c'était de ma gêne ou de l'avilissement de sir Emont qu'il se délectait.

En soupirant, je retournai à la buanderie récupérer un chiffon et une brosse, avant d'aller puiser de l'eau fraîche au tonneau d'eau de pluie. Je n'avais pas d'autre choix que d'obéir.

Dans l'obscurité, je me faufilai le long du corridor qui menait au grand hall et ouvris le panneau du passage, situé sous la tribune des musiciens qui marquait la séparation entre les communs et les appartements privés. Le dos du panneau décoratif était en bois brut simple, et les arches du grand hall découpaient la lumière éclatante qui dessinait à mes pieds une ombre à l'arête vive. Je pris une profonde inspiration avant de l'enjamber et d'avancer dans l'espace lumineux.

La pièce faisait penser à une cave. Une longue rangée de gigantesques poutrelles en chêne foncé ornait le plafond, voûté comme celui des cuisines. Leurs lignes droites étaient adoucies par des boucles décoratives et des courbes amples, mais elles restaient très imposantes. Le plafond était décoré d'un motif de losanges rouge et or, bordés d'un ruban d'étoiles qui entourait tout le hall, un peu estompé par l'effritement du plâtre et la présence d'une couche de poussière et de suie. Un soleil radieux se déversait dans la pièce par les grandes fenêtres à meneaux, atténuant la lumière vacillante du feu. L'âtre était plus grand que la mezzanine où l'on dormait dans la chaumière de mon père. Quatre armoiries différentes étaient gravées dans le massif manteau de la cheminée, ayant pour support des lions taillés dans la même pierre bleu-gris, et dont le regard fier fixait un point qu'eux seuls pouvaient voir.

Une silhouette solitaire occupait le grand hall. L'homme n'était pas vautré par terre, pour reprendre les mots du chambellan, mais il était avachi, le corps en avant, immobile, au bout d'une des tables à tréteaux proches de la cheminée. En approchant, l'odeur rance du vomi me sauta au nez et me barbouilla l'estomac. La tête léonine d'Emont reposait au creux de son coude. Il avait les joues rebondies d'un petit garçon, mais le front noble d'un roi. Sa maigre moustache avait bien besoin d'un barbier. Sa chevelure s'étalait sur la manche brodée de sa chemise blanche, les pointes ondulant dans une flaque de vomi bordeaux, et il avait la bouche entrouverte. On avait débarrassé la table après le repas, mais il restait encore plusieurs carafes, ainsi que des coupes qui avaient dû être celles des invités. Le lord du manoir en tenait encore une à la main, prêt à trinquer avec les bancs vides. Il renifla, me faisant sursauter, avant de repartir dans un doux ronflement régulier.

Des taches rouge sombre étaient disséminées sous la manche d'Emont, donnant l'impression que son bras saignait. Il était évident qu'il avait bu du vin. J'allais devoir le déplacer afin de nettoyer les dégâts. Je soupirai à nouveau en posant mon seau d'eau sur la table, à côté de son coude. Un bébé géant, qui se vomissait dessus avant de s'endormir.

Je ne voulais pas qu'il se réveillât et me trouvât là, mais je ne voyais pas comment j'allais pouvoir le pousser seule.

« Monsieur ? » dis-je avec hésitation à son oreille. Les relents étaient écœurants.

Il ne bougea pas.

« Monsieur ? » répétai-je, cette fois-ci en lui secouant doucement l'épaule.

Il grogna, sans pour autant se réveiller. Je décidai de commencer sa toilette ; peut-être que l'eau froide le ranimerait assez pour bouger. Je saisis les pointes de ses cheveux et les rinçai à l'aide d'une brosse humide. J'avais l'impression de tenir entre mes doigts de la soie que le chatoiement du feu patinait de ses tons rouge et or.

Je lissai sa chevelure mouillée avec soin par-dessus son pourpoint afin qu'elle ne lui retombât pas dans les yeux, et je relevai sa lourde tête en soulevant son front de la paume de ma main. Ce fut ce geste, ou bien le chiffon humide et froid posé sur sa bouche, qui le fit enfin reprendre connaissance.

« Qu'est-ce que... ! » Il rejeta la tête en arrière, éloignant ma main, et me regarda sous ses paupières tombantes. Il avait le menton fuyant et marqué d'une fossette, et son petit nez rond aurait mieux convenu à un visage féminin. Dans l'ensemble, sa large figure était aussi fade que du potage. Il dodelina de la tête, et j'eus peur qu'il ne tombât à nouveau en avant, alors je voulus le saisir par les épaules. Il m'agrippa le poignet si vite que je laissai échapper un cri de surprise. Il avait une force étonnante.

« Qui es-tu ? » Son débit était lent, comme si parler lui demandait un grand effort de concentration.

Je n'avais qu'une envie, me libérer de sa poigne et disparaître. « Agnès, monsieur.

— Que fais-tu ici, Agnès ?

— Je suis venue nettoyer, monsieur. »

Son regard dériva vers la table, avant de se poser sur son pourpoint taché. Il renifla et esquissa un léger sourire. « C'est bien fâcheux pour toi. » Il ferma les yeux très fort, comme s'il avait mal. Je me demandai s'il se sentait gêné. En tout cas, il ne semblait pas aussi embarrassé que moi à cet instant.

« Pourquoi ne vous écarteriez-vous pas, monsieur, comme cela je pourrais finir tout ça. »

Il glissa sur le banc en direction du feu, s'aidant de ses mains pour ne pas perdre l'équilibre. Je nettoyai rapidement la table, le banc et le sol. Quand je me redressai, il me regardait, les yeux dans le vague. Le blanc injecté de sang faisait ressortir le bleu-violet singulier de ses iris. J'empilai les coupes sur le plateau que le chambellan avait déposé là.

« Laisse la carafe !

— Bien, monsieur. » Je posai la carafe pleine et une coupe propre à côté de lui. Nerveuse, j'ajoutai : « Monsieur, il faudrait que je vous nettoie un peu. » Le chiffon humide pendait de ma main.

Il s'en saisit et tapota le devant de son pourpoint et la manche de sa chemise, sans résultat. « Ne t'en fais pas, la lingère s'occupera de tout ça. »

Je rougis violemment. Il avait clairement les idées confuses.

« Aide-moi simplement avec la ceinture et les boutons. J'ai toujours du mal avec les boutons. »

J'aurais dû trouver une excuse pour aller chercher le chambellan, mais il semblait si désemparé, luttant avec ses vêtements. Je ressentis envers lui un élan de pitié, voire de tendresse. Je l'assistai avec la boucle de sa ceinture, puis avec les rangées de boutons de son pourpoint et de sa chemise. Il me remercia sincèrement et se mit laborieusement à se dévêtir. Je m'empressai de récupérer le seau et le plateau de coupes, fis une rapide révérence, et profitai qu'il eût la tête baissée pour m'échapper avant de devoir lui prêter à nouveau main-forte.

Après avoir informé Geoffrey et supplié l'un des commis de cuisine de me trouver de quoi souper, je repartis à la buanderie pour une autre longue soirée de travail. La lingère ne revint pas, mais j'avais quand même remarqué qu'elle avait emporté les pots de chambre.

Quand ce fut l'heure d'aller me coucher, j'alignai mes pierres. Il faisait trop sombre pour voir si le dos de ma robe était taché de sang. La douleur me ferait dormir sur le ventre cette nuit-là.

Avec un sentiment de gratitude, je me glissai sous la lourde couverture de cheval. L'odeur de l'écurie avait quelque chose de réconfortant. Depuis les coins les plus sombres de la pièce, on entendait les grattements et grignotements feutrés des rongeurs, mais je me persuadai que mes pierres me protégeraient d'eux. La pensée des enfants laisse la part belle à la magie et à la superstition, et je ne faisais pas exception.

4

Les appartements privés du lord

Ces premiers jours au manoir dessinèrent les contours des quatre années que je passai à assister la lingère. Par certains aspects, ma vie s'améliora, mais ce ne fut pas le cas pour tout. J'y ai travaillé plus dur – et plus longtemps – que jamais dans ma vie. Même quand, jeune mère, j'ai lancé la brasserie, je n'ai pas vécu un tel épuisement, une aussi profonde lassitude. Par moments, je me pensais incapable de soulever la bouilloire une fois de plus, et pourtant je n'avais pas le choix. J'étais bien souvent couverte de cendres, et le savon irritant faisait naître des cloques sur mes mains.

Je découvris cependant des moyens de travailler plus efficacement, ce qui me permit de faire face aux innombrables brassées de linge à laver. John me trouva une échelle afin que je pusse jeter plus facilement l'eau sale par la fenêtre, et il installa à proximité de la buanderie un tonneau de récupération d'eau de pluie afin que je pusse y puiser de l'eau fraîche. J'appris à effectuer simultanément toutes les étapes de la lessive, pour ne jamais perdre de temps. J'appris également quels tissus exigeaient un soin particulier et je triais le linge en conséquence.

Bien que je ne fusse jamais vraiment heureuse durant cette période de ma vie, de petites consolations me remontaient le moral. J'attendais chaque semaine avec impatience la venue du dimanche et la messe qui était célébrée dans la chapelle du manoir, fascinée par le vitrail qui surplombait l'autel. Je ne prêtais aucune attention aux marmonnements et chants en latin du prêtre, me laissant transporter par cette beauté parfaite au-dessus de sa tête.

Le vitrail représentait le Saint-Esprit, sous la forme d'une colombe descendant des cieux, portée par des rais de lumière dorée, telles des épées d'or luminescentes transperçant le cœur de la Vierge Marie agenouillée. Marie était très pâle, plus blanche que la mort, ou la neige ; une cape bleu saphir recouvrait ses épaules, sa chevelure couleur miel descendait en cascade jusqu'à sa taille. Un livre était tombé au sol, ses pages ouvertes volant au vent, et la Vierge avait les mains jointes sur le cœur. Elle ne regardait pas vers la colombe. Recueillie dans sa douleur, ses yeux baissés semblaient aveugles. Je fermais les yeux à mon tour et m'imaginais les épées de lumière, le battement pressant de grandes ailes, une agitation d'air et de plumes, des griffes acérées s'enfonçant dans mon poignet, quelque chose de doux, d'étranger et d'insistant qui se tordait contre ma poitrine.

Je trouvai des façons d'améliorer mon ordinaire au manoir. Je me servis des couvertures des chevaux que je raccommodais, jusqu'au jour où je revis ma famille à la paroisse du village pour le 1er mai et demandai à ma sœur de m'apporter une couverture de la maison. Ma douce et sérieuse Lottie s'empressa d'aller m'en chercher une. Je rembourrai ma paillasse et plaçai une chaussette pleine de cendres de chêne à côté de ma couche afin d'éloigner les rats et les souris.

Je cherchai des alliés en cuisine, et William, le plus âgé des commis, devint un camarade précieux. Il semblait très solitaire, et je crois qu'il appréciait mon bavardage et mes occasionnelles remarques caustiques. Il esquissait un large sourire en retour, dévoilant ses dents abîmées, et me tapotait doucement le bras de sa main calleuse à la peau gercée. Quand je manquais un repas, il prenait soin de me mettre de côté de la nourriture qu'il dissimulait dans un panier au garde-manger. S'il y avait de la viande, il m'en gardait une portion généreuse, et il arrivait toujours à dénicher un morceau de pain, même lorsqu'il n'y en avait pas pour les autres domestiques. Cela m'attriste encore de ne pas avoir eu les moyens de le remercier de sa gentillesse.

Ni John ni William ne pouvaient cependant me protéger de la lingère, ce bourreau imprévisible. Les bons jours, elle m'aidait à allumer le feu ou à plier les draps tout en discutant. Elle me racontait l'époque où elle-même était laveuse à la buanderie, combien elle avait travaillé dur et la régularité avec laquelle la lingère l'avait battue. Elisabeth affirmait qu'elle aimait moins se servir du fouet que cette dernière, que j'avais de la chance. Il était vrai qu'elle ne m'avait fouettée que trois fois en quatre ans, et bien qu'il lui soit arrivé de me frapper avec le fouloir à lessive, cela avait été bien plus supportable.

Le sujet de discussion préféré d'Elisabeth était son ancien amoureux, un jeune campagnard qui avait péri dans l'incendie du moulin il y avait bien longtemps de cela. D'après elle, c'était l'homme le plus beau, fort, courageux, intelligent et pieux qui eût jamais existé sur terre. Elle prétendait qu'elle avait été la plus jolie fille d'Aviceford, et je la croyais, car en dépit de ses bajoues tombantes et des outrages du temps, elle avait encore des traits fins, ainsi que des yeux gris clair et une crinière de boucles blondes, quoique mal entretenues. Malgré tout, sans dot, elle n'aurait probablement pas pu épouser son galant. J'étais tentée de lui faire remarquer que cette mort avait été providentielle ; sans cela, Elisabeth aurait dû endurer de le voir épouser la deuxième plus jolie fille du village. Je savais cependant qu'il valait mieux garder cette pensée pour moi.

La plupart du temps, Elisabeth m'ignorait, mais dans les plus mauvais jours elle prenait un malin plaisir à me faire des demandes arbitraires ou à m'obliger à travailler aux heures des repas, voire toute la nuit. Elle pouvait décider à l'heure du souper que tous les draps avaient besoin d'être lavés et repassés d'ici au lendemain matin, ou que le linge blanc n'était pas assez propre, et que je devais tout recommencer.

Je ne comprenais pas pourquoi Elisabeth n'avait pas encore été congédiée au regard du peu de travail qu'elle accomplissait. Il y avait trop de linge à laver pour une seule personne ; les jours de repos, j'avais tendance à prendre du retard si la lingère refusait d'aider, mais le chambellan n'intervenait jamais. Comme il n'y avait pas de gouvernante pour superviser les domestiques, et qu'Emont ne s'intéressait pas à ce genre de choses, Geoffrey Poke avait toujours le dernier mot. Je ne pouvais me tourner vers lui pour régler une injustice, et certains événements ne firent que renforcer son aversion à mon égard.

Ce fut Geoffrey lui-même qui provoqua le premier incident. Un soir, tard, il fit irruption dans la buanderie, me faisant une peur bleue. J'avais l'habitude d'être seule, car en général Elisabeth venait juste déposer du linge sale ou des pots de chambre, ou faire une sieste dans l'après-midi. Je n'entendis pas Geoffrey approcher, étant occupée à frapper vigourcusement les vêtements avec un bâton. Je relevai la tête et vis devant moi une silhouette squelettique et menaçante qui tenait une chandelle à la flamme vacillante. Cette dernière éclairait par intermittence le visage de Geoffrey et créait des zones d'ombre profonde là où auraient dû se trouver ses yeux.

Le chambellan était furieux, cela ne faisait aucun doute. Il déplia ses longs doigts, caressa de sa paume le sommet de son crâne luisant avant de resserrer le poing. « Viens avec moi », dit-il.

Je ne cherchai pas à savoir pourquoi. Je retirai mon tablier, que j'avais appris à mettre par-dessus ma robe afin de la protéger des cendres, et je m'y essuyai les mains et le visage.

Le chambellan ne prononça pas un mot tandis qu'il me faisait traverser le corridor. Son pas lourd et claudicant troublait le silence. Comme il ne tenait pas la chandelle en hauteur, j'étais obligée d'avancer à tâtons dans les ténèbres derrière lui, soulevant les pieds avec précaution pour ne pas trébucher sur une dalle irrégulière. Lorsque nous tournâmes dans le passage qui menait au grand hall, je présumai que ce serait la répétition de ma dernière rencontre avec le lord du manoir. Je me demandai pourquoi on ne m'avait pas dit d'apporter un seau.

À ma surprise, le grand hall était vide. Le feu n'était plus que braises, et la pièce était faiblement éclairée par des bougies fondues plantées dans des candélabres fixés au mur. Les ombres vacillantes des créneaux en fer en forme de fleur de lys dessinaient sur le sol des dents irrégulières.

Geoffrey se dirigea vers l'estrade et emprunta l'escalier jusqu'à la porte qui, je le savais, menait aux appartements privés du lord. Je le suivis sans mot dire, incapable de concevoir la raison de ma venue ici. Nous traversâmes un autre couloir sombre et froid, en direction d'une porte entourée d'un halo de lumière. Le chambellan frappa et entra sans attendre de réponse. Le lourd battant s'ouvrit avec difficulté dans un grincement. Les épaules voûtées de Geoffrey me barraient la vue, mais je devinai la présence d'un feu allumé dans la cheminée, et un baldaquin or et émeraude me confirma que nous étions bien dans une chambre.

Le chambellan annonça froidement : « Je vous ai amené la fille que vous avez demandée. » Il me tira de l'obscurité de l'entrée et me poussa sans ménagement dans la pièce ; je titubai et manquai de me trouver nez à nez avec un petit homme au nez bulbeux et coiffé d'un bonnet rouge. Ce dernier recula vivement, clignant des yeux.

Dans un frisson, je reconnus l'homme : c'était l'apothicaire de Waithe, la ville la plus proche d'Aviceford. Quand nos villageois les plus aisés tombaient malades, c'était lui qu'on appelait, car il n'y avait aucun médecin à des kilomètres à la ronde. Notre famille ne pouvait s'offrir ses services, mais je l'avais vu chez le bailli du comté lorsque la femme de ce dernier était tombée malade suite à la naissance de leur enfant. La pauvre femme avait succombé à la fièvre en dépit des cataplasmes astringents et substances médicamenteuses concoctés par l'apothicaire. J'avais veillé à son chevet avec d'autres filles dont les familles n'avaient pas besoin d'elles à la maison, et le bailli endeuillé m'avait donné quelques pièces quand tout fut fini. J'en avais été bien contente, mais je n'avais rien fait de plus qu'éponger le front de son épouse pour le mériter.

Une violente quinte de toux s'éleva du lit, et je me rendis compte que le chambellan s'était adressé au malade, et non à l'apothicaire. Emont se tenait appuyé sur ses coudes, face à la cheminée, et son large torse se soulevait violemment à chaque fois qu'il toussait. Une fois remis de sa quinte, il nous regarda d'un air absent. Son visage luisait de sueur, et ses yeux étaient vitreux.

« Je ne sais pas ce que vous attendez de cette fille, mon seigneur. » Geoffrey balança ce dernier mot comme on jetterait sa pâtée au cochon. « Les valets de chambre, dont je fais partie, sont tout à fait à même de prendre soin de vous. L'assistante de la lingère n'a pas sa place ici. »

Emont secoua sa tête aux cheveux hirsutes, avant de gémir et de s'affaisser à nouveau contre les oreillers. Geoffrey plissa les yeux, et sa fine lèvre supérieure se contracta avec hargne. Il tourna les talons et repartit d'un pas lourd, s'arrêtant pour cracher au sol avant de sortir.

Je m'approchai d'Emont, qui gisait les yeux fermés. Son teint fiévreux et sa respiration rapide lui donnaient des airs de petit garçon aux joues rouges qui aurait joué dans la neige. L'apothicaire reprit la coupe des mains d'Emont et en examina le fond. « Tu dois t'assurer qu'il prend bien son traitement. » Il me lança un regard oblique, en fronçant les sourcils.

J'acquiesçai. J'aurais sincèrement préféré être ailleurs, et une vague d'angoisse me submergea en pensant à la lingère. J'aurais plutôt dû être affolée à l'idée de m'occuper d'un aristocrate mal en point, mais pour une raison ou pour une autre, ce n'était pas le cas.

L'apothicaire s'approcha de la cheminée, sa sacoche en cuir à la main et, fouillant à l'intérieur, en retira deux flacons qu'il inspecta l'un après l'autre. Lorsqu'il trouva le médicament qu'il cherchait, il me l'apporta. « Donne-lui la moitié d'une coupe de cet élixir de marrube et de coriandre trois fois par jour. Il faut qu'il ait bu toute la coupe avant de s'endormir. Si sa fièvre ne disparaît pas d'ici deux jours, tu devras faire appeler un chirurgien, car il aura besoin d'une saignée. »

Je me demandai jusqu'où le messager devrait aller pour trouver un chirurgien. J'espérais vivement qu'Emont se remettrait rapidement, ne serait-ce que parce qu'il me fallait retourner au travail. Je pris le médicament des mains de l'apothicaire et le remerciai.

Une fois ce dernier parti, je tirai un tabouret près du lit. On avait dispersé de la lavande et de la reine-des-prés sur le sol, et les herbes écrasées sous les pieds du tabouret dégagèrent un parfum de fraîcheur. Emont semblait plongé dans un sommeil profond, quoique troublé. Ses yeux s'agitaient par intermittence sous ses paupières veinées de pourpre, et sa respiration était irrégulière. Il ne portait pas son bonnet de nuit, et ses cheveux gras et trempés s'étalaient sur l'oreiller, en halo de fortune. Je n'avais encore jamais vu de matelas en plume, et j'appuyai doucement sur le rebord pour en sentir le moelleux. Quel délice ce serait de pouvoir dormir toutes les nuits dans pareil lit.

Emont ne se réveilla pas, même durant ses quintes de toux, et je commençai à avoir les muscles endoloris à force de rester assise. Je posai mon front sur le coin du matelas et m'endormis à mon tour. Lorsque je rouvris les yeux, il faisait froid, la pièce était plongée dans l'obscurité et mon cou me faisait mal. Le feu n'était plus qu'une lueur orange dans l'âtre, et la bougie avait à moitié fondu. Le silence régnait à l'exception du hululement lointain d'un hibou. Je remuai les cendres qui se ravivèrent alors, et j'ajoutai de nouvelles bûches pour attiser les flammes. Bien qu'incertaine de l'heure, je me dis qu'il devait être temps de réveiller le maître pour qu'il prenne son remède. Je le secouai doucement et il battit des paupières. La toux le reprit et il se tourna sur le côté.

« Monsieur, il faut vous réveiller et prendre votre médicament. Ouvrez les yeux. »

Il obtempéra, toussant toujours, et me dévisagea d'un air perdu. « Qu'est-ce donc ? » Il s'exprimait d'une voix faible et rauque.

« Je m'appelle Agnès, monsieur, et j'ai votre médicament. »

Il resta là un moment à me fixer, le regard vide. Puis, en plissant les yeux, il lâcha : « Toi aussi, tu me méprises, n'est-ce pas ? Rien que du mépris. Je le vois bien. » Sa toux grasse se muait en râle.

« Monsieur, je suis certaine qu'aucun chrétien digne de ce nom ne vous méprise. Il faut prendre votre remède à présent, monsieur. »

Il acquiesça, docile. Il prit la coupe que je lui tendis, et, bien qu'il grimaçât, il la but jusqu'à la dernière goutte. Il s'allongea et ferma les paupières.

« Je déteste cet endroit. J'aurais préféré que mon père n'ait jamais fait affaire avec cette femme », dit-il de sa voix éraillée, toussant à nouveau avant de bientôt se rendormir.

Je restai au chevet d'Emont deux jours durant, après quoi la fièvre tomba. Il continua de parler et, parfois, de pleurer au milieu de ses crises de délire, et je ne savais pas s'il avait conscience ou non de ma présence. Quand il posait les yeux sur moi, il semblait content que je fusse là. Si ses propos étaient en général incohérents, je soupçonnais qu'il était profondément triste. J'étais trop jeune pour concevoir qu'un homme riche puisse être malheureux, mais je percevais le désespoir en lui.

Elisabeth ne toucha pas au linge durant mon absence. À mon retour, elle m'ordonna de faire une nuit blanche pour rattraper le retard accumulé, et lorsqu'elle me trouva endormie le lendemain matin près du feu mourant, elle me frappa à coups de bâton.

Deux semaines plus tard, quand Emont demanda à nouveau mon assistance, Elisabeth se trouvait avec moi dans la buanderie.

« Qu'est-ce que le maître lui veut, à cette petite sotte ? aboya-t-elle en direction du chambellan.

— Ferme ton clapet, répliqua Geoffrey.

— Tu ne peux pas me l'enlever. Je n'ai qu'elle ici.

— Es-tu en train de me dire ce que je dois faire ? »

Elisabeth sembla se reprendre. Elle posa une main sur ses yeux et, lorsqu'elle la retira, elle avait l'air plus détendue et arborait un petit sourire sournois. « Tu sais bien que je suis toujours à *tes* ordres, non ? » Je ne l'avais encore jamais entendue parler sur ce ton.

À ma grande surprise, Geoffrey lui rendit son sourire. « La gamine n'en a pas pour longtemps, tu ne remarqueras même pas son absence. »

Le rire d'Elisabeth fut glacial.

Je suivis Geoffrey jusque dans la chambre d'Emont. Les volets étaient clos et la lumière des braises diffusait une lueur rougeâtre et intermittente. Un lustre en fer pendait du plafond, et bien qu'il fît encore jour, on avait allumé des bougies qui, en fondant, formaient à leur base des larmes de cire épaisses comme des doigts boudinés. Le maître était avachi dans un fauteuil près de la cheminée et, d'un geste, il m'intima d'approcher. Je fis la révérence et attendis anxieusement, mais il garda la tête baissée. Il tapotait sa coupe vide sur l'accoudoir de son fauteuil ; le bruit métallique retentissait dans le silence de la pièce.

« Geoffrey, laissez-moi le vin. Vous pouvez disposer », dit-il sans tourner la tête.

Le chambellan posa un pichet aux pieds d'Emont. « La lingère a besoin de la fille ce soir », déclara-t-il.

Emont marmonna quelque chose d'inintelligible et fit signe au chambellan de sortir. Geoffrey serra les lèvres ; une dent de travers s'en échappa, et cela m'évoqua alors un vieux chien grisonnant, et non le tyran que je craignais. Il claqua la porte derrière lui, ce qui me fit sursauter, mais Emont resta de marbre. Il tourna lentement la tête dans ma direction. L'enfoncement de ses yeux et la pénombre rendaient son regard sinistre. Il tendit la main qui était repliée sur ses genoux, et je vis l'éclair d'une lame.

« Peux-tu m'aider ? » demanda-t-il en me tendant le couteau. Le manche était en os lisse et doré au bout, et on avait incrusté une croix en argent dans la partie la plus large.

« Monsieur ? » Mes pensées fusaient dans tous les sens tels des lapins affolés, tentant de deviner ce qu'il voulait dire.

« Oh, eh bien, tu serais gentille de me couper les ongles. J'y arrive pour la main gauche, mais pas pour la droite. »

J'expirai d'un coup : je ne m'étais pas aperçue que je retenais jusqu'alors mon souffle. « Je ferais mieux d'ouvrir les volets pour bien y voir », dis-je en filant à la fenêtre. Malgré le temps couvert, je fus momentanément aveuglée par les rayons du soleil.

À la lumière ordinaire du jour, la pièce et son occupant semblaient bien tristes et misérables. Les traces de suie sur les murs et au plafond semblaient vieilles de centaines d'années, tout comme la tapisserie et les rideaux aux couleurs passées. On avait renversé du vin sur les draps. Je me demandais si on les avait changés depuis la dernière fois que j'avais défait le lit. L'élégant peignoir en soie d'Emont était taché lui aussi, et ses bas tire-bouchonnés tombaient sur ses chevilles. Le duvet de ses rouflaquettes éparses lui léchait les joues et cachait la fossette de son menton ; sa longue chevelure était tout emmêlée.

Le feu reprit et crachota quand j'y mis une bûche visqueuse, imprégnée de sève de pin.

« Donnez-moi le couteau », lui dis-je. Dès que les mots quittèrent ma bouche, j'eus peur d'avoir été impolie, mais Emont s'exécuta sans rien dire. Je ne me coupais jamais les ongles : soit ils se cassaient, soit je me les rongeais. Je décidai de faire comme si je taillais un bâton, en orientant la lame vers l'extérieur de la main. Je pris sa paume, petite pour un homme, molle et pâle comme de la pâte à gâteau. Elle avait l'air raffinée dans ma grosse menotte rêche et couverte de cloques.

« Non, pas comme ça. Utilise le couteau en un geste arrondi », me dit Emont. Il posa son autre main sur la mienne pour me montrer comment faire. Sa paume était chaude.

La lame acérée coupa l'ongle comme s'il s'agissait de l'écorce d'un arbre. Une fois sa main droite terminée, je demandai : « Monsieur, souhaitez-vous que je vous aide à vous raser ? Ou que je m'occupe de vos cheveux ?

— Je pourrais être plus soigné, n'est-ce pas ? » Il se passa la main dans les cheveux. « Tu pourrais peut-être m'aider, en effet, merci. » Il se servit du vin que Geoffrey avait laissé et en avala une grande gorgée. Il toussa et lâcha : « Tu as les yeux d'une vache.

— Monsieur ?

— Tes yeux. Ils sont doux, marron et solennels. Comme ceux d'une vache.

— Oh. » Je ne savais trop quoi répondre.

« Non pas que je sois en train de te comparer à une vache. Tu m'as l'air d'une fille intelligente.

— Les vaches peuvent, elles aussi, être intelligentes, monsieur. »

Mon affirmation sembla l'amuser, même si je pensais sincèrement ce que j'avais dit. Emont rit de bon cœur avant de vider le reste de sa coupe. « Eh bien, lance-toi ! Rends-moi beau. »

Je commençai par lui brosser les cheveux, confiante. Défaire les nœuds et lisser les boucles me rendit nostalgique ; cela me rappelait non seulement les fois où je démêlais ceux de ma sœur, mais cela faisait aussi bien longtemps que je n'avais pas senti quelque chose de si doux au toucher. La solitude me serra la gorge.

J'allai chercher un bol d'eau et un rasoir. Emont ferma les yeux et inclina sa lourde tête en arrière pendant que je rafraîchissais ses rouflaquettes. Le sourire satisfait qu'il arborait le rajeunissait. « Tu as des doigts d'ange, Agnès », murmura-t-il.

Une fois ses joues essuyées, Emont me remercia distraitement et se resservit un verre de vin. Il étendit ses pieds nus devant la cheminée. « Ferme la fenêtre avant de sortir », dit-il.

Je repartis d'un pas lent vers la buanderie. Rien de bon ne m'y attendait.

Elisabeth était occupée à attiser le feu ; une pluie d'étincelles orange se transforma en fantômes gris. « Le soleil est déjà en train de se coucher. Tu ferais bien de t'activer. Je n'aimerais pas devoir t'infliger une correction. » Elle leva le tisonnier et l'agita, faisant semblant de mettre la menace sous-entendue par son geste à exécution.

« Le maître m'a questionnée à ton sujet », dis-je.

Son visage se vida de toute expression.

« Il voulait savoir si j'étais contente de ma tâche. » Je marquai une pause. « Il a trouvé que j'avais l'air fatigué et m'a demandé si on ne me surchargeait pas de travail. Je lui ai dit que tu ne t'étais pas sentie bien dernièrement et n'avais donc pas pu assurer tes fonctions. »

Elisabeth laissa retomber le tisonnier d'un geste nonchalant, mais je vis sa mâchoire se contracter alors qu'elle serrait et desserrait les dents.

« Je suis censée le tenir au courant. C'est un maître des plus attentionnés. »

La lingère fit sa part du travail ce soir-là, et plus jamais elle ne me frappa, du simple fait que j'avais été appelée au service du maître. J'aurais aimé que cette entourloupe trompât également Geoffrey, mais il le connaissait trop bien. Il savait qu'Emont n'avait qu'une vague idée de la façon dont le manoir tournait et se reposait entièrement sur lui pour maintenir un semblant de respectabilité. De plus, la boisson le rendait comme indifférent aux autres, et Geoffrey savait que notre maître ne s'intéressait certainement pas à mon quotidien. Le chambellan m'en voulait manifestement de m'être introduite sur son territoire, même s'il ne se sentait pas menacé par ma présence. Il savait très bien que son ascendant sur Emont surpassait largement le peu d'influence que je pourrais jamais avoir.

J'aurais pu tirer parti du deuxième événement qui intensifia l'aversion de Geoffrey à mon égard, si seulement j'avais su comment. Cela se passa un jour où nous recevions un grand groupe de visiteurs, et j'avais un énorme panier de draps blancs à laver. Les invités et Emont étaient certainement occupés à dîner dans le grand hall, mais la lingère n'avait pas apporté les pots de chambre, contrairement à son habitude. Comme je n'arrivais pas à faire partir les taches, je décidai d'aller les chercher moi-même.

À cette époque-là, je m'étais déjà rendue à plusieurs reprises dans les appartements privés du maître quand il m'avait fait appeler, et je savais comment accéder à cette partie de la maison sans passer par le grand hall. J'empruntai l'entrée de service près des cuisines et fis le tour du manoir, passant devant le jardin et le pigeonnier. Je me faufilai à travers un fourré de buissons de houx qui proliféraient au pied du mur sans fenêtre de la façade ouest, et de là je grimpai un escalier peu utilisé qui menait au deuxième étage. Je devais faire attention où je mettais les pieds, car le mortier des marches érodées s'effritait, et des pierres s'étaient déjà détachées par le passé. La porte en chêne en haut de l'escalier n'était jamais fermée à clef ; elle donnait sur un palier qui surplombait le grand hall. Trois longues tables étaient couvertes de nappes blanches et on avait sorti l'argenterie ; les invités, vêtus de leurs plus beaux atours, étaient bruyants et hauts en couleur, détonnant dans le sombre décor d'Aviceford Manor. Alors que je longeais le corridor, j'entendis une explosion de rires et me demandai quelle plaisanterie pouvait provoquer l'hilarité d'hommes et de femmes adultes.

Je filai jusqu'à la chambre d'Emont, car c'était celle que je connaissais le mieux. Quand j'ouvris la porte, je vis deux silhouettes qui bougeaient sur le lit de plumes, et un frisson désagréable me parcourut l'échine. La lingère était complètement nue, à quatre pattes, caracolant comme un enfant se prenant pour un cheval. Ses seins pendaient, lunes tachées de rouge, et se balançaient lourdement quand, enserrant d'une main les boucles blondes de sa nuque, le chambellan tira sa tête vers l'arrière. Elisabeth garda les yeux fermés et grimaça, découvrant ses dents.

La vision du chambellan était plus dérangeante encore, car il était vêtu à partir de la taille comme un aristocrate se préparant gaiement à une partie de chasse. Il portait un pourpoint en velours doré et au col en fourrure, ainsi qu'un chapeau orné d'une longue plume courbée qui tressautait près de son oreille. À chaque grognement, ses hanches et ses fesses molles dénudées pressaient avec énergie le postérieur frétillant de la lingère qu'il lorgnait avec grande attention.

J'aurais pu m'éclipser sans me faire remarquer si Elisabeth n'avait pas tourné la tête vers la porte, juste au moment où je la refermais. Un voile de cheveux emmêlés lui cachait la moitié du visage, mais je surpris son regard de haine pure avant qu'elle ne disparaisse derrière la porte d'une solidité rassurante.

Journal personnel
La cour royale

Je vais être grand-mère ! Je suppose que je devrais dire « belle-grand-mère ». La princesse Elfida m'a fait mander pour que je vienne la voir en ses appartements. La famille royale est toujours au palais d'été, mais Ella s'est fait porter pâle et n'y est pas allée. Voyager lui déplaît, mais elle n'avait pas menti ; elle se sentait souffrante depuis quelque temps, et nous savons à présent pourquoi.

À mon arrivée, Ella était encore au lit, vêtue d'une chemise de nuit blousante en soie. Avec sa chevelure dorée descendant en cascade sur ses frêles épaules et ses mains de porcelaine serrées sur ses genoux, elle ressemblait de nouveau à une petite fille. Deux de ses chiens étaient allongés à ses côtés ; quand j'ai passé la porte, ils ont levé la tête les oreilles dressées, l'air suspicieux, mais n'ont pas aboyé. Les couvertures étaient pleines de poils de chien et l'essence de lavande ne masquait pas complètement leur odeur. La reine a fait ce qu'elle a pu pour qu'Ella renonce à cette habitude d'autoriser les chiens dans le palais, mais le roi se range toujours du côté de la belle princesse.

« Bonjour, Votre Altesse. Vous avez de nouveau bonne mine. J'en conclus que vous vous sentez mieux ? » ai-je dit.

Les joues d'Ella ont rosi un peu plus. « C'est le cas, merci. » Elle a desserré ses doigts parés de bijoux et les a posés sur son ventre. « J'attends un enfant ! » a-t-elle lâché d'un ton brusque, comme si ces mots lui écorchaient la bouche. Ses yeux d'un bleu-violet chatoyant me fixèrent avec attention.

« Eh bien, quelle belle nouvelle, Votre Altesse ! À combien de mois êtes-vous ? »

Un sourire a lentement illuminé son visage, et elle s'est adossée à ses oreillers. « Je ne saurais dire... Quatre ou cinq mois.

— Tant que cela ? Pourquoi ne pas me l'avoir dit plus tôt ? »

Elle a baissé la tête. « Je craignais que d'en parler trop tôt ne porte malheur. »

Cela fait déjà deux ans qu'Ella est mariée, et tout le royaume attend avec impatience l'arrivée d'un héritier. Même si le bébé ne sera que très loin dans l'ordre de succession au trône, Ella est tellement aimée du peuple que le moindre de ses éternuements provoque effervescence et ravissement. Son enfant fera sans aucun doute l'objet d'une semblable idolâtrie enfiévrée.

« Le prince est-il au courant ? Qu'en est-il du roi et de la reine ?

— Non, ils ne le sont pas encore. Ils reviendront bien assez tôt de leur villégiature. »

Je me suis approchée du lit, dans l'intention de m'asseoir sur le bord du matelas ; un des chiens a montré les crocs en grognant.

« Couché, Bo ! » Ella a donné une légère tape sur le cou du chien, et il a posé le menton sur ses pattes. Je me suis arrêtée à quelques pas du lit.

« Vous sentez-vous réellement mieux, Votre Altesse ?

— Oui, vraiment.

— Il y a peu de chance de perdre le bébé à présent. Dieu veille sur vous cette fois-ci. »

L'année dernière, Ella avait vraisemblablement fait une fausse couche. Elle avait été malade, avec des vomissements, et elle m'avait confié que ses saignements mensuels avaient cessé. Puis un matin, on m'avait fait appeler à ses appartements et je l'avais trouvée au lit, comme aujourd'hui, mais pâle et tremblante. Elle avait repoussé les couvertures pour révéler des draps trempés de sang ; la chemise de nuit qu'elle portait était rouge à partir de la taille. Elle m'avait fait jurer de garder le secret, et je m'étais assurée que l'on emportât discrètement les draps à la buanderie, à l'insu des dames d'honneur. Je l'avais lavée avec une éponge et aidée à brûler sa chemise de nuit dans la cheminée. Rien ne justifiait réellement tant de discrétion – les fausses couches sont chose courante, après tout – mais la princesse a toujours été mal à l'aise pour ce qui touche aux choses de la chair. Je n'en ai soufflé mot à personne, pas même à Charlotte et Matilda.

« Êtes-vous certaine qu'il n'y a plus de danger ? » Ella a entortillé une mèche de cheveux autour de ses doigts et s'en est caressé la joue, comme elle en avait l'habitude étant enfant. J'ai toujours trouvé ce geste agaçant.

« Rien n'est certain, Votre Altesse, mais c'est de très bon augure que vous soyez si avancée et en bonne santé. Avez-vous senti le bébé bouger ?

— Non... Quel effet cela fait-il ? a demandé Ella en fronçant les sourcils.

— Vous le saurez bientôt. C'est une charmante palpitation, ai-je dit en souriant face à sa mine inquiète.

— À quel point l'enfantement fait-il mal ? »

J'ai réfléchi à la meilleure façon de lui répondre. Je ne souhaitais ni l'effrayer ni lui mentir. « C'est supportable, Votre Altesse, et cela se termine par la plus grande joie que vous connaîtrez dans votre vie. »

Ella ne semblait pas convaincue, mais elle n'a posé aucune autre question. Avec tendresse, elle a pris la tête d'un des chiens entre ses mains et l'a embrassé sur le museau plusieurs fois, en produisant des petits gazouillis. Puis elle a souri et déclaré : « J'espère que ce sera un garçon ! »

Charlotte et Matilda seront ravies d'apprendre que leur demi-sœur est enceinte. J'espère qu'on leur confiera un rôle dans l'éducation de leur nièce ou neveu ; malheureusement, ce sera certainement pour elles le seul moyen de vivre au plus près le rôle de mère. Leur absence de beauté conventionnelle n'est pas le seul obstacle à leur mariage : bien que nous vivions comme *des aristocrates, nous n'avons pas un sou et dépendons entièrement de la générosité du roi pour nous vêtir et nous nourrir. Je n'ai pas de dot pour mes filles. Être tantes les réjouirait et leur offrirait un passe-temps sain et bienvenu, loin des intrigues du palais.*

Alors que je réfléchis à mes récents écrits concernant Elisabeth, je me demande si elle a pu faire une fausse couche ou accoucher en secret. Je soupçonne que sa liaison avec le chambellan durait depuis plusieurs années, et elle n'était pas encore trop vieille pour porter un enfant quand je suis arrivée au manoir d'Aviceford. Sa forte corpulence aurait très bien pu faire passer inaperçue une grossesse, et je me rappelle clairement d'au moins une occasion où elle s'absenta mystérieusement du manoir plus d'une semaine.

Peut-être que le pacte qu'elle avait passé avec le diable, échanger sa chasteté pour les biens matériels que Geoffrey Poke pouvait lui procurer, semblait légitime aux yeux d'Elisabeth. Rien, cependant, ne pouvait réparer la douleur d'abandonner son enfant.

La lingère m'a donné de bonnes raisons de la détester, et j'ai pensé un temps qu'elle était née sans une once de vertu. L'âge aidant, j'en sais tant sur le genre humain que je ne crois plus que les gens naissent sans vertu. Elle disparaît sous les coups répétés que l'on reçoit. Le malheur s'abat sur nos âmes comme le fléau sur les blés, et les parts les plus bienveillantes de nos êtres sont balayées par le vent.

5

Le messager

J'avais quatorze ans quand j'eus l'opportunité de m'évader du manoir, pour quelque temps en tout cas. J'avais désespérément besoin de changement. Je me sentais de plus en plus seule. Non seulement mon isolement me pesait toujours un peu plus alors que je grandissais, mais j'avais également perdu mon seul ami. John fut tué un matin d'hiver enneigé par l'effondrement du toit d'une grange. C'était lui que mon regard cherchait dès que j'arrivais dans les cuisines pour les repas, lui le public pour lequel j'imaginais des histoires, lui mon guide pour évoluer parmi les affinités et inimitiés des autres domestiques. Il m'apprit comment éviter au mieux de croiser le chambellan et où cacher les pommes qu'il me rapportait du verger. Surtout, John m'arrachait à ma mélancolie. Dès que les larmes menaçaient de couler, il avait toujours quelque mot malicieux ou une pitrerie amusante. Je n'ai réalisé à quel point je dépendais de lui qu'à sa mort.

Après sa disparition, je fus plongée dans un profond chagrin. J'appris l'effondrement de la grange de la bouche d'Elisabeth. Je ne pense pas qu'elle tira plaisir de ma peine ; le décès de John sembla l'attrister également. Pour la première fois depuis mon arrivée au manoir, je craquai et sanglotai devant la lingère. Elle ne me fit aucune remarque. Au lieu de cela, elle me laissa pleurer toutes les larmes de mon corps, et lorsque je retournai au cuvier les yeux gonflés et rougis, une traînée de morve et de larmes mêlées sur le devant de ma chemise, elle ne me fit aucune remontrance.

À compter de ce jour-là, ma vie au manoir devint un calvaire. Je dînais seule et écoutais les battements assourdissants de mon cœur tout au long de mes nuits blanches. Je n'avais pas d'appétit, et les robes qui étaient devenues trop serrées à cause de ma poitrine naissante et de mes hanches étaient à nouveau trop grandes. À la buanderie, je vaquais à mes tâches machinalement, tel un somnambule, ne prêtant aucune attention à la lingère durant les rares moments où elle était d'humeur causante. Je me sentais transparente.

À l'occasion des jours fériés et des fêtes religieuses, j'avais le droit de quitter le manoir, et je voyais alors ma famille, le plus souvent à l'église. Ce qui aurait dû m'apporter du réconfort renforçait au contraire étrangement mon sentiment de solitude. Tout le monde dans ma famille s'était marié, et Lottie avait déjà eu deux bébés, dont l'un mourut en bas âge. Mon père avait épousé une veuve du village, une pipelette dotée d'une langue de vipère. Mon frère et sa femme vivaient encore chez lui, et Lottie habitait à Nether End, un peu plus près de l'église. Sans dot, Lottie n'avait pu faire mieux qu'un serf aussi pauvre que notre père, et si son mari était très croyant, je doutais qu'elle en fût éprise.

Elisabeth était à mes yeux un rappel constant de ce que deviendrait ma vie si je ne me trouvais pas de mari. Elle n'évoquait jamais la scène que j'avais surprise dans la chambre, mais pour moi, il était évident qu'elle avait préféré la débauche au dur labeur de lingère. Même à quatorze ans, je comprenais cependant que la paresse ne pouvait totalement expliquer un tel choix ; le désespoir avait dû également la pousser dans cette direction. Cette même désolation confuse qui me broyait peu à peu le cœur. Des mains abîmées, un dos endolori, un labeur incessant, une solitude de tous les instants façonnaient ma vie, nuit et jour. L'avenir ne serait qu'une triste répétition monotone, qui ne me mènerait à rien si ce n'était à une fin dérisoire.

Alors que j'allais bientôt être en âge de me marier, j'étais trop noyée dans mes contradictions pour déplorer réellement l'absence de prétendant. Même si le mariage était préférable à la vie au manoir, il ne constituait pas une échappatoire. Ce que je pouvais espérer de mieux, c'était la vie que menait ma sœur : une maison enfumée, pleine de saletés et de paille, un ventre vide, des bébés morts. J'étais une souris acculée contre un mur, cherchant désespérément une faille pour s'échapper. En vain.

On dit qu'à quelque chose malheur est bon, et il est vrai que si Elisabeth s'était montrée moins malveillante, je n'aurais peut-être jamais eu vent de cette opportunité. Par un chaud après-midi d'août, elle me nargua pendant que j'étais agenouillée sur le bord du bassin, occupée à laver à la brosse des chemises. Des gouttes de sueur s'échappaient du bandeau de mon bonnet, dégoulinant le long de mon nez ou de ma mâchoire avant de s'écraser dans l'eau tiède. Elisabeth était venue s'allonger pour profiter de la pénombre et de la relative fraîcheur de la buanderie ; elle s'était installée contre une pile de linge, vêtue seulement d'une chemise, et s'éventait à l'aide du couvercle d'un petit panier en osier.

« Geoffrey m'a signalé quelque chose. »

Je chassai une mouche qui tournait de façon erratique autour de ma tête et recommençai à frotter, me moquant de ce qu'elle avait à raconter.

« J'ai appris que l'abbesse Elfida a demandé qu'on lui envoie une gamine pour s'occuper de sa mère. »

Le ton de sa voix m'indiquait que cela n'annonçait rien de bon, mais elle avait piqué mon intérêt. Je mordis à l'hameçon. « Que voulez-vous dire, mademoiselle ?

— La mère de l'abbesse avait une femme de chambre qui est tombée malade. Cela va prendre du temps pour en trouver une autre, alors l'abbesse a demandé qu'on lui prête une gamine du manoir. J'ai dit à Geoffrey que nous ne pouvions pas nous passer de toi, évidemment. »

Ma gorge se serra. « Je ne suis pas sûre d'avoir compris, mademoiselle.

— Je veux dire par là, petite sotte, que tu aurais pu aller à l'abbaye pour jouer les femmes de chambre auprès de la rombière. Mais tu n'iras pas. » Le gras pâle de son bras s'agitait comme un poisson au bout d'un hameçon quand elle s'éventait. « Ils trouveront une gamine dans l'un des autres manoirs de la région. De toute façon, nous n'avons que toi. » Elle fronça le nez. « Ils ont une gardeuse d'oies et des femmes de chambre pour s'occuper de la maîtresse au manoir de Cothay, sans compter les deux laveuses. Si l'abbesse veut une fille de chez nous, c'est uniquement parce qu'elle sait que le poivrot ne protestera pas. Et puis Geoffrey affirme qu'elle veut nous punir de notre piètre contribution. Dieu m'en est témoin, c'est à peine si nous arrivons à garder la tête hors de l'eau. »

Je luttai pour contrôler ma voix. « Quand le message est-il arrivé, mademoiselle ?

— Vers 9 heures ce matin. Le messager de l'abbesse est encore en cuisine, il attend le souper. Un diable à la peau mate. »

Je me remis à la tâche, tentant d'ignorer le rugissement dans ma tête. Je ne supportais pas l'idée qu'une échappatoire s'était miraculeusement présentée et que je pusse en être privée par celle à qui je voulais le plus fausser compagnie. Si je n'étais plus une enfant – je faisais une bonne tête de plus qu'Elisabeth et j'avais autant de force qu'un garçon –, je me sentais totalement impuissante face à la lingère.

Une douleur aiguë mit un terme à mon apitoiement. Je venais de m'écorcher les jointures contre la pierre rude du bassin. L'espace d'un instant, mes doigts se relâchèrent ; j'observai les nouveaux sillons roses que j'avais creusés par maladresse se remplir lentement de rouge. Assise sur mes talons, je suçai le sang qui perlait. Il avait le goût métallique d'une lame de couteau.

La douleur calma l'effervescence de mon cerveau. Il devait y avoir un moyen de passer outre à Elisabeth ; je ne pouvais pas rester assise là, sans rien tenter, alors qu'elle refermait ma porte de sortie. Je devais faire en sorte d'approcher Emont. Si j'échouais, j'aurais au moins la satisfaction personnelle de ne pas m'être laissé marcher dessus. Je repris le travail, laissant germer ma nouvelle résolution.

Quand arriva l'heure du souper, je répandis les cendres sur le linge à laver, m'essuyai les mains et me rendis d'un pas lent en cuisine. Le chaos habituel y régnait. Les domestiques qui faisaient le service pour le lord venaient juste de finir dans le grand hall, et les autres s'installaient aux tables à tréteaux pour manger à leur tour. Il faisait plus chaud ici que dans la buanderie, et les hommes avaient le visage rouge et couvert de sueur. Nous n'étions pas censés finir les restes du repas servi au maître, mais comme Emont ne disposait pas de chapelain pour en assurer la distribution aux nécessiteux, et qu'il n'y avait pas d'invités ce soir-là, les serveurs rapportèrent un plat d'esturgeon aux poires et raisins et une tourte au pigeon. Sur les tables se trouvaient du rôti de porc, des carottes, des navets et des chopes en céramique, pleines de bière.

Le messager de l'abbesse était assis près de la porte, dévorant avec enthousiasme un morceau de porc. Je l'avais déjà remarqué quand il s'était arrêté pour prendre un repas au manoir. Il était bien différent des gens que j'avais pu rencontrer ; sa peau était couleur noisette, comme s'il avait passé toute sa vie au soleil, mais son visage n'était ni tanné ni ridé comme on aurait pu s'y attendre. Il paraissait toujours de bonne humeur, plaisantant avec le personnel des cuisines. Il se déplaçait avec élégance et assurance, mais ne se montrait pas hautain envers les domestiques, quoiqu'ils ne fussent pas de même condition.

Sans réfléchir, je me dirigeai vers lui et me plantai de l'autre côté de la table. Quand il releva la tête, je lui fis la révérence. « Bonjour, monsieur. Je suis Agnès. » Je n'avais pas pensé à quoi dire ensuite.

Le messager s'adossa à sa chaise, étirant ses longues jambes, et m'adressa un sourire radieux. Ses dents blanches et bien alignées étaient comme un collier de perles, et son sourire aurait pu illuminer une cathédrale. « Bonsoir, Agnès. Je m'appelle Fernan. Je suis ravi de faire ta connaissance. » Il s'exprimait avec un léger accent, reste d'une enfance passée en Aquitaine, comme je l'apprendrais plus tard.

« J'ai su que vous avez porté un message concernant un travail à l'abbaye.

— Comment se fait-il que l'assistante d'une lingère connaisse le contenu d'un message adressé à son maître ? dit-il en haussant ses sourcils noirs.

— Comment savez-vous que je travaille à la buanderie ?

— Si tu n'y travailles pas, alors tu t'occupes de nettoyer les cheminées, petite cendrillon ! » Il éclata de rire et je rougis jusqu'aux oreilles. J'avais oublié de m'essuyer le visage avant de venir souper.

« Avez-vous déjà remis ce message au lord ? » Malgré mon embarras, je le regardai droit dans les yeux. Je savais d'après les dires de la lingère que l'on avait en réalité confié le message au chambellan.

Son sourire vacilla. Il ouvrit la bouche pour dire quelque chose, mais se ravisa. Cette fois-ci, ce fut moi qui haussai les sourcils, ce qui le fit rire à nouveau. « Disons que je n'ai pas remis le message en mains propres, mais il arrive qu'on ne lise pas le courrier qui vous est adressé. » Fernan désigna d'un geste affable le banc devant moi. « Mais assieds-toi donc, je t'en prie ! J'ai un faible pour les jeunes effrontées.

— Je n'ai pas le droit de m'asseoir ici, monsieur. Cette table est réservée aux personnes les plus haut placées. » Il aurait dû le savoir. Il se moquait de moi. Les domestiques qui rejoignaient leur table me lançaient déjà des regards réprobateurs. Si le chambellan venait, j'aurais des ennuis.

« Balivernes ! Tu es mon invitée.

— Vraiment, je ne peux pas. » Sa désinvolture m'irritait. « J'ai une faveur à vous demander. » Ma témérité me surprenait moi-même.

« Et quelle en serait la teneur ?

— Pouvez-vous vous entretenir avec sir Emont au sujet de sa réponse à votre message avant de partir ? Pouvez-vous demander à le rencontrer après le souper ? »

Fernan essuya la sueur de son front avec sa manche. « Je pense pouvoir deviner la raison de cette étrange requête, et je ne refuse pas de t'aider. J'ai de toute façon besoin que sir Emont signe la réponse que j'ai préparée. » Il tapota la sacoche posée à côté de lui. « Il y a peu de chances, cependant, que ton maître s'oppose à la recommandation de Geoffrey.

— Je le sais bien, monsieur. Mais je vous en serais néanmoins reconnaissante. »

Il haussa les épaules et sourit. « Très bien, alors ! Je te souhaite bonne chance, petite lingère. »

Mon cœur battait la chamade alors que je retournais m'asseoir à ma place habituelle, presque à l'autre bout de la salle. Avant, je prenais généralement mes repas avec John et le vieux William, le commis qui récompensait mon bavardage par des friandises qu'il dérobait dans les cuisines pendant la journée. Ce pauvre William, si frêle, trimait chaque jour sans relâche, et l'année de mes quatorze ans, il avait succombé à une fièvre cérébrale, conséquence d'une surcharge constante de travail. Depuis, je m'asseyais entre une jeune femme renfrognée au visage poupin et un commis à la peau grasse. La première m'ignorait complètement et le second pressait sa jambe maigre contre la mienne à la moindre occasion. Comme d'habitude, nous soupâmes en silence. J'étais trop nerveuse pour avaler quoi que ce fût, mais je devais attendre patiemment que tous les domestiques eussent fini dans le grand hall. Je remuais doucement la nourriture dans mon bol, observant soigneusement les allées et venues par la porte de la cuisine, car si je tardais trop longtemps, le chambellan en aurait terminé avec son repas et reviendrait rôder dans les parages. Quand j'estimai que je ne risquais plus rien, je souhaitai bonne nuit à mes compagnons de table et m'éclipsai. Fernan était encore à table ; alors que je passai derrière son large dos, la joyeuse histoire qu'il racontait provoqua un éclat de rire général.

Ma vie aurait été très différente si, ce soir-là, je n'avais pas trouvé Emont encore assis dans le grand hall. Le soleil pourpre se couchait à l'horizon et diffusait dans la pièce une lumière flamboyante. Alors que je longeais la série de fenêtres à croisée, je remarquai qu'à travers le vitrage le soleil avait des airs de pomme d'amour dansant dans un tonneau d'eau de pluie. Emont fixait le fond de sa coupe, indifférent au crépuscule. Je m'approchai de front afin de ne pas le surprendre, mais il mit tout de même un moment avant de me remarquer.

« Agnès. Que fais-tu là ? Tu es bien sale. »

Je rougis pour la seconde fois de la soirée. J'avais oublié la suie sur mon visage. « J'ai appris, monsieur, que l'abbesse Elfida a besoin que je remplace la femme de chambre de sa mère. Le temps qu'on lui trouve une remplaçante convenable au château. »

Il plissa les yeux. « Geoffrey m'en a informé. Il m'a également dit qu'il ne pouvait pas se passer de toi. »

Je m'armai de courage. « Monsieur, un refus de votre part ne risquerait-il pas de contrarier un peu plus l'abbesse ?

— Un peu plus ?

— Oh... Je me montre bien impolie, monsieur... Je n'aurais pas dû venir vous déranger. C'est seulement que la lingère semblait craindre les représailles de mère Elfida si l'on refusait que je me rende à l'abbaye. Elle dit que les modestes contributions d'Aviceford déplaisent à l'abbesse, et qu'un refus de notre part redoublerait son mécontentement. Je suis venue vous voir uniquement parce que la lingère était vraiment inquiète. Loin de moi l'idée de me montrer impertinente, monsieur. »

Emont se renfrogna. Il avala une longue gorgée de sa coupe et la reposa lourdement sur la table.

« Monsieur, si vous m'aviez envoyée là-bas, je me serais comportée avec diligence et piété, mais je vois bien que je n'aurais pas dû vous déranger avec des choses qui me dépassent. Vous m'en voyez bien désolée. » Je fis une révérence et baissai les yeux, attendant qu'il me congédiât.

Emont n'avait peut-être pas le cran d'en discuter avec Geoffrey, mais je sentais que mes mots avaient eu l'effet escompté. Il grogna, irrité, et m'enjoignit de partir, en ronchonnant. Je filai m'abriter en territoire sûr et familier, loin du chambellan.

J'eus vent de mon succès au petit matin, quand la pointe de la botte de Fernan asticota mon coude. Je m'étais endormie sur le ventre, à même le sol de la cuisine, et les brumes épaisses du sommeil mirent un certain temps à se dissiper.

« Allez, debout ! Nous avons une longue route à faire », chuchota-t-il.

Quand je compris qu'il m'emmenait à l'abbaye, mon cœur fit un bond dans ma poitrine, mais je pris soin de ne pas laisser transparaître mon excitation. Fernan me tourna le dos pendant que je me changeais. Je rassemblai en silence mes quelques affaires, dont ma collection de pierres, et les rangeai dans mon sac. Dieu merci, il faisait plus frais ce matin-là que la veille, je n'avais même pas besoin de ma cape. J'attachai mes nattes avec une épingle et me couvris la tête de la coiffe grise que je réservais aux rares sorties hors du manoir.

Alors que nous quittions les cuisines, je jetai un œil sur la silhouette corpulente de la lingère, étalée sur le dos dans sa fine chemise, le corps luisant de sueur sous la faible lumière de l'aube. Je priai pour ne plus jamais la revoir.

6

L'abbaye d'Ellis

Fernan me mena en silence aux écuries. Il avait l'air moins amical que la veille, mais je m'en moquais. Tout me donnait envie de chanter : l'aube pleine de promesses laissant place à la brillante clarté du jour, la rosée sur mes chaussures, la douce odeur de chèvrefeuille dans l'air. Je m'arrêtai au tonneau d'eau de pluie pour me laver le visage et courus ensuite pour rattraper Fernan, qui avançait à grandes enjambées. Il marchait d'un pas allègre, laissant derrière lui des empreintes sombres dans le sol scintillant. J'étais contente de constater que je pouvais suivre son rythme, car je faisais presque la même taille que lui. Je nous imaginais en loups filant en douce sur l'herbe tachetée de lumière.

Le garçon d'écurie avait déjà sellé la monture de Fernan, une jument gris argenté du nom de Perla. Je devais monter en croupe derrière Fernan, et il y eut un moment de gêne quand il devint évident que je n'avais jamais grimpé sur un cheval de ma vie. Grâce aux efforts combinés de Fernan qui tirait et du gamin qui poussait, je fus enfin installée, mon sac devant moi, mes mains agrippées à l'arrière de la selle.

Heureusement, Perla était un bon ambleur, et même si Fernan me disait que je montais comme un sac de patates, je ne mis pas longtemps à me détendre et à profiter du paysage. Fernan parla peu, et je fis de mon mieux pour ignorer son dos massif ; quelque chose me mettait mal à l'aise dans la manière dont sa fine tunique lui tombait sur les épaules, lui collant à la peau dans la chaleur de cette fin de matinée.

À la campagne, août est un mois animé. Les cueilleurs de fruits avaient envahi les vergers, et les branches des arbres tremblaient sous leur poids. Femmes et enfants passaient dans les rangées avec leurs paniers, rouspétant quand une pomme leur tombait sur la tête. Les champs eux aussi étaient en pleine effervescence, tous les bras disponibles avaient été enrôlés pour les moissons de blé et de seigle. Des groupes de faucheurs longeaient les palissades de céréales dorées, coupant les tiges avec leurs faucilles luisant au soleil, des lieurs suivaient pour les mettre en gerbes. Le temps avait été clément cette année-là : il avait fait sec et exceptionnellement chaud toute la semaine, ce qui rendait la moisson plus facile, et si les moissonneurs n'en étaient pas mécontents, ils maudissaient sans doute la canicule. Je savais que mon père et mon frère devaient se trouver parmi les paysans, mais je ne pus les apercevoir ce jour-là.

Le temps sec accéléra notre voyage, et nous franchîmes bientôt les limites du domaine du manoir d'Aviceford. Alors que le soleil grimpait haut dans le ciel, nous entrâmes dans un petit bourg qui s'appelait Old Hilgate, d'après Fernan. C'était un endroit morne et nauséabond, aux étals branlants faits de bois et de torchis, dont certains hauts de trois niveaux, qui encombraient la rue étroite et sillonnée d'ornières. Perla dut se frayer un chemin à travers des enfilades d'ordures jetées par les portes et les fenêtres, et au débouché des ruelles, tonneaux, cageots brisés et autres détritus s'accumulaient. Peu d'habitants flânaient dans les rues, car ce n'était pas jour de marché et tout était fermé.

Fernan me dit que les jours de marché, la ville se transformait avec l'afflux de gens venant de la campagne et des manoirs alentour. On ouvrait grands les volets des échoppes, les rues grouillaient d'une foule animée, et la taverne regorgeait de clients. La musique et le badinage réveillaient la place aujourd'hui silencieuse : au rythme des ventes et des achats, on se racontait les derniers potins, on donnait des nouvelles, on cherchait à séduire. « Tout cela pourrait plaire même à une fille sérieuse comme toi », commenta Fernan. Je ne pouvais pas voir son visage, mais je savais qu'il souriait.

Quand nous arrivâmes au centre de la place, Fernan arrêta Perla. « On ferait mieux de déjeuner ici », dit-il en désignant un petit bâtiment ; une enseigne en couronnait le toit de chaume. « D'habitude, la bière est diluée, mais la nourriture est correcte. » Il me tendit la main, et je ne compris pas immédiatement qu'il voulait que je descendisse. Avec un soupir, il se retourna sur la selle et m'attrapa par la taille. Je poussai un cri de surprise lorsqu'il me souleva de mon perchoir et me fit glisser le long du flanc de Perla, me relâchant à mi-chemin. J'atterris indemne, même si sa poigne avait été désagréablement ferme. C'était surtout mon amour-propre qui était blessé.

« Je n'apprécie pas d'être traitée comme une enfant !

— Eh bien, la prochaine fois, tu descendras comme une dame. Rends-moi service et tiens les rênes. »

Je les pris à contrecœur. Il sauta à terre et, d'un pas ferme, alla chercher quelqu'un dans la taverne pour que son cheval puisse manger et boire. Il ramena un galopin, au nez morveux et mal débarbouillé, et lui confia Perla.

La taverne enfumée était mal éclairée par quelques chandelles de suif et un feu paresseux ; il y avait quatre longues tables, toutes vides si l'on ignorait le fatras de pichets qui en encombrait les extrémités. La paille aplatie au sol pourrissait, jonchée de restes de nourriture oubliés là depuis un moment.

Nous prîmes place près de l'unique fenêtre dans l'espoir qu'une brise vienne atténuer la puanteur des lieux, et la corpulente patronne vint prendre notre commande. Sa mine revêche s'adoucit quand Fernan la taquina gentiment. La bière qu'elle nous servit était en effet diluée et avait un goût amer, mais la tourte à la viande était correcte, tout comme la compotée de pommes. Vu la saleté qui régnait dans la taverne et la mauvaise qualité de la bière, je ne fus pas surprise d'apprendre que c'était la fille de la patronne qui officiait aux fourneaux. Il aurait fallu qu'elle s'occupât aussi du ménage.

Fernan me taquina comme il l'avait fait avec la patronne, et je lui pardonnai bientôt la brusquerie avec laquelle il m'avait fait descendre de la jument. En terminant notre repas, je lui demandai comment il avait appris à lire et à écrire. Les seules personnes lettrées que j'avais connues étaient des prêtres et des nobles, et j'en ressentais une pointe de jalousie. Fernan accepta de me répondre ; il sembla même ravi de s'écouter parler.

« J'ai appris à lire le latin durant mon enfance en Aquitaine. J'ai grandi en marge de la cour d'Edward de Woodstock, prince de Galles... Il était également prince d'Aquitaine, bien entendu. »

Je n'y connaissais rien en princes et en Aquitaine, alors je ne fis aucun commentaire.

« Quand mon père était jeune chevalier en Castille, il s'est fait enrôler au service du prince. À l'en croire, mon père ne s'intéressait pas au conflit de succession, car il n'avait pas une goutte de sang castillan dans les veines. C'était un païen de Grenade. »

Je me raidis en entendant le mot « païen ».

« Mon père était mercenaire. C'était un habile chevalier, et il a bien servi le prince. Edward de Woodstock était un valeureux guerrier et un bon chef. Mon père l'admirait. » Fernan marqua une pause et regarda par la fenêtre. Le soleil fit briller vivement ses yeux couleur ambre. Quand il regarda le fond de sa coupe, leur couleur vira au marron ordinaire et banal, comme de petites lanternes qui venaient de s'éteindre.

« Mon père a juré fidélité au prince. Il a suivi Edward en Aquitaine et s'est converti au christianisme. C'est ainsi que j'en suis venu à naître en Aquitaine. Mon père m'a appris à monter à cheval et à manier l'épée, et le prince m'a autorisé à m'instruire aux côtés des autres garçons de la cour. » Il me sourit, conscient peut-être que j'étais à la fois admirative et sur la défensive à cause de mon propre manque d'instruction. « Et c'est comme cela, petite lingère, que j'ai appris à lire et à écrire.

— Et votre mère ?

— Je ne l'ai jamais connue. Mon père m'a dit qu'elle était belle et pieuse.

— Avez-vous des frères et sœurs ?

— Non, aucun.

— Comment vous êtes-vous retrouvé en Angleterre ?

— Mon père est mort de consomption. Lorsque le prince est rentré en Angleterre, il m'a fait venir et m'a confié à mère Elfida, qui est la cousine issue de germains de son père.

— Pourquoi n'êtes-vous pas chevalier ? »

Fernan sourit et s'adossa au mur, faisant pivoter ses jambes pour les allonger sur le banc. « Est-ce l'inquisition ? Tu devrais plutôt me raconter comment tu en es arrivée à travailler à la buanderie du manoir d'Aviceford.

— Je suis la fille cadette, ma mère est morte, mon père ne pouvait plus me garder avec lui. Il fallait bien que je mange.

— Je te suggère d'enjoliver ton histoire juste un rien, pour le plaisir de ton auditoire.

— Je n'aime pas les fioritures. Pourquoi n'êtes-vous pas chevalier ?

— Pour être chevalier, il ne suffit pas de savoir se battre et monter à cheval, Agnès. Les Anglais me considèrent comme un homme de basse extraction.

— Et ce, même si votre père était chevalier ?

— Ce n'était pas un chevalier *anglais*.

— Je vois. Bon, alors comment êtes-vous devenu messager ?

— Mère Elfida a décidé que, puisque je savais lire, écrire, monter et me servir d'une épée, je ferais un parfait messager. Et je suis bon, si je puis me permettre. Cela me plaît aussi. Le travail paie bien, car il est dangereux. Et je rencontre beaucoup de jolies filles.

— Ne te moque pas, dis-je d'une voix qui me parut sévère. De quel danger parles-tu ?

— Je pourrais avoir des douleurs au postérieur.

— Un fessier délicat constitue un handicap certain, il est vrai.

— Où sont passés tes "oui, *monsieur*" et "non, *monsieur*" ?

— À présent je suis femme de chambre. Et tu n'es guère plus âgé que moi... *monsieur*. »

Il éclata de rire, dévoilant ses dents brillantes. « Tu n'es pas aussi guindée que tu veux le faire croire ! »

J'ouvris la bouche pour poser une nouvelle question, mais il m'interrompit : « Nous devrions nous remettre en route. Il nous reste encore quelques heures à chevaucher, et tu ne sembles pas à court de questions ! » Quand il posa dix pence sur le comptoir, mon expression dut trahir mes pensées, car il rit à nouveau : « Je t'avais dit que j'étais bien payé ! »

Nous fîmes le reste du voyage en silence, et je savourai d'être laissée à mes heureuses pensées. Dieu m'avait ouvert une fenêtre, je filai droit devant, telle une flèche, et mon ascension me donnait le tournis. Le manoir ne me semblait déjà plus qu'un mauvais souvenir.

Alors que nous approchions de l'abbaye, la forêt s'épaississait et devenait inhospitalière. L'abbaye d'Ellis avait été construite sur l'île d'Ellismere, qui n'était pas réellement une île, car un mince isthme la rattachait au rivage du lac. Elle était densément boisée, une étendue inhabitée, exception faite de l'abbaye et d'un pavillon de chasse appartenant au roi.

L'abbaye nous apparut enfin. L'ensemble des bâtiments était entouré d'un imposant mur de pierre qui aurait pu servir de fortification à un château ; au-delà de ce mur, des flèches en albâtre se dressaient comme des doigts pâles pointant vers le firmament. Le lac était un miroir réfléchissant le ciel bleu et ses doux nuages, et on aurait dit que le Royaume de Dieu était partout autour de nous, à portée de main.

Mon pouls s'accéléra en passant dans la pénombre du grand porche. Au-dessus de l'arche, trois mots étaient gravés profondément dans la pierre noircie de mousse.

« Qu'y a-t-il d'inscrit ? demandai-je.

— Il est écrit : “Bienvenue, petite cendrillon !” »

Je ne le gratifiai pas d'un rire, et il ne pouvait pas me voir sourire.

L'abbaye avait été construite de manière à ce que la première vision qui s'offrît aux visiteurs fût celle d'une avenue parfaitement droite, bordée d'ormes magnifiques. Au bout de cette allée, encadrée d'arbres, se trouvait la façade fantomatique de l'église. Des contreforts saillants soutenaient de hauts murs et une toiture voûtée en pierre, lui conférant l'apparence d'un oiseau blanc prêt à s'envoler. Le mur extérieur de la nef était orné d'une rosace et de fines ogives alternant avec des arcades décoratives. L'église ne semblait pas surchargée, mais spacieuse et gracieuse, tendue vers le ciel.

Au lieu d'emprunter cette allée, nous nous dirigeâmes vers l'écurie, passant devant un jardin de roses et un bassin à poissons, puis un champ de lavande à la couleur éclatante. Même dans mes rêves les plus fous, rien n'aurait jamais pu égaler la beauté de ce lieu.

Fernan laissa Perla au garçon d'écurie et me conduisit avec mon baluchon vers le dortoir, un long bâtiment qui fermait un côté du cloître situé derrière l'église. « Tu ferais bien de te laver pendant que je vais voir si mère Elfida peut te recevoir », dit-il.

Je m'étais lavé le visage le matin à l'eau de pluie, mais peu importait, je n'allais pas protester. Fernan me laissa à l'entrée du dortoir et me dit d'attendre là, le temps qu'il envoie une des sœurs pour m'assister. Je m'assis sur le perron et inspirai le doux parfum chaud de l'été, observant les abeilles butiner mollement de trèfle en trèfle. Ma nausée s'estompa ; j'étais trop heureuse pour m'inquiéter.

Je sortis les pierres de mon sac et tins dans ma paume celles que je chérissais le plus. Je me considérais comme une adulte, mais l'enfance n'était pas encore totalement derrière moi. Je n'avais pas enrichi ma collection depuis que j'avais quitté la maison, car toute association avec le manoir l'aurait souillée. Si la pierre verte demeurait ma favorite, la blanche me parut presque aussi précieuse ce jour-là. Ses multiples facettes réfléchissaient le soleil. Cette petite pierre toute simple invitait à la modestie et à la pureté tout autant que l'abbaye elle-même.

Je manquai de basculer en arrière lorsqu'une nonne ouvrit la porte contre laquelle j'étais adossée ; mes cailloux résonnèrent sur les dalles alors que je me hâtai de m'agenouiller.

« Allons donc, mets-toi debout. Je dois te donner un bain. Je suis sœur Marjorie. » Sa voix rauque évoquait le bruissement de feuilles sèches. « Suis-moi. »

Je rassemblai à la hâte mes affaires et suivis la nonne au pas traînant, sous une arche ensoleillée. Le sol en pierre avait été poli dans les zones de passages fréquents ; d'un côté se trouvait un mur de colonnes, et des bouquets de pédoncules graciles en marbre sombre entouraient les piliers centraux à cannelure. Des rais de lumière obliques projetaient sur le sol les ombres des colonnes séparées par des arcades, en pleine lumière. Le voile blanc de sœur Marjorie brillait à chaque fois qu'elle traversait ces demi-lunes de clarté totale. On pouvait entendre un bruit d'eau provenant du cloître, et j'aperçus une fontaine et une profusion de fleurs avant d'entrer dans le dortoir. Je me demandai pourquoi un endroit si magique était désert.

Sœur Marjorie me fit lentement traverser le long dortoir. Elle était si petite que, de dos, si ce n'était ses épaules voûtées, on l'aurait prise pour une enfant. En dehors des matelas alignés le long des murs, cette salle immense était dépourvue de mobilier et propre comme un sou neuf. Une couche fraîche de joncs recouvrait le sol, il n'y avait aucune tache de suie aux murs, et les fenêtres ouvertes laissaient passer un léger courant d'air. Les arbres près des croisées mouchetaient la pièce de lumière et d'ombres gris clair. Le dortoir avait l'air d'un lieu agréablement frais où dormir, mais je découvrirais que l'hiver, en l'absence de cheminée, le froid pouvait y être mordant.

À l'autre bout du dortoir se trouvait le chauffoir ; on pouvait y faire du feu, mais on n'en avait pas allumé en cette journée d'été si chaude. Les fenêtres étaient réduites à des fentes en haut des murs, davantage pour évacuer la fumée et la vapeur d'eau que pour faire entrer la lumière du soleil. Les parois blanchies à la chaux, l'odeur d'eau de rose et deux imposantes baignoires en cuivre rendaient la pièce accueillante en dépit de la semi-pénombre. L'une des baignoires était encore pleine d'une eau grise et froide ; une fine écume de savon dessinait des volutes paresseuses à la surface.

« Laisse ta robe par terre. Je vais t'en rapporter une propre. » La nonne me tendit un morceau de savon et se dirigea à petits pas vers un placard à linge.

Avec un frisson de plaisir, je me rappelai que je n'aurais pas à faire la lessive. Je récitai en silence une prière de remerciements, car je n'en revenais pas de ma chance. Je me débarrassai de mes vêtements et montai dans la bassine ; j'étais trop grande pour y entrer complètement, si bien qu'avec mes genoux aux oreilles, je devais ressembler à un grillon géant.

Quelques rayons de soleil traversaient le chauffoir et cueillaient des reflets dorés sur le flanc bruni de la baignoire voisine, vide. Je regardai une araignée y descendre le long de son fil. Elle se pétrifia quand elle croisa le rayon lumineux et se mit à tourner dangereusement sur elle-même, alors je tendis la main et déchirai sa toile de mon doigt pour la déposer en sûreté sur le plancher. « Bonne chance ! » chuchotai-je alors qu'elle filait dans les ténèbres.

Sœur Marjorie revint avec une brosse à poil dur et une robe en laine grise, semblable à la sienne. Je n'aimais pas l'idée qu'on me brossât le corps ou de porter une robe aussi chaude et rêche, mais j'étais trop heureuse pour que cela me dérange vraiment. Sous sa frêle apparence, la nonne avait bien assez de force pour me frotter jusqu'à ce que ma peau prît un ton rose vif. Elle m'informa que les bains hebdomadaires étaient la règle à l'abbaye. Ce n'était pas aussi pénible que cela en avait l'air, car l'hiver, même si l'eau du bain ne restait pas chaude longtemps, un feu joyeux rendait le chauffoir douillet. De plus, une fois que les sœurs eurent considéré que je savais me laver correctement, elles m'autorisèrent à faire ma toilette toute seule.

Sœur Marjorie parlait peu ; elle ne me demanda pas même mon prénom. J'imaginai qu'à son âge, ses pensées étaient tournées vers le royaume à venir. J'enfilai une chemise de lin propre tirée de mon baluchon et la robe grise, qui était aussi inconfortable qu'elle en avait l'air. La vieille religieuse me ramena ensuite dans le cloître, en passant par le dortoir.

Ce dernier n'était plus désert. Une douzaine de nonnes étaient assises sur des bancs en pierre ou déambulaient en silence dans les allées qui séparaient quatre jardins de fleurs. Les allées se croisaient au centre du cloître, où se dressait une fontaine à trois étages dont l'eau se déversait dans un bassin quadrilobé en pierre noire lisse. Les jardins étaient pleins de couleurs à cette période de l'année, foisonnant de roses, de millepertuis, de digitales, de bleuets.

Les allées et venues dans le cloître de ces vestales vêtues de gris finiraient par me devenir familières. Leurs journées, comme les phases de la lune, s'écoulaient avec une tranquille régularité. On avait assigné une tâche à chaque nonne afin d'assurer le bon fonctionnement de l'abbaye, mais tout, y compris le sommeil, passait après la prière. Matines, laudes, prime, tierce, sexte, none, vêpres et complies étaient un devoir divin : ces prières marquaient le passage des heures et donnaient du sens à chaque journée. Lorsque les cloches du carillon retentissaient, l'abbaye se recueillait à l'unisson.

Sœur Marjorie s'approcha d'une autre nonne dans le cloître. Elles murmurèrent doucement, la plus grande se pencha pour entendre, et leurs voiles retombèrent simultanément, masquant leurs visages. Sœur Marjorie me désigna du doigt avant de me faire signe d'approcher. L'autre nonne avait un visage rond, et des fossettes se dessinèrent au creux de ses joues lisses quand elle me sourit. « Moi aussi je m'appelle sœur Marjorie. Tu pourras donc t'en souvenir facilement. Les sœurs m'appellent Marge. Quel est ton nom, ma petite ?

— Agnès, ma sœur.

— C'est très joli, un saint nom. Sœur Marjorie me dit que je dois t'amener à la salle capitulaire pour y rencontrer mère Elfida. » Elle m'examina du regard. « Sais-tu comment te tenir lors d'une audience avec l'abbesse ?

— Non, ma sœur, dis-je en déglutissant nerveusement.

— Suis-moi. Nous attendrons dans le vestibule, et je t'expliquerai tout cela. »

Nous traversâmes le cloître jusqu'à un bâtiment rond au toit voûté. Avec ses moulures décoratives et ses vitraux encadrés par d'imposants arcs en ogive, il était presque aussi chargé que l'église. La nonne me fit entrer dans une antichambre sombre et froide et m'indiqua un banc de pierre faisant saillie du mur. Des voix étouffées nous parvenaient depuis la chambre intérieure, mais je ne distinguais pas ce qui se disait.

Des hommes, simples particuliers, vêtus comme des paysans, arrivèrent et s'assirent sur le banc opposé, attendant patiemment comme nous. Je reconnus parmi eux le représentant des fermiers du manoir d'Aviceford ; il devait avoir une requête spéciale pour l'abbesse.

Sœur Marjorie pencha vers moi son visage constellé de taches de rousseur et me donna les instructions suivantes dans un murmure à peine audible : « Lorsque tu entreras, agenouille-toi sur le pas de la porte, puis avance jusqu'au centre de la pièce, où tu devras à nouveau t'agenouiller. Ne bouge que si mère Elfida t'invite à t'approcher, agenouille-toi encore et attends qu'on t'adresse la parole. Quand tu devras t'exprimer, commence toujours par une formule de politesse. Incline-toi à chaque fois que tu es autorisée à parler. As-tu bien compris ? »

Le doute m'assaillit ; je n'étais pas certaine d'avoir bien suivi, tout cela m'était si étranger, mais j'acquiesçai néanmoins.

« À présent, reste tranquillement assise, chuchota-t-elle. On viendra te chercher quand elles seront prêtes. La prieure va te recevoir entre deux audiences, alors la tienne sera brève. » Elle m'adressa un sourire d'encouragement avant de repartir d'un pas discret.

Un temps qui me sembla durer une éternité passa avant que la lourde porte de la salle capitulaire ne s'ouvrît sur un groupe de sœurs qui se dispersèrent au-dehors, leurs voiles blancs voletant derrière elles. L'une d'entre elles me fit signe d'entrer. Je m'approchai avec hésitation de la porte. Quand j'arrivai sur le seuil, je m'agenouillai et relevai la tête. Il me vint une idée aussi fugace que saugrenue : je crus pénétrer dans une forêt de joyaux. Les couleurs du vitrail se mêlaient aux ombres et m'évoquaient la lumière filtrée par le feuillage dense de la cime des arbres, et le plafond était si haut et sombre qu'il aurait très bien pu ne pas exister. À l'autre bout de la pièce se trouvait une estrade et sur cette estrade, assise dans un fauteuil de bois richement sculpté, se trouvait l'abbesse. La prieure se tenait bien droite à ses côtés, vigilante et soumise. L'extrémité d'une plume s'activait sur un lutrin en laiton en forme d'aigle ; la nonne qui écrivait était trop petite pour que je pusse l'apercevoir.

Mère Elfida me fit un signe de la main ; j'avançai jusqu'au centre de la salle puis m'agenouillai à nouveau, comme on m'avait dit de le faire. La prieure, impatiente, gloussa et dit : « Approche, petite ! Tu n'es pas une tortue. »

Je m'approchai de l'estrade, m'agenouillant pour la troisième fois. Mère Elfida était menue et délicate, telle une enfant qui jouerait au roi en s'asseyant sur le trône de son père. Ses traits ravissants auraient pu avoir été sculptés dans l'albâtre, si blanc et impassible était son visage. Elle portait la même robe grise et la même coiffe immaculée que les autres nonnes, mais son voile était plus long et une lourde croix en or pendait à son cou. Ses yeux étaient bleu-vert et je vis qu'elle était blonde à la courbe de ses sourcils pâles et fins.

« Qui est-ce donc ? » La voix de mère Elfida avait le timbre pur d'une clochette.

Je n'étais pas sûre qu'elle se fût adressée à moi, mais le regard noir que me lança la prieure me fit répondre d'une voix rauque et nerveuse : « Que Dieu vous bénisse, madame ; je m'appelle Agnès et le lord d'Aviceford m'envoie travailler en tant que femme de chambre.

— Femme de chambre ? Mais il n'y en a aucune à Aviceford. Oh ! tu dois être la fille que l'on a fait venir pour aider Mary à Rose House. J'espère que tu sais faire le ménage ? La charge de travail n'est pas lourde, mais tu pourras aider à la buanderie si tu as du temps libre. »

J'eus l'impression que, depuis le début, j'avais toujours su au fond de moi que je ne pourrais pas devenir femme de chambre et que, en pauvre sotte, j'avais refusé de l'admettre. Évidemment que la lingère avait enjolivé la nature du poste afin que je me sentisse minable, incapable de l'occuper. Pourquoi n'y avais-je pas pensé plus tôt ? Elle aurait voulu obtenir le poste s'il avait vraiment été intéressant. J'étais venue à l'abbaye pour faire le même genre de travail qu'au manoir, et la lingère le savait. La garce.

« Conduisez-la à Mary pour qu'elle trouve ses marques. Que Dieu t'accompagne, Agnès. »

Je m'inclinai et reculai de quelques pas ; une nonne me prit par le coude et m'entraîna dehors. Comment avais-je pu supposer une chose si idiote ? Pire encore, comment avais-je pu la formuler à voix haute ? L'abbesse semblait avoir ignoré ma remarque, mais j'aurais voulu remonter le temps et faire disparaître les mots que j'avais prononcés. J'enrageai en imaginant Fernan découvrir mon erreur, et m'échauffai de plus belle quand je compris qu'il savait ce qu'il en était quand je m'étais vantée de devenir femme de chambre. C'était lui qui avait apporté le message, après tout.

Jeune, on ressent plus vivement les outrages, et il m'est à présent difficile de comprendre pourquoi la fourberie d'Elisabeth fut si douloureuse pour la jeune fille que j'étais. Cela me fit vraiment souffrir. Je finis par me consoler en me disant que je m'étais évadée du manoir, et que l'abbaye avait des airs de paradis. Je décidai que cette humiliation était ma punition pour mon orgueil, péché dont j'allais devoir arracher les racines ancrées dans mon âme.

7

Rose House

Mary supervisait l'entretien des quartiers d'habitation connus sous le nom de Rose House, l'une des nombreuses annexes de l'abbaye qui, du fait de son isolement, n'avait d'autre choix que d'être autonome. L'ensemble comprenait une infirmerie, une hôtellerie, une boulangerie, une brasserie, une buanderie, des ateliers et, bien sûr, des granges, des étables, un poulailler et une porcherie. Au-delà de ces bâtiments se trouvaient les jardins potagers, les vergers, de modestes champs de céréales et un moulin dans lequel les nonnes moulaient leur blé.

Rose House pouvait accueillir jusqu'à quatre résidents, et il s'agissait le plus souvent de personnes aisées. Durant la période où je travaillais à l'abbaye, cependant, la totalité du bâtiment fut mise à la disposition de la mère de l'abbesse, la comtesse douairière de Wenslock. Lady Wenslock était une cousine du précédent roi et possédait une immense fortune à titre personnel. Il se disait parmi les domestiques qu'elle avait choisi de vivre à l'abbaye afin d'expier les péchés qui avaient plongé sa fille aînée dans la folie. La Providence a voulu que les deux fruits issus des entrailles de lady Wenslock connussent des destins bien différents. Mystique et philosophe, l'abbesse Elfida était devenue un instrument puissant au service de Dieu, alors que lady Alba était tombée entre les mains du Diable et avait plongé dans la démence. Si j'avais su le rôle que cette dernière allait jouer dans ma vie, j'aurais peut-être écouté les commérages avec plus d'attention.

Si Rose House ne disposait pas de la même opulence que ses nobles résidents, elle était loin d'être rustique. Chacun des quatre appartements pouvait se targuer d'un hall de bonne taille décoré de tapisseries, de panneaux de bois sculptés et de moulures, et lady Wenslock avait apporté meubles, statues et argenterie. Il y avait des appartements privés pour dormir et faire salon, et les lieux d'aisances étaient de bonne taille. Lady Wenslock ayant revendiqué pour elle-même le plus grand appartement et transformé les trois autres en annexes, elle réservait des pièces à la musique, à la broderie, à la lecture, aux repas et aux invités. Durant l'année, des visiteurs venaient en nombre de la ville pour s'installer chez elle et profiter d'une retraite au calme. Pour les personnes aisées, c'était un pèlerinage en lieu saint, car l'abbaye d'Ellis était un sanctuaire fortement marqué par la présence de Dieu.

Si lady Wenslock ne menait pas une vie d'anachorète, elle ne disposait pas pour autant du confort matériel habituellement dû aux femmes de son rang. C'était principalement Mary, une jeune femme issue du noviciat, qui s'occupait d'elle, et Mary avait sous ses ordres une unique domestique (le poste que j'allais occuper), même si elle pouvait au besoin demander de l'aide à d'autres serviteurs. Les visiteurs de Rose House venaient avec leurs gens, et tous les repas étaient préparés dans les cuisines de l'abbaye, mais en raison du nombre fluctuant d'occupants, la somme de travail nécessaire pour entretenir la dépendance variait d'une semaine à l'autre.

Je rencontrai Mary dans le hall principal. En dépit de sa majesté, l'endroit était presque chaleureux, avec ses innombrables draperies, meubles décoratifs, œuvres d'art et bibelots en tout genre. Je me demandai si lady Wenslock n'avait pas tenté de faire rentrer tout le mobilier d'un château dans Rose House.

Mary, quant à elle, offrait une vision bien moins intéressante. Mince et anguleuse, elle avait un visage blafard aux traits tirés et les rides profondes entre ses sourcils trahissaient son âge. Elle flottait dans sa robe grise et me faisait penser à un poulet, avec son menton pointu et son long cou. Elle me salua poliment et se renseigna sur mon expérience. Je mentis.

« Mes tâches étaient très variées au manoir d'Aviceford. Vous pouvez tout me demander : nettoyer, polir, approvisionner, m'occuper du feu, repasser et repriser les vêtements de Madame la Comtesse, ou faire une course. » Tout ce que Mary me demanderait serait mieux que de travailler à la buanderie.

« La comtesse est exigeante. Elle a réclamé une nouvelle domestique au château de Wenslock ; la fille arrivera le mois prochain, quand la nièce de Madame la Comtesse viendra à l'abbaye. Entre-temps, j'attends de toi que tu fasses le ménage, que tu veilles aux réserves de bois et au cellier, et que tu t'occupes du feu soir et matin si le temps se rafraîchit. C'est moi qui m'occupe de madame et de sa garde-robe. » Elle renifla. « La comtesse ne doit pas remarquer ta présence. »

Mary se raidit lorsque la comtesse douairière en personne fit son entrée dans le hall. Malgré son pas lent et hésitant, elle ressemblait à un galion avec son ample poitrine en figure de proue, sa cornette d'un blanc diaphane recouvrant chaque côté de son visage comme des voiles. Elle portait une robe en velours vert brodé de fil d'or, mais pas de bijou à part une broche en forme de croix. À ma grande surprise, elle se dirigea vers moi. Je m'agenouillai hâtivement, m'écorchant le genou. La respiration sifflante, lady Wenslock déclara : « Tu dois être la remplaçante de la pauvre Lizzie. J'espère que Rose House te plaira. Mary t'aidera à trouver tes repères. »

Alors que je la fixai, les yeux écarquillés, Mary annonça, la mine acerbe : « J'allais justement lui expliquer ses tâches, madame. »

La comtesse s'assit doucement dans un fauteuil, sa robe se dégonflant comme une miche de pain sortie du four par temps froid. « Allez d'abord me chercher mon livre des Psaumes, et rapprochez ce tabouret pour que je puisse y poser mes pieds. » Elle me regarda et sourit, ses rides reprenant d'elles-mêmes leur place sur son visage ; de petits éclairs de lumière apparurent au coin de ses yeux. « Redresse-toi, mon enfant. Comment t'appelles-tu ?

— Agnès, madame. Que Dieu vous bénisse, madame », ajoutai-je précipitamment.

Une fois Mary partie récupérer le psautier, lady Wenslock soupira : « Je suppose que tu ne sais pas lire, jeune Agnès.

— Non, madame.

— Mary sait lire, mais elle n'y met aucune émotion. Les prières en deviennent aussi passionnantes que le décompte des sacs de blé à la récolte. J'ai demandé à ma nièce de me trouver quelqu'un qui comprenne les mots qu'elle lit. Bien entendu, une telle personne refuserait de travailler pour Mary, et Mary est une si bonne fille. »

Je me balançai d'un pied sur l'autre, ne sachant quoi faire.

« Je crois que l'on devrait apprendre aux filles à lire et à écrire. Le traité de ma fille sur les armes spirituelles nécessaires pour vaincre le mal est considéré comme tout aussi sage et important que n'importe quel écrit récent. Peut-être même d'inspiration divine. Imagine quelles idées sont enfermées dans le cœur et l'esprit de femmes qui n'ont tout simplement pas les outils pour les exprimer. »

Mary était de retour, le livre à la main.

« N'êtes-vous pas d'accord, Mary ?

— Madame, votre sainte fille est merveilleuse, un vrai cadeau que Dieu nous a fait, mais je sais que ma place est à votre service et à celui de mère Elfida, et Agnès connaît sa place également, répondit Mary avec une passion soudaine.

— Votre humilité vous honore, Mary. La vraie noblesse est fille d'humilité, bienveillance et courtoisie. Sans ces qualités essentielles, les autres vertus ne sont rien. » Elle prit le psautier des mains de Mary et l'ouvrit, le tenant à bout de bras et penchant la tête en arrière. Nous attendîmes quelques instants, mais elle nous ignora, alors nous fîmes la révérence et Mary m'entraîna dehors.

« Madame la Comtesse est très dévote.

— Elle a une âme charitable.

— Oui, celui qui a pitié du pauvre, prête à l'Éternel. C'est l'une de ses maximes favorites, dit-elle d'un ton acrimonieux.

— Qu'est-il arrivé à Lizzie ? La fille qui était là avant moi ?

— Lizzie est tombée enceinte.

— Lady Wenslock a dû en être très chagrinée !

— Au contraire. C'est mère Elfida qui l'a mise à la porte. Lady Wenslock ne mettrait personne à la porte, pas même un chien errant. »

J'eus l'impression que Mary n'approuvait pas l'indulgence de lady Wenslock. Elle me montra le reste de Rose House, tout aussi surchargé de meubles et d'objets décoratifs – certains très beaux, d'autres étranges. Je voulais m'arrêter pour les admirer tous, mais Mary maintenait un pas rapide.

La pièce qui m'impressionna le plus fut la bibliothèque. Mary m'expliqua que la comtesse avait rassemblé plus de deux cents livres durant sa vie, un nombre totalement abstrait à mes yeux. Elle en avait donné la plupart à la grande bibliothèque de l'abbaye, mais elle conservait quelques-unes de ses œuvres préférées à Rose House, de lourds volumes reliés de cuir attachés à des pupitres. La bibliothèque était la pièce la plus lumineuse du bâtiment et sans doute la plus dépouillée. Du damas blanc brodé de *W* ornés de couronnes dorées drapait les pupitres, et les murs étaient couverts de simples tapisseries blanches assorties, qui arboraient ce que je pensais être les armoiries de feu le comte Wenslock et la même initiale couronnée. À part cela, la pièce était dépourvue de meubles et d'œuvres d'art.

« Avez-vous le droit de lire ces livres ? demandai-je, ravie par le charme romantique de la pièce.

— Que non ! » Elle sembla choquée. « Je ne suis pas autorisée à les toucher ! Et tu ne viendras ici que pour faire la poussière. »

Elle m'indiqua où se trouvait le cellier, puis nous sortîmes de Rose House pour aller visiter la brasserie et les cuisines, où j'irais chercher les repas de lady Wenslock. Mary m'expliqua que les nonnes prenaient leurs repas en silence, et que la comtesse préférait les prendre seule, ou en compagnie de ses invités lorsqu'elle en avait. Je devrais apporter le plateau à Rose House puis me dépêcher de rejoindre la table des domestiques au réfectoire. Bien que n'ayant pas prononcé de vœux, les domestiques n'avaient pas plus le droit d'ouvrir la bouche. Cela me parut bien morne, mais Mary ne semblait pas gênée. Je suppose qu'elle s'y était habituée pendant son noviciat.

Je finis par apprendre que Mary était fille de baronnet et qu'on l'avait envoyée à l'abbaye enfant, le temps que ses parents puissent lui trouver un bon parti. Comme le baronnet ne disposait pas d'une grande fortune, et que Mary n'avait ni beauté ni charme pour compenser ce point, les candidats n'avaient pas été légion. Sa jeunesse passant, les prétendants se firent encore plus rares. Devenir nonne la satisfaisait, mais son père n'avait pas renoncé à sa volonté de lui trouver un parti qui redorerait le blason de la famille, et elle attendait donc patiemment, tout en s'occupant de lady Wenslock.

Issue de la noblesse et de nature austère, Mary me traita néanmoins sans méchanceté aucune. À mon soulagement, même lorsqu'il m'arrivait de finir plus tôt mes tâches, Mary ne m'envoyait jamais aider à la buanderie de l'abbaye. Je découvris durant ces premières semaines qu'elle préférait que je fasse mon travail sans la consulter, et tant que nous n'avions pas d'invités, cela ne la dérangeait pas que je me rende au cloître ou au jardin de roses si j'en avais le temps.

Rose House tirait son nom de la roseraie attenante, où j'avais mon endroit préféré, un banc de pierre chauffé par le soleil qui faisait face à une charmille menant au bassin à poissons. J'aimais le gazouillis des oiseaux et le scintillement de l'eau que l'on percevait à travers des treilles enchevêtrées. L'été touchait à sa fin et il ne restait que peu de fleurs, mais l'air était toujours imprégné du parfum rémanent des roses. Parfois, je ramassais les pétales tombés pour les donner aux sœurs, qui en faisaient ensuite de l'eau aromatisée et de la pâte à sel. Encore aujourd'hui, l'odeur des roses me transporte à une époque où la brise, le soleil, les reflets de l'eau sur une charmille étaient pour moi comme une promesse tacite de Dieu.

Un jour, la silhouette de Fernan assombrit l'arche de l'allée ; je le reconnus à ses larges épaules et ses grandes foulées souples. Le gravier crissa sous ses lourdes bottes alors qu'il approchait, arborant un sourire éclatant.

« Comment se passe la vie oisive de la nouvelle femme de chambre ? »

Je rougis en me rappelant mon erreur. « Tu sais très bien que je ne suis pas femme de chambre. Mais je vais bien, merci. »

Il jeta sa sacoche par terre et s'assit à côté de moi sur le banc. « Tu m'en vois ravi. Tu as bonne mine. Je peux voir ton joli minois débarrassé de suie. Tu as l'air reposée, et tu n'as plus de cloques sur les mains. » Il me prit la main que j'avais posée sur le banc et la caressa doucement. Sous le choc, je la ramenai vivement contre moi, comme si son contact m'avait brûlée. Il n'y prêta pas attention.

« Comment trouves-tu la vie à l'abbaye ? »

J'eus la bouche sèche. « C'est le paradis. Mère Elfida est une sainte. Tout comme la comtesse de Wenslock. » Je voulais mettre un peu plus de distance entre nous, mais la manœuvre me paraissait délicate. Un frisson me parcourut la main.

« As-tu enfin trouvé comment pérenniser ton poste ici ?

— Non. Une nouvelle fille est censée arriver la semaine prochaine. » J'avais réussi à me sortir de l'esprit la perspective d'un retour au manoir. Je ne voulais pas y penser. La frustration et la colère me montèrent à la gorge. « Tu as tellement de chance ! Tu peux aller et venir comme bon te semble. Moi... » Je baissai la voix. « Je suis prisonnière. »

Fernan me regarda, l'air pensif. « Il est peut-être injuste que mon père ait été chevalier alors que le tien est paysan. Mais tu es née avec certains atouts. Tu es jolie et intelligente. Et débrouillarde. Ta vie ne fait que commencer. »

Personne ne m'avait encore dit que j'étais jolie. Je le regardai pour voir s'il se moquait de moi, mais il avait l'air sérieux.

« Tu n'as vraiment pas conscience de ta beauté, n'est-ce pas », dit-il.

Je baissai les yeux sur mes grandes mains et mes longs doigts fuselés. « Mon père m'a toujours traitée de bœuf. Il me disait que je n'aurais pas besoin de dot car je pouvais tirer une charrue à moi toute seule.

— La force physique n'est pas incompatible avec la beauté.

— Je suis belle, pour une bête de somme. » Je baissai la tête, mais je sentis mes joues rougir de plaisir, et un mélange d'émotions confus. « Je dois retourner travailler. »

Je me levai brusquement, mais il fit de même. Il était tout près de moi, de sorte que mes yeux se retrouvèrent au niveau de l'échancrure de son col, révélant le creux de son cou brun. J'en eus le souffle coupé. Il récupéra sa sacoche et ajusta la sangle en travers de sa poitrine. « J'espère que tu seras encore là dans deux semaines. J'espère te retrouver ici à chaque fois que je rentrerai des écuries. »

En le regardant s'éloigner, je résolus de ne plus jamais me prélasser dans le jardin de roses. Un moment plus tard, je me demandai à quelle fréquence il venait à l'abbaye.

Mary et lady Wenslock assistaient tous les jours à la messe, et Mary avait accepté que je me joignisse à elles, à condition que nous n'eussions pas trop de travail. Toutes deux partaient bien avant moi, car lady Wenslock marchait lentement, et elle préférait s'installer dans l'église avant que n'arrivât en silence la cohorte grise de sœurs.

La messe était mon moment préféré de la journée. L'église en elle-même suffisait à susciter l'émerveillement ; j'étais convaincue qu'aucun païen ne pouvait entrer là sans ressentir aussitôt l'impérieuse obligation de tomber à genoux et louer le Seigneur. Sa hauteur me fascinait en elle-même. Les murs ressemblaient à des falaises et les colonnes disparaissaient dans les ouvertures du toit cintré. On avait peint des étoiles dorées entre les nervures de la voûte, ajoutant à l'illusion d'une hauteur infinie, et les rosaces colorées semblaient flotter mystérieusement dans l'obscurité. Durant la messe en latin, je regardais les tableaux du chemin de croix, ou les scènes représentées sur les vitraux, leurs images éclatantes organisées en planches superposées, et j'essayais d'imaginer ma vie si j'avais vécu à l'époque du Christ.

Le moment que j'aimais par-dessus tout était l'homélie de l'abbesse à la fin de la messe. Après le *Benedicamus Domino* du prêtre, mère Elfida montait l'escalier en colimaçon jusqu'à la chaire, majestueuse et aussi lumineuse qu'un ange, pour s'adresser à la congrégation. Nous étions suspendues à ses lèvres ; elle avait un tel charisme qu'on n'entendait aucun bruit ni mouvement le temps de son prône. Sa voix s'élevait, claire comme le son d'une cloche, résonnant dans la nef et le chœur, avant de se transformer en murmure si intime que j'avais l'impression qu'elle ne s'adressait qu'à moi. La sagesse et la vérité éblouissante de ses mots, amplifiées par ce je-ne-sais-quoi de divin, nous captivaient. Durant les parties les plus poignantes, ses mains blanches s'élevaient parfois du pupitre comme des colombes prenant leur envol, mais son visage pâle restait de marbre, vénérable, telle l'image de la Vierge dans la chapelle du manoir.

Dans l'une des allocutions dont je me souviens particulièrement, mère Elfida comparait la Vierge Marie à l'onyx, cette pierre précieuse qui s'ouvre pour recevoir une goutte de rosée lorsque le soleil l'illumine. Après neuf mois elle s'ouvre à nouveau et un autre onyx en tombe, n'altérant pas la pierre d'origine. Marie resta pure, intacte, même lorsque Dieu obligea Joseph à la prendre pour épouse.

Mère Elfida ne s'éternisa pas sur la répugnance de Joseph, une histoire que j'avais maintes fois entendue, mais plutôt sur les raisons pour lesquelles Marie avait besoin d'épouser Joseph. Le mariage protégeait de la lapidation pour adultère, et elle avait besoin d'aide pour enfanter et fuir en Égypte. Un tableau dans l'église représentait une Marie bienheureuse et l'Enfant Jésus assis sur un âne, la menotte du bébé se cramponnant à la cape de sa mère, Joseph marchant à leurs côtés, l'air solennel et déterminé. Il protégeait la Sainte Famille et servait de leurre pour que le diable ne reconnût pas le Christ.

Une autre adresse de mère Elfida qui me toucha profondément rappelait aux sœurs les symboles associés à leurs vêtements de tous les jours. Plus encore que le Notre Père, les grains du chapelet représentaient la prière, l'habit exprimait la pénitence et la confession, la tunique symbolisait la foi en Dieu, les bottes évoquaient deux vœux (faire amende honorable et chasser Satan), le corset illustrait la maîtrise de soi, la cornette l'abstinence, et le voile l'obéissance. Chaque moment de la vie religieuse visait à parfaire le penchant humain du désir de Dieu.

Si je n'avais pas le droit de délaisser mes tâches afin d'observer la liturgie des heures, je me mis à le faire en secret lorsque j'étais seule : quand la cloche sonnait, je m'agenouillais là où je me trouvais, habituellement sur les pierres froides. La douleur dans mes genoux me faisait vaciller au moment de me relever. Lors des matines, quand les sœurs se levaient en silence dans l'obscurité de la nuit pour se rendre à la chapelle, je m'agenouillais près de mon matelas, frissonnant si violemment l'hiver que j'en claquais des dents. Je forçais mon âme à oublier sa cage, à se libérer, à s'élever au-delà des limites de ma chair, et à s'ouvrir entièrement au Saint-Esprit. Parfois je sentais une réponse, une chaleur se répandre en moi, un doux déploiement d'une indicible tendresse. Lorsque les vibrations des semelles en cuir sous l'arcade me prévenaient du retour des sœurs, je me glissais à regret dans le cocon de ma couverture.

Je craignais vraiment que Dieu ne désapprouvât mon observation peu orthodoxe des heures, ou que quelqu'un me surprît agenouillée seule et ne m'accusât de lollardisme ou d'une autre forme d'hérésie. Ma dévotion néanmoins me remplissait d'une joie paisible et d'une vive lucidité. Je commençai à voir des petits bouts du Royaume de Dieu tout autour de moi, et une chose aussi ordinaire que le chant d'une alouette pouvait m'émouvoir jusqu'aux larmes.

8

Éveil

Quelques jours après ma conversation avec Fernan, Mary m'informa que la nièce de lady Wenslock avait reporté sa visite et ne viendrait qu'après la Saint-Michel. Je me réjouis de ce sursis, et fis tout pour satisfaire Mary. Je ne savais pas si elle avait son mot à dire sur le sort qui me serait réservé, mais l'avoir comme alliée ne pouvait pas me nuire. Je m'assurais qu'elle eût toujours de la bière soutirée du brassage le plus récent, et je cueillais des herbes aromatiques ou confectionnais des bouquets tous les jours. J'anticipais le lieu où la comtesse et Mary s'assiéraient le soir, et préparais un feu. Je cherchais à me rendre utile de mille façons possibles, tout en restant invisible.

Mary passait le plus clair de son temps avec la comtesse, à écrire des lettres, à l'aider à s'habiller et, bien souvent, à lui faire la lecture. Elle était également en charge des robes de madame qu'elle emportait à la buanderie et de la bonne tenue de son cabinet. Elle passait peu de temps à inspecter mon travail et encore moins de temps à me dire comment le faire. J'aimais planifier mes journées à ma façon.

Un jour, alors que Mary s'était absentée, je rencontrai par hasard lady Wenslock, assise seule. Sa robe satinée couleur marmelade engloutissait la chaise sur laquelle la comtesse était assise, et sa chevelure était comme d'habitude couverte d'une cornette aux bords évasés, telles des ailes, conservant sa forme, élaborée par un savoir-faire qui m'était étranger. J'espérais me retirer sans être vue, mais elle leva les yeux de son livre et me fit signe d'approcher.

« Viens ici, viens ici. J'ai besoin qu'on me fasse la lecture. » Ses bajoues flasques tremblotèrent quand elle parla.

Je fis une révérence appuyée. « Je vous prie de m'excuser, madame, mais je ne sais pas lire. » Je me demandai si cela l'avait touchée.

« Peu importe, viens ici. »

J'obéis et me tins devant elle docilement.

« Sais-tu quel est ce livre ? »

J'avais entendu Mary le lui lire de nombreuses fois. « Votre psautier, madame.

— Très bien. Quels psaumes connais-tu ?

— J'en connais plusieurs par cœur, madame, mais je ne saurais dire lesquels.

— Récites-en un pour moi. »

Je commençai par le premier qui me vint à l'esprit. « “Nous nous sommes assis auprès des fleuves de Babylone, et nous y avons pleuré, nous souvenant de Sion. Nous avons pendu nos harpes aux saules.” » Je me délectai des mots qui glissaient sur ma langue, une série de phrases anciennes et parfaitement travaillées qui avaient appartenu à d'autres personnes, à d'autres époques, et vivaient pourtant en moi. Alors que je prononçais la dernière phrase, un frisson me parcourut l'échine : « “Heureux celui qui saisira tes enfants et les écrasera sur les rocs.”

— Merveilleux ! Ce psaume n'est pas pour les âmes sensibles. Tu t'es souvenu presque parfaitement de tous les mots, et tu les as déclamés avec émotion. Bravo. Bien, c'est le psaume 137... » Elle ouvrit le livre à une page aux enluminures représentant des anges, des arbres, des fleurs et une rivière turquoise et pourpre.

« Voici les mots que tu as prononcés. Connais-tu cette lettre ? » Elle désigna la reproduction d'un *N* travaillé, avec un superbe rendu de couleurs et encerclé d'un filigrane doré. Dans la partie supérieure du *N*, le Christ se penchait vers des hommes représentés dans la partie basse de la lettre ; eux tendaient les bras vers lui, pleins d'espoir. « Il s'agit de la lettre *N*, madame. » Mon frère avait appris l'alphabet à l'église et m'avait enseigné la plupart des lettres.

« Bien ! » Sous ses paupières tombantes, ses yeux brillaient d'intelligence, comme ceux d'un corbeau. « Que veut donc dire ce premier mot, dans ce cas ?

— *Nous* ?

— Oui, absolument ! Nous, deux fois. Et ensuite ?

— *Sommes*.

— Oui !

— *Assis*.

— Oui ! Bien, si tu connais l'alphabet, tu seras capable de voir quand tu te trompes de mot, car tu pourras te fier aux sons. »

Mon cœur tambourinait comme celui d'une biche aux abois. Elle me sourit, ravie. « Va dans la chambre au baldaquin bleu et aux tapisseries représentant des scènes de chasse. Tu y trouveras plusieurs vieux psautiers dans le coffre. Prends-en un et apporte-le. »

Je filai à la chambre et ouvris le coffre. Je vis d'abord un brocart doré, plié, mais lorsque je le soulevai, je trouvai en dessous cinq livres. Leurs couvertures étaient abîmées et sans décor, et lorsque j'en feuilletai un, je découvris que l'intérieur était tout aussi sobre. Je le rapportai à lady Wenslock et elle hocha la tête, satisfaite. « Je vais marquer les pages des psaumes que tu connais afin que tu puisses les étudier. Donne-moi mon ouvrage, celui qui est posé là. »

Je lui obéis et elle coupa plusieurs morceaux de fil. « Ce premier long fil marque le psaume 137. En connais-tu un autre ?

— "C'est en l'Éternel que je cherche un refuge. Comment pouvez-vous me dire : Fuis dans vos montagnes, comme un oiseau..."

— Ah, le psaume 11. "Il fait pleuvoir sur les méchants des charbons, du feu et du soufre ; un vent brûlant, c'est le calice qu'ils ont en partage." Très bien. » Elle marqua une autre page à l'aide d'un fil plus court. « Un autre ? »

Aucun autre psaume ne me vint sur le moment, alors je secouai la tête en baissant les yeux. « Non, madame.

— Peu importe, ce n'est rien. Prends ce psautier, mon enfant, et étudie ces deux psaumes. Quand tu en auras déchiffré tous les mots, reviens me voir et nous en trouverons deux nouveaux. »

Je pris le livre et elle me tapota la main ; sa peau ridée était étonnamment douce. Un sentiment de gratitude m'emplit le cœur. *Qui trouvera une femme de valeur ? Elle vaut bien plus que des perles*, pensai-je. Je ne me rappelais pas le contexte de cette phrase, mais je savais que la comtesse venait de m'offrir quelque chose d'infiniment précieux.

À compter de ce jour-là, dès que j'en avais l'occasion, je prenais le psautier quand j'allais au jardin de roses. Les dernières fleurs étaient tombées et la lavande avait disparu, mais les arbres commençaient à se parer de couleurs automnales, et les vignes, débarrassées de leurs feuilles, laissaient le soleil briller de tous ses feux sur le bassin. J'étudiais le psautier et guettais le pas de Fernan sur le gravier, et après quelques jours, je l'entendis arriver. Au son de ses bottes, je ressentis un besoin irrationnel de me cacher. Je me calmai alors qu'il me rejoignait sur le banc.

« Agnès, je suis content de voir que tu es toujours là.

— La nièce de la comtesse ne viendra qu'après la Saint-Michel.

— Et qu'avons-nous donc là ?

— C'est un psautier, voyons.

— Voyons ? Mais je croyais que tu ne savais pas lire !

— C'est le cas. J'apprends. »

Il se pencha par-dessus mon épaule pour jeter un œil à la page ouverte. Il sentait le feu de bois et quelque chose d'étrange, pas désagréable, mais une odeur terreuse. « "Car l'Éternel juste aime la justice, ses yeux contemplent l'homme droit."

— Peux-tu me le lire ? Je veux être sûre de ne pas me tromper. »

Il sourit et se plia à ma demande. Sa voix avait un timbre agréable, et son léger accent rendait les mots exotiques. Désert, montagnes, pluie de soufre et tempêtes de feu, il rendit ces choses aussi réelles que le jardin qui nous entourait.

« Veux-tu que je t'interroge ? Qu'est-il écrit ici ? »

Il désigna des mots sur le papier et je les lus. Cela faisait quelque temps que j'étudiais ce psaume.

« Tu es une érudite, petite cendrillon. » Il me regarda chaleureusement. Ses yeux étaient d'un brun foncé tacheté d'ambre et ses longs cils noirs auraient fait bien des envieuses. « Veux-tu que je t'aide à étudier ? »

J'acquiesçai.

« Je vais te donner un parchemin. » Il sortit de sa sacoche une feuille pas plus grande que ma main. « Il faut que tu trouves une plume et de l'encre. Nous allons transformer cela en jeu. Au fur et à mesure que tu apprends des mots dans ton psautier, tu peux les utiliser pour m'écrire une lettre. Quand tu auras noirci tout le parchemin, donne-le-moi et je corrigerai les fautes. » Il se pencha vers moi, et je pus sentir son souffle chaud quand il murmura : « Écris-moi un mot gentil. Au fond, tu es douce et aimable. » Il passa délicatement son doigt sur mon cou, ce qui me donna la chair de poule, avant de se lever pour partir.

Je restai plantée là, sur le banc, ma main serrant fort le parchemin sur mes genoux, alors que le crissement des bottes de Fernan s'estompait. J'en étais toute retournée. Impossible pour moi de faire la différence entre crainte et désir. Le mince espace séparant son épaule de la mienne alors que nous étions assis côte à côte avait vibré intensément, et comme quand un chat saute de vos genoux, le froid qui le remplaça fut accentué par le vide laissé.

Je restai immobile un long moment, laissant la fraîcheur de la brise automnale emporter le souvenir de son contact. Je voulais qu'il revienne ; je voulais m'appuyer contre son large buste, me sentir enveloppée de sa chaleur. Je voulais aussi ne plus jamais le revoir. Quelque chose en lui m'écœurait. Avec lui, j'avais l'impression de descendre en un lieu sombre, comme s'il bloquait la lumière et l'air au-dessus de moi.

Au bout d'une heure environ, la cloche de l'église retentit pour none. Je me levai avec raideur, quittant le banc de pierre froid pour m'agenouiller sur le gravier. Je fermai les yeux, accueillant avec reconnaissance la douleur purifiante, et je la laissai me submerger, me purifier. Le tourbillon d'excitation et de dégoût mêlés se calma pour se disperser tels des nuages, révélant un bout de ciel bleu. Avec une lucidité grandissante, je compris ce qu'il me fallait faire.

Le Saint-Esprit me disait de consacrer ma vie à Dieu. C'était pour cette raison que j'avais été envoyée à l'abbaye, que la comtesse m'apprenait à lire les psaumes, et que Fernan me plongeait dans le désarroi. Mon cœur désirait profondément l'air pur et céleste, non pas la terre basse et sinistre. Tous les signes pointaient dans la même direction, Dieu, seulement j'avais été trop aveugle jusqu'à présent pour le voir.

Je deviendrais une fiancée du Seigneur, sa servante, et je me laisserais absorber par le corps de l'Église. Jamais je ne serais séparée de mère Elfida, qui était aussi belle qu'un ange et aussi sage qu'une sainte.

Je répondrais à toutes ses demandes. Être près d'elle était une récompense que je ne méritais pas.

Il me poussa des ailes à l'idée de passer le reste de ma vie à l'abbaye, à apprendre, prier, me vouer à Dieu, corps et âme. Quand je me relevai, je ressentis une paix intérieure nouvelle et une vraie raison d'être. Je glissai le parchemin dans ma poche et retournai à Rose House.

Septembre passa vite. Je n'allais plus flâner dans le jardin de roses, mais poursuivais mon étude du psautier dès que j'avais un moment. Je convainquis Mary de m'enseigner de nouveaux psaumes ; si j'étais trop timide pour lui avouer que j'essayais d'apprendre à lire, Mary le découvrit bien assez tôt. Lady Wenslock me faisait réciter des psaumes de temps en temps, et elle en marquait de nouveaux dans le psautier, qui se remplit lentement de fils à broder de toutes les couleurs. Plus j'apprenais de mots, plus il m'était facile de mémoriser de nouveaux textes, et la comtesse était satisfaite de mes progrès.

Je ne révélai à personne mon intention d'entrer au couvent. Je redoutais de le dire à mère Elfida, mais l'idée de retourner au manoir m'était insupportable. C'est ainsi que je demandai audience à l'abbesse. Je ne reçus pas de réponse, et la Saint-Michel approchant, je devins de plus en plus nerveuse. Je priais sans cesse. Le Saint-Esprit murmura à mon cœur que j'obtiendrais audience.

La veille de la Saint-Michel, je dus me faire à l'idée que je n'aurais pas l'opportunité de parler à l'abbesse. Je me dis que j'aurais dû m'y attendre ; mère Elfida avait de grandes responsabilités. Elle avait autorité non seulement sur le couvent, mais également sur le vaste domaine de l'abbaye. Autrement dit, à l'exception du roi et de l'évêque, il n'y avait personne, juge ou guide spirituel, plus haut placé pour régenter les âmes vivant sur ces terres. La requête d'une domestique était sans aucun doute en dernière position sur la longue liste de celles qu'elle recevait chaque jour. Et pourtant, j'avais été si convaincue que je recevrais une réponse. Il m'avait semblé que c'était la volonté de Dieu.

Le cœur lourd, je préparai Rose House pour les invités de lady Wenslock. Après des jours de travail, il ne restait plus que les derniers détails. Je cueillis des pissenlits jaune vif près du bassin à poissons que j'agençai avec des berces dentelées pour décorer les chambres. Je mis des draps propres, remplaçai toutes les bougies et astiquai une ultime fois les bibelots en argent de la comtesse. Enfin, j'allai chercher des tonneaux de bière fraîche à la brasserie et les rangeai dans le cellier.

Les éclaireurs arrivèrent vers midi et prévinrent les palefreniers pour qu'ils fussent prêts à s'occuper des chevaux. Mary m'ordonna d'aller chercher quatre domestiques supplémentaires à l'abbaye pour aider à décharger les bagages. Je fus prise au dépourvu, car on m'avait dit que l'on attendait seulement trois invitées : la nièce de la comtesse et deux autres dames. Mary eut un sourire cynique. « L'abondance de biens n'est pas toujours indispensable pour une vie honorable, mais pour le statut social, si. Tu n'es pas encore habituée aux usages des riches. Comparée à ses pairs, madame la Comtesse vit comme une indigente. »

Impossible pour moi d'imaginer une indigente vivant comme lady Wenslock, mais lorsque je vis arriver les chevaux de bât, le carrosse, les charrettes et chariots, je compris pourquoi nous avions besoin d'autant de bras. Un garde en uniforme ouvrit la porte d'un carrosse atypique, en forme de bulbe, arborant les armoiries royales ; trois dames en descendirent dans un bruissement de soie. Six autres gardes attendaient tranquillement que des palefreniers vinssent récupérer leurs chevaux, alors que les domestiques et moi nous affairions, transportant prudemment les coffres, malles, tapis et lits gigognes dans Rose House selon les instructions de Mary. J'observais ces femmes, curieuse de savoir qui était celle qui me remplacerait ici.

Je ne vis pas passer la semaine suivant la Saint-Michel. Il y avait beaucoup à faire pour assurer le confort des invités, et mes journées de travail commençaient à l'aube pour se terminer bien après le crépuscule. Je ne trouvais pas même le temps d'aller à la messe, et l'idée de manquer les prônes de mère Elfida alors qu'il s'agissait de mes derniers jours à l'abbaye était un vrai supplice. Même lorsque j'avais le temps de manger, je touchais à peine à mon assiette. Je me retirais du monde comme une vague se retire du rivage.

Puis, un jour, les invités s'en allèrent et la vie à Rose House reprit son cours normal. Personne ne me dit de partir, et aucune nouvelle domestique ne fit son apparition. Lorsque je questionnai Mary à ce sujet, elle se contenta d'un haussement d'épaules : « Je t'ai dit que madame la Comtesse ne chassait pas les chiens errants de chez elle. »

Ce fut ainsi que j'appris que je pouvais rester à l'abbaye. J'aimerais pouvoir dire que je ressentis un immense soulagement, mais, pendant quelque temps, j'en fus surtout déboussolée. Jamais encore un non-événement n'avait changé ma vie de façon aussi radicale. Ce fut comme si je m'étais préparée à recevoir un coup qui n'était pas venu, et j'étais incapable de me détendre. Je repris le cours de ma vie comme si de rien n'était, pas vraiment convaincue que je ne rêvais pas.

Je me plongeai plus que jamais dans mon psautier. Afin de compléter mon éducation, je me mis à écrire sur le parchemin que Fernan m'avait donné, avec la plume et l'encre que la plus jeune sœur Marjorie avait récupérées dans le scriptorium de l'abbaye. Je lui avais dit que je recopiais des psaumes, et elle avait estimé que Dieu approuverait cette utilisation des fournitures de l'abbaye. J'écrivais lentement et avec maladresse, cherchant parfois pendant des jours un unique mot. Mon vocabulaire se limitait à la langue des psaumes, et je n'avais qu'un petit morceau de parchemin pour les consigner, alors il me fallait choisir et écrire avec soin.

Je ne voyais plus Fernan, et je n'avais pas l'intention de lui montrer le fruit de mon travail. Ce serait néanmoins mentir que de dire qu'il n'était pas le destinataire de mes écrits. Dans un fantasme puéril, je l'imaginais trouvant le parchemin. Il en lirait les mots choisis avec minutie, et écarquillerait les yeux d'émerveillement. Il secouerait la tête, ne pouvant croire qu'une servante fruste comme moi puisse produire des phrases aussi magnifiques. Parfois, dans mon imagination, je me trouvais face à lui, et il me prenait par la main et complimentait mon intelligence. Cette image me faisait frissonner de plaisir, mais je ne l'imaginais jamais aller plus loin.

Les jours d'automne se firent plus froids et plus courts, et les premières neiges tombèrent. Il m'était difficile de dormir la nuit, car même avec les volets fermés, un vent glacial soufflait à travers les fenêtres sans carreaux du dortoir. Des plaintes et des grognements se faisaient entendre toute la nuit, car les nonnes avaient elles aussi du mal à dormir. Dans l'aube grise, notre souffle devenait buée, et il arrivait que nos couvertures en laine grossière soient blanches de givre. La nature compensait sa cruauté, cependant, lorsque le soleil brillait haut sur la neige immaculée. J'aimais faire voler à coups de pied la poudre scintillante en me rendant à Rose House, mes doigts glacés enfouis sous mes aisselles et en pensant aux feux dans la cheminée que j'allais bientôt faire crépiter. La comtesse se montrait généreuse quand il s'agissait de maintenir notre stock de bois.

Durant la période de Noël, les sœurs passaient moins de temps à leurs tâches pour être plus présentes à l'église. Après les nones, elles avaient renoncé à leur réunion administrative habituelle dans la salle capitulaire pour se réunir et chanter. La musique rythma les douze jours de Noël, avec en point d'orgue la célébration de l'Épiphanie. Il n'y avait pas de mot pour décrire cette musique. Dansant lentement les unes autour des autres, leurs voix s'élevaient vers les cieux et s'unissaient à leurs propres échos, se muaient en un son à la fois complexe et indiciblement pur. Lors du solo de mère Elfida, la beauté de sa voix me transperça telle l'épée de saint Michel.

Les repas durant cette période étaient moins extraordinaires que les chants, mais bien plus riches que ceux de notre régime habituel. Nous mangeâmes de l'oie cuite au beurre et au safran, et après la messe du Verbe Sacré nous eûmes même droit à du cygne rôti. Le roi nous fit livrer du chevreuil par son pavillon de chasse, et on nous servit bien entendu de la *mince pie* et de la fromentée à base de cannelle, muscade et raisins secs. Je fus désolée de retourner à notre ordinaire insipide une fois les fêtes passées, mais cela me rappela la chance que j'avais désormais. Je n'aimais pas penser à ma sœur préparant du potage sur un maigre feu, inquiète à l'idée que l'orge ne lui dure pas tout l'hiver.

Je dus attendre le onzième jour précédant les calendes de février pour que la prieure m'accordât enfin une audience avec mère Elfida. J'en ressentais moins l'urgence qu'au moment où j'en avais fait la demande, mais cela ne calma pas ma nervosité pour autant. En vérité, la longue attente sembla donner plus de poids et d'importance à cette audience.

Je n'avais pas remis les pieds dans la salle capitulaire depuis ma première entrevue avec mère Elfida. Avant d'entrer dans le vestibule, je fis tomber la neige de mes chaussures. Je m'étais réveillée avec un mal de gorge, et mon ventre me faisait à présent mal aussi. Je baissai ma capuche et replaçai nerveusement ma coiffe, répétant pour la énième fois ce que je voulais dire à mère Elfida.

J'observai les autres solliciteurs alors qu'on les faisait entrer l'un après l'autre dans la salle capitulaire, me demandant la raison de leur venue à l'abbaye. Après quelque temps, la porte s'ouvrit à nouveau et une sœur me fit signe d'entrer. Rien n'avait changé depuis ma dernière visite, ni mère Elfida assise sur l'estrade, ni la prieure debout à ses côtés. Je m'agenouillai sur le seuil et la prieure me dit brusquement : « Approche, mon enfant. »

M'agenouillant à nouveau devant l'estrade, je n'avais pas été aussi près de mère Elfida depuis des mois. Je fus à nouveau frappée par sa petite taille et sa fragilité glaciale. Elle n'avait pas de rides sur le visage, bien qu'elle eût probablement dépassé l'âge d'enfanter, et ses traits étaient parfaitement immobiles, presque sans vie. Elle se tourna vers la prieure, qui baissa les yeux sur son parchemin. « Il doit s'agir d'Agnès, ma mère. La fille qui travaille pour lady Wenslock. Elle est venue du manoir d'Aviceford à la suite du problème que nous avons connu avec l'autre domestique. Lady Wenslock a demandé qu'elle reste. La fille a sollicité une entrevue. »

Mère Elfida me regarda alors. « Oui, Agnès ? »

Les mots que j'avais répétés pendant des mois se coincèrent dans ma gorge irritée. Le caractère solennel de la salle capitulaire, le port altier de l'abbesse, le regard impatient de la prieure, tout ceci jeta une lumière sur l'abbaye, comme si je pouvais en voir chacune des pierres et des vitres dans le détail pour la première fois. C'était comme sortir d'un rêve embrumé et apercevoir la moisissure et les taches de suie au plafond. Ceci me ramena brutalement à la réalité.

« Que Dieu vous bénisse, ma mère. » Ma voix résonna étrangement à mes oreilles.

« Oui ?

— J'ai prié... »

Elle me fixait, le regard vide.

« J'ai prié, et je crois... Je crois, enfin, il me semble... Il me semble que le Saint-Esprit me guide vers un nouveau destin.

— Ah. »

Sa voix était claire et sèche.

« Tu souhaites te marier et ton père n'est pas affranchi. Tu devrais rentrer à Aviceford et convenir des conditions avec Emont. Nous te trouverons une remplaçante. Quel âge as-tu ? Seize ans ?

— Presque quinze, ma mère. Mais je ne souhaite pas me marier. Je souhaite devenir nonne ! » Voilà, c'était dit.

Elle fronça les sourcils et rejeta la tête en arrière comme si elle venait de sentir une odeur infecte. « Tu es une domestique. Tu n'es même pas libre. »

La prieure grimaça et tapa du bâton sur l'estrade en bois. « Tu gaspilles le temps précieux de l'abbesse avec tes balivernes ! »

Je me pliai brusquement en deux, mes mains agrippant mon ventre. Je n'arrivais plus à respirer. En voyant l'expression de mère Elfida, je compris avec horreur à quel point je m'étais bercée d'illusions. Aux yeux de l'abbesse, je n'étais qu'une bête de somme, un animal qui n'a de valeur que tant qu'il travaille, rien de plus. Elle ne m'inviterait pas plus à devenir une novice qu'elle n'inviterait un cheval à dîner.

Je m'étais ridiculisée une seconde fois, sauf que cette fois-ci, l'humiliation était presque insupportable. Une nonne me tira par la capuche. La porte grinça alors que le visiteur suivant faisait son entrée. Je réussis à dire d'une voix rauque une formule de politesse, bien que l'abbesse et la prieure fussent déjà en train de discuter de l'audience suivante, et elles ne se retournèrent pas pour me voir partir.

Une fois sortie de la salle capitulaire, je ne pus retenir plus longtemps mes spasmes. Je sortis en courant du cloître et le vomi jaillit en me brûlant la gorge, souillant la neige d'un jaune immonde. Je voulais courir jusqu'aux bois et ne jamais m'arrêter. Je voulais que la terre m'engloutisse. Je voulais m'allonger et ne plus jamais me relever.

Au lieu de cela, je recouvris la neige maculée du mieux que je pus et retournai travailler. Lorsque les cloches de l'église sonnèrent, je ne m'arrêtai pas pour prier, ni à cet instant ni jamais plus.

Journal personnel

La cour royale

Les villageois qui patientent le long de la route pour apercevoir la princesse Elfida éprouvent-ils le même sentiment pour elle que celui que j'ai ressenti pour sa marraine l'abbesse ? Mon adoration était comparable à celle que les chevaliers errants déclaraient aux damoiselles prisonnières de tours imprenables. Mère Elfida était la quintessence de la beauté et de la grâce féminines, et sa sagesse et son influence rivalisaient avec celles de n'importe quel homme. J'aurais volontiers été sa championne dans un millier de quêtes métaphoriques et de batailles si seulement elle avait daigné le demander.

Si on m'avait autorisée à servir l'abbesse, mon attachement aurait certainement diminué avec l'âge – les passions sont toujours plus fortes durant nos jeunes années – mais elle était, et continue d'être, une personne admirable. Malgré mon aversion actuelle, je ne peux m'empêcher de ressentir de l'estime à son égard. Bien que sa beauté glaciale se soit évanouie, mère

Elfida reste une superbe philosophe et une dirigeante des plus talentueuses. Elle a fait de l'abbaye d'Ellis le second centre le plus important du pouvoir religieux du royaume.

C'est peut-être à cause du prestige de l'abbesse qu'on met si souvent en exergue le rôle qu'elle a joué dans l'union entre Ella et le prince Henry. Il est vrai que le couple ne se serait peut-être jamais formé sans son intervention. Cependant, mère Elfida n'avait pas l'intention d'unir sa filleule au prince, et si cela avait été le cas, elle aurait arrangé ce mariage selon le protocole habituel, en les réunissant dans une salle de bal, et ce n'est que romantisme imbécile que de penser qu'une personne de la stature de l'abbesse laisserait au hasard une chose aussi importante qu'un mariage.

La semaine dernière, Matilda m'a raconté des histoires incroyables sur mère Elfida. Nous étions occupées à veiller Ella dans l'antichambre ; à présent que la princesse est entrée en phase de confinement, on doit s'occuper d'elle jour et nuit. Si nous préparons avec joie l'arrivée du bébé, nous sommes néanmoins nerveuses, car la princesse est frêle et l'enfantement peut être dangereux.

Matilda était assise à mes côtés sur un banc devant la porte de la chambre d'Ella. Elle s'est penchée vers moi pour chuchoter afin de ne pas déranger la princesse. « Vous ne croirez jamais ce qu'Isabella Gaylord m'a rapporté. »

Son souffle m'a chatouillé l'oreille. J'appréciais cette intimité de comploteuses et la façon dont Matilda enlaçait mon bras.

« Elle a surpris une conversation des domestiques. Ils disaient que mère Elfida a transformé des haillons en robe de bal pour Ella en prononçant des mots cabalistiques, tout en brandissant une baguette magique ! »

J'avais déjà entendu des variantes bizarres de l'histoire d'Ella, mais celle-ci en particulier m'a décontenancée. Au-delà du blasphème et du caractère impossible de la chose, cette version défie la raison : comment peut-on croire que la révérende mère de l'abbaye d'Ellis ait besoin de recourir à la magie pour se procurer une robe ?

« Balivernes ! Osent-ils traiter l'abbesse de sorcière ? ai-je demandé, incrédule.

— Non, mère. » Matilda a étouffé un rire. « Apparemment, c'est une fée ! Une bonne fée, bien entendu, pas une de celles qui volent les bébés. » Elle s'est couvert la bouche d'une main et a jeté un coup d'œil coupable en direction de la chambre d'Ella, inquiète d'avoir attiré le mauvais sort.

Je lui ai tapoté le bras et l'ai rassurée : « Point de souci, ma chère enfant, nous ne laisserons aucune fée s'approcher de notre princesse. »

Je suppose qu'il est facile de croire que l'abbesse, si éthérée, n'est pas une simple mortelle comme nous autres. Je la prenais autrefois pour un ange, mais moi aussi, je préférerais désormais la voir comme une déesse.

9

Fernan

L'abbaye ne perdit rien de sa beauté à mes yeux, mais une fois que je m'en sentis exclue, cette beauté me devint froide. Des saints aux visages érodés par le temps me fixaient de leurs regards aveugles depuis les arches et le seuil des portes, et des empilements de pierres pâles s'élevaient en silence vers le ciel, monuments dressés en l'honneur de jours anciens, cachant leurs secrets. Je pensais aux mains qui avaient édifié ces bâtiments, taillé la pierre, assemblé les vitraux. Je me demandais combien d'ouvriers étaient morts durant la construction de l'église et quelle avait été la rétribution de leur labeur.

Je continuai d'assister à la messe, mais je m'asseyais aussi loin que possible de la chaire. Lorsque mère Elfida montait l'escalier en colimaçon pour son prône, j'ouvrais mon psautier. Elle ne s'adressait pas à moi, je ne me sentais donc pas obligée de l'écouter.

En dépit de mes désillusions, mes sentiments à l'égard de la comtesse ne changèrent pas. Elle s'était peut-être montrée excentrique en s'intéressant à une jeune domestique, mais je lui en demeurais reconnaissante. Nous échangions rarement, et lady Wenslock ne me parla jamais avec la même cordialité qu'elle réservait à Mary, mais elle me traitait avec la condescendance respectueuse d'une personne de haut rang, et non avec la morgue d'une marchande de bestiaux.

Avec la brise printanière, les congères s'incurvaient puis s'affaissaient, s'amincissant de plus en plus jusqu'à révéler de l'herbe jaune et de la boue. Les jours plus longs me ramenèrent au jardin de roses, où les boutons commençaient à se former. Des halos d'un vert vif adoucissaient les angles squelettiques des branches, et puis un jour, le feuillage jaillit sur les arbres. Des hirondelles volaient à tire-d'aile ou fondaient en piqué dans l'air printanier.

Je n'avais pas revu Fernan depuis le début de l'automne, et j'étais certaine qu'il avait arrêté de me chercher dans le jardin. Un jour, cependant, il fit son apparition en sifflotant, plus beau et désinvolte que jamais. Je me rendais au bassin à poissons, et il m'accompagna durant ma balade.

« Tiens, tiens, n'est-ce pas mademoiselle Agnès que voici. Je pensais que tu étais retournée à Aviceford, quoique je ne t'y aie pas trouvée non plus. »

Bien qu'il ne se fût pas passé une année, ma décision d'éviter Fernan semblait appartenir à une version bien plus jeune de moi-même. Il m'était impossible d'expliquer mon absence sans dévoiler aussi mon immaturité, alors je me contentai de lui dire que j'avais été occupée.

« Je suis heureux de voir que l'on t'a enfin autorisée à prendre un peu le soleil. Tu m'as l'air en forme. On dirait que tu as encore grandi, cela te va bien. »

Je donnai un coup de pied dans les ajoncs qui bordaient le bassin.

« Tu portes les vêtements les plus sinistres qui soient, par contre. On dirait une nonne.

— Eh bien, je n'en suis pas une. De toute façon, tu es bien mal placé pour me jeter la pierre.

— C'est vrai. » Il regarda sa cape en tissu grossier et tachée de boue. « Je ne souhaite pas attirer les regards quand je suis sur les routes. Qui plus est, je ne suis pas aussi joli que toi. »

Je fis la grimace.

« Dis-moi, quelles sont les nouvelles de Rose House ? »

Je l'informai des dernières visites et de l'état de santé préoccupant de lady Wenslock. Elle n'avait pas beaucoup d'appétit, et ses joues s'étaient creusées. « J'ai peur qu'elle ne soit malade, bien qu'elle ne se plaigne d'aucune fièvre, toux ou douleur d'estomac. Elle est plus fatiguée qu'avant.

— Il faut dire que c'est une femme très âgée. Une telle fragilité n'est pas pour me surprendre. Comment avance ta lecture ? »

Je rougis et baissai les yeux sur mon psautier plein de fils. « Je m'améliore.

— M'as-tu écrit une lettre ? Je l'attends toujours. »

Le parchemin était rangé à la fin de mon livre, mais j'étais à présent trop intimidée pour le lui montrer. « Je n'avais pas d'inspiration. De toute façon, je ne connais qu'un nombre limité de mots. J'ai juste recopié certaines choses. Cela ne t'est pas destiné.

— Laisse-moi quand même y jeter un œil. Je t'avais dit que je corrigerais tes fautes. Cela ne me dérange pas que tu n'aies rien eu de gentil à me dire.

— Ce n'est pas cela ! C'était difficile de trouver les mots.

— Alors montre-moi ceux que tu as réussi à apprendre. »

Il s'immobilisa et je compris qu'il n'en démordrait pas. À contrecœur, je lui tendis le parchemin et il le lut à haute voix.

« "Quand je contemple la face argentée de la lune qui croît derrière les nuages cireux de la nuit je me demande si elle sait quelque chose voit-elle un homme sur un cheval une ombre aussi petite qu'une poussière poussée par le vent ou la sotte jeune femme qui la regarde en se demandant si l'éclat de son aspect révèle tout ce qui vit que pense donc la lune de l'homme et de la femme qui s'attardent dans sa lumière unis par son regard venu des cieux." »

Sa voix s'éteignit vers la fin. Il relut mon texte, cette fois-ci en silence, avant de me regarder comme si des oreilles d'âne venaient de me pousser sur le crâne. « Est-ce toi qui as écrit cela ?

— Oui...

— Toute seule ?

— Eh bien, j'ai recopié les mots...

— Ce n'est pas tiré d'un psaume.

— Non, non, je voulais dire que j'ai pris des mots dans différents psaumes.

— Je n'arrive pas à croire que tu as écrit ce texte. Es-tu une sorcière ? »

J'éclatai de rire et, après un instant, il se joignit à moi. Son hésitation m'intrigua. Il me rendit le parchemin et fronça les sourcils. « Tu devrais être nonne, non pas domestique.

— Eh bien, ce n'est pas le cas. »

Alors que nous terminions notre boucle autour du bassin, il désigna de la main les écuries.

« Je dois y aller.

— Tu ne m'as pas donné de tes nouvelles.

— Je reviendrai demain. Peux-tu me retrouver ici ? À la même heure ? »

J'acquiesçai.

« Très bien. Bonne soirée, chère sorcière, ou prodige, quoi que tu sois. »

Le jour suivant, j'attendis avec impatience de revoir Fernan. Mes pensées le concernant n'étaient plus assombries par la nervosité ; alors qu'auparavant je l'avais pris pour un étranger nocif, notre promenade autour du bassin l'avait rendu tout à fait ordinaire à mes yeux. J'avais besoin d'un ami, et je ne voyais pas pourquoi ce ne pourrait pas être Fernan. Mon esprit en effervescence avait inutilement compliqué ce qui aurait dû être simple. Je décidai de me montrer plus insouciante, à l'image de Fernan. Je terminai rapidement mon travail afin d'arriver à l'heure au jardin de roses.

Fernan m'y attendait déjà. Au lieu de ses habits de voyage habituels, il portait un pourpoint élégant cintré et une chemise blanche qui faisait ressortir le bronze profond de sa peau. Pour une fois, il n'avait pas sa sacoche avec lui. À la main, il tenait un bouquet de jacinthes. Lorsqu'il sourit et me salua d'un geste, mon cœur bondit dans ma poitrine.

Fernan m'offrit les fleurs en s'inclinant à l'excès et suggéra une nouvelle promenade autour du bassin. J'aimais le fait que sa grande foulée corresponde à la mienne, et cela me rappela une fois de plus deux loups s'élançant dans les bois. Nous nous attardâmes près de l'eau alors qu'il me racontait les dernières péripéties de ses voyages. L'histoire du lièvre qui, s'étant perdu, avait déboulé dans une taverne me fit rire aux larmes. De temps à autre, nous voyions passer un ouvrier ou un domestique, mais ils étaient loin et ne faisaient pas attention à nous. Nous étions comme seuls au monde.

Si ce n'était pour me tenir par le coude sur une pente boueuse, Fernan ne me toucha qu'au moment de nous dire au revoir. Il plaça une jacinthe sous le rebord de ma coiffe et me demanda de le retrouver le lendemain après-midi, qui serait son dernier jour à l'abbaye avant de s'absenter pour une quinzaine. En regagnant Rose House d'un pas léger, je savourai le souvenir de la chaude caresse de ses doigts sur mon front.

Je m'éveillai, découragée, au son de la pluie. Dans les brumes du sommeil, je ne compris pas immédiatement la raison de ma tristesse. Elle n'était pas sans rapport avec des feuilles sombres secouées par les assauts de la pluie, dans le jardin de roses vide. Fernan ne viendrait pas.

Toute la matinée, je regardai le ciel avec inquiétude ; au déjeuner, la pluie s'était arrêtée, mais les nuages ne s'étaient pas dispersés. Mon travail n'en finissait plus. Lorsque Mary me demanda de regarnir nos réserves de bois, je ne pus cacher mon impatience.

« Ne puis-je pas le faire plus tard ? J'aimerais sortir un peu. »

Mary me regarda avec suspicion. « Pourquoi as-tu si hâte de mettre le pied dehors par un temps pareil ?

— Je veux faire une promenade avant que la pluie ne reprenne. » Je savais qu'elle trouvait ce désir étrange, quoique difficilement contestable.

« Va d'abord chercher du bois. Tu pourras sortir ensuite. »

Bien que ce retard me déplût, sa question avait réveillé en moi la culpabilité. Était-ce convenable de me retrouver en tête à tête avec Fernan ? Je me demandai ce que Mary penserait si elle apprenait que je ne me promènerais pas toute seule. Je ne souhaitais pas y penser, et chassai mon inquiétude avec agacement. Les bûches firent un raffut satisfaisant lorsque je remplis les seaux en métal. J'aimais l'odeur forte de pin sur mes mains.

La pluie ne se remit à tomber qu'au moment où j'arrivai au jardin de roses, malgré un ciel étrangement noir. Fernan ne fit aucune remarque au sujet de mon retard. Il avait à nouveau apporté des jacinthes, et il portait une cape en tissu ciré.

C'était peut-être dû au temps, au départ imminent de Fernan ou à la question de Mary, mais j'étais d'humeur sombre. Fernan tenta tout d'abord de me dérider, sans succès. Il finit par me demander ce qui n'allait pas.

Je haussai les épaules. « On dirait que je n'ai pas la tête aux bavardages aujourd'hui. »

La pluie tombait lentement, mais son rythme s'accéléra rapidement. Fernan leva la tête vers le ciel, offrant son visage aux grosses gouttes d'eau, puis il ouvrit sa cape, passa la capuche sur ma tête et nous enveloppa tous deux pour nous protéger de l'eau. Il glissa son bras autour de mes épaules et m'attira à lui. « Un peu de pluie ne nous fera pas de mal, n'est-ce pas ? »

De petits ruisseaux commençaient à se former sous ses boucles noires brillantes, et l'eau gouttait du bout de son nez. Son sourire était féroce. « Il y a un abri non loin d'ici. Nous pouvons y attendre que ce déluge se calme. »

Il ne m'emmena pas à l'écurie, pourtant le bâtiment le plus proche, mais à une grange qui se trouvait juste de l'autre côté du bassin. Quand nous y arrivâmes, la pluie s'était mise à tomber très fort, et ce fut un soulagement que de trouver refuge. Fernan ferma la lourde porte derrière nous, ce qui nous plongea dans l'obscurité au milieu de petites bottes de foin, maigres résidus de nos réserves d'hiver. Le martèlement de la pluie sur le toit était assourdissant. Je frissonnai de froid. J'envisageai de rentrer en courant à Rose House, où les feux étaient allumés.

« Enlève ta cape, elle est trempée. Je vais nous couvrir de la mienne, tu auras bien plus chaud », dit Fernan. Je n'arrivais pas à bien discerner ses traits dans la faible lumière de la grange, mais l'affection dans sa voix était perceptible.

Je laissai tomber au sol ma cape trempée et hésitai.

« Allez, approche. Je promets de ne pas te mordre », dit-il en tapotant le foin à côté de lui.

Je m'accroupis près de lui, et il m'enlaça à nouveau les épaules, m'enveloppant de sa cape.

« Voilà, c'est mieux, non ? »

J'avais plus chaud, mais mon corps continuait de trembler, écho de la pluie tambourinant au-dessus de nos têtes. J'essayai de me calmer en comptant les lattes de la porte.

Fernan tira sur ma coiffe. « Tu ferais mieux de retirer cette chose mouillée et de laisser tes cheveux sécher à l'air. » Il me bouscula légèrement l'épaule, espiègle. « Je promets de ne pas regarder. »

Par pure vanité, j'acceptai sa suggestion. J'avais hérité de la belle chevelure de ma mère, acajou et dense. J'avais pris l'habitude de la parfumer à l'eau de rose, et l'odeur agréable se diffusa lorsque je libérai mes cheveux. Mes nattes une fois défaites me tombèrent presque jusqu'à la taille, frôlant le foin derrière nous.

Fernan siffla. « Qui aurait cru que la petite cendrillon possédait une crinière aussi majestueuse ? » Il passa ses doigts dans mes cheveux et je ne cherchai pas à l'esquiver. « Et si douce, avec ça. » Il continua ses caresses d'un air méditatif, et après quelque temps, ses doigts vinrent effleurer mon visage. « Tu es si belle, Agnès. » Il parlait d'une voix tendue, la gorge serrée.

Mes yeux s'étaient faits à présent à la pénombre et je voyais mieux Fernan. Il me fixait d'un air très concentré. Je trouvais à la fois étrange et merveilleux qu'un homme aussi fort, beau et intelligent pût s'intéresser à moi. Je me sentais tout aussi puissante que vulnérable.

Lorsque Fernan se pencha pour m'embrasser, je levai mon visage pour aller à sa rencontre. Je fus choquée de me sentir m'abandonner dans ses bras ; j'étais une bougie qui n'avait encore jamais connu de flamme, et maintenant qu'elle était allumée, je fondais et luisais avec une incroyable intensité. Nos lèvres se touchèrent d'abord avec délicatesse, avant de s'enhardir. Je n'opposai aucune résistance quand il me fit basculer dans le foin, ou quand il dévora mon corps de baisers, déclenchant des feux là où il s'aventurait. Je n'aurais pas dû être surprise de le sentir se glisser entre mes jambes. Je tentai de me redresser, mais il s'appuya lourdement sur ma poitrine, murmurant mon nom, m'affirmant que tout allait bien se passer. Je luttai en vain contre ce corps pesant, mais il me pénétra dans un éclair déchirant de douleur.

J'eus l'impression que l'on m'avait violemment giflée. Je m'éveillai d'une torpeur langoureuse et trouvai un homme gigotant au-dessus de moi, une douleur entre les jambes, de la paille meurtrissant ma peau nue. J'avais été ensorcelée, et le sort était rompu. Fernan était perdu dans son propre monde, haletant, les yeux fermés. Au bout d'un moment, il gémit bruyamment et s'écroula sur moi.

J'observai la lumière grandissante à travers les lattes de la porte et écoutai la pluie faiblir et s'arrêter. La respiration de Fernan ralentit. Il semblait s'être endormi. Comme il resta immobile, j'essayai de le pousser pour me dégager. Cela le réveilla ; il sourit et voulut m'embrasser, mais je détournai la tête.

« Oh, Agnès, il est trop tard pour faire ta mijaurée. Embrasse-moi. »

Je refusai, alors il se laissa rouler sur le côté. « La première fois n'est jamais bien agréable pour les jeunes filles. Tu t'y feras. » Il sourit. « Tu as été sublime. » Il me caressa les cheveux, mais je grimaçai. « Tu n'as aucune raison de culpabiliser. Après tout, tu n'es pas nonne. »

Tout ce qu'il disait ne faisait qu'aggraver mon abattement. Je me levai et baissai mes jupes ; quelque chose de visqueux me coula le long de la jambe. Il y avait du sang au sol. Je n'avais qu'une idée en tête, sortir d'ici pour retrouver un semblant de normalité, pour retrouver Rose House.

Fernan m'accompagna jusqu'au jardin. Je ne voulais pas qu'il allât plus loin, de peur qu'on ne nous surprît ensemble. La veille, je ne m'étais pas souciée de cela, mais tout avait changé à présent. Tout était sali.

« Je vais m'absenter une quinzaine de jours, Agnès, mais je viendrai te chercher à mon retour. » Il m'embrassa doucement la main. « Ne me brisez pas le cœur, adorable dame. »

Avant de retourner à Rose House, je marchai jusqu'au ruisseau. J'avais encore mal, et chaque pas me rappelait ce qui s'était passé. Je suivis le cours d'eau jusqu'à un petit buisson où je pouvais me cacher, et je me lavai dans l'eau glaciale. Je soulevai ma jupe et m'agenouillai dans l'eau jusqu'à ne plus rien sentir. Je voulais effacer cette dernière heure de ma vie, revenir à l'époque où je me sentais entière. Quelque chose de fondamental en moi avait changé, même si je ne savais pas encore quoi.

En proie à des émotions contradictoires, je ne fermai pas l'œil de la nuit. Je ne voulais pas penser à ce qui s'était passé, mais j'étais incapable de chasser la chose de mon esprit. La nausée me prenait en repensant à Fernan au-dessus de moi, les yeux fermés à la manière d'un chaton venant de naître, produisant des sons qui n'étaient pas tout à fait humains. Il avait réveillé en moi un feu impie, mais mon pouls s'accélérait en me remémorant la façon délicieuse dont ses flammes avaient léché la moelle de mes os. Les histoires que Fernan m'avait contées près du bassin, les rayons du soleil sur son visage, son doux baiser sur mes doigts... C'étaient là des souvenirs étrangers à la grange sombre, à l'odeur de laine humide et de foin moisi. J'aimais l'un de ces Fernan, là où l'autre me répugnait.

Les jours qui suivirent, mes pensées furent obnubilées par lui. Je changeais d'avis des centaines de fois quant à aller le retrouver, mais bien avant que la quinzaine se fût écoulée, je recommençai à déambuler dans le jardin de roses.

Fernan réapparut un bel après-midi d'été. Comme à son habitude, il était d'humeur joyeuse et badine, et nous recommençâmes à discuter avec aise. Rien dans son comportement n'indiquait que les choses avaient changé entre nous, si bien que je me demandais si je n'avais pas rêvé la scène dans la grange. Il resta seulement deux jours à l'abbaye, et le second jour, il caressa doucement mes lèvres des siennes, en me disant qu'il ne s'absenterait qu'une semaine.

J'attendis avec impatience son retour. Cette fois-ci, Fernan me rapporta un cadeau : une robe vert sombre qu'il avait achetée en ville. J'émis un petit cri de plaisir lorsqu'il la déploya et la posa contre mes épaules. Le tissu scintillait, et le buste était brodé d'or. Elle était presque aussi belle que celles de lady Wenslock.

Durant notre promenade, Fernan accola son bras au mien, de sorte que je le tins par l'avant-bras. Quand il couvrit ma main de la sienne, je me sentis en sécurité. Dans la charmille du jardin de roses, il m'attira à lui et m'embrassa tendrement. Il plongea ensuite son regard grave dans le mien, me caressant le cou du bout des doigts, et il me demanda de m'éclipser pendant la nuit pour le retrouver à la grange. À ma grande surprise, j'acceptai.

La lune était presque pleine et ses rayons se glissaient dans le dortoir, éclairant d'un jaune étrange la longue rangée de dormeuses. Couchée sur le dos, j'étudiai les étoiles par la fenêtre la plus proche, ma poitrine vibrant sous le tambourinement affolé de mon cœur. Les toussotements et les mouvements des corps alentour finirent par s'atténuer. Quand j'estimai que tout le monde était assoupi, je me levai et retirai mon bonnet de nuit. J'avais caché le cadeau de Fernan sous mon lit durant l'office du soir, d'où je le retirai à présent avant de le plier sur mon bras et de me diriger en silence vers l'arcade. Dans l'ombre des colonnes, j'enfilai la robe par-dessus ma fine chemise et détachai mes cheveux. Sans hésitation aucune, je filai pieds nus sur les chemins à peine éclairés qui menaient à la grange.

Fernan ouvrit la porte en m'entendant approcher. Des flaques dorées ondulaient sur le sol là où il avait posé des bougies, et il avait déplacé le foin à un bout de la grange, sur lequel il avait déposé une couverture. Fernan me fit un grand sourire et me prit par la main, me guidant pour enjamber le seuil. « Tu ressembles à une princesse, ma douce. » Il s'agenouilla pour m'embrasser les doigts. « Accepterais-tu de danser avec moi ?

— Je ne sais pas danser.

— Je vais t'apprendre, dans ce cas. »

Il se redressa pour me faire face. « Tu vas passer ainsi devant moi. » Il posa sa main sur ma hanche et me guida sur le sol. « Détourne-toi, puis tourne sur toi-même et refais-moi face. »

Je suivis ses instructions.

« À présent, prends ma main et nous allons faire une première tentative ensemble. »

Ma main semblait minuscule dans la sienne. Il avait l'air heureux et sa bonne humeur était contagieuse. Alors que nous dansions sans musique, il m'attirait contre lui à la moindre occasion, s'amusant à m'embrasser dès que nous nous croisions. Au bout d'un moment, la danse laissa entièrement place aux baisers, dont je voulais qu'ils ne finissent jamais. Comme un fruit, j'avais mûri quand le printemps avait laissé place à l'été. J'étais pleine d'un nectar sucré, lourde sur la branche, prête à être cueillie. Fernan n'avait qu'à tendre délicatement la main, et j'étais sienne.

Cet été-là, mon comportement défia toute logique. Je savais très bien que Fernan ne m'épouserait jamais, mais je continuais à le retrouver dans la grange quand il me le demandait. Je ne nourrissais aucun espoir quant à mon avenir, et cela me rendait téméraire. Au fond de moi, je savais que je me balançais au bord d'un précipice, mais la solitude, l'amour et l'impétuosité de la jeunesse me poussaient à poursuivre.

Il m'était facile de m'éclipser à la nuit tombée, car quiconque me surprendrait présumerait que je n'étais pas passée aux latrines avant d'aller me coucher. Il était si facile pour nous d'organiser ces rendez-vous galants que je me berçais d'illusions. Durant la journée,

Fernan et moi nous voyions rarement, si bien que mon existence était nettement coupée en deux par le coucher du soleil. Dans ma vraie vie, j'étais une domestique consciencieuse qui s'inquiétait de plus en plus de la santé déclinante de sa maîtresse. Dans celle rêvée, j'étais la jeune amante désirable d'un beau et charmant fils de chevalier. Je voyais mon reflet dans son regard vorace, et j'aimais ce que cela me renvoyait. J'admirais le blanc crémeux de ma peau contre la sienne, la perfection de mes seins entre ses mains, l'éclat et la fougue de mon corps sous le sien, mes longues jambes autour de sa taille. Fernan était le parchemin vierge sur lequel mon être rêvé était enluminé, et son désir faisait de moi quelqu'un d'extraordinaire.

Comme toute idylle, il fallait bien que la nôtre se terminât. Au début de l'automne, l'humeur de Fernan changea. Il devint distrait, irritable, et ses taquineries se teintèrent de cruauté. Je ne compris d'abord pas ce qui n'allait pas. J'essayai de lui faire plaisir, mais cela ne fit que l'éloigner un peu plus. Il passait moins de temps à l'abbaye, et nos rendez-vous secrets se faisaient plus rares et plus brefs. Plus je le sentais se dérober, plus mon désespoir grandissait. Ma vie rêvée était devenue la seule que je voulais vivre, mais le choix ne me revenait pas. Seul Fernan avait ce pouvoir.

Une nuit, il arriva en retard à la grange, et lorsqu'il entra, je me jetai à son cou en m'écriant : « Que s'est-il passé ? J'étais si inquiète ! »

Il se détacha de moi. « Me voilà à présent.

— Mais pourquoi arrives-tu si tard ?

— Pourquoi m'accueilles-tu comme la putain d'un manant ? dit-il en se mettant à arpenter la grange.

— Tu m'as fait attendre. J'ai eu peur que tu ne viennes pas.

— C'est ce que j'aurais dû faire ! »

Le désespoir qui m'envahissait était insupportable. Je lui pris la main. « Allonge-toi, mon amour, et je vais caresser ton front. Je ne voulais pas t'offenser.

— Ne penses-tu donc qu'à coucher ? On dirait une vulgaire catin !

— Je t'aime, Fernan !

— Je te préviens, tu ne me piégeras pas en me parlant d'amour ou en ayant cet enfant. Tu t'es offerte de ton plein gré. Tu t'es même jetée à mon cou ! »

J'étais abasourdie.

« Veux-tu me faire croire que tu ne sais pas que tu es enceinte, avec ton ventre gonflé et tes seins gros comme des melons ? C'est à peine si tu arrives à enfiler ta robe ! »

Il était vrai que je m'étais arrondie et que j'avais été mal en point. J'avais vaguement conscience que je n'avais pas eu de saignement mensuel depuis quelque temps déjà. Mes mains se posèrent instinctivement sur mon ventre. Alors que la vérité se révélait à moi, j'éclatai en sanglots.

« Allons, allons... Ne pleure pas. » La voix de Fernan s'était adoucie. « Viens, Agnès. Approche. »

Il m'enlaça, mais j'étais incapable de mettre fin à ce spectacle pitoyable. Mon corps était secoué de convulsions alors que j'essayais de ne pas faire de bruit. Je me recroquevillai dans ses bras.

« Je ne voulais pas me montrer aussi cruel. Peut-être que tu feras une fausse couche. Cela arrive. »

Je pressai mon visage contre son épaule et tentai d'endiguer les vagues de panique qui me submergeaient.

Je m'étais sentie prisonnière par le passé, et je croyais que le monde ne pouvait rien me prendre de plus. Je comprenais à présent que je m'étais trompée.

Les mois suivants furent des plus sinistres. J'étais fatiguée, j'avais mal partout, et je luttais contre l'agitation intérieure qui m'empêchait de dormir et de manger. J'avais été si aveuglée par la métamorphose de mon corps d'enfant en corps de femme que je n'avais pas reconnu les signes de ma grossesse, mais maintenant que je me savais enceinte, j'étais incapable d'ignorer le gonflement croissant de mon ventre. Je ne savais pas comment Fernan avait remarqué ce changement quand il n'était encore qu'un modeste renflement, mais c'était à présent incontestable. Pour moi, il ne contenait pas un bébé, mais une tumeur ou un bubon. Si j'avais pu me trancher le ventre à l'aide d'un couteau, je l'aurais fait.

La santé de lady Wenslock continua de se détériorer. Un médecin résidait à présent à Rose House, et les nonnes travaillant à l'infirmerie s'occupaient de la comtesse jour et nuit. Elle quittait rarement son lit, et je ne la voyais donc plus. Le bruit de sa mort prochaine se répandit.

Si auparavant je m'étais surtout inquiétée des conséquences que son décès aurait sur ma situation, j'étais maintenant seulement triste de la savoir souffrante. La mort de lady Wenslock n'aurait aucun effet sur mon avenir. Quand on se rendrait enfin compte que je portais un enfant, on me chasserait de l'abbaye. Je n'avais nulle part où aller.

Je ne voyais plus Fernan, et il me manquait terriblement. À certains moments, je le détestais, bien entendu, pour le rôle qu'il avait joué dans mon malheur. Et pourtant je me rappelais aussi les moments de grande tendresse entre nous. Son regard s'illuminait à chaque fois qu'il se posait sur moi, et je m'étais sentie en sécurité entre ses bras. Je pensais qu'il m'aimait, même si je comprenais qu'il fût dans l'obligation d'épouser une personne plus proche de son rang.

Je crois que c'est Mary qui informa l'abbesse de mon état. Elle posa des questions sur ma silhouette qui continuait de s'arrondir, et on me demanda de me rendre à la salle capitulaire. Je fus tentée de m'enfuir, mais j'écartai bien vite cette vaine impulsion. De toute manière, je n'étais pas sûre d'avoir l'énergie de faire une telle chose. Une lassitude terrible avait envahi tout mon corps, transformant mes membres en plomb. Un froid métallique avait pénétré jusque dans mon cœur. Je m'imaginai me transformant petit à petit en statue de pierre d'un gris terne : mon pouls ralentirait avant de s'arrêter pour de bon et je resterais figée ; on en ferait une parabole qui servirait d'avertissement éternel pour les générations futures.

Deux nonnes vinrent pour m'escorter jusqu'à la salle capitulaire. Telle une condamnée flanquée de ses gardes, je marchai la tête baissée, honteuse. Les premières neiges étaient tombées un peu plus tôt ce jour-là, et quelques flocons s'attardaient dans l'air. Je m'émerveillai de la perfection délicate de l'un d'eux sur la manche de ma robe. Pourquoi Dieu avait-il fait la nature aussi parfaite et les humains aussi imparfaits ?

L'une des sœurs nous précéda dans le bâtiment, probablement pour avertir de notre arrivée, et une débandade de nonnes et de gens du peuple s'ensuivit. La seconde me guida ensuite jusqu'à la salle presque vide. Je fus incapable de regarder la prieure et l'abbesse alors que j'approchais. Une fois que je me fus agenouillée devant elle, mère Elfida s'adressa à moi d'une voix glaciale. « Est-ce vrai, ce que j'ai entendu dire sur ton état ? » Son visage était impassible.

Incapable de parler, j'acquiesçai.

« Parle plus fort. On ne t'entend pas.

— Oui, ma mère.

— Tu as bien conscience que la fornication est un péché mortel.

— Oui, ma mère.

— As-tu commis ce péché abominable en sachant très bien la gravité de ton crime ?

— Oui, ma mère. » J'eus beau cligner des yeux, je ne pus retenir mes larmes ; elles tombèrent sur mon corsage, laissant des taches irrégulières sur la laine grise.

« T'a-t-on forcée à commettre ce péché ?

— Non, ma mère. » Une inspiration bruyante, un sanglot avorté, s'échappa de ma gorge et résonna tel un coup de tonnerre dans le silence de la pièce.

« As-tu commis ce péché plus d'une fois ?

— Oui, ma mère.

— C'est une affaire très grave. Ton âme n'est pas seulement affaiblie, elle est morte aux yeux de Dieu. Le lien qui t'unissait à la grâce salvatrice de Dieu a été rompu de la plus monstrueuse des manières. »

Je me concentrai sur ses pantoufles blanches, espérant calmer ma respiration.

« Avec qui as-tu commis ce péché ? »

Je relevai brusquement la tête et la peur remplaça l'apitoiement. Je n'avais pas pensé aux conséquences pour Fernan. Le visage de mère Elfida resta impassible.

« Ma mère... Je... je ne connais pas son nom. »

La colère déforma les jolis traits de son visage l'espace d'un instant. « Ne te joue pas de moi ! Comment s'appelle-t-il ?

— Ma mère... commençai-je, déglutissant avec difficulté. Il ne me l'a pas dit, ma mère.

— Balivernes ! N'est-ce pas déjà suffisant que ton âme soit en danger de mort ? Dois-tu ajouter le mensonge à ton déshonneur ? Je découvrirai qui a commis ce péché grotesque avec ou sans ton aide. Dis-moi son nom !

— Fernan, ma mère.

— Je ne t'entends pas ! Parle plus fort.

— Fernan, ma mère.

— Je m'en doutais. »

Elle soupira, puis se tourna vers la prieure et s'exprima avec courroux.

« Cela ne peut continuer de la sorte. Ce n'est pas à mon abbaye de placer toutes les domestiques qu'il engrosse ! » L'abbesse baissa ensuite la voix et je fus incapable d'entendre la suite.

La prieure me fit signe de sortir tout en se penchant pour écouter mère Elfida. Un voile gris me brouilla la vue tandis qu'une nonne m'escortait hors de la salle et dans l'aube naissante. Elle me laissa au cloître, où les sœurs se hâtaient d'aller souper. La fine pellicule de neige sur le sol était à présent quadrillée de sombres traces de pas.

Après un moment, le cloître se vida et l'obscurité grandit. C'était une nuit sans lune, mais les étoiles firent leur apparition dans la course des nuages. Mon étourdissement se dissipa, laissant place à une impression de vide. Je m'assis sur un banc couvert de neige, et les étoiles finirent par se noyer dans l'eau salée de mes larmes. De vifs points de lumière persistèrent, minuscules trous d'épingle, lointains et immuables dans le tissu noir de la nuit.

10

Old Hilgate

Telle une prisonnière, je semblais passive, mais mon âme ne trouvait aucun repos. Je m'étais dupée toute seule, croyant que je comptais pour Fernan, qu'il m'aimait, que son amour m'élevait au-dessus de l'image que l'abbesse Elfida se faisait de moi : une domestique ignorante et servile, simple flétrissure sur cette terre. J'estimais que j'étais plus fautive que Fernan dans cette histoire. Mon aveuglement avait été délibéré. Tandis que j'attendais qu'on me chassât de l'abbaye, je me remémorai encore la tendresse qui transparaissait dans la voix et les gestes de Fernan, et non la façon dont il m'avait abandonnée une fois ses désirs satisfaits.

On allait me renvoyer au village, et Emont demanderait au bailli de me trouver un mari. Chaque enfant était un atout potentiel pour le manoir, et si on ne pouvait m'employer en tant que domestique, on ferait de moi une pondeuse. Quoi qu'il en soit, aucun homme ne voudrait prendre pour épouse la fille enceinte d'un serf sans le sou. On m'offrirait à quelqu'un qui ne pouvait espérer mieux. Quelqu'un de pauvre, probablement un vieux veuf qui avait besoin d'une femme pour élever ses enfants. J'espérais qu'il ne serait ni cruel ni violent.

Au moins, je reverrais ma sœur. Jamais Lottie ne me renierait. Par le passé, j'avais eu pitié d'elle, mais à présent ce serait son tour d'avoir pitié de moi. Son mari était pauvre, mais il était jeune et droit. Je regrettai que mon père m'ait envoyée au manoir au lieu de me trouver un mari, comme il l'avait fait pour Lottie.

Je refusais d'envisager un futur où je serais obligée de nourrir les enfants affamés d'un autre avec des restes d'avoine d'hiver moisis, ou de mettre au monde mon enfant sur le sol en terre battue d'un étranger, au milieu de rongeurs et de fientes de poulets. Et pourtant, ce sort serait préférable à celui de ne pas trouver de mari.

Mon purgatoire prit fin quand Fernan vint en personne à Rose House et demanda à me parler. Mary sembla sur le point de s'évanouir. Je fus prise au dépourvu, mais les jours passés à vivre dans la peur et les remords avaient tué toute émotion en moi. Quand je demandai à Fernan de m'accompagner à la bibliothèque, Mary fut trop abasourdie pour s'y opposer. Je savais qu'elle ne viendrait pas nous déranger.

Les rideaux et les tapisseries étaient d'un blanc aveuglant dans la lumière qui se déversait des fenêtres en ogive. J'adorais la bibliothèque, et je l'avais nettoyée au point qu'elle étincelait comme un autel. Durant tout ce temps, je n'avais jamais osé faire autre chose que tourner autour de ces mystérieux volumes reliés de cuir, humant leur odeur de renfermé. Les livres me rappelaient à présent qu'il existait tout un monde au-delà de mon insignifiante peine de cœur, et cette pensée m'apaisa.

Mal rasé, Fernan semblait abattu. Il me parut plus petit que la dernière fois où je l'avais vu, comme s'il avait rapetissé. Ou bien était-ce moi qui avais grandi. Pour la première fois, je remarquai que ses fins poignets pendaient bêtement de ses manches trop courtes et que son visage se tordait en une grimace peu séduisante lorsqu'il était préoccupé.

« Tu souhaites me parler ? » Le ton glacial de ma voix m'étonna.

« Oui, je... » Fernan balaya du regard la pièce, désorienté. « Mère Elfida n'est pas contente, comme tu peux l'imaginer.

— Je suis au courant de son mécontentement.

— Elle a menacé de mettre fin à sa tutelle si je ne prends pas mes responsabilités vis-à-vis de ce bébé. » Il grimaça comme si les mots le blessaient physiquement.

Après une longue pause, je lui jetai mes mots à la figure. « Tu dois m'épouser ? » Je voulais le blesser en usant de sarcasme, mais ce fut moi que ces mots heurtèrent.

« Je dois t'emmener loin d'ici.

— Et me laisser ?

— Non... » Il semblait malheureux. « La dernière fille, Lizzie... On lui a trouvé un mari. Mère Elfida refuse de recommencer. »

En entendant le nom de Lizzie, je ressentis une vague de dégoût. C'était doublement humiliant pour moi d'être tombée dans le même piège que la fille qui m'avait précédée ici. « Où prévois-tu de m'emmener ?

— Old Hilgate. Je vais te louer une chambre à la taverne.

— Et toi ? »

Fernan fronça les sourcils. « Je suis messager pour l'Église. Je passe ma vie sur les routes. Je te donnerai l'argent dont tu auras besoin, mais ne t'attends pas à ce que je te tienne compagnie. »

Je cherchai dans son visage une trace du Fernan que j'avais connu, celui qui m'avait taquinée, caressé les cheveux, appris à danser. Ce nouveau Fernan avait l'air renfrogné, comme un enfant privé de dîner. Je réalisai alors qu'il s'était toujours comporté de façon juvénile. Il était charmant et séducteur quand il voulait obtenir quelque chose, mais la frustration le rendait irritable. Il avait dérobé mon cœur pour en faire son jouet, mais il s'en était lassé et il était à présent furieux de ne pas pouvoir passer à d'autres amusements.

« Je comprends, Fernan. Je te dérangerai le moins possible. »

Il sembla soulagé. « Nous partirons à midi. »

Après avoir emballé le peu d'affaires que j'avais, dont la robe verte que je ne pouvais plus mettre à cause de mon gros ventre, je quittai l'abbaye comme j'y étais entrée, assise derrière Fernan sur son fier destrier. L'air était froid, mais le vent ne soufflait pas, et le ciel gris et monotone était annonciateur de neige. Je ne risquai un regard en arrière qu'une fois que nous eûmes passé la porte du mur extérieur. Je posai alors mes yeux sur les mots gravés dans la vieille pierre en haut du porche. Je pouvais à présent les comprendre : *Ecce ancilla Domini*. Voici la servante du Seigneur.

Fernan me ramena au petit bourg d'Old Hilgate et loua une chambre à la taverne, comme prévu. Le bâtiment était aussi triste et sale que dans mes souvenirs, et la chambre au-dessus de la brasserie était sombre et pleine de courants d'air. La première nuit, Fernan dormit à côté de moi, son bras enlaçant ma taille épaissie. Le vent soufflait à travers les fentes du mur en torchis, et nos couvertures étaient en tissu grossier et sentaient mauvais. Je passai une grande partie de la nuit éveillée. La chaleur émanant du corps de Fernan collé contre mon dos et le doux roulement de ses ronflements me firent me sentir plus seule que jamais.

Au matin, Fernan avait disparu. Il avait laissé une bourse près du lit, et je lui en fus reconnaissante. Au rez-de-chaussée, je trouvai la patronne assoupie près du feu, et la réveillai pour lui demander à boire. Elle avait perdu beaucoup de poids depuis ma dernière visite, et sa toux grasse ne présageait rien de bon. La femme m'adressa un regard vide, les yeux injectés de sang, mais ne bougea pas. Je lui dis de se rendormir et me servis seule une bière amère.

La neige était tombée durant la nuit, et le ciel était d'un bleu sans nuages. Je m'aventurai dehors pour me dégourdir les jambes et trouvai la ville plus agréable cette fois-ci, peut-être parce qu'un beau manteau blanc recouvrait bien proprement sa misère. Des bandes de sang vif sur la neige pointaient vers la boucherie ; le caquètement de volailles ligotées se faisait entendre non loin de là. Les cheminées crachaient joyeusement leur fumée, et les enfants folâtraient dans la neige fraîche des rues, criant comme s'ils étaient tous sourds. La Noël approchait et les portes étaient décorées de rameaux de pin et de rubans de couleur.

Il y avait peu d'habitants dehors, mais ceux que je croisais me saluèrent poliment. Je pris une grande bouffée d'air hivernal. J'avais l'opportunité d'un nouveau départ à Old Hilgate pour mon enfant et pour moi.

Quand je retournai à la taverne, une femme rondelette au teint rougeaud donnait à manger un bol de ragoût à la patronne. Elle s'arrêta, la cuillère levée, et me dévisagea. « Bonjour à vous. Êtes-vous la locataire dont Alice me parlait ? » Elle m'inspecta de pied en cap.

« Oui, je m'appelle Agnès, madame. » Cette femme était vêtue de velours coûteux, et j'étais parfaitement consciente de ma robe en laine grossière et de ma cape élimée. Au moins la cape cachait-elle mon ventre arrondi. J'allais baisser la tête, faire la révérence en les priant de m'excuser, quand il m'apparut qu'elle ne savait rien de moi. Je me tins bien droite et pris mon courage à deux mains. « Mon mari et moi-même venons tout juste d'arriver. Veuillez pardonner mon apparence, je n'ai pas encore défait nos malles. » Je lui adressai un sourire que j'espérais charmant.

La patronne tourna la tête, refusant la cuillère. Elle gémit doucement et retourna s'affaler dans son fauteuil, fermant les yeux. L'autre femme reposa le bol.

« Bienvenue, alors. Je m'appelle Henny, je suis la femme du forgeron. J'essaie de convaincre Alice d'avaler quelque chose. Allez-vous rester à Old Hilgate un moment ?

— Je ne sais pas encore. » J'hésitai. « Mon époux est messager, et nous venons de nous marier, alors nous n'avons pas encore décidé où nous installer pour de bon.

— Toutes mes félicitations pour votre mariage, et que Dieu vous bénisse ! D'où venez-vous ? »

Mon pouls s'accéléra. « Notre dernier lieu de résidence était Ellis Abbey. Mon mari est le pupille de l'abbesse Elfida, et il est à son service. »

Son large visage s'éclaira. « Oh, étiez-vous une des élèves de l'abbaye, dans ce cas ? Ceci expliquerait cela. » Elle faisait probablement référence à ma tenue. « Et vous êtes tombée amoureuse du pupille de l'abbesse. » Elle m'adressa un clin d'œil. « Comme c'est beau ! Qui sont vos parents, ma chère ? »

Elle m'avait sans le savoir assistée dans mon mensonge, mais je n'avais pas de réponse toute faite pour cette nouvelle question. Je lui dis la première chose qui me vint à l'esprit : « Sir Roger Thorpe et lady Thorpe de West Chillington. » Il s'agissait des parents de Mary.

Henny écarquilla les yeux et porta vivement sa main à sa gorge. « Oh ! mais vous êtes de sang noble ! »

Je rougis de mon imposture peu judicieuse. « Non, madame, mon père n'est que baronnet, donc je suis une simple roturière. » Pour faire bonne mesure, j'ajoutai : « Mes parents m'ont reniée quand je me suis mariée en secret sans leur consentement. Ils ne veulent plus entendre parler de moi.

— Oh, ma pauvre amie, c'est vraiment terrible ! » Elle s'approcha de moi et me prit par les mains, me regardant intensément de ses yeux bleus embués. « Vous êtes une jeune fille si modeste, si douce. Regardez comme vous rougissez ! Si vous avez besoin de quoi que ce soit, n'hésitez pas à me le demander. Vous êtes vraiment la bienvenue à Old Hilgate ! »

Embarrassée, je tâchai de détourner son attention. « Comment va la patronne ? »

Henny secoua la tête d'un air sombre et me lâcha les mains. « Alice va mal. » Elle retourna auprès d'elle et lui caressa la joue. « Tu vas manger les dernières bouchées qui restent, d'accord, ma belle ? Fais-le pour moi. Il faut que tu reprennes des forces. »

Alice ouvrit les yeux et marmonna quelque chose d'inaudible pour moi, et Henny éclata d'un rire tonitruant. « Voilà une bonne résolution ! On va te remettre sur pied d'ici la semaine prochaine. »

Mais ce ne devait pas être le destin d'Alice. Henny me raconta plus tard qu'elle dépérissait de consomption. À cette malchance s'ajoutait la perte de sa brasserie, car l'inspecteur du comté avait interdit la vente de la bière légère au goût exécrable que brassait Alice. Pire encore, sa fille unique était morte l'année précédente en se noyant dans la rivière, si bien qu'elle n'avait plus personne pour s'occuper d'elle. Sans cuisine et sans bière, plus de revenus. La pauvre Alice dépendait pour survivre de la charité de ses voisins et de la location occasionnelle d'une chambre.

Henny apportait quotidiennement des repas à Alice, alors qu'elle devait déjà nourrir sa nombreuse progéniture. George, son mari, était le seul forgeron alentour et les affaires étaient florissantes. Ils formaient l'une des familles les plus aisées d'Old Hilgate, et George était également échevin et membre influent de la guilde de la paroisse. Le mari comme la femme étaient respectés en ville pour leurs actes de charité. J'appris à connaître Henny, qui était sincèrement bonne et généreuse, et je regrette vraiment que ce qu'elle savait de moi fût fondé sur un mensonge.

J'utilisai la majeure partie de l'argent que m'avait laissé Fernan pour m'acheter trois robes et une cape. Il n'y avait pas beaucoup de choix chez le tisserand, mais je trouvai de la laine à peu près convenable. Je demandai au tailleur de créer de longues coutures verticales et de larges encolures, le genre de coupe portée par les invitées de Rose House. La laine ne correspondait pas à ce style de robe, mais les habitants d'Old Hilgate ne connaissaient rien des dernières tendances. Je payai pour qu'on ajoutât de la fourrure de lapin le long de la capuche de ma cape écarlate, une extravagance, mais cela me semblait être le genre de choses que ferait une dame bien née. En y repensant à présent depuis le palais royal, je sais bien que j'avais l'air d'une paysanne, mais à l'époque, je trouvais ces habits d'un raffinement exquis.

Pour achever ma transformation, j'appris à me coiffer à la manière des dames de la ville qui rendaient visite à lady Wenslock. J'enroulais mes nattes de chaque côté de ma tête et les attachais à l'aide de rubans ; parfois, je les enserrais dans une crépine. Bien entendu, contrairement aux dames de Rose House, mes crépines n'étaient pas ornées de pierres précieuses. Quand je sortais, je portais toujours une simple cornette, comme toute femme mariée respectable.

Quand Fernan finit par revenir, j'avais déjà été présentée à un certain nombre d'habitants en tant que jeune mariée et fille d'un baronnet qui l'avait reniée.

« Eh bien, j'ai entendu dire que tu es devenue quelqu'un ! dit-il en se débarrassant de sa cape couverte de neige.

— Je n'avais pas l'intention de tromper qui que ce soit. C'est sorti tout seul.

— Ah oui ? Impossible de t'empêcher de mentir ? »

Je sentis mon visage s'enflammer.

« Je m'en moque. Cela me facilite les choses, en réalité. Où as-tu trouvé cette robe ? Elle est assez... inhabituelle. » Il posa ses mains sur mes épaules, m'obligeant à tourner sur moi-même. Il joua avec les cercles nattés de mes cheveux alors que je tournais.

« Je l'ai fait faire. Je n'avais pas les moyens d'acheter un plus beau tissu.

— *Tu* n'avais pas les moyens ? Ce n'est pas ton argent, dis ! Combien as-tu dépensé ?

— Pas grand-chose. J'avais besoin de vêtements.

— Ne crois pas que tu peux à présent vivre dans l'opulence. Les pièces que je t'ai données doivent te durer tout le mois. Utilise-les pour te nourrir, et non pour t'acheter des frivolités. »

Il ne me restait plus que quelques pence, trop peu pour tenir plusieurs semaines. Fernan poursuivit : « Pourquoi te préoccupes-tu des apparences, de toute façon ? La seule raison pour laquelle les gens d'ici te croient, c'est parce que ce ne sont que des rustres de la campagne. Ici, je pourrais faire passer Perla pour le meilleur cheval de guerre du roi. Tu souhaites donc entrer dans la haute société d'Old Hilgate ? Je suppose que l'assistante d'une lingère peut difficilement aspirer à mieux. »

Ses propos acerbes m'irritèrent, mais cela n'aurait servi à rien de le provoquer.

« As-tu soupé ? lui demandai-je.

— Oui, et je suis épuisé. » Fernan s'assit lourdement sur le lit et se laissa tomber en arrière, les bras en croix. Il n'avait pas pris la peine de retirer ses bottes, et de l'eau boueuse gouttait de ses talons, formant des flaques brunes sur le sol.

« Dans ce cas, je vais nourrir le feu et t'aider à te mettre au lit. »

Fernan resta allongé, les yeux fermés, pendant que j'arrangeais les braises. Les flammes vacillantes du feu mourant illuminaient son beau profil et donnaient à sa peau le riche éclat du bronze poli. Si, à une époque, sa simple présence m'aurait rendue toute chose, je remarquai malgré moi que sa lèvre supérieure était trop fine, l'angle de sa mâchoire trop flou, son front trop proéminent.

Après m'être déshabillée, je me brossai les cheveux avec de l'eau de lavande et desserrai un peu ma robe de sorte que ma poitrine gonflée se libéra contre le fin tissu de lin. Fernan garda les yeux fermés quand je lui retirai ses bottes, mais lorsque je tirai sur son haut-de-chausses, il se redressa sur ses coudes. Dans la faible lumière, je crus déceler du désir dans l'éclat de ses yeux, et lorsqu'il tendit la main vers mon visage et m'attira à lui, le doute ne fut plus permis.

Son désir réveilla brièvement le mien. Fernan me dévorait du regard et la réaction de son corps sous mes caresses me toucha. Pourtant, ses mains calleuses me blessaient les seins, lourds de lait, et lorsqu'il referma les yeux, je le sentis s'éloigner de moi comme le soleil disparaissant derrière l'horizon. Il ne mit pas longtemps avant de gémir en un spasme involontaire et de s'affaisser lourdement sur moi, le souffle court et chaud sur ma peau. Je le repoussai avant qu'il ne s'endormît. Il me laissa collante de sa sueur ; je frissonnai et remontai la couverture jusqu'à mon menton.

Lorsque Fernan repartit le lendemain matin, un nouveau sac de pièces se trouvait près du lit.

Après avoir blanchi à la chaux les murs de notre chambre et acheté un coffre pour ranger le peu d'affaires que nous avions, je n'eus plus grand-chose à faire pour m'occuper. Au début, j'en fus plus que ravie. À Rose House, j'avais rarement été épuisée, mais je ne disposais jamais de mon temps comme je le souhaitais. J'avais été la propriété de l'abbaye tout comme les pierres des murs de l'église, les moutons, leur laine et chaque brin d'herbe que j'avais foulé. Me réveiller à Old Hilgate sans maître, sans corvées, sans aucune obligation relevait du miracle.

La joie de l'oisiveté finit par s'estomper au bout de quelques semaines de solitude. Je passais un peu de temps avec Alice : je l'aidais à faire sa toilette, vidais son pot de chambre, lavais ses draps. L'humour caustique de cette femme me plaisait, tout comme son refus de s'apitoyer sur son sort, mais avoir de la compagnie la fatiguait rapidement. J'étais même incapable de la convaincre de goûter ma cuisine, ce qui était compréhensible, car mon potage était à peine mangeable, et Henny lui apportait des plats si délicieux.

Un jour, ayant la bougeotte, je décidai de rendre visite à Henny ; sa maison à colombages était remarquable par sa taille imposante et son toit en tuiles hors de prix. Elle m'accueillit à la porte, avec d'un côté un petit enfant juché sur sa large hanche et de l'autre, une épée.

« Oh, Agnès, entre donc ! » Pour se faire entendre, elle devait parler fort afin de couvrir les hurlements des enfants et le bruit métallique provenant de la forge de son mari, qui se trouvait directement derrière la maison. Une bouffée d'air chaud s'échappa par la porte pour se disperser dans l'air hivernal.

Je dus avoir l'air surprise à la vue de l'épée, car Henny me tendit la lame pour me montrer son travail de décoration et déclara : « C'est moi qui me charge des eaux-fortes pour George. Cela rend déjà bien, n'est-ce pas ? Ici, autour des pattes du lion, c'est censé être une guirlande de roses. Entre, entre donc ! »

Timidement, je fis tomber la neige de mes semelles et la suivis. Le feu crépitait dans deux cheminées situées chacune à une extrémité du vaste hall. La chaleur était bienvenue après une matinée glaciale dans ma chambre. Les feux allumés par Alice dans la taverne mouraient souvent, et je ne voulais pas dépenser d'argent pour en maintenir un allumé dans ma chambre.

« C'est toujours en désordre chez nous. Cela doit avoir l'air d'une porcherie, mais tu es la bienvenue dans notre humble demeure. Assieds-toi donc ! » Elle tapota le banc pour m'inviter à m'asseoir puis posa bruyamment l'épée sur une table. Apparemment, elle y travaillait quand ma visite était venue l'interrompre, car la table était pleine de bols de liquides âcres, de chiffons, de pinceaux, de bâtons au bout pointu et de gouttes de cire à moitié fondue.

« Enlève ta cape et mets-la où tu veux. »

La petite perchée sur la hanche de Henny tambourinait sur la forte poitrine de sa mère.

« Tu as déjà eu ton lait pour aujourd'hui. Il est temps que tu apprennes à manger de la viande ! » lui dit Henny, même si l'enfant était trop jeune pour comprendre. Elle s'adressa ensuite à moi : « Je n'ai plus l'âge de m'occuper de tout-petits. Je croyais que Tom serait le dernier, et il a fallu que celle-ci arrive. Mais tu es la plus gentille des bébés, n'est-ce pas, ma chérie ? » Henny embrassa la joue charnue de la fillette et s'assit à mes côtés. « On dirait bien que tu en as mis un en route. Tu peux dire au revoir à ta jolie silhouette. Vois un peu ce qu'une douzaine d'accouchements peuvent te faire. » Elle désigna sa taille épaisse. « As-tu déjeuné ? Reste, on le prendra après cette horde de sauvages.

— Tu es trop gentille. Tu as déjà bien assez de bouches à nourrir.

— Une de plus ne fera donc aucune différence. Qui plus est, je suis certaine que tu vas apprécier la cuisine de Bessie. C'est mon aînée. Sourde et muette, mais je suis sûre que ses talents de cuisinière l'aideront un jour à trouver un mari. Son boudin noir est le meilleur que tu puisses manger. C'est une si bonne fille. As-tu rencontré Marion ? Qui habite la maison au coin de la rue ? Sa fille a le même âge que Bessie et ne lui cause que des soucis. Paresseuse comme une vieille truie. Une vieille truie en chaleur. Elle va renifler les garçons alors qu'elle devrait tenir l'échoppe.

— On dirait que tout le monde dans cette ville a une échoppe.

— Il faut bien gagner sa vie. Je suppose que tu disposes d'une dot et des revenus de ton mari. » Elle leva une main rougie et gercée et examina ses ongles cassés. « J'aimerais être une noble dame, ne serait-ce qu'une journée. »

Je posai mes mains sur mes genoux pour qu'elle n'y prêtât pas attention.

Trois jeunes enfants déboulèrent dans le hall et se poursuivirent autour de la table, criant et riant.

« Du calme ! Charlie, tu vas m'entendre si jamais tu renverses mon matériel ! » hurla Henny.

Ils continuèrent à pousser des cris, mais ressortirent en courant. Henny soupira. « De vrais sauvages.

— Tiens-tu un étal les jours de marché ?

— Non, ma colombe, mon Georgie travaille sur commande, dit-elle avec un soupçon de fierté dans la voix. Parfois, je regrette le temps où je travaillais à l'échoppe. Mon père était poissonnier, et j'aimais le contact avec les clients. Papa disait toujours qu'une pipelette dans mon genre n'était pas bonne pour les affaires ; je discutais toujours trop longtemps avec les gens. J'ai toujours eu la parlotte. Tu sembles plutôt du genre silencieuse, digne. Je regrette parfois de ne pas être comme ça, mais on ne peut pas changer la façon dont Dieu nous a faites.

— Je devrais peut-être ouvrir une échoppe. » Un frisson me parcourut au moment où je prononçai ces mots. L'idée de gagner mon propre argent était grisante. Henny ne sembla pas convaincue.

« C'est un métier difficile, ma petite. Et je ne vois pas grand-chose qu'une fille puisse faire. À part devenir patronne d'une taverne comme Alice, il n'y a guère de choix. Tu sais, cela nous manque, d'avoir une vraie taverne dans cette ville. Il y a bien le vieux Hal qui brasse, mais il ne le fait qu'à ses heures perdues, et il en demande une fortune. Je préfère encore brasser la mienne. Ou plutôt, que Bessie et Meg brassent la nôtre. Ce sont de si bonnes filles. » Henny fit sautiller distraitement sur ses genoux le bébé qui pleurnichait. « Il y a des années de cela, une jeune veuve faisait une bière délicieuse. Alice, que Dieu la bénisse, n'est jamais arrivée à en proposer une aussi bonne. Par contre, elle a toujours fait payer un prix honnête. Elle peut se montrer brusque, mais elle est vertueuse, et sous ses airs frustes se cache un cœur d'or. La veuve dont je te parlais, eh bien, elle était toute jolie, et les hommes biberonnaient leur bière tous les soirs en lui faisant les yeux doux. Maintenant que j'y pense, tu lui ressembles assez, même si tu es bien plus grande et que tes cheveux sont d'une teinte plus claire. Elle s'est enfuie avec un charpentier. Ce fut un sacré scandale, car il était déjà marié, à ce qu'il paraît. Tu aurais dû entendre les commérages ! Les femmes d'ici furent bien contentes de dire adieu à cette petite diablesse. Enfin, je ne sais pas. Ce n'était pas sa faute si elle était jolie comme tout. »

Je laissai tomber le sujet, mais, après notre conversation, l'idée de gagner de l'argent me tarauda. Brasser de la bière pourrait me donner ma liberté.

Quand Fernan revint, je lui exposai mon projet d'un air dégagé alors que je lui lavais les pieds. « Qu'en dirais-tu si je gagnais quelques shillings pendant que tu voyages ? »

La jambe de Fernan eut un sursaut involontaire quand je frottai un point sensible sous sa plante de pied. Il aimait quand je m'occupais de ses durillons, mais il était chatouilleux.

« Quoi ? dit-il avec indifférence.

— Je pensais peut-être convaincre Alice de me laisser remettre en route la brasserie et récupérer la licence pour la vente de bière.

— Hmm. »

Il ferma les yeux et murmura après une pause : « Brasser de la bière n'est pas rentable. Les prix sont fixés par le roi. Quand le coût des ingrédients devient trop élevé, les brasseurs perdent de l'argent.

— Alice a réussi à faire tourner son affaire.

— Tout juste, il semblerait.

— J'aimerais essayer.

— Fais-toi plutôt engager. Ce serait un revenu assuré.

— Mon labeur me rapporterait trois fois rien. Si j'avais ma propre affaire, je pourrais nous créer un vrai foyer. »

Agacé, Fernan dégagea vivement son pied de mes mains et s'assit. « Si Alice souhaite te faire travailler, je n'y vois pas d'inconvénient. Mais ne t'attends pas à ce que je paie cette petite aventure. »

Je restai à genoux, m'attendant à ce qu'il replongeât son pied dans la bassine, mais au lieu de cela il me dévisagea en silence avant de m'empoigner les cheveux. D'une main ferme, il approcha mon visage du sien. « Ne me regarde pas comme un lapin effrayé », dit-il en souriant. Il se pencha et m'embrassa. Même si sa bouche exigeante et humide m'étouffait, son odeur familière m'attira. Je n'étais pas sûre de vouloir être débarrassée de lui.

Alice fut facile à convaincre et me laissa essayer de récupérer une licence pour vendre de la bière. Sa vie était devenue un calvaire, et elle dépendait de l'aide d'amis et de voisins pour s'en sortir chaque jour. Une locataire qui pouvait l'aider à garder un toit au-dessus de sa tête était bienvenue. « C'est un travail déplaisant, difficile et peu rentable, mais je suis extrêmement heureuse que tu paies ton loyer, petite. » Il y avait de l'affection dans sa voix, à défaut de ses mots.

La partie difficile de mon plan fut d'apprendre à brasser. Même avec les instructions de la patronne, cela me prit quelque temps avant d'obtenir une cuvée potable. Le malt qui restait à la brasserie avait pourri, et Alice n'avait pas de four, alors je fus obligée d'en acheter à prix fort au manoir Cothay. Fernan serait furieux, mais j'avais bien l'intention de rembourser cet argent. Je ne pouvais pas redresser l'affaire d'Alice sans engager d'abord quelques dépenses.

Lorsque j'essayai le moulin à bras, cela me prit toute la journée pour moudre assez de grain pour une cuvée, et Alice me dit alors que j'avais abîmé l'enveloppe des grains, ce qui m'obligea à tout recommencer. L'empâtage, cependant, était la partie la plus délicate du processus. Savoir quelle quantité d'eau très chaude il faut ajouter et pendant combien de temps il faut brasser le mélange d'eau et de céréales concassées ne peut venir qu'avec l'expérience. Mes quatre premiers essais n'avaient pas du tout le goût de la bière, et le cinquième était trop sucré. Malgré tout, à la sixième tentative, j'obtins un résultat correct.

Mes échecs m'aidèrent à comprendre pourquoi la bière d'Alice avait été imbuvable. Les ingrédients étaient coûteux, et son équipement limitait sa production à de petites quantités. Comme les tribunaux royaux fixaient un prix très bas pour la bière, Alice avait choisi de faire des économies pour augmenter ses profits. Elle ajoutait de l'avoine à l'orge, et elle lésinait sur le combustible en ne faisant pas bouillir son moût, qu'elle ne filtrait pas non plus. Elle rajoutait de l'eau aux céréales qu'elle venait d'utiliser, et cela trois ou quatre fois de suite, puis elle mélangeait les différents lots obtenus, ce qui donnait une bière diluée qui tournait rapidement.

Je décidai qu'une nouvelle approche s'imposait. Une fois que l'inspecteur du comté eut déclaré que ma bière pouvait être vendue, je passai le balai et la serpillière dans la taverne, jetai la paille sale, polis les chopes jusqu'à les faire briller. Je remplaçai le panneau à l'entrée de la taverne et décorai la salle avec de jolies guirlandes de houx. J'avais déjà dépensé une grande partie de l'argent de Fernan pour acheter l'orge, je décidai donc que cela ne ferait pas grande différence si je dépensais mes derniers shillings pour acheter un gros stock de bois et remplacer les chandelles de suif par de jolies bougies en cire d'abeille. Le plâtre des murs était encore noirci et crasseux, et on ne pouvait ouvrir les volets de la fenêtre l'hiver, car elle n'avait pas de vitrage, mais la salle n'en fut pas moins transformée. Ce changement tira même un petit sourire à Alice. « Tu as accompli un petit miracle ici. Un cochon ne s'y sentirait plus du tout chez lui ! » me dit-elle. Parler déclencha chez elle une nouvelle quinte de toux, et elle cracha du sang brunâtre sur sa manche.

Malgré son état de faiblesse, Alice tint à être au cœur de l'action quand la taverne rouvrit ses portes, alors je l'enveloppai de couvertures et l'assis près du feu.

Elle avait perdu tant de poids que je pouvais la soulever aussi facilement qu'un enfant. Avec le temps, ma taille s'arrondissait et mes joues se coloraient sous l'effet de la vie que je portais, alors qu'Alice faiblissait à vue d'œil. Des plaies apparurent aux endroits où sa peau cireuse et flasque ne suffisait plus à couvrir ses os pointus. Son haleine sentait la pourriture. Je faisais tout mon possible pour assurer son confort, mais je voyais bien qu'elle souffrait.

Le jour de la réouverture, je ne fis que deux ventes, et la panique me prit. Le lendemain matin, j'apportai des pichets et des coupes de bière aux échoppes voisines et offris des bocks gratuits à quiconque voulait goûter. La plupart des habitants connaissaient déjà la bière d'Alice, et ils me firent des compliments sur la qualité de la mienne. Je rendis également visite aux gens que je connaissais, dont Henny, et les invitai à venir boire gratuitement le soir même. Je ne pouvais pas vraiment me permettre une telle générosité, mais il fallait bien tenter quelque chose pour attirer les clients.

Ce soir-là, la taverne fut pleine à craquer, et tout le monde sembla d'humeur pour faire ribote. La foule était tapageuse ; les hommes plaisantaient et s'esclaffaient bruyamment, et on entonna des chansons à boire dans la salle et dehors, car certains clients étaient même allés jusqu'à s'asseoir dans la neige pour profiter de leur bière gratuite. À un moment, quelqu'un trébucha ou fut poussé contre une table, et toutes les chopes tombèrent par terre dans un bruit fracassant, ce qui provoqua l'hilarité générale. Alice, sereine dans tout ce tumulte, était assise près de la cheminée, les yeux fermés, un léger sourire aux lèvres. Le feu et la chaleur de tous ces corps surchauffaient tant la salle que je me sentais mal ; j'accueillais avec reconnaissance les courants d'air froid qui s'y engouffraient chaque fois que l'on ouvrait la porte.

Henny et George arrivèrent en fin de soirée. Ils connaissaient tout le monde, et mirent un point d'honneur à saluer chaleureusement chaque personne, ce qui ne fit qu'ajouter à la bonne humeur générale.

« Nous aimions vraiment venir ici quand la pauvre Alice brassait encore, mais je dois avouer que nous préférions les tourtes aux rognons à la bière qu'elle servait », me confia Henny en fronçant le nez. « Regarde-moi cette foule ! Quelle joie d'avoir grâce à toi de la bonne bière à Old Hilgate. Nous allons pouvoir arrêter de brasser la nôtre ! Cela doit être difficile pour toi, avec ton éducation, de faire ça. C'est un bon travail, et honnête, et je t'admire vraiment de ne pas le considérer comme en deçà de ta condition. Il n'y a aucun mérite à se montrer fier et hautain. Le Christ en personne fréquentait les gens les plus humbles. En chemin, j'ai croisé Mylla Ainsley, et elle m'a dit que tu devrais quitter ton mari s'il est si pauvre que ça et rentrer chez toi si tes parents sont si riches. Je lui ai dit qu'elle ne connaissait rien à la jeunesse et à l'amour ! Sans parler de l'humilité chrétienne. Où est donc ton mari, d'ailleurs ? »

J'échappai au bavardage de Henny pour aller vérifier mon stock dans la brasserie. Il ne restait que quelques gallons. Bien que j'eusse commencé à faire payer les clients après leur première consommation, l'argent encaissé ne suffirait pas à acheter ce dont j'avais besoin pour brasser à nouveau. Je frissonnai en comprenant qu'il me faudrait demander plus d'argent à Fernan.

Comme si mes pensées l'avaient fait apparaître, Fernan fit son entrée dans la taverne au moment où je sortais de la brasserie avec le reste de la bière. Surpris, il balaya du regard la salle bondée. Je pris une chope et me frayai un chemin jusqu'à lui.

« As-tu soif ? lui dis-je en faisant de mon mieux pour lui sourire d'un air charmeur.

— Qu'est-ce que c'est que tout ça ?

— Une taverne.

— Oui. Je sais.

— Nous en avons déjà discuté. J'ai obtenu la licence. Je pensais que tu serais content de me voir gagner quelques shillings. »

Un sourire se dessina lentement sur son visage. « Ah oui ? Vraiment ? » Il pencha la chope comme pour en examiner le contenu. « Laisse-moi goûter à ta marchandise, dans ce cas. » Il la vida en une seule longue gorgée. « Pas mal ! Pas mal du tout. Ressers-moi ! » Il me redonna sa chope et se rapprocha de moi, plus que de nécessaire dans la salle bondée. « Tu es très jolie ce soir. Les rondeurs te vont bien. » Il me tapota le ventre.

Je me dépêchai de retourner chercher de la bière. Lorsque je refusai d'autres commandes, expliquant que les réserves étaient épuisées, les gens commencèrent à partir. Je veillai cependant à garder la chope de Fernan pleine. Henny eut la gentillesse de mettre Alice au lit, et George donna une claque amicale dans le dos de Fernan avant de s'en aller, lui déclarant qu'il était un mari bien chanceux.

Il y avait beaucoup de ménage à faire, mais je reportai tout cela au lendemain afin de pouvoir rejoindre Fernan au lit. Je montai une des nouvelles bougies en cire d'abeille et aidai Fernan à se déshabiller. Alors que je lui caressais le dos, il soupira. « Combien d'argent espères-tu gagner avec ton nouveau projet ? demanda-t-il.

— Si je vends ma bière classique à deux pence le gallon et la bière épicée à trois, je pourrai facilement gagner deux à trois shillings par jour. Un boisseau de malt coûte douze pence, mais je peux faire moi-même le maltage cet été. Une fois payé le bois et les frais divers, je pourrais gagner plus d'une couronne par semaine. » J'inventai la plupart de ces chiffres, car je ne savais pas combien de bière j'allais vendre chaque jour, ni si j'allais pouvoir faire payer sans problème plus du penny et demi autorisé par la loi.

Fernan siffla entre ses dents. « C'est une jolie somme. Combien as-tu fait ce soir ? »

Il me faudrait lui demander plus d'argent à un moment donné, et il était de bonne humeur. C'était le moment opportun pour tenter ma chance. « Il a fallu que j'offre des chopes afin de créer le bouche-à-oreille autour de la taverne. Il faut que je brasse encore plus vite, et je n'ai presque plus d'orge. Il me faudrait quelques shillings supplémentaires, mais je promets que ce sera la dernière fois. »

Je venais à peine de finir ma phrase quand son poing s'écrasa contre ma tempe. Le sol tangua de façon inquiétante. Je n'avais pas encore retrouvé l'équilibre qu'il me frappa de nouveau, et je tombai par terre. Mon oreille sifflait bruyamment, et bien qu'il me criât quelque chose, je fus incapable de comprendre ce qu'il me disait. Je rampai jusqu'à la porte, et il ne chercha pas à m'en empêcher.

Je passai la nuit près de la cheminée de la taverne. À l'aube, je fus réveillée par le bruit lourd des bottes de Fernan dans l'escalier. Il était vêtu de sa cape, sa sacoche en bandoulière. Je fis semblant de dormir, de sorte que lorsqu'il s'arrêta près de moi, je ne pus savoir s'il baissa les yeux sur moi ou s'il se contenta d'ajuster la sangle de sa sacoche. Une fois que la porte d'entrée claqua, je me levai et commençai le long ménage qui m'attendait.

Je réussis à emprunter de l'argent à Henny afin de tenir la semaine suivante, et après cela, je n'eus plus jamais à demander d'argent. Je créai de nouvelles bières épicées, mélangeant des baies de genièvre, des pommes, du laurier, de la cannelle et de la lavande, et elles connurent un grand succès. De plus en plus d'habitants achetaient chez moi ce dont ils avaient besoin, cessant de brasser leur propre bière, et j'avais du mal à tenir le rythme des commandes. J'engageai une jeune fille pour m'aider à faire le ménage et le service afin de pouvoir me consacrer au brassage. Je devais rapidement trouver le moyen d'accroître ma production. Il me faudrait également penser à ce qui se passerait à la mort d'Alice. Je n'avais pas les moyens de lui racheter la taverne, et comme Alice n'avait plus de famille, Ellis Abbey récupérerait les lieux et je me retrouverais sans domicile ni travail.

Quand Fernan revint, il fit comme si rien ne s'était passé entre nous. Après tout, il s'était contenté de corriger sa femme. Il déposa pourtant bien une nouvelle somme en repartant. Peut-être avait-il cherché à se faire pardonner, mais je ne voulais pas de son rameau d'olivier. Je me laissai un délai, et quand j'eus économisé assez d'argent, je remplis deux bourses de pièces et les plaçai sur le plateau préparé pour son souper, avec la bourse qu'il m'avait laissée, intacte. La taverne était pleine ce soir-là, et il y eut quelques haussements de sourcils quand je posai le plateau plein d'argent devant mon mari. Fernan ne fit aucun commentaire, mais il ne me donna plus le moindre sou.

11

Maternité

Au fil des semaines, je devins de plus en plus consciente du bébé qui grandissait en moi. Quand je restais allongée, je sentais un papillonnement étrange, comme si une créature recouverte du plus doux des duvets tournait en rond, cherchant la meilleure position pour s'endormir dans mon ventre. Durant ces moments de calme, la joie me parcourait tout le corps par petites vagues, balayant mon appréhension de l'accouchement. Une vraie fébrilité grandissait aussi en moi. Pour la première fois de ma vie, il me semblait que j'allais posséder quelque chose d'important.

Fernan passait de plus en plus de temps à la taverne alors que la grossesse arrivait à son terme ; il semblait intrigué à l'idée de devenir père. Je ne lui avais pas pardonné son geste, mais décidai qu'il serait plus avantageux de le garder près de moi que de le repousser. Je le nourrissais, lui lavais les pieds, entretenais sa fierté et me rendais disponible et réceptive durant la nuit. Il se mit à me taquiner parfois comme il avait pu le faire jadis, et il plaisantait sur la force qu'aurait son fils – car il était persuadé que ce serait un garçon – à en juger par les puissants coups de pied qu'il sentait quand il posait sa main sur mon ventre.

Malgré ses visites plus fréquentes, Fernan fut absent le soir où le travail commença. Lorsque les contractions se déclenchèrent, je crus d'abord que j'avais mangé un mets avarié, mais sous la poigne de fer des premières vraies douleurs, je demandai au voisin d'aller chercher la sage-femme.

Celle-ci arriva au crépuscule et me trouva recroquevillée dans un coin, gémissant à chaque nouvel accès de douleur. C'était une femme frêle au dos voûté et aux doigts noueux marqués par les engelures, et je me demandai si elle était apte à la tâche. Elle me mit au lit, me fit avaler du vinaigre sucré et ouvrit la fenêtre pour faire entrer l'air glacial. J'accueillis le froid avec bonheur, car il me distrayait de ma souffrance. Quand je m'allongeai sur le lit, je sentis un jet chaud de liquide s'écouler le long de mes jambes et je criai de peur. La vieille femme gloussa et apporta des linges.

« C'est bien, c'est très bien. Maintenant que vous avez perdu les eaux, les choses vont aller vite.

— Que voulez-vous dire par "vite" ? dis-je en fermant fort les yeux alors qu'une nouvelle vague de douleur me submergeait.

— Qui peut le savoir, ma chère enfant ? C'est entre les mains de sainte Marguerite. Tout sera terminé avant le lever du soleil, j'en suis certaine. Prions ensemble sainte Marguerite. »

Elle posa une amulette sur mon ventre et se mit à murmurer et psalmodier. Je fermais les yeux entre les douleurs. Quand elle eut fini ses prières, elle me frotta les flancs avec une huile de rose qui dégageait une odeur puissante. Ma gorge se serra en repensant subitement au jardin de l'abbaye, mais de nouvelles douleurs noyèrent ce souvenir.

La petite-fille de la sage-femme arriva au milieu de la nuit et alluma un feu pour faire chauffer de l'eau. La sage-femme fit un somme dans un fauteuil pendant que sa petite-fille me veillait à son tour. Elle était jolie, plus jeune que moi, mais il était clair qu'elle avait l'habitude d'aider pour les naissances. Elle tenta de me faire boire encore du vinaigre sucré, mais j'en fus incapable. J'avais l'impression qu'une bête avait planté ses crocs dans ma taille et me secouait, cherchant à me déchirer en deux. Juste au moment où je crus que j'étais arrivée au bout de mes forces, la fille appela sa grand-mère. La vieille femme se redressa à une vitesse surprenante.

« Le bébé s'est-il enfin décidé à nous rencontrer ? »

La fille désigna entre mes jambes ce qui semblait en être la preuve.

« Apporte plus de linges et fais chauffer l'eau. Bien, bien. Je vois sa tête. Votre bébé sait se comporter. Il sort juste comme il faut. C'est bientôt fini, vous allez pouvoir vous reposer. »

Il y eut un glissement et un autre jet de liquide, et soudain la sage-femme tint entre ses mains une créature sombre et luisante. Elle la retourna avec adresse sur son avant-bras et passa son doigt dans la bouche du nourrisson. S'ensuivit un hurlement, et la sage-femme poussa un soupir de contentement. « Vous avez une grande fille en pleine santé, ma chère. Que sainte Marguerite soit louée. Elle a la peau sombre, mais les bébés s'éclaircissent avec le temps. Je parie que celle-ci aura un teint aussi clair que ma Maggie ici présente. »

La sage-femme coupa le cordon, puis elle aida sa petite-fille à laver et envelopper chaudement le bébé dans du linge. Elle posa le petit paquet emmitouflé sur ma poitrine et s'affaira entre mes jambes tremblantes pour nettoyer le placenta collant.

Les yeux du bébé étaient fermés derrière des paupières gonflées, ses cheveux noirs emmêlés au sommet de son crâne, où sa peau palpitait. Elle semblait venue d'un autre monde, une chrysalide qui se serait frayé un chemin hors de son cocon. Je la soulevai pour mieux voir son visage et sentis mes bras trembler eux aussi. Si sa peau était rougie par le sang, je devinais que son teint était noisette, comme celui de Fernan. Ses lèvres formaient un arc délicat, minuscule et parfait. Je passai mon doigt sur sa bouche et elle ouvrit les yeux, des petites fentes scintillant du plus doux des noirs, un regard à la fois serein, sage et distant. Elle me fixa comme si elle pouvait voir à travers moi, ou plutôt en moi. J'avais peine à croire que cette étrange créature était mienne.

« Et voilà, presque toute propre. Donnez à boire à votre têtard. Nous allons dormir un peu, mais Maggie reviendra au lever du jour. Voici un pichet de bière et un bol d'eau fraîche. Maggie, ma chérie, ferme la fenêtre et nourris le feu.

— Je me suis déjà occupée du feu, grand-mère ! »

Maggie referma les volets, et elles sortirent.

J'avais vu des femmes du village nourrir leurs bébés, mais je me sentais perdue et maladroite. Je soulevai ma chemise de nuit et la roulai sous mes bras, exposant ma poitrine à l'air froid, et j'approchai le visage du bébé de l'un de mes mamelons. Elle entrouvrit immédiatement ses lèvres et colla sa petite bouche de velours sur mon sein. Sa joue sombre se pressa contre ma peau pâle parcourue de chair de poule ; elle téta avec une urgence contrôlée, comme si boire était la seule chose qui comptait, et qu'elle fût en charge de cette tâche importante. C'était épatant qu'elle sût exactement quoi faire. Je ne m'attendais pas au choc de félicité ni à l'émerveillement que je ressentis alors. Après un temps, son rythme ralentit, et l'emprise de sa bouche se relâcha. Elle fit un petit bruit en desserrant ses lèvres, et son petit corps se détendit tout entier. Sa tête roula en arrière et elle tomba de sommeil.

Alors que je la regardais s'endormir, mes yeux se remplirent de larmes. J'eus soudain peur de la voir mourir, de la perdre. Les anges ne sont pas censés côtoyer les humains. Tout comme je n'étais pas destinée à avoir quelque chose d'aussi beau dans ma vie.

La nuit, ses cris me réveillaient, et à chaque fois que je la serrais contre moi, je ressentais une étrange joie teintée de chagrin. Cette partie de moi s'était échappée pour devenir une personne à part entière, une étrangère. Nous ne nous connaissions pas, et pourtant, à l'instant où je la pris pour la première fois dans mes bras, elle devint mon univers. Tant que nous vivrions, je ne serais plus jamais seule.

Quand Maggie revint le lendemain matin, elle était aussi enjouée et pleine d'énergie que la nuit précédente. Elle apporta un berceau qu'elle avait emprunté aux Dryver ; il avait été utilisé pour leurs six bébés, mais Sara Dryver n'en attendait pas d'autres pour le moment. Maggie me donna du pain et du lait, et je me sentis assez en forme pour me lever. J'étais fatiguée et j'avais mal partout, mais j'avais déjà recouvré une grande partie de mes forces.

Heureusement, je restai en bonne santé, et je repris le brassage et la cuisine. Si ma nouvelle maternité m'empêchait de faire de bonnes nuits, j'avais le cœur et le pas légers. J'emmaillotais le bébé et l'emmenais partout avec moi. Lorsque je devais servir dans la taverne, elle restait dans son berceau près de la cheminée. Les clientes la prenaient dans leurs bras chacune à leur tour lorsqu'elle s'agitait, et quelques hommes s'y mirent aussi. Certains firent des remarques sur son teint basané, mais la plupart des gens souriaient et s'attendrissaient en la voyant.

Je relevai la tête à chaque fois qu'un souffle d'air froid s'engouffrait par la porte, dans l'espoir de voir entrer Fernan afin de faire baptiser la petite. Quand il revint enfin, il était de méchante humeur, car il avait appris d'un habitant que le bébé était une fille. C'était le soir, et la taverne était pleine. Durant l'hiver, il n'y avait pas grand-chose à faire après le coucher du soleil, et les hommes aimaient se réunir près du feu et boire de la bière aux épices. Fernan retira sa cape et s'assit sur l'un des bancs les plus proches de la porte. Je lui apportai une chope, et le boucher installé à ses côtés fit une plaisanterie sur les nouveaux parents. Fernan se contenta de grimacer et d'avaler une longue gorgée d'alcool. Il reposa violemment la chope sur la table et refusa de croiser mon regard.

Plus tard ce soir-là, je lui amenai l'enfant et la lui mis dans les bras. Fernan ne sourit pas, mais son expression s'adoucit. Il glissa son petit doigt dans la bouche du bébé et elle s'empressa de téter, avant de comprendre qu'elle n'aurait pas de lait. Elle pleura et agita les bras en gestes larges et désordonnés jusqu'à ce que sa menotte trouvât le doigt de Fernan, et elle se calma.

« Il faut lui choisir un parrain et une marraine et la faire baptiser.

— Tu n'as qu'à choisir, répliqua Fernan en haussant les épaules, irrité.

— Je veux que ma sœur soit la marraine.

— Ne sois pas bête. Une sœur paysanne gâcherait toute ton histoire. De toute façon, je refuse de voyager une demi-journée pour un baptême. Tu devrais plutôt demander à George et Henny. »

Il avait raison, bien entendu. Il m'était impossible de choisir ma sœur. Même si je n'avais pas menti sur ma vie, cela aurait été une erreur, car Lottie n'avait rien à offrir à notre fille, alors que Henny et George faisaient partie des gens les plus aisés et influents de Old Hilgate. Et pourtant, ma sœur me manquait terriblement. Les liens qui avaient ligoté mon cœur quand j'avais quitté l'abbaye s'étaient défaits à la naissance de ma fille, et je ressentais violemment l'absence de Lottie, comme si c'était la première fois que l'on nous séparait.

« Nous pouvons choisir George et Henny, mais je veux qu'elle porte le nom de ma sœur, pas de Henny. »

Fernan soupira bruyamment. « Henny sera offensée, mais fais ce que tu veux. C'est toi la responsable. »

Je mentis à Henny en lui disant que ma sœur était morte des années auparavant, et que je voulais donner à ma fille le prénom de la seule personne de ma famille qui m'avait vraiment aimée. Henny, Dieu soit loué, était une femme sentimentale. Elle sembla au bord des larmes quand j'évoquai ma sœur depuis longtemps disparue. George râla sur cette entorse à la règle, mais Henny lui dit de se mêler de ses affaires. Sa grande famille élargie vivait à Old Hilgate et dans les alentours, et elle avait pitié de ma solitude. Elle estimait que c'était la moindre des choses de ne pas faire d'histoire pour le prénom de sa filleule.

Devant le portail de l'église, une douzaine de paroissiens se joignirent à nous pour le baptême. Ils étaient rassemblés dans la faible lumière hivernale, battant la semelle et remuant les bras pour se réchauffer. Il faisait un froid mordant ce jour-là, et les mots du prêtre s'élevèrent en buée au-dessus de sa tête alors qu'il marmonnait sa bénédiction de ses lèvres gelées. Le père Michael mit du sel sur la bouche du bébé, provoquant un petit cri indigné. George et Henny récitèrent rapidement le Notre Père et le Credo, tandis que le prêtre reniflait et essuyait son nez rouge sur le rebord de son étole.

Nous fûmes tous soulagés de pouvoir passer ensuite aux fonts baptismaux ; il ne faisait pas plus chaud à l'intérieur, mais nous étions au moins protégés du vent. Henny déshabilla le nourrisson en pleurs et le tendit au père Michael. Voir mon enfant nue, tremblotante, affolée et hurlant, ne comprenant pas ce qui lui arrivait, fit tressaillir mes mains ; je les forçai à s'immobiliser. Le prêtre la plongea dans l'eau glacée l'espace d'un instant bref, mais cruel, et tout fut enfin terminé. Henny enveloppa ma Charlotte dans une robe blanche et la remit entre mes bras impatients.

Nous organisâmes une fête en l'honneur du baptême à la taverne, mais Fernan ne daigna pas rester jusqu'au bout. Il déclara qu'il devait retourner à l'abbaye avant le coucher du soleil, mais je soupçonnai plutôt qu'il souhaitait éviter une nouvelle nuit de sommeil perturbé. Quand tout le monde fut parti, je couvris le feu et me couchai avec ma Charlotte épuisée, glissant son petit corps au creux de mon bras et sous de chaudes couvertures. Ma famille, c'était elle désormais.

Alice mourut discrètement une nuit à la Pentecôte, et presque toute la ville assista à son enterrement. Malgré sa langue bien pendue et sa mauvaise bière, Alice était très appréciée. Elle avait toujours été prête à aider un voisin dans le besoin et à offrir un repas aux indigents. Je m'étais moi aussi prise d'affection pour elle, mais pendant la messe d'enterrement j'étais préoccupée : qu'adviendrait-il de moi ?

Je balayai l'assemblée du regard et me rendis compte que je connaissais la plupart des paroissiens. Les enfants se dandinaient, l'ennui visible sur leurs visages. Certaines des petites filles portaient des rubans de couleur vive et des colliers de pâquerettes. L'hiver avait été long, et tout le monde se réjouissait de l'arrivée du printemps.

Je posai Charlotte contre le renflement de mon ventre, premier signe qu'un nouveau bébé était en route. C'était trop tôt. Ma Charlotte apprendrait tout juste à marcher lorsque le deuxième arriverait. Combien d'enfants ma sœur avait-elle, et comment allaient-ils ? Je me demandai à nouveau comment j'allais faire maintenant qu'Alice était morte.

Il fallait que je demande à Fernan de m'aider. Je n'étais pas certaine qu'il eût les moyens de racheter la taverne à Ellis Abbey, et même s'il le pouvait, comment l'en convaincre ? Il était avare, et il ne penserait qu'au risque de perdre son argent. Mon regard glissa sur l'autel et s'arrêta sur la calvitie naissante de George, qui se pencha doucement en avant et se redressa brusquement, luttant pour ne pas s'endormir pendant la messe. Sa famille occupait tout le premier banc ; Henny sifflait comme une maman oie pour rappeler à l'ordre sa progéniture qui chuchotait et s'agitait. George était commerçant. Je décidai de lui demander conseil une fois la cérémonie terminée.

George proposa une heure pour venir me voir le lendemain matin, mais il me prit au dépourvu en arrivant plus tôt que prévu. Je venais juste de finir de nourrir Charlotte, et je refermai à la hâte le devant de ma robe. Il ne s'excusa pas. Au lieu de cela, il s'assit sur une table et planta ses bottes crottées sur le banc, les jambes écartées. George était un homme petit et trapu, mais il occupait autant d'espace qu'un homme qui aurait fait deux fois sa taille.

« Alors comme ça, tu souhaites acheter la taverne d'Alice ? »

Je couchai ma Charlotte endormie dans son berceau. « Oui. Je dois convaincre Fernan qu'il s'agirait là d'un bon investissement. Les affaires vont bien, et je gagne désormais presque une livre par mois après déduction des frais. Combien cela me coûterait de racheter ce bâtiment, à ton avis ? »

George regarda autour de lui, les sourcils froncés. « La taverne est en mauvais état. Il faut la retaper.

Ce serait certainement possible de convaincre le régisseur de la vendre pour vingt livres.

— Si je gère bien mon argent, je pourrai rembourser cette somme en trois ans.

— Je peux te l'avancer, à quinze pour cent d'intérêts. »

Je ne m'y attendais pas. « L'usure est illégale. »

George éclata de rire. « Personne ne se fait arrêter pour avoir prêté de l'argent. Et puis, ça resterait entre nous. Personne d'autre n'a besoin d'être au courant. Et si une fois tu ne peux pas me payer à temps, tu peux trouver d'autres moyens de me dédommager. Tu dois te sentir seule, avec ton mari toujours absent. » Il agita les hanches de façon suggestive, en faisant gigoter sa bedaine. Il m'adressa ensuite un sourire comme s'il venait de faire un bon mot.

Je sentis la nausée monter, puis la rage. Je ne m'étais pas attendue à ça de la part de George. « Je vais réfléchir à ta généreuse offre de prêt à quinze pour cent », répondis-je d'un ton égal. Je le regardai droit dans les yeux, sans sourire.

George fit la moue face à ma froideur, mais il ne renouvela pas ses avances. Quand il partit, je décrottai le banc et le sol des traces de boue qu'il y avait laissées.

Malgré sa remarque déplaisante, George m'avait été utile. J'avais désormais une estimation du prix de la taverne, et il m'avait donné l'idée de proposer à Fernan de le rembourser avec intérêts. Lorsque je lui exposai mon projet, il ne broncha pas en entendant la somme de vingt livres. Je compris alors que j'avais autant sous-estimé la fortune dont il disposait que son envie de se débarrasser de moi.

Fernan réussit finalement à obtenir du régisseur de l'abbaye un prix de vente de quinze livres, et je fus aux anges. Même si je savais que Fernan m'avait aidée car cela le servait avant tout, j'éprouvai pour lui une affection renouvelée. Il avait négocié avec habileté, et il avait accepté de se charger de l'achat de la taverne sans renâcler. Ce n'était pas un gredin, contrairement à George, et il avait tenu la promesse faite à l'abbesse Elfida de subvenir à mes besoins. Il ne m'aimait pas, et je ne l'aimais pas, mais après que Fernan eut acquis la taverne, je trouvai le fardeau de bonne épouse moins pesant.

Au printemps et à l'été, ma bière se vendait plus vite que jamais grâce aux jours de marché, fréquents, mais les soirs ordinaires, l'activité tournait au ralenti. Avec des journées plus longues, les gens travaillaient tard, et ce n'était pas le froid qui les poussait à se mettre à l'abri dès le soleil couché. Lorsque c'était calme, j'aimais ouvrir la fenêtre à l'étage et rester allongée sur le lit avec Charlotte, à regarder les couleurs du ciel changer avec le coucher du soleil. Le vent du soir faisait courir des nuages noirs d'encre sur le carré de ciel rose qu'encadrait notre fenêtre ; il apportait également un air délicieusement frais dans notre chambre, ranimant les flammèches orange dans la cheminée, gonflant les rideaux de lit rudimentaires que j'avais accrochés à l'une des poutres du plafond. La brise caressait avec volupté et délice notre peau nue. Parfois Charlotte tétait avec paresse. Elle entortillait ses petits doigts dans mes cheveux, tirait sur des mèches pour en caresser sa joue et les maintenait là avec une force surprenante. À d'autres moments, je la berçais contre moi en lui chantant des comptines. Elle me regardait alors avec un air sérieux et un léger froncement de sourcils, comme si elle essayait de comprendre les mots de la berceuse. Certaines nuits, elle pleurait sans cesse, inconsolable, et la cause de son chagrin restait un mystère. Lorsque cela arrivait, je marchais en la serrant dans mes bras, la faisant doucement sautiller, et je lui racontais des histoires qu'elle ne pouvait comprendre. Les cris de Charlotte se transformaient en pleurnicheries et en reniflements, et si je la câlinais et embrassais sa peau douce, elle souriait. Une fois rendormie, j'observais le mouvement rapide de son petit buste et m'imprégnais de sa douce odeur de lait, regrettant de ne pouvoir connaître ses rêves.

Avec le temps, Fernan se prit d'affection pour Charlotte. Elle avait hérité non seulement de son teint, mais aussi de son sourire et de son entrain. Elle était cependant beaucoup moins sociable que lui ; enfant déjà, Charlotte se méfiait des adultes. Je pense que Fernan voyait son propre reflet dans le visage de sa fille, et cela le ravissait.

Juste avant la naissance de Matilda, Charlotte apprit à marcher sur ses solides jambes, et Fernan aimait lui courir après avec une plume ou un brin duveteux de jonc doré, lui chatouillant la nuque jusqu'à la faire éclater de rire. Quand elle s'approchait trop près du feu ou des chaudrons chauds, il l'attrapait, mais un après-midi il ne fut pas assez rapide et elle se cogna contre une bouilloire bouillante que j'avais laissée sur l'âtre. L'eau qui s'échappa du bec lui brûla le bras et le cou. Elle en a gardé une cicatrice rose qui serpente à la base de sa gorge jusqu'au bord de sa mâchoire, et c'est pourquoi elle ne porte que des robes à col montant.

Les hurlements de Charlotte résonnèrent dans la cuisine ; Fernan la prit dans ses bras et la plongea dans un tonneau ouvert de bière pour refroidir sa peau, mais ses cris d'agonie continuèrent. Je traversai la salle à une vitesse dont je ne me serais pas crue capable vu mon état, et quand je tendis la main pour aider Fernan à tenir notre enfant qui se débattait, je sentis qu'il tremblait.

Nous enveloppâmes Charlotte dans un linge doux, et Fernan tourna en rond, berçant la petite en pleurs, les traits déformés par l'angoisse. Quand elle finit par se calmer, je m'assis aux côtés de Fernan et appuyai ma tête sur son épaule. Il enlaça mes doigts et je murmurai une prière pendant que nous regardions notre fille blessée plonger dans un sommeil agité.

On dit que les mères ne se souviennent que des débuts de leur premier enfant, et c'est mon cas. Évoquer la prime enfance de Matilda n'appelle en moi qu'un flou chaleureux ponctué d'images fugaces : sa tête duveteuse nichée au creux de mon cou, son petit corps nu de grenouille s'agrippant à ma poitrine lors des derniers beaux jours de l'automne, sa respiration sifflante quand elle tétait. Matilda était un bébé calme et adorable qui ne posait pas de problèmes.

Fernan ne fut pas content de me voir accoucher d'une autre fille, et il ne supportait pas d'être sans cesse réveillé par les pleurs, alors il s'éloigna d'Old Hilgate pour des périodes toujours plus longues après la naissance de Matilda. Je ne doute pas qu'il ait eu une autre femme, voire plusieurs. Quand il était à la maison, Fernan était habituellement de bonne humeur.

Je lui remboursais régulièrement ma dette, avec intérêts, et je le mettais à son aise à la taverne. Il lui arrivait de donner une correction aux enfants, mais plus jamais il ne me frappa. J'appréciais qu'il nous laissât tranquilles la plupart du temps, et je priais pour ne pas tomber à nouveau enceinte avant quelque temps.

Nous choisîmes les parrain et marraine de Matilda avec soin. John et Matilda Lothrop tenaient le moulin de la ville, et après avoir accepté leurs nouveaux rôles, ils moulurent mon malt gratuitement. John réglait les meules juste à la bonne distance l'une de l'autre, afin de ne pas transformer les céréales en farine. En échange, je leur offrais de la bière, mais c'était moi qui profitais le plus de cet arrangement, car ils m'épargnèrent de longues heures qu'il m'aurait fallu passer à moudre à la force des bras.

Je mis deux ans pour rembourser Fernan, et je fis ensuite construire un deuxième étage à la taverne, refaire le vieux torchis, enduire les murs de plâtre et ajouter des vitres aux fenêtres. Le bâtiment devint l'un des plus beaux de la ville. Old Hilgate n'était pas un important lieu de commerce, mais une bourgeoisie s'y était créée, et je fus accueillie dans ses rangs. Je renforçai ma position sociale en offrant mon aide aux marchands pour des travaux simples de lecture et d'écriture ; il m'arrivait même de les aider dans leurs comptes. Ils pensaient que j'avais reçu une éducation raffinée à l'abbaye, mais en réalité, mes connaissances étaient assez limitées ; ils en savaient simplement encore moins que moi.

Quand Matilda apprit à marcher et à parler, les petites devinrent inséparables. Charlotte était pragmatique et pleine d'imagination, alors que Matilda était volontaire et d'une grande sensibilité. Elles ourdissaient toutes les deux des stratagèmes sophistiqués, comme la fois où elles créèrent des teintures à base de baies, de fleurs et de boue dont elles se servirent pour dessiner sur le mur extérieur de la taverne. Elles ne se ressemblaient pas du tout, car Matilda avait la peau plus claire, un teint fauve, des yeux noisette et des cheveux auburn, là où Charlotte avait la peau foncée de son père, de grands yeux noirs et une masse brillante de boucles sombres qui jaillissaient des nattes serrées que je tressais autour de sa tête. Et pourtant, elles étaient toujours collées ensemble, inséparables, bras dessus bras dessous, se chuchotant des secrets de petites filles.

À la fin de la journée, Charlotte et Matilda grimpaient comme des chiots dans mon lit et exigeaient une histoire. Je n'ai jamais eu beaucoup d'imagination, mais je faisais de mon mieux pour leur en inventer. Elles n'aimaient que les fins heureuses, et dans leurs histoires préférées il fallait toujours qu'il y eût des châteaux. Je leur parlais ou leur chantais quelque chose jusqu'à ce qu'elles s'endormissent, m'enveloppant de leurs petits membres. Même à l'époque, j'avais conscience qu'il s'agissait des années les plus heureuses de ma vie.

12
Adversité

Si les quatre années qui suivirent la naissance de Matilda constituèrent une époque bénie, elles ne furent pas parfaites. Il semblait toujours y avoir un problème à la brasserie ; des rongeurs qui mangeaient les céréales, la bière qui tournait vite, le sergent de l'abbaye qui imposait des amendes déraisonnables. Ce qui me chagrina le plus durant cette période, cependant, fut de voir Charlotte comprendre qu'elle était laide.

On dit que la beauté est dans l'œil de celui qui regarde, et si je suis bien de cet avis, on ne peut nier que la société a des idées bien arrêtées sur ce qui est beau ou pas. La peau de ma Charlotte était d'une noirceur inacceptable. Peu importait sa force et son agilité, ou ses grands yeux de biche d'un brun éclatant. Peu importait qu'elle ait hérité du sourire éblouissant de son père. Aux yeux des autres enfants – et de bien des adultes –, elle était laide et son apparence reflétait la noirceur de son âme.

À six ans, durant l'été, Charlotte fut agressée. Les fêtes de la Saint-Jean commençaient tout juste dans un pré aux abords de la ville. Il faisait chaud ce jour-là, et j'aidais à déplacer une table pour la mettre à l'ombre d'un grand chêne lorsque ma petite Matilda accourut à toute vitesse depuis la berge. Elle m'agrippa par le poignet et m'entraîna de toutes ses forces, en sanglots. J'étais incapable de comprendre ce qu'elle essayait de me dire, mais elle désigna du doigt la rivière, et je courus dans cette direction, terrifiée.

Lorsque j'atteignis la berge, je vis une demi-douzaine de petites filles qui entouraient Charlotte, la traitant de « sorcière », « noiraude » et « fille du diable ». Leurs voix étaient stridentes, teintées de mépris. Je reconnus parmi elles trois des enfants de Mylla Ainsley, notre voisine la plus proche. La robe de Charlotte était déchirée et couverte de boue ; elle était tombée, ou bien on l'avait poussée à terre à plusieurs reprises. Du sang coulait d'une plaie au front et d'une autre, au bras. Les filles ramassaient des pierres sur la rive et les jetaient violemment dans sa direction, la forçant à s'écarter toujours plus loin du bord. Charlotte, les yeux écarquillés, luttait pour garder l'équilibre dans le courant de la rivière, tout en levant les mains pour se protéger des pierres.

La fureur me fit dévaler la berge à une telle vitesse qu'on aurait pu croire que je volais. Avec une force nourrie par la rage, je saisis la fillette la plus proche par les épaules et la soulevai haut dans les airs. Elle semblait légère comme une plume. Je la secouai plus violemment que je ne le voulais, et sa tête fut ballottée dans tous les sens ; on aurait dit un lapin mort entre les crocs d'un chien. Les autres filles nous fixèrent, pétrifiées. Je voulus jeter la diablesse dans l'eau, mais je finis par la laisser tomber au sol. Charlotte gémissait et, pataugeant dans le courant, revint vers moi.

Je la pris dans mes bras, la sortant de là, et la serrai fort contre ma poitrine. Je lui murmurai des paroles réconfortantes tout en lui essuyant le sang de son front jusqu'à l'apaiser complètement. Quand je relevai la tête, les fillettes avaient filé.

Après cela, Charlotte eut peur de sortir. La progéniture des Ainsley habitait dans notre rue ; ils étaient au nombre de sept ou huit, et ils rôdaient comme des bêtes sauvages. John Ainsley était maître charpentier, et même s'il subvenait très bien aux besoins de sa famille, il voyageait pour son travail, laissant sa femme Mylla s'occuper seule des enfants. Mylla était dévote et avait des vues très arrêtées sur les choses ; elle était incapable de maintenir l'ordre chez elle, mais avait toujours le temps de mettre son nez dans les affaires des autres.

Je lui rendis visite pour l'informer de ce qui s'était passé, solliciter son aide et m'assurer qu'une telle chose ne se reproduisît pas. Elle ouvrit la porte vêtue d'une robe corsetée au col haut démodé. Son visage était encore joli, mais de profondes rides s'étaient creusées entre ses sourcils, rendues permanentes avec l'âge. Ses cheveux grisonnants étaient attachés en une coiffure sévère, couverte d'un voile, mais ses pieds nus indiquaient qu'elle n'avait pas l'intention de sortir de chez elle.

« Oui ? me dit-elle en me dévisageant d'un air suspicieux.

— Bien le bonjour à vous, madame. Je suis venue vous parler d'un problème qui concerne vos filles et ma Charlotte.

— La noiraude ? »

Je rougis à ces mots. « C'est ainsi que vos filles l'ont surnommée. Elles lui ont jeté des pierres à la tête et ont tenté de la pousser dans la rivière. Elle aurait pu se noyer.

— Mes filles savent quand s'arrêter. Elles ne l'auraient jamais laissée se noyer. »

Je me mordis la lèvre, tentant de garder mon calme. « S'arrêter à deux doigts d'un meurtre n'est pas vraiment faire preuve de charité chrétienne. Vos filles l'ont non seulement insultée, mais elles lui ont aussi jeté des pierres. Charlotte était terrifiée. »

Mylla me fusilla du regard. Ses yeux étaient d'un beau vert doré, mais on y lisait une vive hostilité. « Les vrais chrétiens ont la peau claire *et* l'esprit droit. Je n'ai pas assisté à cette scène, mais je sais que mes filles ne feraient jamais de mal à une bonne petite chrétienne qui ne s'occupe que de ses affaires.

— Eh bien, moi, j'étais là, et je vous assure que vos enfants s'en sont prises à ma Charlotte.

— Cela me semble peu probable.

— Je l'ai vu de mes propres yeux ! »

Mylla haussa ses épaules anguleuses. « Et moi je ne sais rien de tout ça. »

Je restai là devant elle, impuissante et tremblant de rage. Les lèvres de Mylla se tordirent en un rictus arrogant. J'aurais voulu lui faire passer l'envie de sourire en la frappant au visage. Au lieu de cela, je fis la seule chose acceptable : je la saluai et tournai les talons.

Après la Saint-Jean, Charlotte resta accrochée à mes jupes, refusant de quitter la maison. J'avais espéré pouvoir lui dire que les enfants Ainsley allaient la laisser tranquille, mais je ne pouvais pas même lui offrir cette assurance-là. J'essayai néanmoins de la convaincre de sortir. Je ne voulais pas que ma fille vive toute sa vie dans la peur, et je ne pensais pas qu'en ville, où des adultes avaient l'œil, les enfants s'en prendraient vraiment à elle. Matilda tenta elle aussi de la convaincre, tirant les cheveux de sa sœur avant de détaler, la taquinant sans cesse, mais Charlotte refusait toujours. Matilda sortait alors seule, la tête basse. C'était une petite fille discrète, mais déterminée, et elle n'allait pas laisser les peurs de sa sœur la cloîtrer chez elle.

Je fis travailler Charlotte à la brasserie ; elle m'aidait à trier les vieux grains d'orge et à remuer l'empâtage quand je devais m'occuper des clients. Elle était appliquée et concentrée pour une fillette aussi jeune, et j'étais fière d'elle. Pourtant, je pouvais sentir sa mélancolie ; elle voulait profiter du soleil avec sa sœur, et c'était ce que je voulais aussi pour elle.

Un jour, Matilda réussit à convaincre Charlotte de sortir jouer. Que Dieu me pardonne, je l'encourageai moi aussi à suivre sa sœur. Je sus que quelque chose n'allait pas quand j'entendis des cris. Les enfants braillaient toujours quand ils jouaient dehors, mais ce cri-là était une interminable lamentation, un horrible gémissement de détresse. Je me précipitai dans la rue juste à temps pour voir que c'était une fille Ainsley ; elle passa devant moi en courant, bourrasque de jupons bleu pâle, le visage tordu par ses hurlements. Je n'aperçus ni Charlotte ni Matilda, alors je courus en direction de là où la fillette avait jailli.

En passant la première ruelle, je vis mes filles. Matilda aidait Charlotte à se relever ; il semblait qu'elle ne pouvait pas s'appuyer sur son pied droit. Charlotte était échevelée, ses frisottis formant un halo ténu autour de sa tête, et sa robe était entièrement déchirée du col à la taille. Toutes deux avaient la mine déconfite. Matilda murmurait quelque chose à sa sœur, et Charlotte pleurait.

Je m'arrêtai devant elles, le souffle court. « Que s'est-il passé ? » demandai-je. Mon ton était trop brusque ; je n'avais pas voulu leur aboyer dessus.

« Elles ont fait bobo à Lottie. » Matilda avait presque quatre ans, mais elle zozotait encore comme un bébé. Elle avait une tache de sang sur le menton.

« Qui a fait mal à Lottie ?

— Les filles.

— Quelles filles ? Les filles Ainsley ?

— Et d'autres, dit Charlotte.

— Elles ont dit que c'était une sorcière. Et elles l'ont poussée.

— Je me suis tordu la cheville.

— Elles ont dit que les sorcières, on les pendait toutes nues, au bout d'une corde. Et que les gens leur jetaient des pierres.

— Pourquoi les filles se sont-elles enfuies ? Pourquoi la fillette a-t-elle crié ? »

Matilda me regarda d'un air malicieux. « Je l'ai mordue.

— Vous l'avez mordue ?

— Tilly a sauté sur la plus grande et elle l'a fait tomber aussi. » Charlotte essuya ses larmes, laissant une longue trace de crasse sur sa joue. « Et puis elle l'a mordue. Fort. La fille a essayé de s'enfuir, mais Tilly s'est accrochée avec ses dents. La fille était furieuse, et puis elle a eu peur parce qu'elle saignait et que Tilly ne voulait pas la lâcher. Moi aussi j'avais peur. J'ai cru que Tilly allait la tuer. Et puis elle a réussi à s'échapper, et les autres sont parties aussi en courant. »

Matilda pencha son visage rond, me regardant avec un air de défiance mêlé à de l'appréhension. Elle serra fort les lèvres, attendant mes foudres et sa punition. Je voulais que mes filles eussent l'air d'être bien nées, et elles étaient habituées à mes violentes réprimandes quand elles se tenaient mal. Je n'étais pas qualifiée pour leur apprendre les nuances des bonnes manières, mais j'éradiquais les comportements vulgaires par tous les moyens.

Matilda avait posé le bras marron de Charlotte sur ses épaules étroites comme pour se protéger. Un bleu sombre naissait sous son œil, et je compris que le sang sur son menton était celui de la fille qu'elle avait mordue. Matilda avait l'air hardi, barbare. Alors que je regardais ces mystérieuses créatures qui venaient de mes entrailles, je sentis ma détermination, mes certitudes, s'effondrer. Je ne savais pas ce qui était le mieux pour elles.

Je soulevai Charlotte ; elle était lourde, mais j'étais assez grande et forte pour encore la bercer dans mes bras. J'embrassai son front. Elle avait toujours la cicatrice de la Saint-Jean. Je soupirai et déclarai : « Rentrons à la maison. »

Cette fois-ci, ce fut Mylla Ainsley qui me rendit visite. Elle n'était jamais venue à la taverne en tant que cliente, et elle balaya d'un regard gêné la salle vide, comme si elle se trouvait en terre inconnue. Il était évident qu'elle aurait préféré être ailleurs. Elle ne tourna pas autour du pot ; sa voix vibrait de colère. « Votre sale petit monstre a mordu ma pauvre Ann. Si *jamais* je recroise une de ces deux bêtes, je les fouette personnellement jusqu'au sang. Nous sommes de bons chrétiens de cette communauté ! Vous n'avez rien à faire ici. Tous autant que vous êtes. Ni vous, ni votre païen de mari, ni vos enfants barbares. Retournez là d'où vous êtes venus ! » Ses yeux lui sortaient de la tête, et des veines gonflées apparurent sur son cou.

« Comment osez-vous venir dans ma maison pour menacer mes enfants ?

— Votre maison ? Ce n'est pas une maison ici. C'est un repaire de pécheurs ! » Elle avait un regard enfiévré. « Et je vous menace si bon me semble. Ma famille habite à Old Hilgate depuis cinq générations, et nous ne tolérons pas les païens ici, ni les sorcières. »

Mon sang se glaça. C'était une chose que les enfants se traitassent entre eux de sorcières, mais c'était tout autre chose lorsqu'un adulte utilisait le mot. Si je n'avais encore jamais entendu qu'on eût condamné à mort un enfant pour sorcellerie, il s'agissait là d'une dangereuse accusation faite à mon encontre.

« Qu'entendez-vous par “sorcière” ? »

Une lueur triomphante apparut dans les yeux de Mylla. Elle avait perçu ma peur.

« Vous m'avez très bien comprise.

— Retirez ce que vous avez dit, ou vous allez le regretter.

— Retirer quoi ? Que votre laideron de fille est le résultat de rapports avec le diable ? Qu'elle en porte les marques ? me provoqua-t-elle en ricanant.

— Si vous proférez un blasphème de plus à l'encontre de Charlotte, vous allez vraiment le regretter.

— Ha ! Qui aurait cru que vous étiez aussi drôle ? C'est à *vous* de m'écouter. Je dirai ce que je voudrai. Si vos petites pestes s'approchent à moins de cinquante pieds d'un de mes enfants, je les roue de coups. Personne ne m'en empêchera, pas après ce qui est arrivé à ma pauvre Ann aujourd'hui. Ce sont des bêtes sauvages. Enfermez-les dans une cage, ou c'est *vous* qui allez le regretter ! » Elle repartit en claquant la porte avec emphase.

Les mains tremblantes, je me servis une chope de bière, et puis une autre. Je n'arrivais pas à chasser de mon esprit l'image de moi petite fille, démunie, incapable de me défendre face aux moqueries de la lingère. Je ressentis toute la puissance de ma haine envers Elisabeth, sauf qu'elle avait à présent les traits de Mylla Ainsley. Pire encore, les victimes étaient mes propres filles ; j'aurais enduré les pires supplices si cela avait pu leur épargner toute souffrance. Je ne supportais pas d'avoir manqué à mes devoirs de mère.

Après un certain temps, et quelques bières supplémentaires, je me calmai. Mes filles étaient en bonne santé, et elles avaient la chance d'être nées dans de meilleures circonstances que moi. Ces morveuses tyranniques ne détermineraient pas leur avenir. Le succès de Charlotte dans la vie serait la seule vraie mesure de sa victoire sur Mylla Ainsley et consorts. D'ici là, je trouverais un moyen de faire taire les médisances de Mylla sur Charlotte. J'avais bien l'intention de lui rendre la monnaie de sa pièce.

Mon plan se déroula finalement sans encombre. En discutant avec des clients dans la taverne, je mentionnai que Henry, le rétameur itinérant, avait aperçu sur le toit de Mylla un chat noir anormalement gros, et je demandai si quelqu'un avait remarqué la quantité inquiétante de rongeurs et d'oiseaux morts dans notre rue. Les gens de la ville n'aimaient pas Mylla ;

certains lui jalousaient sa grande beauté passée et son beau mariage, d'autres n'appréciaient pas ses remarques moralisatrices, et tous semblaient désireux de la remettre à sa place. Rapidement, on commença à jaser sur la teinte verdâtre de la fumée qui s'échappait de la cheminée de Mylla, et à se demander pourquoi ses volets restaient fermés en permanence. On avait vu plusieurs fois une mystérieuse silhouette drapée d'une cape qui se rendait la nuit vers la rivière ; j'entendis même des gens affirmer qu'on avait vu l'étreinte d'une femme nue et d'une forme sombre en bordure de forêt. Ce n'était pas le moins du monde crédible qu'une dévote aussi rigide que Mylla s'adonnât à la sorcellerie, mais l'histoire était assez émoustillante pour se répandre comme une traînée de poudre. Afin d'exacerber les tensions, je rapportai que Maggie, qui avait en grande partie repris l'activité de sage-femme de sa grand-mère, avait remarqué un nombre inhabituel de fausses couches à Old Hilgate. J'en avais moi-même subi deux.

Les rumeurs finirent par arriver aux oreilles de Mylla. Elle n'avait pas besoin d'être futée pour comprendre que je n'étais pas étrangère à ces calomnies, et elle revint me voir. Cette fois-ci, j'étais prête à la recevoir.

Mylla ouvrit la porte avec fracas, le bruit faisant sursauter un groupe de voyageurs qui soupaient à la taverne. Je me trouvais dans la brasserie, mais si j'avais eu le moindre doute sur l'identité de l'auteur de ce vacarme, il se dissipa bien vite. Mylla hurla : « Agnès ! Agnès, sale sorcière, suppôt du diable, montre-toi ! »

Je réordonnai ma jupe et sortis pour la saluer. « Tiens, Mylla ! Quelle agréable surprise. Que puis-je faire pour toi ? J'ai une nouvelle bière à la lavande, fraîche et pas trop sucrée, si cela te tente. »

Elle devint écarlate. Les voyageurs avaient arrêté de manger et observaient la scène avec intérêt, sans doute dans l'espoir d'assister à un divertissant crêpage de chignons.

« Je sais que c'est toi qui fais courir des calomnies dégradantes sur mon compte ! »

Je haussai les sourcils. « Des rumeurs ? Quelle sorte de rumeurs ? Tu sais bien que je suis trop occupée pour colporter des ragots.

— Tu veux me faire accuser d'hérésie !

— Mon Dieu. Une telle chose serait très dangereuse.

— Personne ne croira tes vils mensonges, dit-elle, le regard brûlant d'une rage meurtrière. Tout Old Hilgate sait que j'ai toujours mené une vie pieuse !

— Oh. Dans ce cas, tu n'as pas à t'en faire.

— Ne fais pas comme si ce n'était pas toi qui étais derrière tout ça !

— Peut-être bien que si j'entendais une pareille rumeur, je pourrais tenter de la faire taire, tout comme tu fais taire les mensonges qui circulent sur mes enfants. Tu sais bien que tout Old Hilgate boit et soupe à ma taverne. On m'écoute. Ou peut-être pourrais-tu toi-même passer du temps ici. Pour apprendre à mieux connaître les gens. Ils trouvent cela étrange que tu t'isoles autant. »

Mylla me lança un regard noir, respirant bruyamment. Elle dut comprendre qu'elle ne pourrait pas gagner cette bataille-là, car elle saisit une chope pleine posée sur la table et la lança dans un geste de frustration. Celle-ci heurta le comptoir à grand bruit, arrosant le mur de bière. Le propriétaire de la chope poussa des hauts cris, mais Mylla ne lui prêta aucune attention. Elle cracha par terre et repartit sans dire un mot, mais je sus que les choses allaient désormais s'améliorer pour Charlotte.

Si les ennuis de Charlotte me peinaient beaucoup, nous avions néanmoins de quoi manger, ainsi qu'une maison confortable et une communauté qui dans l'ensemble nous avait bien accueillies. Bien que distant, Fernan resta une constante dans nos vies. Nous n'eûmes aucun autre enfant pendant un moment, en partie parce que Fernan était bien souvent absent, et en partie à cause de mes fausses couches. Fernan espérait encore avoir un garçon, mais je finis par lui donner une autre fille, et ce fut à ce moment-là que notre chance tourna.

Matilda avait quatre ans quand je tombai enceinte de Catherine, alors je fus heureuse d'avoir un nouveau bébé. Elle naquit en bonne santé, mais Fernan revint un jour avec de la fièvre, et le nourrisson tomba malade une quinzaine de jours après son départ. Au début, Catherine eut la colique, un sommeil agité, et elle refusa de téter, mais cet épisode fut rapidement suivi d'une forte fièvre et de frissons. Je fis appel à Maggie, qui me donna quelques cataplasmes. L'état de Catherine sembla d'abord s'améliorer, mais, à ma grande horreur, je remarquai alors des petits boutons rouges dans sa bouche et sur son front.

Maggie amena sa grand-mère pour qu'elle examinât le bébé, mais entre-temps l'éruption cutanée s'était étendue sur tout le petit corps de Catherine, formant de larges plaques rougeâtres. Matilda développa de la fièvre à son tour. Je n'avais pas besoin de sage-femme pour comprendre qu'il s'agissait de la petite vérole.

J'envoyai Charlotte chez son parrain et sa marraine, et je demandai à Maggie d'aller me chercher un remède chez l'apothicaire. Cela ne servit à rien, car Matilda se mit à vomir toutes les heures, et elle ne put garder la potion. Je fermai la taverne afin de pouvoir m'occuper de mes enfants jour et nuit.

Catherine s'agitait et pleurait, mais le mal de Matilda semblait encore plus grand. Elle avait des haut-le-cœur et s'en étouffait alors même que son estomac était vide, et elle alternait sommeil sans repos et délire confus. Les frissons qui secouaient son corps étaient si violents qu'elle claquait des dents. Une fois, elle se redressa dans son lit, les yeux ouverts mais perdus dans le vague, et elle poussa des cris. La plupart du temps, je restais allongée à ses côtés, impuissante, et je lui caressais le dos ou lui chantais doucement des berceuses. Je ne comprenais pas comment elle pouvait frissonner alors que sa peau était aussi brûlante qu'un chaudron sur le feu.

Je me demandai comment allait Fernan, et j'eus bien vite de ses nouvelles. Je me réveillai juste avant la tombée de la nuit en entendant tambouriner à la porte de la taverne ; je m'étais endormie en veillant les enfants. Je laissai dormir Matilda et pris Catherine dans mes bras pour aller ouvrir. Catherine s'était calmée, et je ne savais pas si je devais m'en réjouir ou m'en inquiéter. Elle dormait la plupart du temps, et je devais la réveiller pour la nourrir. Les rougeurs sur sa peau ne semblaient pas avoir évolué.

Sur le seuil se tenait un jeune homme robuste du nom de Ralf, le sergent d'Ellis Abbey. Il fit un pas en arrière quand il remarqua les boutons sur le visage de Catherine.

« Pardon de vous déranger, madame, mais je suis porteur de mauvaises nouvelles. L'homme à qui appartient cette taverne est mort, et je suis chargé d'expulser tous les locataires.

— Fernan est mort ? » Ma tête me faisait mal, et mon cœur se mit à battre la chamade.

« Était-ce un parent à vous ? » demanda le sergent à contrecœur, peu désireux d'entendre la réponse ; il avait déjà deviné que je n'étais pas une simple locataire. Il racla la terre avec son pied. Le temps avait été sec, et un fin nuage de poussière s'éleva.

« C'était mon mari... » J'avais l'habitude des longues absences de Fernan, et nous avions partagé une intimité limitée, mais la nouvelle de sa mort me causa un vrai chagrin. Je me rappelai le jour précédant sa fièvre : il avait taquiné Charlotte et Matilda et les avait fait sauter haut sur ses genoux, à leur plus grand plaisir. J'étais incapable d'imaginer ses membres puissants à présent immobiles, ses yeux devenus des globes aveugles, son visage familier transformé en masque funéraire.

« Je suis désolé de l'apprendre, madame. Je suis également au regret de vous dire que vous devez tout de même quitter les lieux. » Il avait l'air gêné.

« Mais c'est ma taverne ! C'est moi la propriétaire. Je l'ai payée jusqu'au dernier penny.

— Je ne sais rien de tout cela. On m'a dit de venir ici et de m'assurer que personne n'y vit illégalement.

— De quoi est mort Fernan ?

— De la petite vérole. Il était à l'hôpital de l'abbaye, mais les nonnes n'ont pas pu le sauver. » Ralf fit un rapide signe de croix.

Les larmes me vinrent aux yeux. J'étais si fatiguée. « Je dois m'occuper de mes enfants, et quand elles iront mieux, je me rendrai à l'abbaye pour régler cette affaire. La taverne m'appartient. »

Il me regarda d'un air dubitatif, ne sachant trop quoi faire.

« Je vous en prie. Je dois retourner au chevet de ma fille. Dites au bailli, ou au régisseur, que je viendrai dès que possible pour éclaircir cette situation. »

Le sergent hésita. Il regarda Catherine, puis jeta un coup d'œil par-dessus son épaule, en direction de son cheval attaché. Quand il posa à nouveau les yeux sur moi, il avait l'air perturbé, mais annonça : « Entendu. »

J'attendis sur le seuil qu'il détachât son cheval et repartît.

Matilda continua de dormir. Les vomissements semblaient avoir cessé, et elle me paraissait moins fiévreuse au toucher. Je scrutai son visage et son buste avec inquiétude, à la recherche des premiers boutons rouges, mais sa peau bronzée n'avait aucune marque. Je chuchotai une prière silencieuse à saint Jean afin que Matilda fût épargnée.

Je me rallongeai et installai Catherine à côté de moi. Elle cligna doucement des yeux, mais ne fit aucun autre mouvement. J'hésitai à la réveiller pour la nourrir, mais elle semblait si paisible que je ne voulus pas la déranger. J'observai son petit visage au repos dans la lumière mourante du jour. Dans la pénombre, on voyait à peine l'éruption cutanée. Sa respiration était aussi rapide que celle d'un lapin. Je posai ma tête près d'elle afin de pouvoir sentir son petit ventre se presser contre ma joue à chaque nouvelle respiration, et je me rendormis.

Au matin, je m'éveillai et trouvai le corps froid de Catherine. Ses paupières étaient ouvertes et son regard vitreux fixait le plafond. Abasourdie et pétrifiée, j'observai la vague de douleur déferler sur moi. Quand elle me frappa de plein fouet, mon souffle s'échappa en silence de mon corps, jaillissant de ma bouche comme si mon âme s'échappait. Mon bébé était mort. Ma Catherine.

Aucune larme ne me vint, et mon corps hurlait sous l'effort d'expulser une partie de mon agonie. Je me plantai les ongles dans les bras jusqu'à faire apparaître des taches de sang.

Je ne pouvais pas laisser Matilda seule, toujours endormie, alors je gardai contre moi le corps de Catherine toute la matinée, embrassant son front glacé et priant pour son âme. Je me persuadai qu'elle était déjà en compagnie des anges. Mais qui au paradis la consolerait quand elle se sentirait seule et effrayée ? À la pensée de Catherine esseulée et terrifiée, mes larmes finirent par jaillir en longs sanglots dévastateurs.

Matilda s'éveilla, et je tentai de me reprendre. Elle me regarda, perdue, essayant de comprendre ce qui se passait. « Maman, qu'est-ce qu'il y a ? » Sa voix était faible et engourdie par le sommeil.

« Ce n'est rien, ma chérie. Je m'inquiète juste pour Catherine. » Je lui cachai le visage du bébé. « Vous devez avoir soif ! Je vais aller vous chercher de l'eau. »

Je descendis au rez-de-chaussée et plaçai le corps de Catherine dans le berceau, le couvrant entièrement d'une couverture. J'avais envie de vomir. J'aurais voulu que Fernan rentrât à la maison. Dès que ce souhait me traversa l'esprit, je me rappelai que Fernan était mort lui aussi, et une nouvelle vague de chagrin menaça de me submerger. Je ne devais pas y penser maintenant. Je devais m'occuper de Matilda.

Elle but l'eau que je lui apportai, mais ne voulut rien manger. « Où est Catherine ? demanda-t-elle.

— Dans son berceau. Je me suis dit qu'elle y serait mieux.

— Où est Lottie ?

— Avec Henny et George. Elle va bientôt revenir à la maison. Il faut que je sorte un moment. Si Henny passe, dis-lui de m'attendre. Je ne serai pas longue. »

Je portai le corps de Catherine au presbytère et y trouvai le père Michael. Il était en train de manger du pain et du fromage, et il essuya les miettes coincées dans sa barbe noire du revers de sa main osseuse. D'un air hébété, je lui annonçai également la mort de Fernan. Il bénit le ballot dans mes bras et dit qu'il allait prier pour leurs âmes, et qu'il préparerait une messe pour les funérailles de Catherine le jour suivant. Je suis certaine qu'il avait pitié de moi, mais je ne pus m'empêcher de penser que ce n'était qu'un autre jour de travail pour lui.

Quand je revins à la taverne, je vis une marmite de ragoût fumant posée sur la table près de la porte, et je sus que Henny était venue nous rendre visite comme elle le faisait presque tous les jours. Je la trouvai à l'étage, mettant des draps propres pour Matilda et entassant le linge sale pour le laver. Quand elle me vit, elle eut l'air inquiète ; je secouai la tête pour lui faire signe de ne pas me poser de questions devant Matilda.

« Nous sommes heureux d'avoir Charlotte à la maison. C'est une enfant serviable. Pourtant, vous lui manquez beaucoup, elle aimerait venir vous voir. Cela vous ferait du bien à toutes ! dit Henny avec entrain.

— Je ne sais pas, Henny. L'air est contaminé. Gardez-la avec vous encore un peu.

— Je suis contente de voir que Matilda va mieux !

— C'est le cas, oui. Je prie pour que... » Je ne finis pas ma phrase et évitai de croiser le regard de Henny.

« Bien, maintenant que j'ai fait du rangement ici, il est temps de te nourrir un peu. Tu es toute maigrelette ! »

En bas, je l'informai pour Fernan et Catherine. Elle m'embrassa chaleureusement en disant : « Ma pauvre chérie, ma pauvre petite, pauvre petite ! »

Sa gentillesse déclencha chez moi un flot de larmes. Quand je pus parler à nouveau, je balbutiai : « Henny, je ne pourrais pas m'en sortir sans toi. Tu es un ange.

— Tut tut, ne parle pas d'ange. Quelqu'un là-haut pourrait t'entendre. Ton devoir, c'est de t'occuper de ta petite. Charlotte va bien, et je me charge des funérailles. Il te suffira d'y assister. Je viendrai te chercher demain. À présent, mange-moi ça ! »

Je repensai à Alice assise là pendant que Henny lui donnait à manger à la cuillère. C'était si étrange de me retrouver à sa place. J'étais devenue la patronne de la taverne, et comme elle, j'avais perdu une fille et un mari. Henny m'apportait à présent de quoi dîner comme elle l'avait fait pour Alice. Comme celui des saisons, le cycle de la vie et de la mort se répète sans cesse, broyant nos êtres, ces précieux sentiments et aspirations qui nous distinguent les uns des autres, pour les réduire en poussière. Quand je mourrai, personne ne se souviendra de Catherine. Ce sera comme si elle n'avait jamais existé, à part dans le fin fond de la mémoire de ses sœurs.

Le lendemain matin, des boutons apparurent sur le visage de Matilda. Même si je savais que je devais m'attendre au pire, j'avais espéré qu'elle serait épargnée, et j'étais à nouveau en proie au désespoir.

Matilda avait l'air gravement malade. La fièvre était bien tombée, mais elle restait allongée, anormalement immobile, le corps inerte, les yeux fermés. Je lui tenais la main, ne sachant quoi faire. Ses doigts restaient flasques, et sa peau était froide et moite.

Je quittai brièvement le chevet de Matilda pour assister aux funérailles de Catherine ; je ne me souviens pas de la messe, car pendant que je pleurais une de mes filles, je luttais contre la terreur qui m'habitait d'en perdre une autre. Même après cette courte absence de la maison, je fus choquée en voyant Matilda à mon retour. Son visage était entièrement ravagé par la petite vérole et ses petites boursouflures, comme si une nuée d'insectes rouges avaient déferlé sur sa peau. Ses paupières étaient gonflées et violettes, et sa bouche entrouverte.

J'adossai Matilda contre mon bras et tentai de lui faire avaler du bouillon, mais il dégoulina sur son menton. Elle ne dormait pas, mais était profondément léthargique, et semblait incapable ou peu désireuse d'avaler quoi que ce fût. Presque toute la bolée finit sur sa robe.

Pour calmer un début de panique, je m'activai en brossant la douce chevelure de Matilda, appliquant sur sa peau des baumes préparés par l'apothicaire ou lui faisant boire des gorgées d'eau quand je l'en estimais capable. Lorsque Henny m'apporta à souper, j'essayai de faire manger Matilda, mais en vain.

Durant huit jours, elle dépérit. Des pustules horribles, de la taille de baies, se multiplièrent sur tout son corps avant d'éclater et de libérer un liquide nauséabond. Elle en fut défigurée au point qu'on ne la reconnaissait plus. Je lui offrais sans cesse à boire du bouillon et de l'eau, mais elle déclinait sous mes yeux. Je la berçais contre moi et implorais Dieu et tous les saints de guérir ma fille si courageuse, loyale et intelligente. Je suppliais Dieu de prendre ma vie à la place de la sienne, de permettre à mon innocente Matilda d'être élevée par ses parrain et marraine, de braves gens qui avaient connu une meilleure vie que la mienne. La nuit, Matilda tressautait et gémissait, m'empêchant de dormir, mais je la gardais serrée contre moi. J'aurais voulu d'une manière ou d'une autre faire entrer son esprit en moi, pour pouvoir la protéger et la faire renaître.

Le neuvième jour, Matilda s'assit dans le lit et demanda un verre d'eau. Mon cœur bondit de joie ; j'aurais marché jusqu'au puits de saint Augustin si elle me l'avait demandé. Matilda recouvra ses forces rapidement après cela, bien que sa peau demeurât repoussante. Les pustules virèrent au violet puis au noir, et certaines se transformèrent en plaies ouvertes. L'apothicaire prépara de nouveaux baumes pour calmer ses douleurs et aider à la guérison.

Je ramenai Charlotte à la maison, et même si j'avais essayé de la préparer, elle poussa un cri en voyant le visage de Matilda. Charlotte reprit vite ses esprits et embrassa le sommet du crâne de sa sœur, lui disant avec affection combien elle lui avait manqué, mais Matilda se mit à renifler. « Est-ce que mon visage est aussi laid que ça ? » demanda-t-elle d'une voix tremblante. Elle regarda la peau stigmatisée de sa main, se demandant très certainement si son visage avait le même aspect. C'était pire, en réalité.

« Non ! » Charlotte et moi avions répondu d'une même voix.

J'ajoutai avec plus de douceur : « Non, ma chérie. Tu es toujours ma belle princesse. »

Journal personnel

La cour royale

Nous sommes des tournesols incapables de résister à la lumière qui se dégage d'Ella ; force est de constater que nous nous tournons vers elle pour nous délecter de sa beauté incandescente à la moindre de ses apparitions. Lorsqu'elle est entrée dans la chapelle ce soir-là, bien que vêtue entièrement de noir pour assister aux obsèques de la reine consort, le visage à moitié caché par l'ombre de son voile, elle a attiré sur elle tous les regards. D'un pas aérien aux côtés de son mari, sa main d'albâtre posée sur son bras, elle a marché jusqu'à leur banc, près de l'autel. Avant de s'agenouiller, elle a relevé la dentelle noire de son voile et une boucle blonde s'en est échappée, ondulant dans la lumière de la torche, scintillant comme si elle était parcourue d'un fil d'or, avant qu'Ella ne la rentre discrètement.

Demain, j'entendrai sans aucun doute commenter à voix basse le scandale de la mèche apparente, que l'on pouvait interpréter, j'en conviens, comme un geste irrespectueux envers la mémoire de la reine. Sur le moment, cependant, personne n'a pudiquement détourné le regard. Qu'y a-t-il de plus irrévérencieux : une mèche de cheveux échappée par inadvertance ou des sujets qui, s'entassant dans l'église, préfèrent tous se repaître de cette vision plutôt que de pleurer leur défunte souveraine ?

Notre fascination pour la beauté féminine est l'un des fondements de notre société. On dit que les femmes désirent être la princesse et que les hommes désirent la posséder, mais je crois que ce n'est qu'une partie de la vérité. Nous sommes attirés par la beauté extraordinaire sans but ni raison ; nous volons de nos ailes poussiéreuses de papillons de nuit vers l'éclat de la lumière, sans comprendre pourquoi. Peut-être que lorsque nous voyons une femme aux allures d'ange, nos âmes la suivent comme ensorcelées, croyant qu'elle nous mènera au paradis.

Le contraire, bien entendu, est vrai également. J'ai vu des dames chuchoter entre elles et faire un long détour dans la cour à la fontaine pour éviter de croiser Matilda, et j'ai vu comment une foule de courtisans pouvait se fendre en deux pour lui laisser un large passage. Son visage m'est infiniment précieux, et pourtant je comprends ce réflexe de fuite. Les cicatrices de la petite vérole l'ont défigurée, au point qu'un de ses yeux ne peut s'ouvrir complètement, et que son nez est bulbeux et couvert de cratères. Quand je fais courir mes doigts sur la surface accidentée de sa peau, une douleur singulière déferle le long de mon bras et plante ses crocs dans mon cœur. J'imagine bien le soubresaut de pitié et de révulsion qu'un étranger peut ressentir la première fois qu'il la voit.

Je suis très contrariée quand on qualifie mes filles de « vilaines demi-sœurs » de la princesse Elfida, mais pour Matilda, c'est malheureusement vrai. Charlotte n'est pas sans charme, si l'on ignore la méchante cicatrice sur son cou, mais je sais bien qu'elle n'a pas les traits fins, la peau laiteuse et la chevelure soyeuse que la noblesse affectionne tant. Je peux accepter que personne n'admire mes filles, mais si le Seigneur attribue la beauté à chacun, selon Ses voies qui sont impénétrables, alors il ne devrait y avoir aucune honte à être disgracieux, voire laid. Et pourtant, le « vilain » dans « vilaines demi-sœurs » n'est pas qu'une simple description : c'est une répudiation morale.

J'avais espéré que Charlotte et Matilda pourraient aider à s'occuper du jeune George, le fils d'Ella, mais sa nourrice a peur d'elles. Elle semble croire que leur laideur va contaminer le petit garçon, ou que leur apparence est le résultat d'une souillure interne, un signe de malice. Elle refuse que Charlotte ou Matilda prennent leur neveu dans leurs bras, et quand elles essaient de jouer avec lui, la nourrice rôde, criant et s'interposant. Quand George nous rend visite avec sa mère, mes filles ont plus de liberté de jouer avec lui, mais ces occasions sont rares.

Je ne suis pas ingrate face à notre miraculeuse bonne fortune, mais c'est le type d'injustice qui me fait regretter que nous ne puissions nous enfuir de cette cage dorée, toutes les trois, pour vivre dans une paisible solitude. Malgré nos conditions de vie exceptionnelles, nous n'avons aucune emprise sur notre destin.

13

Retour au manoir d'Aviceford

Les serfs des manoirs se rendaient chaque automne à Ellis Abbey pour moissonner le maïs, et je décidai de profiter de cette migration pour qu'on m'y escortât, afin de déposer une requête auprès de l'abbesse. La route pour l'abbaye passait par Old Hilgate, et chaque année, aux environs de la Saint-Michel, les paysans affluaient à la taverne pour se désaltérer. Je brûlais de savoir ce que devenait ma famille, et à chaque fois que je découvrais que l'un d'eux venait d'Aviceford, je lui offrais une chope de bière en échange de nouvelles. Ce fut ainsi que j'appris la mort de mon père et la réussite modeste de mon frère. Thomas avait hérité des quelque six hectares de notre père et avait à grand-peine étendu ses propriétés terriennes, d'abord grâce à son dur labeur et à des alliances intéressantes, puis en épousant en secondes noces une des filles du bailli.

Peu de femmes faisaient le voyage pour la moisson, et les hommes ne savaient rien de Lottie, si ce n'était qu'elle était toujours vivante, tout comme son mari. Ils étaient incapables de me dire combien d'enfants ils avaient, si la nourriture ne manquait pas ou si elle était heureuse. Ce genre de détails n'intéresse pas les hommes.

Je ne reconnus pas la majorité des villageois d'Aviceford, et aucun ne me reconnut. Ma transformation en fille de baronnet n'aurait pas trompé un aristocrate terrien, mais ces paysans se découvraient pour me saluer et m'appelaient « m'dame ». Ils semblaient interloqués quand je leur demandais des nouvelles de Lottie et de Thomas, mais étaient trop respectueux pour me poser des questions, non pas parce qu'ils avaient eu vent des mensonges sur mon hérédité, mais parce que je portais de la soie et imitais la diction et le maintien des personnes de haut rang. Rose House m'avait initiée aux bonnes manières, et j'avais appris à reproduire le discours et les façons que Fernan avait appris à la cour. Même si je travaillais à la taverne, les paysans supposaient que je venais d'une famille respectable.

Quand je demandai une escorte à Ellis Abbey, un groupe de Cothay Manor accepta volontiers de m'accompagner. Je laissai Charlotte et Matilda aux soins de Henny, promettant de revenir avant la fin de la semaine. Les paysans me firent une place dans leur charrette après y avoir déployé des couvertures de laine brute pour que je fusse plus à mon aise. Pour les remercier de leur gentillesse, je leur offris des miches de pain, du fromage et deux gigots de mouton qui vinrent améliorer leurs soupers.

Alors que nous nous éloignions de la taverne, j'en examinai la façade familière ; les fenêtres à l'étage me rendirent mon regard tels des yeux réconfortants. J'avais connu ce bâtiment sous des apparences si diverses. Le vieux toit en chaume qui penchait vers l'avant, mouillé et défait sous la triste bruine, avait laissé place à un coquet toit en ardoise que la taverne arborait comme un élégant chapeau. À l'automne, du lierre enveloppait les murs de ses flammes écarlates, et durant l'été, des nuées vaporeuses de roses blanches miniatures grimpaient le long des treillis. J'avais hissé les enfants sur mes épaules pour briser les stalactites du linteau et balayer la neige qui s'accumulait en petits tas au-dessus de nos têtes, attendant de tomber. Cela me semblait inconcevable que l'on nous chassât de notre maison.

Les serfs voyageaient depuis l'aube, mais ils maintenaient une bonne allure ; nous quittâmes Old Hilgate tard dans la matinée et arrivâmes à destination avant le crépuscule. Lorsque les flèches blanches de l'église apparurent, le temps s'effaça, et je ressentis le même émerveillement qu'une décennie plus tôt. Nous remontâmes l'allée bordée d'arbres en direction des écuries, et quand nous passâmes le jardin de roses et le bassin à poissons, j'eus l'envie soudaine et violente de sauter de la charrette pour courir jusqu'à Rose House. Je me demandai ce qui était arrivé à Mary depuis la mort de la comtesse, et si Rose House était encore habitée.

Mon escorte me laissa devant la maison d'hôtes et se rendit aux baraques en bordure de l'enceinte pour y passer la nuit. Je ne trouvai aucune chambre libre, mais une femme de Healdshead Manor me proposa de partager la sienne. C'était une petite pièce étroite et bien rangée contenant deux paillasses simples et une bassine ; un palace en comparaison du logement des paysans.

Je fus incapable de trouver le sommeil. Ce n'était pas uniquement parce que ma voisine ronflait et que c'était la première fois que j'étais loin de mes filles. Je ne pouvais plus ignorer mon angoisse que l'abbesse refusât mon droit sur la taverne. Quel futur pourrais-je offrir à Charlotte et Matilda si on me retirait ma source de revenus ? Ce serait difficile de trouver un mari à Charlotte même avec une dot, et ce serait presque impossible pour Matilda si la petite vérole ne cicatrisait pas bien. Sans argent ni beauté, elles devraient devenir domestiques ou se contenter de maris dont personne d'autre ne voudrait.

Allongée dans le noir, je repensai à ma collection de pierres. Cela faisait des années qu'elles reposaient sur le couvercle d'un coffre à la taverne, et les filles aimaient les trier par couleur et par taille ou les disposer en motifs. Bien qu'adulte désormais, j'aurais apprécié le contact apaisant d'une pierre dans ma paume cette nuit-là.

Je dus attendre deux jours avant d'obtenir audience avec l'abbesse Elfida. Le ciel couvert faisait tomber en continu une fine pluie timide, mais je passai mon temps à l'extérieur, arpentant sans relâche le domaine de l'abbaye. Arrivée au bassin à poissons, des grenouilles élancées sautèrent de l'herbe près de mes pieds et plongèrent dans l'eau couleur jade. La lavande était montée en graine, mais il restait quelques fleurs oubliées sur les rosiers, balançant leurs lourdes têtes dans le vent et la pluie.

Je n'étais guère plus qu'une enfant quand Fernan s'était promené avec moi et m'avait fait la cour dans le jardin. J'avais élu ses yeux bruns pour seul univers, je m'étais laissée croire que j'assisterais à l'éclosion des roses à chaque printemps et que je récolterais leurs pétales tombés de leurs couronnes défraîchies à chaque automne. Depuis, huit années s'étaient écoulées, plus d'un tiers de ma vie. J'étais mère, veuve, tavernière. Je me sentais incomparablement plus vieille, mais les jardins qui avaient fleuri durant mon absence m'appelaient encore. Mes aspirations romantiques avaient changé : je voulais tenir mes filles par leurs petites mains et leur montrer les grenouilles et les fleurs, aller cueillir des fraises sauvages, m'allonger avec elles sur les bords verts du bassin et chanter des chansons. La noblesse s'imagine que nous, les paysans, ne sommes pas assez civilisés pour rêver d'impossibles rêves. Ils devraient plutôt se demander pourquoi les contes de fées sont si populaires auprès du peuple !

Je vis sœur Marjorie et d'autres visages familiers, mais personne ne me reconnut. Mes soucis me rendaient timide et indifférente ; je ne trouvai pas la force d'aller leur parler. De plus, je ne voulais pas répondre à des questions concernant mes années à Old Hilgate. J'avais bâti ma vie sur des mensonges, et je n'en étais pas fière.

Le troisième jour, alors que je me rendais à la salle capitulaire, le soleil perça les nuages et je choisis d'y voir un bon présage. Je jouai nerveusement avec mon voile, espérant que mes vêtements sélectionnés avec soin attesteraient au mieux de mes compétences et de ma respectabilité. Même si mon nom figurait au bas de la liste des solliciteurs de ce jour-là, j'arrivai tôt, n'ayant rien d'autre à faire. Dans l'antichambre, j'observai les visages anxieux des autres visiteurs, me demandant qui allait repartir en ayant eu gain de cause. Quand ils ressortaient de la salle capitulaire, on devinait à leur expression la réponse qu'ils avaient reçue. Je priai en silence pour que je pusse moi aussi sourire en repartant. L'après-midi s'éternisa. Mon ventre gargouilla et j'avais la tête qui tournait, car, trop nerveuse, j'avais été bien incapable d'avaler quoi que ce fût.

Quand on appela mon nom, je redressai les épaules et me forçai à marcher d'un pas ferme. La salle n'avait pas changé, à l'exception d'un bureau installé près du lutrin qui était occupé par une nonne à l'air autoritaire, munie d'un rouleau et d'une plume. Une lumière scintillante éclaboussa un instant son parchemin quand le soleil apparut derrière un nuage avant de disparaître à nouveau. Elle lut à voix haute mon nom et la raison de ma visite pendant que je faisais la révérence à mère Elfida. Je ne reconnus pas la prieure qui se tenait à ses côtés sur l'estrade. Elle était nouvelle, plus jeune que celle que j'avais connue, mais elle avait la même posture rigide et le même visage austère ; elle avait certainement le même talent pour faire respecter la discipline.

L'abbesse était encore plus menue que dans mes souvenirs. Elle ne devait pas être bien plus grande que ma Charlotte, et je doutais qu'elle pesât plus lourd. L'abbesse posa son regard serein sur moi. « Tu es la fille qui est partie avec Fernan. » Ce n'était pas une question.

« Que Dieu soit avec vous, révérende mère. » Je remarquai les fines rides au coin de ses yeux, rayonnant comme des toiles d'araignée. Je fus frappée de l'emplacement incongru de ces rides, car je ne l'avais jamais vue sourire.

« Et tu es ici car tu affirmes que la taverne de Fernan t'appartient.

— Je lui ai racheté la taverne, ma mère. J'ai payé jusqu'au dernier penny.

— Je suppose que tu as apporté le nouvel acte de propriété ? »

Je rougis. « Nous n'avions pas signé d'acte, ma mère. C'était mon mari.

— Alors, selon les documents en notre possession, la taverne appartient à Fernan. À sa mort, la propriété en revient à Ellis Abbey.

— Mais je suis sa veuve ! On doit au moins me verser ma part d'héritage, ma mère ! » Je fis une grande révérence pour me faire pardonner la vigueur de mon propos.

L'abbesse fit signe à la prieure d'approcher, et cette dernière se pencha vers elle. Elles discutèrent à voix basse, puis mère Elfida reprit la parole : « On me dit que nous n'avons pas non plus trace de douaire. En fait, nous n'avons aucune trace de votre mariage.

— Que Dieu vous bénisse, ma mère, il est vrai que je n'ai aucun document. J'étais pauvre et il n'y a peut-être aucune trace de notre mariage, mais ce n'est pas inhabituel. Nous vivions ensemble comme mari et femme. Ma mère, la cour de l'abbaye reconnaîtra à n'en pas douter les règles de succession pour les veuves ! »

L'abbesse me regarda froidement de ses yeux bleus. « La loi ne le spécifie nullement. Il est peut-être de coutume que les veuves héritent, mais dans le cas où il n'y a aucun douaire – et, je le soupçonne, aucun mariage –, rien ne t'est légalement dû. *Vir caput est mulieris*. L'homme est le chef de la femme.

— Pardonnez-moi, ma mère, mais j'ai deux jeunes enfants. Qu'adviendra-t-il de nous ? » Ma voix tremblait sous le coup de la peur et de la frustration.

« Vous retournerez à Aviceford, et Emont te trouvera un nouvel époux.

— Non ! Excusez-moi, ma mère. Mais je ne peux pas. S'il vous plaît. Je vous en prie. S'il vous plaît, laissez-moi racheter la taverne à l'abbaye. Je peux la payer en moins de deux ans ! »

L'abbesse Elfida regarda la prieure, qui me demanda d'un ton brusque : « Combien peux-tu nous en proposer maintenant ?

— J'ai mis de côté deux livres. Et je disposerai bientôt de plus !

— Cette fille nous fait perdre notre temps, ma mère ! »

Je pensai à George et à son offre de prêt. « Je peux vous donner vingt livres ! »

La prieure soupira avec impatience. « Où trouveras-tu cet argent ?

— Auprès d'un ami. »

Elle fronça les sourcils, mais l'abbesse Elfida leva la main et s'exprima d'une voix égale. « L'usure est interdite, et je suis lasse de cette discussion. »

Ne sachant que faire, je me prosternai sur le sol en pierre. « Ma mère, je vous implore, au nom de Jésus notre Sauveur, aidez mes filles ! Elles sont innocentes. Je les ai bien éduquées, dans la foi, et leur père était fils de chevalier. Dieu a certainement d'autres vues pour elles que de leur faire épouser quelque vulgaire paysan !

— Lève-toi ! Mère Elfida en a terminé avec toi ! dit la prieure d'un ton sec.

— Non, ce n'est pas grave, Eleanor. » L'abbesse semblait fatiguée. « Ce sont les filles de mon pupille, après tout. Que demandes-tu en leur nom ? »

De la même façon que j'avais vraiment espéré conserver la taverne, je m'étais préparée à l'idée d'un refus au cours de mes promenades solitaires autour du bassin. Je savais quoi demander ensuite. « Ma mère, Charlotte et Matilda seraient des élèves idéales pour l'école de votre couvent. Ce sont de bonnes filles. Elles sont intelligentes, obéissantes et pieuses.

— Comment paieras-tu pour leur éducation ? demanda la prieure.

— Avec tout le respect que je vous dois, mère prieure, l'abbaye s'est enrichie quand Fernan a acheté la taverne et, par sa mort, elle va s'enrichir à nouveau. De plus, comme j'ai fait des améliorations à la bâtisse, elle se vendra à un prix beaucoup plus élevé que la première fois. Toutes ces sommes, auxquelles s'ajoutent les économies de Fernan, compenseront largement le coût de l'éducation de ses filles. »

La prieure sembla indifférente à mes arguments, mais la voix de mère Elfida me parut plus douce lorsqu'elle reprit la parole : « Ce que tu dis est raisonnable. Ce serait juste et chrétien d'accueillir tes filles dans notre école. »

Je vacillai sous l'effet du soulagement. Tout n'était pas perdu. « Merci, ma mère ! Vous verrez qu'elles seront d'excellentes élèves.

— Tu as cependant l'obligation de retourner à Aviceford.

— Oui, ma mère. »

Elle me regarda sans ciller un moment. « Tu as de bonnes manières et un noble discours. Tu pourrais devenir une bonne femme de chambre. Ma sœur vit à présent à Aviceford Manor, et elle attend son premier enfant. Je vais t'envoyer pour l'assister. »

Les jours suivant mon audience avec l'abbesse furent un vrai supplice. J'étais fébrile à l'idée de retrouver Charlotte et Matilda, mais une fois rentrée chez nous, la pensée de les perdre me plongea dans de nouvelles affres. Je restai éveillée la nuit, écoutant le bruit légèrement sifflant de leur respiration, mes doigts posés doucement sur leur buste mince pour sentir leur chaleur et le mouvement de leurs petites côtes sous la peau. Pour leur faire plaisir, je préparais leurs plats favoris, et bien que la nausée et la gorge serrée m'empêchassent de manger, je me repaissais de leurs sourires. Parfois, le désespoir s'emparait de moi et je disparaissais dans la brasserie pour étouffer mes sanglots dans un torchon. J'essayais de me féliciter que la chance d'étudier au couvent s'offrît à elles, mais, égoïste, j'étais trop absorbée par ma propre peine. Quand mes filles avaient quitté mon corps à leur naissance, elles avaient laissé en moi leurs racines, entrelacées dans la chair de mon être. Mes filles grandissant et s'épanouissant au monde, ces liens se faisaient plus forts en moi. À chaque battement de cœur, le sang dans mes veines chantait leurs noms et j'ignorais comment j'allais survivre une fois qu'elles me seraient arrachées.

La petite vérole de Matilda avait noirci et commençait à guérir. Les cicatrices étaient inévitables, mais je priais encore pour qu'une partie de sa beauté revînt. Elle avait bel et bien recouvré la santé, ainsi que son entrain. Cela me brisait le cœur de la voir si heureuse de mon retour à la maison. Elle gambadait dans la taverne comme un agneau de printemps.

En revanche, Charlotte sentait ma détresse et me suivait partout avec une mine inquiète. Je savais que j'allais devoir leur expliquer ce qui allait se passer, mais j'en repoussais le moment, espérant trouver entre-temps une autre solution. Pourtant, lorsque le sergent de l'abbaye revint avec un avis d'éviction, je compris que je ne pouvais attendre plus longtemps.

Je m'assis avec Charlotte et Matilda sur le lit et leur expliquai qu'elles devaient aller à l'école. Alors qu'elles me regardaient avec de grands yeux, je leur décrivis la beauté d'Ellis Abbey et les merveilles que recelaient la bibliothèque et le scriptorium. Je leur parlai du jardin de roses et du bassin à poissons. Quand j'eus terminé, Matilda prit la parole : « Mais, maman... Nous voulons rester ici.

— Oui ! On veut rester ici pour toujours ! acquiesça Charlotte.

— J'aimerais moi aussi rester à Old Hilgate, mais nous n'avons pas le choix », répliquai-je.

Elles s'alarmèrent.

« Mais pourquoi ? demanda Matilda.

— Parce que votre père nous a quittées, et nous n'avons plus le droit de vivre ici.

— Où irez-vous, alors ?

— Je dois me rendre à Aviceford Manor.

— Où est-ce ?

— Pas loin d'ici. » Je mentais. « Je viendrai vous rendre visite dès que possible.

— Mais je ne supporterai pas de ne pas être avec vous ! »

Je sentis la nervosité grandissante de Matilda. J'avais bien essayé de ne pas laisser transparaître le chagrin dans ma voix, mais j'avais échoué. Pour les distraire, je ramassai les pierres posées sur le coffre et donnai à chacune la moitié de ma collection : « Quand je vous manquerai, prenez une de ces pierres au creux de votre main, comme ceci. Puis fermez les yeux et concentrez-vous sur un de vos souvenirs les plus heureux à Old Hilgate. Quand vous ferez cela, Dieu me le chuchotera à l'oreille et je vous enverrai le plus doux des baisers sur votre joue. Vous le sentirez, je vous le promets. »

Les filles ne furent pas dupes et ne se laissèrent pas distraire de leur chagrin. Elles étaient si désespérées que je faillis changer d'avis. Si j'acceptais un nouveau mari, peu importeraient les privations qu'elles connaîtraient, nous pourrions au moins rester ensemble.

Je savais qu'entrer dans les ordres était leur seule chance de vivre une vie paisible et confortable. En tant que nonnes, elles connaîtraient un meilleur destin que celui que je pourrais leur offrir. Je gardai contre moi mes filles, qui pleurèrent jusque tard la nuit.

Charlotte et Matilda partirent pour Ellis Abbey accompagnées par John, le mari de Mylla Ainsley. J'avais beau exécrer Mylla, John était un homme bon, et il était gentil avec mes filles. Il devait transporter ses outils de charpentier à l'abbaye, et il était ravi d'avoir une excuse pour faire le trajet en charrette.

Une fois que nous y eûmes chargé un coffre rempli de vêtements, les filles ne voulurent pas me dire au revoir. Charlotte s'agrippa à moi et refusa de me lâcher. J'embrassai le sommet de son crâne ; des frisottis échappés de ses nattes me chatouillèrent le menton. Son odeur familière, qui évoquait l'herbe au printemps et le pain sorti du four, me fit monter de nouvelles larmes aux yeux. Je m'agenouillai maladroitement, tenant toujours Charlotte contre moi, et suppliai Matilda de m'embrasser, mais elle serra fort sa poupée et détourna le visage. John dut finalement m'arracher Charlotte et les faire monter de force sur la charrette ; Charlotte tenta de s'échapper, alors il lui donna une tape d'un coup sec derrière la tête, et elle trébucha sur le banc, hébétée. John monta à son tour et fit claquer les rênes. Alors qu'ils s'éloignaient, Matilda me regarda avec des yeux affolés, les bras tendus, pleurant « Maman ! Maman ! » jusqu'à ce que sa voix fût, Dieu merci, emportée par le vent.

Je me répétai que j'avais pris la bonne décision, que mes filles seraient heureuses, mais j'étais accablée par le doute et par cette insupportable solitude. Rien ne me réconfortait, et le vide que je ressentais ne me laissait aucun répit. Je buvais de la bière en excès, espérant que cela me ferait oublier, et c'était le cas, pendant de brefs instants. Puis je me réveillais, étourdie et malade, le regard perdu dans l'obscurité, alarmée par le bruit d'un rat fourrageant dans la pièce ou par le claquement d'un volet secoué par le vent. Des chopes supplémentaires pouvaient faire passer plus vite les heures mornes et sans fin de la nuit avant l'arrivée de l'aurore, mais le matin n'amenait avec lui que de nouvelles nausées et une autre suite interminable et désespérante d'heures qui se traînaient jusqu'au crépuscule.

Lorsque je repris le chemin d'Aviceford Manor, j'avais pleuré toutes les larmes de mon corps, et je me sentais aussi frêle qu'une feuille morte voletant à l'automne avant de finir piétinée. Je ne fis pas vraiment attention aux extérieurs du manoir. Le lierre était plus épais que dans mes souvenirs ; les gargouilles étaient recouvertes de plantes grimpantes et des taches sombres de lichen leur grignotaient le crâne. Elles me fixèrent de leurs yeux aveugles aux paupières cassées quand je passai l'entrée principale. L'austérité des lieux avait cédé la place à une vie de famille aussi chaotique qu'extravagante. Même les couloirs étaient obstrués par un fatras de tapis, tapisseries, meubles sculptés et statues en tout genre. Alors que le nouveau chambellan me faisait traverser le vestibule, je reconnus l'une des statues, un cerf en bronze dont la tête était penchée d'un côté, donnant l'illusion qu'il écoutait les conversations. Mes doigts se souvenaient des contours lisses de ses flancs et de ses bois pointus qu'ils avaient époussetés à Rose House.

Durant mon absence, Emont avait épousé lady Alba, fille des regrettés comte et comtesse de Wenslock et sœur de l'abbesse Elfida. La femme d'Emont avait apparemment hérité des biens de sa mère, ainsi que de son goût pour les collections hétéroclites et de sa tolérance au désordre.

J'avais entendu des histoires sur lady Alba lorsque je vivais à Ellis Abbey ; on disait qu'elle était encore plus belle que sa sœur, mais qu'elle avait causé bien du chagrin à sa mère. Jeune femme, lady Alba avait eu des visions et entendu la voix de Dieu, et on avait pensé qu'elle était destinée à devenir une grande mystique. Cependant, alors que sa sœur aînée montait dans la hiérarchie ecclésiastique pour devenir abbesse, le comportement de lady Alba devint de plus en plus étrange. Elle arrêta de s'alimenter, car elle était persuadée qu'on empoisonnait sa nourriture, et personne ne put la convaincre du contraire. Elle devint si maigre que ses vêtements pendaient sur elle comme des haillons, et elle se mit à porter jour et nuit la même robe ample, jusqu'à empester comme une bête des bois. Après qu'elle eut déclaré être la Vierge Marie en personne, on l'envoya chez l'archevêque pour qu'il chassât les esprits malins de son corps. On chuchota même qu'elle portait en elle un enfant du démon.

Lorsque lady Alba réapparut en société, à peu près au moment où je m'installai à l'abbaye, elle avait retrouvé ses esprits et sa beauté, mais sa mère n'avait pas pu lui trouver un mari convenable. D'après Mary, lady Wenslock en était grandement chagrinée. Elle mourut sans avoir vu sa plus jeune fille mariée, mais quelqu'un d'autre, probablement l'abbesse Elfida, eut plus de succès pour lui trouver un époux. Emont ne pouvait pas être un premier choix, mais la difficulté de trouver un mari n'avait fait que s'accroître avec le temps. Lady Alba devait avoir au moins trente ans quand elle s'était mariée ; Fernan traitait ces femmes de « fourrage d'hiver ».

Le nouveau chambellan s'appelait Wills ; il semblait cent fois plus agréable que son prédécesseur. Quand je demandai ce qui était arrivé à Geoffrey Poke, Wills se contenta de dire qu'il était mort. Wills avait un large visage rond surmonté de boucles rousses qui me rappelait une citrouille, et bien qu'il eût deux fois mon âge, approchant les cinquante ans, il se comportait de façon étrangement hésitante. Je portais de beaux habits, ma plus belle soie écarlate et une cornette en dentelle que Henny avait jugée parfaite pour mettre en valeur ma peau claire et mes yeux bruns. Je parlais avec l'accent d'une personne cultivée, j'avais un port altier et je faisais une bonne tête de plus que Wills. Je devais le décontenancer.

Nous traversâmes le grand hall, égayé par des tapisseries blanches provenant de la bibliothèque de Rose House, celles qui arboraient les armoiries de feu le comte de Wenslock. J'avais tant eu l'habitude de voir ces tapisseries dans une petite pièce qu'elles me semblèrent minuscules dans le grand hall. L'effet était vaguement comique ; c'était comme de voir un homme adulte affublé de vêtements d'enfant.

Nous montâmes l'escalier qui menait aux appartements de la famille, et Wills frappa doucement à la porte de celui de lady Alba. Une jeune femme à l'air inquiet et aux yeux cernés ouvrit. Elle m'adressa un regard suspicieux avant de demander : « Que veux-tu, Wills ?

— Je n'ai même pas droit à un bonjour, Joan ? Je t'amène la nouvelle femme de chambre envoyée par la révérende mère. Elle s'appelle Agnès.

— Vous êtes femme de chambre ? dit-elle, l'air choqué.

— Oui. Je suis ravie de te rencontrer, Joan. »

Elle me regarda, bouche bée, avant de se ressaisir et de sourire timidement. « Gisla et moi sommes très occupées toutes les deux, alors je ne suis pas mécontente que tu te joignes à nous. Entre donc, que je te présente lady Alba et son bébé. Gisla trouvera bien comment te rendre utile. »

Wills nous laissa, et Joan s'écarta pour me laisser entrer dans l'antichambre, adjacente à la chambre principale. Il y avait un lit à baldaquin d'un côté de la pièce et une armoire imposante de l'autre. Sur le mur à côté de l'armoire était accroché le portrait d'une jolie blonde à cheval. À l'exception d'une tresse entourant son front pâle, elle avait les cheveux lâchés, et ils lui arrivaient presque à la botte. Il s'agissait peut-être d'un portrait de lady Alba, jeune.

Une fois dans la grande chambre intérieure, mes yeux mirent un moment à s'adapter à la pénombre. Il y avait bien deux grandes fenêtres, mais les volets en étaient solidement fermés et privaient la pièce d'air et de lumière. Quelques ténus rayons de soleil se glissaient à travers de minces fissures, n'éclairant rien de plus que des grains de poussière. Un énorme lit trônait au milieu de la chambre ; il reposait sur une estrade, habillé de tentures. Les stries de cette lumière chargée de poussière rayaient les draperies avec la radiance d'un après-midi ensoleillé. Je finis par discerner, brodés sur le baldaquin et les courtines, les W cerclés de couronnes dorées. Une voix cristalline s'éleva du lit. « Joan ! Es-tu allée chercher mon vin ? » Le timbre clair et familier me fit frissonner.

« Non, madame. J'y vais tout de suite. Je vous présente la nouvelle femme de chambre que mère Elfida vous a envoyée pour veiller à votre confort. Elle s'appelle Agnès.

— Ma sœur m'envoie une femme de chambre ; devrais-je m'en inquiéter ? Loin de moi cette idée, elle a tout bien arrangé. Est-ce là une nouvelle... pensée ?... Saleté ? » Il y eut une longue pause, suivie d'un gloussement. « Quelle absurdité ! »

Joan écarta le rideau alors que lady Alba faisait des bruits avec sa bouche. Elle était étendue sur son matelas de plumes, seulement vêtue d'une robe de tissu fin, adossée à une pile de coussins en satin. Comme sa sœur, elle avait les traits délicats d'une poupée, et sa peau était si pâle qu'elle luisait comme la lune dans la pénombre. À part cela, lady Alba n'avait pas la nature éthérée de l'abbesse. Elle était ronde, avec des fossettes aux joues et une poitrine généreuse qui débordait de son corsage. Ses dents étaient jaunies, lui donnant un air légèrement sinistre quand elle souriait, mais il était facile de comprendre pourquoi on l'avait jugée si belle durant sa jeunesse. Une femme âgée – probablement Gisla – était assise sur un tabouret près de lady Alba, tenant d'une main le bout de sa chevelure jaune maïs et de l'autre une brosse. « Sois la bienvenue, Agnès. Ton aide va nous être précieuse. » Sa voix grinçait comme une porte sur des gonds anciens.

Les pleurs d'un nourrisson me firent sursauter ; je remarquai alors le berceau qui se trouvait près du lit. Les pleurs œuvrèrent sur ma poitrine ; je sentis un picotement douloureux, et du lait jaillit soudain de mes mamelons durcis, trempant ma robe. Les yeux de Gisla s'écarquillèrent.

« Tu as du lait ! Où est ton bébé ? »

Mes bras réclamaient Catherine avec la même force que si on venait de me l'arracher. « Elle est morte.

— Je suis vraiment désolée pour toi. Mais je dois bien avouer que tu arrives au bon moment ! Nous cherchons une nourrice pour la petite. »

Je ne savais que ressentir. Les cris du bébé avaient ravivé en moi la douleur de la perte récente de ma

Catherine, mais je désirais en même temps ardemment le doux réconfort de tenir un nourrisson contre moi.

Joan prit l'enfant en larmes dans ses bras et la berça doucement. Lady Alba ne prêta aucune attention à tout cela ; d'une pichenette rageuse, elle enleva une peluche invisible sur son drap et redemanda à Joan d'aller lui chercher son vin. Gisla se leva avec raideur de son tabouret et contourna le lit à petits pas. « Donne-moi l'enfant, Joan, et va chercher la boisson de la maîtresse. » Elle se tourna vers moi. « Viens avec moi ; voyons un peu si tu peux calmer ce petit bout. »

Je suivis Gisla dans l'antichambre, où elle m'invita à m'asseoir sur le bord du lit. « Ce serait dommage que ton lait se perde. Et tu te sentiras mieux quand tu te seras débarrassée d'une partie. » Elle me donna le bébé, qui ne pesait presque rien. Mes filles avaient toutes été grandes et robustes ; celle de lady Alba n'était qu'une brindille en comparaison.

« Quel est son nom ? demandai-je.

— Elfida, comme sa marraine. Mais tout le monde l'appelle Ella. »

14
Ella

Dès le début, les choses furent compliquées entre Ella et moi. L'allaitement fut difficile pour nous deux, car elle n'arrivait pas à s'habituer au flot rapide de lait, et pourtant elle avait faim. Elle se jetait avec empressement sur mon sein, mais très vite elle commençait à secouer la tête de droite à gauche, tirant douloureusement sur mon mamelon. Elle criait ensuite avec colère, agitant ses petits poings dans les airs pendant que mon lait arrosait sa joue rougie. Je la calmais en général en marchant et en chantonnant, mais la scène se reproduisait invariablement jusqu'à ce que mon lait en fût réduit à un lent filet.

Je m'inquiétais qu'Ella mangeât assez, car elle était minuscule. Sa tête tenait dans une main et je pouvais facilement faire tenir son corps sur mon avant-bras. Au même âge, Charlotte pesait déjà plus de quatorze livres, là où Ella ne devait pas en peser plus de la moitié. Elle était mince, longiligne, et sa peau était si translucide que je pouvais voir les veines bleues qui serpentaient sous son cuir chevelu. Son petit corps vibrait d'une énergie nerveuse, et sa voix était aiguë et inquiétante, comme un luth dont on aurait trop tendu les cordes. Elle avait l'air alerte d'un oiseau sur ses gardes, et ses yeux étaient d'un ton ardoise sombre ; ce ne fut que plus tard que leur couleur s'éclaircit pour prendre cette nuance de violet qui fait à présent sa renommée.

Lady Alba n'aimait pas être réveillée par le bébé, alors je dormais dans l'antichambre avec Ella et Gisla, pendant que Joan occupait le lit gigogne dans la pièce principale. La nuit, Ella se réveillait toutes les deux heures et je passais mes journées dans le brouillard, exténuée. Mes filles me manquaient encore plus cruellement quand je repensais à leurs premiers mois empreints de douceur et de liberté. Mes bébés avaient tété avec un calme enthousiasme, les yeux dans le vague, l'air ébloui, comme si elles entrapercevaient le paradis. Mon lait les apaisait et les berçait, et elles se laissaient glisser dans le sommeil comme un bateau poussé par une brise légère.

Avec Ella, la tétée devenait une bataille sans vainqueur ni vaincu, seulement ponctuée d'armistices lorsque les deux camps étaient trop fatigués pour s'acharner. Je me reposais lorsque lady Alba prenait le bébé, mais ce n'était souvent qu'une fois par jour. Parfois, lady Alba jouait avec les doigts et les orteils de sa fille et lui parlait en chantonnant des comptines sans queue ni tête. À d'autres moments, elle la couchait dans son berceau et l'ignorait complètement. Dès qu'Ella se mettait à pleurer, lady Alba me la donnait pour que je la fisse sortir.

Comme ma seule et unique responsabilité était de m'occuper du bébé, je bénéficiais d'une plus grande liberté que lors de mon précédent séjour au manoir.

On ne m'avait pas officiellement donné le droit de circuler à ma guise dans la demeure, mais en pratique personne ne surveillait mes allées et venues. Lady Alba ne quittait sa chambre que pour le souper et encore, pas toujours. Si elle n'était pas d'humeur à s'habiller, elle demandait à Joan de lui apporter son repas sur un plateau.

Quand Ella était réveillée, je l'emmaillotais et l'emmenais explorer les corridors en long et en large. Elle aimait se faire promener, et comme je trouvais la chambre de lady Alba oppressante, j'étais ravie de m'en échapper. Si je contournais habituellement le grand hall en empruntant l'escalier extérieur et en rentrant par le vestibule arrière, je décidai, un jour particulièrement pluvieux d'automne, de rester à l'intérieur.

Le grand hall avait l'air inoccupé. Un feu flambait dans la cheminée gigantesque, et ses crépitements étaient étouffés par le torrent de pluie qui fouettait les fenêtres. L'air était frais, et si je désapprouvais le gaspillage que constituait ce grand feu, je fus tentée un instant de m'y réchauffer les mains.

Deux imposants fauteuils en chêne aux dossiers hauts encadraient la cheminée, de nouveaux ajouts depuis l'arrivée de lady Alba. J'avais presque traversé l'ombre étirée du fauteuil le plus proche lorsque j'aperçus une main posée sur l'accoudoir. Je me figeai, comprenant qu'il y avait en réalité quelqu'un dans la salle. Je voulus longer le mur et m'éclipser sans bruit par le passage caché derrière le panneau décoratif, mais le destin en décida autrement. Une flaque d'eau s'était formée au pied d'une des fenêtres, rendant le sol glissant. Ma chute fut subite et silencieuse.

Instinctivement, je me retournai en vol pour retomber sur le dos. Mes oreilles sonnèrent lorsque ma tête cogna contre la pierre, mais je réussis à garder Ella au-dessus de moi, indemne. L'espace d'un instant, nous formâmes un tableau sans vie, moi à terre sur le dos et Ella en l'air, au-dessus de moi, le visage tourné vers le plafond. Je me demandais si par miracle elle dormait toujours, mais elle poussa soudain un cri perçant. Ses pleurs ne cessèrent qu'une fois évacué le moindre souffle que contenait son petit corps ; le manque d'air la réduisit au silence, puis elle lutta pour emplir à nouveau sa poitrine, et lâcha un autre cri strident.

Je me relevai maladroitement en tentant de faire taire le bébé. Ma tête m'élançait. Devant moi se tenait Emont, les bras croisés, les sourcils froncés. Je lui fis la révérence et m'excusai pour l'intrusion.

« Tu dois être la nourrice. » Il mangeait légèrement ses mots. Je pouvais voir à son profil qu'il avait pris du poids.

« Oui, monsieur. » Je berçais doucement Ella, dont les pleurs avaient commencé à se calmer.

« Comment va ma fille ?

— Elle va bien, monsieur. » Et, dans un élan soudain, j'ajoutai : « Voulez-vous la prendre dans vos bras ? »

Il regarda l'enfant d'un air dubitatif. Je pensais qu'il allait refuser, mais il me surprit en tendant les bras. Ses mains ne tremblaient pas. Je lui passai le petit ballot, et il retourna s'asseoir près du feu en murmurant. Je le suivis. « Elle reconnaît son père. Elle est calme dans vos bras. »

Il m'adressa un sourire, ravi. L'âge et le ventre qu'il avait pris ne l'avaient pas embelli, mais son sourire était charmant. « J'ai l'impression de te connaître. Comment t'appelles-tu ?

— Agnès, monsieur.

— Agnès. T'ai-je déjà rencontrée ?

— J'ai travaillé ici il y a longtemps. En tant qu'assistante de la lingère. »

Il m'étudia d'un regard interrogatif. « N'es-tu pas la fille qui s'est occupée de moi quand j'ai été souffrant ?

— Oui, monsieur, c'était moi.

— Mais oui, je reconnais tes yeux. Tu avais toujours cet air si sérieux.

— Mes yeux de vache, monsieur ? Je crois bien que c'est comme ça que vous les aviez qualifiés. »

Emont rit dans un grognement. « Oui, je me rappelle aussi que tu avais pour habitude d'être discrète. Je vois que tu as bien grandi. Tu as l'air très... distinguée. » Dans la lumière du feu, je vis que sa chevelure cuivrée était à présent striée de blanc. Il avait des poches sous les yeux, et une de ses paupières tombait, mais ses iris étaient d'un bleu encore plus frappant que dans mes souvenirs.

« J'ai pu bénéficier d'une certaine éducation, et j'ai fait un beau mariage.

— Qu'est-il arrivé à ton mari ?

— Il est mort de la petite vérole.

— Ah. »

Il baissa les yeux sur Ella, qui s'était rendormie. Il la berçait avec douceur.

« J'en suis désolé. »

Ma gorge se serra devant sa sollicitude.

« Qu'as-tu près de l'oreille ? Est-ce du sang ? »

Je portai ma main à ma tempe et mes doigts furent recouverts de sang poisseux. Emont se leva et me redonna Ella. Je me rendis compte que j'étais désormais plus grande que lui. Il retira un mouchoir brodé de sa poche et tendit la main vers mon visage. Je tressaillis quand il s'approcha et tapota doucement ma tempe. Son haleine sentait fortement le vin. Je me tins immobile, mal à l'aise, mais il ne sembla pas trouver la situation étrange. Après un moment, il me donna le mouchoir en disant : « Je crois que tu ne saignes plus, mais garde-le au cas où tu en aurais besoin.

— Merci, dis-je en m'éloignant.

— Tu m'amèneras Ella tous les jours.

— Oui, monsieur.

— Je suis heureux que tu sois de retour parmi nous, Agnès.

— Merci, monsieur. »

Il me sourit et s'enfonça à nouveau dans son fauteuil, fermant les yeux avec lassitude.

Cela devint un rituel d'amener le bébé dans le grand hall chaque jour à l'aube, après la tétée du matin. Ella et son père se levaient tous les deux de bonne heure. Emont était parfois maussade, mais le matin, il ne buvait que de la bière, et n'était donc jamais soûl avant midi. Pendant une heure ou deux, avant que le chambellan ou le bailli ne vînt discuter des affaires manoriales, Emont prenait sa fille dans ses bras, roucoulant comme une grand-mère. Je commençais à remarquer à quel point il était étrange, si gauche et peu raffiné, chose dont je n'avais pas eu conscience enfant. Il se moquait des convenances, mais je ne crois pas que c'était par rébellion ; il n'en tenait simplement pas compte.

Emont conversait avec moi comme si j'étais son égale. Il me posait des questions sur mes expériences passées, et semblait particulièrement intéressé par ma vie à la brasserie. Le premier matin, il me demanda comment j'avais appris à brasser.

« C'est Alice, l'ancienne propriétaire de la taverne, qui me l'a enseigné.

— Était-ce difficile ? »

J'éclatai de rire. « Oui, monsieur. Les six premières cuvées étaient infectes ! J'ai cru que j'allais devoir fermer boutique avant même d'avoir ouvert.

— Quelles erreurs avais-tu faites ? s'enquit-il, l'air sincèrement curieux.

— Eh bien, j'ai commencé par abîmer l'enveloppe des grains d'orge, avant de les moudre beaucoup trop finement. Puis j'ai fait durer trop longtemps l'empâtage, puis pas assez, et j'ai mis tour à tour de l'eau trop chaude et de l'eau trop froide. J'ai ensuite fait bouillir le moût trop tôt et la mousse a disparu. » Je souris. « Il y a tellement de manières de gâcher une cuvée de bière ! »

Emont me tendit sa coupe. « Goûte ça et dis-moi ce que le brasseur pourrait améliorer. »

Je pris une petite gorgée. « C'est une question de goût, monsieur. Je trouve celle-ci beaucoup trop sucrée. J'aurais ajouté du houblon. Et je l'aurais laissée reposer plus longtemps avant le filtrage. »

Emont semblait ravi, comme si je venais de réaliser un tour élaboré de jonglerie. Après cela, il me fit goûter sa bière presque tous les jours pour avoir mon avis. Cela devint une sorte de jeu pour lui d'arriver à deviner ce que j'allais dire après ma dégustation.

Quand approchait le moment de s'occuper des affaires du manoir, Emont se montrait agité et irritable. Il se plaignait des problèmes administratifs et des demandes de l'abbaye. Il avait une aversion particulière pour les journées d'audiences, lorsqu'il devait régler des litiges ou prendre des sanctions à l'encontre de malfaiteurs. Ces jours-là, il réclamait à grands cris de la bière et se plaignait de la lenteur des domestiques. Quand le premier solliciteur arrivait, Emont était bien souvent soûl et complètement inefficace.

Un matin, alors que je me préparais à repartir avec Ella, Emont me demanda de rester. Le bébé s'était endormi, aussi je ne bougeai pas de mon fauteuil. Emont jouait nerveusement avec ses manchettes et repoussait des mèches indisciplinées qui lui tombaient sur le front. Sa chevelure s'était éclaircie, et il coiffait ses boucles en une queue-de-cheval famélique. Il se leva et fit les cent pas devant la cheminée. Quand le bailli se présenta, il lui dit d'un air renfrogné : « J'espérais vraiment que vous auriez trouvé mieux à faire de votre matinée. »

Le bailli, un barbu massif à l'air bourru, ne sembla pas amusé par la remarque. Il portait un rouleau de parchemin sous le bras, et son expression s'assombrit un peu plus à ma vue. Il se tourna vers Emont : « Monsieur. Que fait cette femme ici ?

— J'ai requis sa présence. »

Le bailli ouvrit la bouche pour répliquer, mais se ravisa. Il secoua la tête en signe de désapprobation et étala le parchemin sur une table à tréteaux, calant les bords avec les candélabres en bronze de lady Alba. « Nous avons quelques soucis, monsieur. »

Emont haussa les épaules avec impatience. « N'est-ce pas toujours le cas ?

— C'est tout juste si nous avons pu payer l'abbaye. Mais maintenant le moulin a besoin d'une nouvelle meule, ce qui arrive certainement au bon moment, car l'un des chevaux qui font tourner le moulin boite. Nous n'avons fait entrer aucune nouvelle taxe ce mois-ci, et trois de nos paysans sont morts de fièvre. »

Je frissonnai en pensant à Lottie et Thomas, espérant qu'ils ne faisaient pas partie des victimes. Je souhaitais vivement me rendre au village, mais ne disposais pas d'assez de temps entre les tétées d'Ella.

« Et puis, cette année, nous perdons une deuxième fille au profit de Cranfield Hall. Nous devons faire en sorte que nos filles épousent des garçons d'Aviceford, ou bien augmenter la somme à payer pour leur départ. Nous avons déjà assez de problèmes de main-d'œuvre comme ça.

— Quel est le prix que nous avons fixé ?

— Un bœuf.

— Cela ne me semble pas être tellement bas.

— Et pourtant c'est le cas, parce que, apparemment, elles partent toutes les unes après les autres, répliqua le bailli d'un ton cinglant.

— Qui a décidé que ce serait un bœuf ?

— Vous, monsieur.

— Eh bien, que faudrait-il que ce soit ?

— N'est-ce pas à vous de décider, monsieur ? Un bœuf ne semble pas suffisant. »

L'échange continua ainsi un moment, la frustration grandissant chez les deux hommes. Quand Emont mit fin à l'audience, il me sembla que rien n'avait été résolu. Emont retomba lourdement dans son fauteuil et exigea du vin. Un domestique se hâta d'apporter une carafe et une coupe.

« Je déteste cet endroit. » Emont se frotta les paupières et cligna des yeux. Je me demandai si Ella avait hérité de ses longs cils. « Il donne la migraine.

— Pourquoi utilisez-vous des chevaux pour actionner le moulin ?

— Pourquoi pas ?

— Les bœufs coûtent moins cher. Ils mangent moins et n'ont pas besoin d'être ferrés. Mais la façon dont le moulin de l'abbaye fonctionne, à l'aide du vent, est la plus économe de toutes. Pas besoin de nourrir un moulin à vent.

— Le moulin a toujours fonctionné avec des chevaux.

— Cela ne veut pas dire que les choses ne peuvent pas changer », dis-je avec un haussement d'épaules.

Emont sembla agacé. Ma présence l'avait peut-être réconforté, mais ce n'était plus le cas, alors je me préparai à partir.

« Bonne journée à toi », dit-il d'un air las.

Je serrai Ella contre moi et fis la révérence.

« Je vous verrai demain matin, monsieur.

— Oui, à demain matin. »

Je prenais presque tous mes repas dans les appartements de la famille, aux côtés de Joan et Gisla. Leur compagnie était agréable, bien que Joan pût se montrer grincheuse quand lady Alba lui donnait du fil à retordre. La maîtresse était capricieuse, et elle avait parfois des demandes déraisonnables. Un jour, elle se mit en tête que nous vivions toutes dans son miroir, et que le monde réel se trouvait dans le reflet. Elle exigea de Joan qu'elle inversât toute sa chambre, jusqu'aux draps.

Fait plus terrifiant encore, lady Alba décida un jour qu'Ella avait été échangée par les fées. J'avais laissé le bébé aux soins de sa mère, et Joan la surprit en train de suspendre par les pieds la petite en pleurs au-dessus du feu, en hurlant : « Dis-moi ton nom ! Dis-moi ton nom ! » À compter de ce jour-là, nous fîmes bien attention à ne jamais laisser lady Alba seule avec sa fille, bien qu'à ma connaissance elle ne mentionnât plus jamais ni fées ni substitution d'enfant.

À de rares occasions, je prenais mon repas dans la cuisine avec les autres domestiques. L'atmosphère y était beaucoup plus détendue depuis que Wills avait pris la place de Geoffrey Poke ; on ne devait plus obligatoirement choisir sa table selon son rang, et les bavardages étaient plus enjoués et bruyants. La majorité des domestiques m'étaient inconnus, mais la seule personne dont j'aurais été ravie d'être débarrassée était toujours là. La lingère avait encore grossi, et les rides sur son visage lui donnaient l'air perpétuellement aigri.

La première fois que je la remarquai, mon cœur se mit à tambouriner et mes paumes devinrent moites. Je me forçai à marcher lentement jusqu'à sa table pour m'asseoir en face d'elle, les mains soigneusement croisées, attendant qu'elle relevât la tête. Je pensais qu'elle serait surprise, mais elle se contenta de plisser les yeux d'un air suspicieux.

« Quoi ? Qu'est-ce que tu veux ? » En parlant, elle ouvrit grande la bouche, offrant à mes yeux le spectacle déplaisant de la nourriture qu'elle était en train de mâcher.

« Je suis juste passée te saluer, Elisabeth.

— Est-ce que je te connais ?

— Tu ne me reconnais pas ? »

J'eus le plaisir de la voir écarquiller les yeux.

« Que fais-tu ici ?

— Je suis la nourrice du bébé de sir Emont et lady Alba. »

La lingère regarda autour d'elle, mal à l'aise. « Alors, comme ça, tu as gravi les échelons ? » Elle m'adressa un sourire doucereux. Ses dents avaient commencé à pourrir.

« En effet. » Je tendis la main et pris le morceau de pain dans son assiette, avant de lui rendre son sourire. « C'est vraiment un plaisir de te revoir. »

Je repartis. Elisabeth était inquiète, et cela me suffisait pour l'instant.

Je dus attendre la Saint-Crépin pour me rendre au village d'Aviceford. Sir Emont et lady Alba souffraient tous deux d'un rhume, et je proposai d'éloigner le bébé pendant la journée. Joan et Gisla étaient si occupées avec la maîtresse qu'elles ne me posèrent aucune question. Je doute qu'elles eussent approuvé mon projet d'emmener Ella à l'église paroissiale, alors je le gardai pour moi.

Les promenades étaient le meilleur moyen de calmer ce nourrisson capricieux. Elle garda ouverts ses grands yeux attentifs, et je lui parlai durant tout le trajet. Je lui montrai un écureuil et un moineau, et lui chantai une comptine sur un rouge-gorge que ma mère me chantait autrefois. Je ne me souvenais que d'un vers que je répétais en boucle, mais cela ne semblait pas déranger Ella. Elle fronçait les sourcils en direction du ciel ou fixait mon menton d'un air sérieux.

Les arches formées par des branches rouge et or au-dessus de la route étaient rendues plus lumineuses encore par des coins de ciel d'un bleu vif céruléen. Il n'y avait pas un souffle de vent, mais une feuille se détachait et tombait de temps à autre. L'une d'elles se posa sur la tête d'Ella et elle parut désemparée, à la fois tellement choquée et stupéfaite que j'en éclatai de rire.

Nous arrivâmes au pont jouxtant l'église beaucoup plus tôt que je ne m'y attendais, car le trajet était bien plus long dans mes souvenirs. La rivière n'était qu'un ruisseau, et la travée du pont était si petite que je pouvais la franchir en cinq enjambées.

Quand l'église apparut, la timidité m'envahit. Des groupes de villageois arrivaient d'un pas tranquille depuis l'allée d'en face et se rassemblaient sur le parvis ; par-dessus le brouhaha des conversations s'envolaient les rires et les cris des jeunes enfants. L'église, qui m'avait semblé magnifique à une époque, me paraissait à présent miteuse et sans intérêt. Certains villageois me regardèrent avec curiosité.

Je n'avais pas revu ma sœur et mon frère depuis leurs jeunes années, mais je reconnus immédiatement Thomas dans la foule. Il était tête nue et ses cheveux bruns et ondulés étaient coiffés de la même manière que lorsqu'il était petit. Si ses épaules étaient plus larges, il se tenait toujours légèrement voûté. Il était en pleine discussion avec un homme plus âgé quand je tirai sur sa manche.

« Oui ? » Il fit un pas en arrière.

« Thomas ! C'est moi, ta sœur, Agnès !

— Agnès ? » La surprise se lut sur son visage. « Pas possible ! La petite Nessie qui était partie travailler au manoir ? »

Il me dévisagea de la tête aux pieds et je me rendis compte que ma robe en laine et ma cornette à la mode détonnaient ici. Je touchai le rebord de mon voile, gênée. « C'est bien moi. J'ai vécu à Ellis Abbey un temps, avant de m'installer à Old Hilgate. J'y tenais une taverne.

— Tu parles de façon bigrement chic. D'où tu tiens ça ?

— De l'abbaye, je suppose. »

J'avais l'impression que mon frère sortait d'un rêve. Il m'était à la fois familier et entièrement étranger. Son regard brun et calme n'avait pas changé, mais son visage tanné par le soleil et parcouru de profonds sillons avait beaucoup vieilli. Comme le pont du ruisseau et l'église, lui aussi avait rapetissé. Je me souvenais d'un jeune homme bien bâti, qui avait beaucoup appris de ses leçons à l'église et de son travail dans les champs, quelqu'un de sage et de compétent. Devant moi se tenait un paysan timide et rustre, aux épaules voûtées et aux mains noueuses, avec une dent de devant manquante et des joues creusées par les privations.

Thomas se tourna à nouveau vers l'homme avec qui il discutait quand je l'avais interrompu. « Peux-tu croire que c'est ma petite sœur ?

— J'aurais pensé que c'était une dame du manoir !

— Où est-ce que tu vis maintenant, Nessie ? Et regarde-moi ton adorable bébé ! » S'étant remis de sa surprise, Thomas sembla ravi de me voir. Il regarda Ella attentivement.

« Oh... » Je me sentis désorientée et inexplicablement pitoyable. « Non, c'est la fille de lady Alba. Je suis sa nourrice.

— Alors tu es revenue au manoir ! »

Pendant que Thomas parlait, une petite femme effacée s'approcha. Un bleu violacé s'étalait sur sa joue usée par les intempéries, et elle tenait par la main un garçonnet de trois ans environ.

« Lottie ! Tu ne vas pas le croire... C'est Nessie ! »

Elle se raidit et me regarda avec circonspection.

« Lottie ? » Je m'étranglai. Elle ne ressemblait en rien à la sœur dont je me souvenais. « Mais... Eh bien, je ne t'aurais jamais reconnue ! » J'essayai d'adopter un ton joyeux pour dissimuler ma confusion, mais je me rendis compte que ce que je venais de dire avait pu la blesser. Je me tus, gênée, cherchant mes mots dans mon esprit troublé. Nous restâmes toutes deux rivées sur place.

« Nessie vient de me dire qu'elle est nourrice au manoir. C'est le nouveau bébé.

— Elle s'appelle Ella », lançai-je d'une voix gaie.

Comme si l'évocation de son nom l'avait réveillée, Ella se mit à pleurer. Je la berçai pendant que Thomas et Lottie restaient là, les bras ballants.

« Donnez-moi un peu de vos nouvelles, tous les deux ! Thomas, j'ai appris que tu te débrouilles bien. Et, Lottie, combien d'enfants as-tu ? Où habites-tu ?

— J'en ai trois. Celui-là s'appelle Hugh. J'en ai perdu quatre. Ma Margaret s'est noyée au printemps dernier. »

Je pouvais à peine l'entendre à cause des cris d'Ella. « Oh, Lottie, je suis vraiment désolée. J'espère que les autres vont bien ?

— On fait aller.

— Comment va ton mari ? Aldred ? »

Thomas fronça les sourcils, les bras croisés. « Il s'appelle Aldrich. »

Lottie jeta un regard inquiet à son frère.

Ella continuait de pleurer, et le petit Hugh tirait le bras de sa mère.

« Quelles sont les réjouissances prévues pour la Saint-Crépin ? »

Thomas désigna d'un geste les femmes disposant des victuailles sur une table dressée près de l'église. « Une messe. Puis nous dînons, comme d'habitude. Cette femme là-bas, avec le bonnet vert, c'est mon épouse, Matilda.

— Matilda ! Le même nom que ma fille. » Je regardai avec espoir Lottie, mais elle ne me posa aucune question sur mes enfants. Elle donna une tape à son fils pour qu'il arrêtât de tirer sa manche. Son regard parcourut la foule.

« Un nom bien choisi », déclara Thomas.

Nous nous tûmes tous, à l'exception d'Ella. Je cherchai désespérément quelque chose à dire, mais mon esprit était totalement vide. Les pleurs stridents du bébé m'irritaient. Thomas finit par lâcher : « On dirait que c'est l'heure de la messe. Tu viens, Nessie ?

— Je vais essayer de calmer le bébé, et je vous rejoindrai peut-être.

— Eh bien, c'était vraiment une surprise. J'espère qu'on te verra plus souvent, maintenant que tu es de retour. On avait entendu pour ton départ, mais plus rien après ça. J'ai eu peur que tu sois morte. » Il jeta un coup d'œil à Lottie. « Est-ce que tu viens à la messe ? »

Lottie acquiesça et m'adressa un pâle sourire. « Depuis que lady Alba est arrivée, il y a toujours une fête pour la Noël. » Sa voix s'adoucit un peu. « On t'y reverra peut-être. »

Je les suivis du regard, jusqu'à ce qu'ils eussent disparu dans l'église sans se retourner. Je retraversai le pont aussi vite que je pus tout en consolant Ella, honteuse du grand soulagement qui m'envahit en reprenant le chemin du manoir.

15

Les affaires du manoir

La Noël fut une période difficile pour moi. Ma vie à Old Hilgate avec Charlotte et Matilda me manquait terriblement. J'aurais voulu au moins savoir comment les choses se passaient pour elles à Ellis Abbey. Je me consolai en me rappelant le cygne rôti et le pudding que les nonnes avaient servis pour l'Épiphanie. J'imaginais très bien le ravissement sur leurs visages dès les premières et succulentes bouchées. Charlotte grignoterait délicatement, se régalant de ces mets délicats inconnus, alors que Matilda dévorerait son repas et approcherait discrètement ses petits doigts de l'assiette de sa sœur, telle une araignée malicieuse. Je les voyais souriantes et en pleine santé ; j'étais incapable d'envisager une autre réalité que celle-là.

Lady Alba plongea dans un état de grande excitation avant les fêtes alors qu'elle planifiait les banquets. Elle se désintéressait habituellement de toute activité nouvelle au bout de quelques heures, mais les fêtes de Noël la fascinaient particulièrement. Elle émergea du cocon de sa chambre pour donner des ordres aux domestiques et superviser les préparatifs. C'était la seule fois de l'année où elle remplissait ses fonctions de lady du manoir, et elle ne le faisait pas très bien, ignorant comment fonctionnaient les choses. Certains de ses ordres n'avaient aucun sens, et d'autres entraînaient un gaspillage inutile, mais personne n'avait le courage de contredire lady Alba lorsque ses yeux bleus étincelaient et ses lèvres roses s'étiraient en un franc sourire. Les domestiques ronchonnaient, et Emont était encore plus lunatique qu'à l'accoutumée. Le matin, quand je lui amenais Ella, il râlait sous prétexte que sa femme avait l'intention d'inviter tout Aviceford pour la Nuit des rois.

« C'est une bonne chose de vous montrer charitable. Des villageois dévoués travaillent beaucoup mieux.

— C'est peut-être une bonne chose de se montrer charitable lorsqu'on est riche, mais quand on n'en a pas les moyens, c'est une vraie folie ! »

J'avais assisté à suffisamment d'audiences manoriales d'Emont pour savoir qu'il disait vrai. « Peut-être pourriez-vous faire entendre raison à lady Alba ? Lui dire d'apporter plutôt quelques victuailles à l'église paroissiale ?

— Lui faire entendre *raison* ? renifla Emont avec dédain. Personne ne peut raisonner lady Alba. »

L'étiquette aurait désapprouvé la familiarité avec laquelle il venait de me parler, mais ce n'était pas non plus la première fois que cela se produisait.

« Pourquoi ne pas chasser le gibier ? suggérai-je en gardant en tête les célébrations de la Noël à l'abbaye.

— Je n'ai aucun droit, et toute la forêt appartient au roi.

— Lady Alba pourrait demander à sa sœur d'intervenir. Le roi se montre toujours généreux envers l'abbaye. Et il ne refuserait pas un droit de chasse à son cousin, en particulier à la Noël.

— Cousin issu de germains. Tu n'imagines quand même pas que le roi daignerait nous rendre visite, dit-il d'un ton amer. Mais c'est une bonne suggestion. Cela pourrait plaire à mon épouse, qui est une excellente cavalière. » Emont sourit alors pour la première fois depuis des jours.

Lady Alba organisa donc une partie de chasse, et je pus observer leur retour depuis une fenêtre du grand hall. Ce fut en parcourant la demeure vide avec Ella – je profitai de l'absence du maître et de la maîtresse – que je vis une tache floue et colorée sur la crête brune des collines, près du verger. Éclair écarlate, lady Alba fonçait vers moi, au grand galop. En arrivant juste sous la fenêtre, devant le manoir, elle tira brusquement sur les rênes de son cheval ; la jument se cabra, ses sabots fouettant l'air tel un destrier dans la bataille. Des mèches de cheveux blonds virevoltèrent dans le vent, et la cape carmin de lady Alba se gonfla et voleta dans son dos. Le visage empourpré, elle arborait un sourire carnassier et triomphant.

Quand Emont apparut, avançant avec peine, il avait l'air bien empâté et morne en comparaison. Sa femme lui lança quelques mots par-dessus son épaule, avant de rejeter la tête en arrière et d'éclater de rire. Emont se renfrogna un peu plus.

Je n'attendis pas de voir le gibier qu'ils avaient tué, car je n'avais pas été invitée dans le grand hall et je ne voulais pas qu'on me découvrît. J'appris plus tard qu'ils avaient abattu deux jeunes cerfs. Une grande partie de la viande fut mise de côté pour sir Emont et lady Alba, mais il resta bien assez de tripes pour préparer des tourtes pour les villageois.

Le banquet au manoir fut une curieuse affaire. Le grand hall était décoré de guirlandes de houx, de lierre et de laurier, et on avait placé de nombreuses bougies sur des chandeliers muraux et sur les tables. Ces chandelles et le grand feu qui brûlait dans la cheminée donnaient à la salle un air festif et accueillant. Comme les gens d'Aviceford n'avaient pas l'habitude de tant de raffinement, ils entrèrent timidement, hésitant avant de prendre place à l'une des longues tables, et chuchotèrent ou restèrent assis en silence, comme à l'église.

Lady Alba portait une cotte en soie verte qui mettait en valeur son teint laiteux ; des joyaux étincelaient à son cou et sur la crépine dorée qui maintenait sa chevelure blonde. Elle passait dans les travées qui séparaient les longues tables, exhortant d'une voix forte les villageois à se resservir et à s'amuser. Tous, hommes, femmes et enfants, se figeaient, tête baissée à son passage, ce qui allait complètement à l'encontre de sa demande. Elle continua de brailler joyeusement, s'arrêtant de temps à autre pour boire un peu de vin. Emont était assis seul à la table en chêne sur l'estrade ; il buvait et picorait dans son assiette, indifférent au comportement de sa femme.

Je confiai Ella à Joan, restée dans les appartements, afin de retrouver mon frère et ma sœur. Après avoir observé la scène du haut de l'escalier qui menait au grand hall, je descendis les marches avec appréhension. J'avais évité de penser à Thomas et Lottie depuis notre discussion maladroite devant l'église, et j'hésitais à retourner le couteau dans la plaie. Bien que nous fussions du même sang, nous nous étions tant éloignés qu'il semblait que nous ne parlions plus la même langue.

Je fermai les yeux pour ne plus revoir l'image de Thomas et Lottie s'éloignant, mais le diable me joua un tour. Derrière mes paupières, ce ne fut pas mon frère et ma sœur que je vis, mais Charlotte et Matilda, me tournant le dos et disparaissant au loin. Mon cœur se mit à tambouriner et mes mains devinrent moites. Mes enfants étaient plus jeunes que moi lorsque j'étais partie de la maison. Allions-nous devenir des étrangères nous aussi ? J'avais eu peur de ne jamais retrouver mes enfants, mais perdre le lien qui nous unissait serait pire encore. Cette idée m'était insupportable.

En arrivant en bas des marches, je repérai Lottie. Elle était assise vers le milieu de la salle, la tête dans son assiette et mangeant à belles dents. Son mari, un homme grand et sec, était assis à ses côtés. Il festoyait avec la même détermination que Lottie ; je ne distinguais pas vraiment ses traits, à l'exception de son nez en forme de bec qui pointait vers son assiette. Une petite fille maigrelette d'environ six ans était installée à côté de lui et, pendant que je les observais, elle fit tomber sa cuillère par terre. L'homme lui envoya une claque si forte à l'arrière du crâne que son menton frappa sa poitrine. Elle ne broncha pas, et l'homme se remit à manger.

Mon regard se posa à nouveau sur ma sœur. Qu'avait cette femme au teint cireux en commun avec moi, ou avec la Lottie de mes souvenirs ? Elle avait été usée par les exigences de la vie de famille et les sacrifices auxquels elle avait dû consentir pour sa survie. Les années avaient filé trop vite et elle n'avait plus rien à attendre de la vie, si ce n'était une faim lancinante en hiver et d'autres enfants condamnés à mourir avant l'âge adulte. Voilà ce qui me serait arrivé si j'étais restée.

Je pris rapidement ma décision, étouffant le sentiment naissant d'horreur en moi. Je remontai l'escalier en courant, consciente que je ne reverrais plus jamais ni mon frère ni ma sœur.

Joan était assise dans l'antichambre chez lady Alba, occupée à se faire des tresses à la lumière d'une bougie. Elle fut surprise de me voir revenir si vite. « Ta famille n'est pas venue ?

— Non, ils ne sont pas là. Rejoins les autres et mange un peu. Je vais rester avec le bébé.

— Elle va faire sa nuit, je pense. Tu pourrais venir aussi. J'ai entendu dire qu'il y aurait un ménestrel après le souper.

— Je suis fatiguée, et ce n'est pas la première fois que j'en entends. »

Joan, encore un peu impressionnée par ma vie passée, ne chercha pas à me convaincre. Elle finit de se coiffer et se rendit au grand hall. Je jetai un œil à Ella dans son berceau avant de me laisser tomber sur le lit dans l'antichambre. À la lumière de la bougie, je pouvais vaguement distinguer le tableau accroché à côté de l'armoire. Gisla m'avait confirmé qu'il s'agissait d'un portrait de jeunesse de notre maîtresse en selle sur son cheval favori. La fille du tableau avait une expression sereine, bien différente de celle de la lady Alba d'aujourd'hui. Je me demandai si le démon qui l'avait possédée jeune femme n'avait été que partiellement exorcisé, si les ombres vivaient encore en elle.

Mon esprit tirait sur ses rênes comme une mule têtue, tentant de ramener mes pensées vers Lottie ou mes filles, mais je résistai. J'emportai la bougie vacillante dans la chambre de lady Alba, avançant avec précaution à la faible lueur de la flamme, car il y avait souvent des obstacles imprévus laissés par la maîtresse, vêtement ou bibelot. Un mouvement près du lit me fit sursauter et je renversai une goutte de cire chaude sur mon poignet ; en ravalant un cri, je me rendis compte que ce n'était qu'un simple miroir que l'on avait posé contre le mur. Au pied du lit, je trouvai l'objet que j'étais venue chercher, une carafe de vin encore à moitié pleine. Lady Alba ne se souviendrait pas le lendemain matin de la quantité qu'il restait. Je me servis une grande rasade et revins m'installer sur le lit dans l'antichambre, m'enveloppant dans une couverture. La mélodie d'une musique pour flûte s'éleva du grand hall. Le divertissement de la soirée commençait. Je vidai ma coupe, espérant m'évader dans le sommeil. Ella se réveillerait avant l'aurore, exigeant son petit déjeuner.

Quand la porte s'ouvrit brusquement, je sus que quelque chose n'allait pas. Même lady Alba ne claquerait jamais la porte aussi fort, de peur de réveiller le bébé. Emont se tenait sur le seuil, vacillant légèrement.

« Ne m'invites-tu pas à entrer ? » Sa voix avait une pointe d'amertume que je ne lui connaissais pas.

« Bien sûr, monsieur, vous êtes chez vous. Mais madame n'est pas encore revenue, dis-je d'une voix apaisante en me relevant.

— Je sais. Elle est en train de danser avec les fils de putains qu'elle a invités dans ma demeure.

— Il n'est pas inhabituel pour la maîtresse d'un manoir d'organiser un repas pour la Noël des villageois. »

Sa voix monta d'un ton.

« Elle déroge à son rang et salit mon nom en se mêlant à la populace et à la vermine ! »

Je ne lui fis pas remarquer qu'il était en train de s'entretenir avec une domestique.

Emont s'avança vers moi après avoir refermé la porte. Il sentait le clou de girofle, la sueur et l'odeur bilieuse et doucereuse de la boisson. Il rapprocha son visage plat et léonin du mien. « Tu es belle », dit-il d'une voix plus basse. Il tendit la main vers moi et la posa sur ma nuque, essayant de m'attirer à lui. Je résistai, faisant un pas en arrière. Il trébucha sur le côté et se cogna contre l'armoire. Dans un craquement, son épaule en frappa lourdement la porte, et il se redressa avec difficulté. Je retins mon souffle.

Emont me fusilla du regard, les poings serrés. Bien que je n'eusse entendu aucun bruit provenant de la chambre de lady Alba, je lâchai : « Je crois que j'entends votre chère fille pleurer. Il faut que je m'occupe d'elle. »

Je pris la bougie et filai dans l'autre pièce. Ma respiration s'était accélérée et mes mains tremblaient. J'eus l'envie de frapper Emont en pleine figure, mais cela m'aurait coûté ma place, et je n'avais nulle part où aller. Céder à ses avances pourrait s'avérer tout aussi désastreux pour moi, et l'idée de le laisser me toucher me révoltait.

J'allai jusqu'au berceau, où Ella dormait toujours. À sa vue, je lui en voulus soudain. Elle était si maigrelette et étrange. Elle détourna la tête de la lumière et gémit. Je devais la ramener avec moi, car Emont me laisserait tranquille si je tenais sa précieuse fille dans mes bras.

Dès que je la pris, Ella se mit à pleurer. Je l'amenai à Emont et fus surprise de le trouver assis au bord du lit, la tête entre les mains. Ses cheveux emmêlés retombaient en avant, me cachant son visage. Quand il releva la tête, son expression était pleine de chagrin et légèrement perdue, et j'eus pitié de lui. Il s'agissait du même Emont maladroit qui, tous les matins, me suppliait de lui tenir compagnie. Je m'assis à côté de lui et plaçai le bébé sur ses genoux. Ella tendit les mains pour attraper la pointe de ses cheveux bouclés et se calma.

« Vous voyez comme elle adore son père. Elle est toujours heureuse quand elle est avec vous. »

J'entendis l'ombre d'un sourire dans sa réponse : « C'est un ange venu sur terre pour me réconforter. » Il caressa la joue de sa fille. « Tu t'occupes bien d'elle. »

Je me sentis coupable d'avoir sorti Ella si brusquement de son berceau. « Je fais de mon mieux.

— Sa mère n'est pas faite pour cette tâche, ajouta-t-il, marquant une pause avant de soupirer. Et moi non plus.

— Vous êtes bien plus attentionné que tous les pères que je connais ! Vous la voyez tous les jours.

— Sa mère passe son temps à dépenser la dot d'Ella en robes de soie et bijoux, et c'est à peine si je peux offrir un dîner pour la fête de la Nuit des rois avec les revenus du manoir. Quel avenir vais-je assurer à ma fille ? »

Emont était si riche en comparaison de ce que j'avais connu que je fus effarée de le voir s'apitoyer sur son sort. « Votre fille a la beauté de sa mère, la réputation de son père, la bénédiction de sa marraine et elle mangera toujours à sa faim », répliquai-je sèchement.

Il me regarda en plissant les yeux, comme ébloui par une lumière soudaine. « Je dois te sembler ridicule.

— Oh ! non, pas du tout, monsieur, pas du tout.

— Toi, tu as connu la faim, n'est-ce pas ? Tu sais ce que c'est que de devoir travailler pour vivre. De ne pas être libre. Tu dois me trouver bien ingrat. »

Je me tortillai, ne sachant quoi répondre. Emont s'était pris d'un intérêt extravagant pour mon expérience de brasseuse, mais je n'avais encore jamais pensé qu'il me considérait comme un être humain. Il était comme tous les maîtres.

« J'espère que tu ne me vois pas comme un fat ivrogne. Je suppose que je ne suis pas assez bien vêtu pour être fat. Mais je suis soûl, c'est vrai. » Il renifla doucement. Emont garda la tête baissée un moment, puis me rendit Ella : « Je ferais mieux d'y aller. »

Quand je lui repris le bébé, il se remit à pleurer. Je lui fis une petite révérence. « Bonne nuit. Je vous amènerai Ella demain. »

En partant, Emont chancela et se cogna violemment dans l'embrasure de la porte. Une fois la porte refermée, je ressentis envers lui un certain dégoût, mais j'eus également envie de l'appeler, de lui dire quelque chose qui l'apaiserait ou lui procurerait un peu de réconfort au moment de s'endormir.

Le matin suivant, Emont ne fit aucune allusion à notre entrevue dans les appartements de lady Alba. Les poches sous ses yeux étaient prononcées, et il était plus échevelé que d'habitude, mais il discuta comme si de rien n'était. Je m'étais attendue à ce qu'il fût gêné et me traitât avec froideur, mais ce fut tout le contraire. À partir de ce jour-là, Emont se confia plus que jamais à moi, partageant ses contrariétés à propos du manoir et des demandes de l'abbaye. J'en vins à comprendre qu'il se reposait entièrement sur les informations et les conseils du chambellan, du bailli et de l'intendant de mère Elfida, et qu'il ne vérifiait jamais lui-même les comptes. On aurait dit un petit garçon qui n'avait pas mémorisé son verset de la Bible et espérait nerveusement que le prêtre ne lui demanderait pas de le réciter. Bien qu'ils fussent tous sous son autorité, à l'exception de l'intendant, il n'avait pas l'assurance nécessaire pour contester leurs décisions. Il avait probablement peur qu'on ne découvrît son incompétence. Il faisait semblant de comprendre les détails des comptes du manoir, mais il n'avait jamais fait l'effort de s'y intéresser. Même s'il l'avait voulu, en aurait-il eu les capacités ?

J'en avais assez appris sur la façon de tenir une brasserie pour me repérer dans ces comptes-là, et le manque de discernement dont Emont faisait preuve m'agaçait. Je lui demandai de me montrer les livres de comptes, et cette idée sembla grandement l'enthousiasmer. Pourtant, les jours passèrent, sans que le chambellan me les apportât. Je redemandai à Emont, et il me dit qu'il allait le rappeler à Wills. Finalement, je me lassai d'attendre et j'allai moi-même voir Wills.

Je trouvai le chambellan dans la cuisine, en train de réprimander un commis. J'attendis la fin de ses reproches avant de le rejoindre. Wills fronça les sourcils quand il me vit. « Oui ?

— Sir Emont m'a demandé de vérifier les comptes du manoir. »

Son visage rond s'empourpra. « En quoi est-ce que ça te regarde ? Depuis quand une nourrice met son nez là-dedans ?

— Depuis que notre maître me l'a demandé, répliquai-je d'une voix posée.

— Je n'ai pas le temps pour l'instant. »

Je me rapprochai, de sorte qu'il dut lever la tête pour me regarder. « S'il y a quelque chose que tu ne veux pas que je voie, je te conseille de ne pas me faire tourner en bourrique. Je finirai bien par mettre la main sur ces comptes tôt ou tard, et alors, tu souhaiteras certainement que je sois dans de bonnes dispositions à ton égard. Je te suggère d'aller les chercher sans attendre. »

La rougeur de son visage gagna les racines de sa chevelure rousse. Il me fusilla du regard avant de me tourner le dos. « Très bien, je vais t'apporter le rouleau de l'année passée. »

Il me fallut trois jours pour éplucher les comptes pendant les siestes d'Ella. C'était plus une affaire d'incompétence que de menus larcins. Si Wills avait probablement gonflé certaines dépenses afin de se constituer un petit pécule, son avidité n'était pas le problème majeur. À l'évidence, on gaspillait de l'argent pour des choses qui auraient pu être produites au manoir, on employait trop de monde en cuisine, et on n'utilisait pas les animaux confisqués aux fermiers ou collectés grâce au droit du meilleur catel. Il y avait aussi des caprices déraisonnables, probablement imputables à lady Alba. On ne prélevait pas régulièrement les taxes et les amendes, et quand bien même c'était fait, ça l'était en dépit du bon sens. Je ne disposais pas des chiffres détaillés du bailli pour les ventes de céréales et autres produits agricoles, ni des droits de banalités perçus pour l'utilisation du moulin ou des fours, mais je voyais bien en parcourant la colonne des revenus que ce qui rentrait n'était pas suffisant.

Je fis part de mes observations à Emont, et il me demanda d'assister à l'audience avec le chambellan et le bailli que les villageois avaient surnommé « Black Bear », ou simplement « Black », en raison de sa stature imposante et de ses cheveux noirs. Ils étaient déjà installés à la table quand j'apportai le rouleau ; Wills me jeta un coup d'œil à la fois inquiet et hostile, et Black me salua d'un signe de tête presque imperceptible. Une barbe laineuse dissimulait en partie l'expression du bailli, mais la froideur dans son regard était indiscutable.

« J'ai invité Agnès pour qu'elle nous fasse part de certaines dépenses inutiles qu'elle a découvertes dans nos comptes, déclara Emont comme pour s'excuser.

— Comment pourrait-elle savoir ce qui est nécessaire et ce qui ne l'est pas ? » demanda Wills.

Je déployai le rouleau et l'étalai sur la table. « Laissez-moi vous montrer quelques façons de faire des économies. Vous pourrez ensuite discuter de sujets plus importants », dis-je vivement.

Le bailli grogna et Wills croisa les bras, fronçant les sourcils en regardant le parchemin.

« Vous voyez ce que vous avez dépensé en farine pour le seul mois de décembre ?

— Nous recevions tout le village ici pour la Noël ; bien sûr qu'on avait besoin de farine ! s'insurgea Wills.

— Eh bien, regardez les chiffres de novembre. Ce n'était pas mieux. » Je me tournai vers Black. « Acceptons-nous souvent des promesses de paiement pour l'utilisation de notre moulin ? » J'avais appris grâce aux parrain et marraine de Matilda, propriétaires du moulin à Old Hilgate, que les dettes n'étaient pas toujours payées.

« Quel est le rapport avec la situation ? » demanda Wills avec irritation.

Je ne lui prêtai aucune attention et continuai de fixer Black, qui haussa ses larges épaules : « Je ne sais pas. Ça arrive peut-être quatre ou cinq fois le mois.

— Ces gens n'ont pas l'argent pour payer. Que se passe-t-il s'ils n'ont pas l'argent non plus le mois d'après ? Les laissez-vous utiliser le moulin ? »

Le bailli jeta un regard gêné à Emont. « Parfois.

— Ils n'ont pas d'argent, mais ils ont du blé ou de l'orge. Pourquoi ne pas prélever une partie de leur farine à la sortie du moulin ? Les paysans récoltent déjà les céréales sur les terres manoriales. »

Je désignai le parchemin. « Et voici ce que vous dépensez en rachetant vos céréales à l'abbaye. Si vous prenez la farine en paiement auprès des paysans, vous pouvez vous passer entièrement de l'abbaye. » Je me tournai vers Wills. « Combien de farine perdons-nous à cause des souris et du pourrissement ?

— Je ne pense pas que ce soit un problème, déclara-t-il en rougissant.

— N'as-tu jamais vu tout ce que jettent les commis ? Si tu faisais faire des récipients à l'épreuve des rongeurs et que tu les conserves au sec, près du feu, tu aurais bien moins de perte.

— Même si on éliminait entièrement le coût de la farine, cela ne ferait guère de différence dans nos dépenses mensuelles.

— Au contraire. Chaque ligne de ce tableau est importante. Que dire de celle-ci ? Vingt couronnes pour de la bière ? Mais c'est une fortune ! Nous pourrions produire la nôtre pour quelques shillings. Pourquoi ne faisons-nous pas aussi notre propre savon ? Et pourquoi y a-t-il autant de personnel en cuisine ? Nous avons trois domestiques que nous payons et une demi-douzaine de serfs que l'on doit nourrir avec les provisions manoriales. Ils se tournent les pouces quand nous n'avons pas d'invités, soit presque tout le temps, d'après ce que j'ai pu constater. Ils pourraient travailler la terre au lieu de rester assis les bras croisés. »

Pour la première fois, je vis sourire le bailli. « La jolie demoiselle a du plomb dans la cervelle. Je pourrais bien utiliser quelques-uns de ces bras désœuvrés pour réparer le toit de l'église », dit-il à Wills.

Un ronflement sonore me fit sursauter. Emont s'était endormi près de moi, affalé sur la table. Il changea de position et son bras s'abattit sur une partie du parchemin. Je me penchai sur lui, ne sachant comment procéder. Il laissa échapper une longue expiration sifflante qui se termina par une vibration de ses lèvres plutôt comique, assez proche d'un bruit de flatulence. Le bailli eut un petit rire, et quand je jetai un regard à Wills, il avait lui aussi bien du mal à se retenir.

« Je suppose que cela conclut notre séance, dis-je.

— Oui, nous ne pouvons pas continuer sans le maître », approuva avec raideur Wills, le visage à nouveau sérieux. Il tira sur le parchemin coincé sous le bras d'Emont.

Le bailli me salua poliment, mais Wills partit sans dire un mot. Je le retrouvai plus tard dans la cuisine.

« Souhaites-tu que je te montre le problème avec la farine ? lui demandai-je.

— C'est bon, moi aussi j'ai des yeux.

— Je ne suis pas ton ennemie, Wills. Je souhaite simplement apporter mon aide. »

Wills me lança un regard sceptique.

« Je ne sais pas pourquoi le maître m'écoute, mais c'est ainsi...

— Oui, pourquoi ? m'interrompit-il. Je parie que tu soulèves ces jolis jupons pour lui. »

Je fixai le chambellan, tant et si bien qu'il commença à s'agiter nerveusement et baissa les yeux. « Tu m'as non seulement gravement insultée, mais tu as également insulté le seigneur et la dame de ce manoir. Accepterais-tu qu'un des domestiques dise une chose pareille ?

— Je vais m'occuper du remisage des céréales et de la farine », répondit-il pour s'excuser, et il ajouta : « Tu ferais mieux de te remettre au travail. »

S'il n'évoqua plus la question, Wills suivit en effet mon conseil concernant la farine. J'assistai alors régulièrement aux audiences pour les affaires courantes, et Wills accepta à contrecœur certaines de mes suggestions. Une fois que je fus venue à bout des résistances du bailli et du chambellan, Emont commença à s'éclipser en cours de discussion, me laissant le soin de terminer à sa place. En tant que représentante tacite du lord, j'endossai, à une petite échelle, le rôle de lady du manoir.

Journal personnel

La cour royale

Les saisons défilent alors que je retranscris mon histoire, et si de nouveaux événements continuent d'alimenter les commérages de la cour, les jours se suivent et se ressemblent assez pour masquer le passage du temps. Au palais, matins, après-midi et soirées se passent dans l'apathie ; la vie ici n'est qu'une pénible succession de rites aristocratiques émaillés de belles paroles. Les moments les plus joyeux sont ceux passés en famille, bien qu'aujourd'hui ce précieux temps ensemble ait été gâché par des larmes.

Nous avons rejoint Ella dans les appartements verts, où elle reçoit ces temps-ci les vœux des courtisans et leurs cadeaux pour sa fille, la princesse Phillipa, du nom de la nouvelle reine consort. Le petit prince George s'est joint à nous, en compagnie de sa nourrice. C'est un garçon des plus charmants, et maintenant qu'il parle, il est clair qu'il est rusé comme un renard.

Ella était radieuse dans une robe simple en satin, ses tresses décorées de perles. Elle était assise sur une banquette entre deux dames de compagnie, Cecily Barrett et Isabella Florivet. Toutes deux portaient des robes sophistiquées et avaient leurs chevelures coiffées en cornettes à la mode, mais bien que charmantes, elles ressemblaient à une paire de mules occupées à paître à côté d'un majestueux destrier. La courbure élégante du long cou d'Ella, sa grâce naturelle et sa crinière dorée et chatoyante feraient pâlir d'envie n'importe quel pur-sang. La rumeur court que cette Barrett s'est frayé un chemin dans le lit du prince Henry, mais je n'y crois pas. Quel homme propriétaire du meilleur cheval du royaume consentirait à monter une mule ?

On avait prévu des sièges pour les visiteurs, et la nourrice de George en avait sagement choisi un près de la porte, afin de pouvoir s'éclipser au cas où le petit garçon commencerait à s'impatienter. J'ai déposé un baiser sur le sommet du crâne du prince en passant à côté de lui, et il m'a récompensée d'un sourire. Georgie et moi nous entendons comme larrons en foire, raison pour laquelle sa nourrice fait la tête à chaque fois qu'elle me voit.

Charlotte et Matilda m'avaient gardé une place près de Phillipa et de sa nourrice. J'ai demandé à prendre le bébé dans mes bras, et Isabella a ostensiblement fait la moue. Peu m'importe que cela soit inconvenant ; je ne vais pas laisser passer une occasion de serrer dans mes bras ma petite-fille. Phillipa est une petite très calme ; elle a les yeux et les cheveux noirs de son père. Quand j'ai caressé la peau laiteuse de sa joue, sa petite bouche *parfaite en bouton de rose a eu un léger sursaut de satisfaction rêveuse.*

Quand Charlotte a voulu prendre le relais, Cecily a déclaré de sa voix mielleuse, d'un ton enjôleur : « Lady Charlotte est-elle en mal d'enfant ? »

Charlotte a serré Phillipa un peu plus fort contre elle, en un geste protecteur.

Ella était occupée avec une courtisane âgée qui souffrait d'arthrite et, en conséquence, grimaçait quand elle faisait une grande révérence. Cecily a chuchoté : « Ne serrez pas la petite chérie trop fort, ou vous allez vous retrouver avec du vomi partout sur votre... Mais où avez-vous donc trouvé cette robe ? » Son sourire était faux. « Elle est si... rustique.

— J'ai ouï dire qu'un certain courtisan s'intéresse beaucoup à lady Charlotte. Après tout, il y aura peut-être des bébés pour elle dans un avenir proche », poursuivit Isabella en pouffant.

J'ai été surprise de voir les joues de Charlotte se colorer légèrement. D'habitude, elle ne fait pas attention à ces filles cruelles, mais son regard exprimait un trouble empreint d'un plaisir gêné.

« De quelle sorte d'intérêt parlez-vous ? a vivement demandé Matilda en enlaçant les épaules de sa sœur.

— Oh, eh bien, pourquoi ne pas le demander directement à Charlotte ? J'en ai peut-être trop dit. » Isabella baissa la tête et écarquilla les yeux, imitant un enfant pris la main dans le sac.

« De quoi parle-t-elle, Lottie ? a demandé Matilda.

— C'est... Ce n'est probablement rien. »

L'embarras de Charlotte m'était difficile à regarder.

« Ton "probablement rien" semble provoquer beaucoup d'amusement », a répliqué Matilda d'un ton sec. Elle n'a jamais peur de dire ce qu'elle pense, probablement un des seuls bons côtés de son défigurement. Elle se moque bien du qu'en-dira-t-on.

« Il y a eu des lettres... » La voix de Charlotte était si basse que je pouvais à peine l'entendre. « Et un cadeau. Une bagatelle, à dire vrai. » Elle a sorti une bague de sa poche. Elle avait l'air de piètre qualité et bien trop petite pour ses doigts.

« Oh, comme c'est adorable ! Elle la garde sur elle ! » s'est exclamée Cecily, en adressant un clin d'œil à Isabella dans le dos d'Ella.

« Qui a envoyé ces lettres ? ai-je demandé avec précaution.

— Je n'ai pas encore rencontré ce gentilhomme, a répondu Charlotte, les yeux baissés.

— Dites-nous donc comment il s'appelle ! » a dit Isabella.

Les visiteurs étaient partis, et Ella s'est tournée vers nous. « Qu'y a-t-il de si drôle ? a-t-elle demandé.

— Charlotte a un admirateur secret ! Dites-nous son nom ! a dit Cecily.

— Sir Blakely Snoodgrum », a chuchoté Charlotte.

Isabella a gloussé et Cecily a mis la main devant sa bouche. Ella les a regardées à tour de rôle de ses beaux yeux bleu-violet. « Mais n'est-ce pas ainsi que vous surnommez Sa Majesté dans son dos ? » a-t-elle demandé.

Cecily a froncé les sourcils.

« Eh bien, ces dames s'amusaient beaucoup et vous venez de tout gâcher, princesse. » La voix de Matilda était dure et Ella a tressailli.

« Elles jouaient un tour à Charlotte, princesse. Dites-moi, Cecily, combien de propositions de mariage avez-vous reçues ? Et vous, Isabella, vous avez dû avoir le cœur brisé lorsque le baron a épousé la fille de lord Geraint. Sa fortune est bien plus modeste que la vôtre ! Je me demande pourquoi il l'a choisie, elle ? »

Matilda a pouffé de rire, Charlotte a cligné des yeux pour refouler ses larmes et Ella nous a toutes regardées, fronçant les sourcils d'un air interloqué. Elle est intelligente, mais elle n'a jamais su saisir les sous-entendus cachés derrière des paroles ordinaires. Cecily a ouvert la bouche pour assener une remarque dont j'étais certaine qu'elle serait cruelle, mais Matilda lui a coupé l'herbe sous le pied : « Phillipa n'est-elle pas adorable ? Des larmes de bonheur me montent aux yeux rien qu'en la voyant si heureuse dans tes bras, Lottie. Qu'elle est charmante ! Aussi douce et aussi belle que sa mère. » Elle a fait semblant d'essuyer une larme, et Charlotte lui a adressé un regard plein de gratitude, les yeux humides.

« Notre pauvre princesse a l'air épuisée. Ces dames auraient-elles l'amabilité d'informer le chambellan qu'elle a besoin de repos et qu'il faut la ramener dans ses appartements ? »

Ella a semblé soulagée.

« De quel droit nous donnez-vous des ordres ! s'est indignée Isabella.

— Il ne s'agit là bien sûr que d'une suggestion. Votre Majesté, êtes-vous lasse ?

— Oui, vraiment.

— J'irai donc chercher moi-même le chambellan. Venez, Charlotte ; redonnez Phillipa à sa nourrice et aidez-moi à trouver Aleyn. »

Nous avons laissé Matilda affronter les deux dames de compagnie et je suis sûre qu'elle s'en est fort bien tirée. Je regrette que notre quotidien soit peuplé de telles personnes, que nous ne puissions pas vivre comme une vraie famille. Je repense avec nostalgie à l'intimité, à la chaleur, à la simplicité fugitive que nous avions connues durant leurs jeunes années ; tout me semble si loin à présent, je l'ai peut-être rêvé.

16

La vallée de l'Ombre

À l'âge de trois ans, Ella était devenue une enfant d'une beauté à couper le souffle. Il me semblait que chaque seconde ajoutait encore à son éclat. Elle avait hérité ses boucles soyeuses de son père, mais leur couleur or pâle venait de sa mère. Ses yeux, trop grands pour sa petite tête, étaient des lacs améthyste bordés de longs cils vertigineux. Alors que la plupart des enfants ont des membres solides et grassouillets, ceux d'Ella étaient fins et élégants tel un faon. Lady Alba l'habillait de robes en satin pastel qui soulignaient sa peau claire mais étaient impossibles à nettoyer. Je pris l'habitude de la vêtir avec des habits en laine plus pratiques lorsque je savais que sa mère ne la verrait pas.

Comme tous les enfants, Ella commença à marcher à la fin de sa première année, mais elle ne se mit à parler qu'au bout de la troisième. Avant cela, elle avait été capable de faire ce qu'on lui demandait, mais quand elle voulait quelque chose, elle se contentait souvent de le pointer du doigt, de l'attraper ou de pleurer. Emont eut peur que sa fille ne fût simple d'esprit, et il soupira de soulagement quand elle se mit à bavarder et à chanter apparemment du jour au lendemain. Elle avait une voix haut perchée qui évoquait le gazouillis, drôle, mais ravissant, d'un moineau. Néanmoins, quand elle criait, sa voix vous perçait les oreilles comme un poignard.

Ella n'aimait ni les histoires ni jouer à faire semblant. Ce qu'elle préférait, c'était trier et ranger. Je me rappelai à quel point, enfant, j'avais aimé collectionner des pierres, et je tentai de la convaincre de créer une nouvelle collection avec moi, mais elle n'aimait pas vraiment aller dehors. Gisla me suggéra de remplacer les pierres par des boutons, et j'eus plus de succès. Ella pouvait rester assise pendant des heures, à aligner les boutons en rangées bien nettes, du plus grand au plus petit ou selon leur couleur et leur forme.

Emont était en adoration devant sa fille si belle, et il ne lui refusait rien. Chaque matin il demandait des douceurs à la cuisine, ce qui la rendait impatiente de le retrouver dès qu'elle se réveillait. À trois ans, Ella dormait encore à mes côtés, et elle me réveillait à petits coups de pied et de poing, en me disant de me dépêcher. Il fallait livrer bataille pour qu'elle fût correctement vêtue et coiffée ; elle s'agitait et se plaignait, et si elle voyait une opportunité de s'échapper avant la fin de sa toilette, elle la saisissait toujours. Emont semblait se moquer que ses cheveux ressemblassent au nid d'un écureuil, et si Ella arrivait à m'échapper le matin, elle me lançait un regard triomphant, bien en sécurité derrière les jambes de son père. Gisla était la seule qui arrivait à convaincre la fillette de s'asseoir sagement pendant qu'elle la coiffait ; la vieille femme avait une patience infinie et des doigts de fée.

Une fois habillée, Ella dévalait l'escalier en chantonnant : « Des friandises ! Des friandises ! » Emont cachait les sucreries, faisant comme s'il n'en avait pas apporté. Ella fouillait le hall et les poches d'Emont jusqu'à ce qu'elle eût trouvé sa récompense, et Emont l'autorisait à se lover sur ses genoux à la manière d'un chat pendant qu'elle mangeait.

Je crois qu'Ella préférait la compagnie de son père à tout autre, car il n'exigeait rien d'elle. Il n'insistait pas pour qu'elle se tînt correctement, contrairement à moi, et il ne la déguisait pas à la manière d'une poupée, comme le faisait sa mère. Il ne cherchait pas à avoir de conversation avec elle, à la différence de Joan et Gisla. Il la laissait simplement lui tenir compagnie, et elle en était ravie.

À l'aube des quatre ans d'Ella, lady Alba changea d'une manière aussi profonde qu'inexplicable, comme si une partie d'elle avait disparu. En temps normal, elle s'aventurait rarement à l'extérieur, mais durant cette période, elle se retira presque complètement du monde. Elle refusa de quitter ses appartements, et elle arrêta de s'apprêter. Une lumière en elle s'était éteinte. Si jusqu'alors elle avait oscillé entre une intensité fiévreuse et la fantaisie charmante d'une enfant espiègle, elle devint apathique et indifférente. Son regard était morne, son visage inexpressif. Jour et nuit, elle restait prostrée dans son lit, vêtue de la même chemise sale, refusant que Gisla ou Joan la lavât.

Je trouvais souvent lady Alba murmurant dans sa barbe quand je lui amenais Ella en visite. Elle marquait une pause, penchant la tête sur le côté comme si elle écoutait une réponse, bien que personne d'autre n'eût parlé. Quand je tentais d'attirer son attention, elle nous ignorait ou feignait le sommeil. Ella chantait de petites comptines, espérant que lady Alba se joindrait à elle comme à son habitude. Quand elle n'obtenait aucune réponse, elle se contentait d'aller s'allonger sur le lit près de sa mère et de jouer avec ses doigts blancs et sans vie. Le soleil transperçait les volets et hachait de rayures le tas d'articles de toilette abandonnés au sol. L'eau de rose dont Joan aspergeait le matelas ne pouvait masquer la puanteur qui se dégageait du corps sale de lady Alba, mais Ella ne fronçait pas son petit nez.

Emont ne se rendait que rarement dans les appartements de sa femme, et après un soir particulièrement éprouvant, il mit un terme définitif à ses visites. Ella s'était endormie quand Emont avait frappé à la porte ; Joan avait quitté la chambre pour laisser à ses maître et maîtresse leur intimité. Après un silence, nous entendîmes un cri incohérent suivi de jurons sonores de la part d'Emont. Il ouvrit grande la porte, la paume pressée sur son œil. Des filets de sang coulaient sur son visage. Il traversa rapidement l'antichambre, comme un cerf blessé échappant aux chasseurs. Ce fut la dernière de ses visites nocturnes.

Gisla tordit ses mains noueuses, s'inquiétant pour l'âme de lady Alba. Elle fit venir le prêtre pour donner la communion à sa maîtresse et entendre sa confession, mais lady Alba resta aussi muette qu'une tombe. Gisla me raconta que lorsque le prêtre avait fait le signe de croix sur son front, Madame avait eu un geste de recul. Cela convainquit la loyale domestique que le diable avait pris possession du corps de sa maîtresse, et elle décida d'évoquer avec Emont la possibilité d'envoyer lady Alba auprès de l'évêque.

Nous ne saurons jamais si l'évêque aurait pu sauver lady Alba. Ce qui se passa fut si lugubre que jamais plus personne n'en a reparlé. Un jour, à l'aube, alors que je flottais dans les brumes d'un sommeil léger, Joan surgit de la chambre de lady Alba, gémissant et sanglotant. Gisla était déjà debout et lui demanda d'un ton sec : « Que se passe-t-il, ma fille ?

— La maîtresse ! » Joan pleurait à chaudes larmes. L'angoisse se lisait sur son visage.

Gisla écarquilla les yeux, alarmée. Elle se précipita dans la chambre de lady Alba pour comprendre ce qui se passait. Ella, assise bien droite dans notre lit, suivit la vieille femme du regard, le visage inexpressif. J'attirai l'enfant à moi en un geste protecteur, et bien qu'elle ne résistât pas, elle ne se laissa pas non plus aller contre moi. Elle resta silencieuse et immobile tandis que j'embrassais le sommet de son crâne.

Gisla cria mon nom, et Joan s'affaissa contre le mur, geignant de désespoir. Mes jambes refusèrent de se mouvoir. La peur et le sens du devoir luttèrent pour en prendre le contrôle, et si le second gagna la bataille, je me dirigeai néanmoins d'un pas lourd vers la chambre de lady Alba.

Il me fut impossible de comprendre la vision qui m'accueillit. Gisla, le visage ridé rougi par l'effort, agrippait les cuisses de lady Alba et la tenait bien haut, comme si elle s'apprêtait à la lancer en l'air. La maîtresse s'affaissa sur un côté ; sa chevelure dorée recouvrit son épaule, dansant lentement d'avant en arrière par-dessus le bonnet de nuit noir de Gisla. Lady Alba se balançait doucement, tel un épi de blé dans la brise légère.

« Viens ici ! Prends ses jambes ! » m'ordonna Gisla, essoufflée.

Le visage de lady Alba se tourna lentement vers moi, comme la lune montante. Il n'était plus qu'une boursouflure violacée, méconnaissable. Je ravalai mon haut-le-cœur et soulageai Gisla du poids de notre maîtresse. Je puisai ma force dans la peur et la révulsion. Je soulevai lady Alba sans effort, bien haut, afin que la corde autour de son cou se détendît, et elle s'affala un peu plus sur le côté. Son corps froid se pressa contre ma joue ; l'odeur affreuse qui s'en dégagea me souleva le cœur. Gisla redressa le tabouret renversé et monta dessus pour défaire le nœud coulant du cou de lady Alba. Cette tentative fut infructueuse, mais elle récupéra un couteau dans la table de chevet et parvint à couper le lien en soie. Lady Alba avait dû utiliser le même couteau pour se tailler une corde dans les tentures du lit à baldaquin.

Je déposai maladroitement le corps sur le lit. Joan continuait de gémir dans l'antichambre. J'allai à la porte et vis qu'Ella était toujours sur le lit, là où je l'avais laissée. Elle fixait intensément ses mains tout en faisant onduler ses doigts devant ses yeux, geste qu'elle faisait habituellement pour se calmer. Je refermai doucement la porte, espérant ne pas la déranger.

Gisla retirait avec difficulté le nœud coulant du cou de lady Alba. Il avait mordu profondément dans la chair, et le gonflement avait presque englouti la corde, n'en dévoilant qu'un bout fin dans le sillon qu'elle avait creusé. Les yeux de lady Alba n'étaient plus que des fentes entre ses paupières bouffies et violacées, et le blanc s'était teinté d'un rouge satanique. Je tentai de lui fermer les paupières, en vain.

« Agnès, essaie de dénouer ça. Mes vieilles mains ne sont bonnes à rien. » La voix de Gisla tremblait.

Je m'attelai au nœud et réussis à le défaire ; je le retirai aussi délicatement que possible. En séchant, le sang avait noirci la corde, mais il ne coulait plus.

« Elle est morte depuis plusieurs heures. »

Gisla acquiesça et grimaça comme si cela la blessait. « Cette sale truie ne s'est même pas réveillée.

— Ce n'est pas la faute de Joan. »

Gisla ne répondit pas. Quand elle me regarda, ses yeux étaient pleins de larmes. « Aide-moi à la laver. Va me chercher de l'eau.

— L'eau ne pourra pas effacer son geste. »

Gisla me frappa au visage avec une force déconcertante. Je portai ma main à ma joue brûlante.

« Va chercher de l'eau. »

La gifle réveilla ma colère, mais je vis aussi trop tard que mes mots avaient dû sonner comme une trahison aux oreilles de la vieille femme. Je lui obéis.

Nous déshabillâmes lady Alba et fîmes sa toilette, qu'elle avait refusée alors qu'elle en avait tant eu besoin. Ce fut un étrange moment d'intimité avec son cadavre. Elle ne pouvait pas reculer ou s'esquiver, et nous ne pouvions pas ériger un mur de mots entre nous. L'absence de son âme exacerbait sa nudité, et je ne voulais pas la toucher. Gisla s'occupa d'elle avec une calme tendresse qui me rendit honteuse.

Les couleurs du visage de lady Alba s'estompaient pendant que nous la lavions, et il ne resta plus que de délicates traces de rouge sur ses joues et son nez. Le blanc de ses yeux resta jauni, mais quand le gonflement disparut, nous réussîmes à fermer ses paupières. Dans une entente silencieuse, nous la vêtîmes d'une robe à col montant pour dissimuler la plaie de son cou. Les mains de Gisla tremblèrent en refermant les boutons.

Gisla prit la brosse ornée de bijoux de sa maîtresse et travailla à démêler les cheveux de lady Alba, comme elle l'avait fait tant de fois auparavant. Elle me regarda, la mine solennelle, et parla pour la première fois depuis le début de la toilette : « Tu ferais bien de prévenir sir Emont. »

Je m'habillai rapidement dans l'antichambre. Joan avait cessé de gémir, mais elle restait prostrée contre le mur. Avant de sortir, je lui demandai de rester avec Ella.

Emont était encore dans sa chambre ; comme il n'aimait pas l'idée qu'un domestique dormît dans la même pièce que lui, ce fut lui qui m'ouvrit la porte. Ses boucles rousses et grasses s'échappaient de son bonnet de nuit, et ses jambes blanches et poilues dépassaient de sa chemise grise. J'aurais préféré qu'il fût habillé et dans le grand hall pour lui annoncer ce qui s'était passé, mais je ne pouvais pas attendre. Je pris une profonde inspiration. « Je suis désolée de vous apporter de mauvaises nouvelles, monsieur, mais Joan a trouvé le corps sans vie de lady Alba ce matin. »

Le visage d'Emont n'exprima pas tout de suite le choc, mais son sourire poli s'évanouit avec une lenteur terrible. « Que s'est-il passé ? »

Gisla m'avait interdit de lui dire la vérité, mais je n'avais pas pris le temps d'inventer un mensonge plausible. Je feignis la confusion la plus totale : « Je... Je ne sais pas... Joan a dit qu'elle ne s'est pas réveillée.

— Quelqu'un a-t-il envoyé chercher le prêtre ?

— Non, pas encore. » Au vu des circonstances, je n'avais pas pensé à appeler le prêtre, même si j'aurais évidemment dû le faire, sinon les gens allaient commencer à se poser des questions. Je fixai mes chaussons afin de cacher mes joues brûlantes. Mon gros orteil dépassait d'un trou.

Emont ferma les yeux et se frotta le front. D'une voix étranglée, il s'écria : « Oh mon Dieu ! » Il retrouva son calme avant de poursuivre d'un ton plus ferme : « Il va me falloir prévenir sa sœur. Conduis-moi auprès de lady Alba. »

Je l'amenai jusqu'aux appartements de sa femme. Joan n'avait pas bougé, mais Ella avait disparu. Nous entrâmes dans la chambre où régnait une pénombre étouffante et où nous accueillit un puissant parfum d'eau de rose, une note lourde qui ne masquait pas l'âcreté sous-jacente du mélange d'odeurs accumulées. Gisla n'était plus là. La lumière matinale filtrait à travers les volets. Rien ne semblait sortir de l'ordinaire, si ce n'était le silence.

Gisla avait croisé les mains de lady Alba sur sa poitrine habillée de velours. Elle avait l'air d'un ange, avec son visage pâle si lisse et immobile, sa chevelure dorée étalée tel un halo, et je crus presque à mon mensonge. Emont s'approcha du lit et toucha la main de sa femme.

J'aperçus alors Ella, accroupie dans l'ombre derrière le lit, figée, le regard attentif. Je ne voulais pas déranger Emont, alors je m'approchai lentement de l'enfant, comme s'il s'agissait d'un animal sauvage. Avant d'avoir pu me trouver à portée de main de la fillette, Gisla apparut pour annoncer que l'on était allé chercher le prêtre pour bénir le cadavre de lady Alba. Ella profita de cette distraction pour s'échapper. Son père, qui demandait des détails à Gisla, ne s'aperçut de rien.

Ella se cacha pendant quelques heures ; je finis par la trouver assise derrière les rideaux de la chambre réservée aux invités. Elle serrait ses jambes entre ses bras, son petit menton posé sur ses genoux. Son visage n'exprimait rien et elle ne pleurait pas. Elle ne me regarda pas lorsque je m'accroupis à côté d'elle et lui caressai doucement le dos.

« Ella. »

Elle ne répondit pas.

« Ella, ta maman est partie au ciel pour rejoindre Dieu. Jésus l'a accueillie en sa demeure. »

Ella semblait ne pas avoir conscience de ma présence. J'avais l'habitude du silence buté occasionnel de Charlotte et Matilda, de leur colère muette et fulminante, mais ceci était tout autre chose. Ella était simplement absente. Je frissonnai.

« Il faut nous préparer pour aller à l'abbaye, ma chérie. Il va y avoir une messe pour ta maman. Elle va prendre sa place parmi les anges. »

Il m'était impossible d'obtenir une réaction de la fillette. Mal à l'aise, je me dis qu'elle savait peut-être que je lui mentais. C'était impossible ; cette enfant n'avait rien vu et ne savait rien des règles divines. J'abandonnai l'idée de lui parler et la pris dans mes bras. Elle se raidit, une vague d'hostilité traversa son regard, mais elle redevint ensuite passive. Elle ne lutta pas quand je l'habillai et lui tressai les cheveux. Je remplis une malle de nos effets et nous rejoignîmes Emont dans le carrosse.

Le voyage pour Ellis Abbey dura une éternité. Emont fixait le paysage par la fenêtre ; la campagne qui défilait devant nos yeux était marron et morne après un long hiver, et le ciel était d'un gris terne. J'appréhendai les questions qu'il pourrait me poser au sujet de la mort de lady Alba, mais il resta silencieux. S'il avait des soupçons, il les garda pour lui, ce qui était la meilleure chose à faire.

Ella s'appuya sur son père, assise sur ses genoux, somnolant ou regardant le toit. Parfois, elle fredonnait, mais elle chantait faux. Nous dînâmes de pain et de poulet froid, et je pelai une pomme que des mois passés dans le cellier avaient rendue spongieuse. J'en coupai de petits morceaux pour Ella, et elle les prit d'un air absent. La nausée due aux événements du matin et ma fébrilité à l'idée de revoir mes filles me coupèrent l'appétit. Alors que les heures défilaient, mon cœur cognait fort dans ma poitrine, comme pour se libérer de sa cage.

Nous arrivâmes à l'abbaye au moment où la cloche sonnait les vêpres. Le ciel était d'un rose orangé à l'ouest, et l'air avait la fraîcheur d'un printemps précoce. Des palefreniers nous accueillirent, nous aidèrent à descendre du carrosse devant l'église, et mère Elfida en personne apparut à la porte du cloître. Elle était accompagnée de deux religieuses, dont la prieure que je reconnus. Leurs voiles luisaient dans la lumière déclinante du jour et flottaient dans leur dos telles des bannières. L'abbesse tendit sa petite main pâle à Emont : « Toutes mes condoléances. »

Emont se pencha pour embrasser sa main et répondit : « Toutes mes condoléances à vous aussi, révérende mère. »

Mère Elfida acquiesça en inclinant la tête. « Emont, vous pouvez occuper la chambre de l'évêque ce soir. Sœur Margaret va vous y conduire et un domestique vous y recevra. » Son regard se posa sur Ella, qui s'accrochait à la jambe de son père, et, à ma grande surprise, l'abbesse s'agenouilla pour lui parler directement. « Je suis ta marraine, Elfida. Je vais veiller sur toi maintenant que ta mère est morte. Demain, nous allons célébrer ensemble l'ascension de son âme vers les cieux. »

Ella la regarda de ses grands yeux, sans dire un mot. L'abbesse lui adressa un léger sourire. Je me demandai si elle voyait en Ella la petite fille qu'elle avait été jadis. La ressemblance était frappante.

« Êtes-vous la nourrice ? » Mère Elfida ne semblait pas me reconnaître.

« Oui, ma mère.

— Vous pouvez amener Elfida dans les appartements réservés aux invités. Sœur Margaret viendra vous chercher quand elle aura montré sa chambre à Emont. »

Les domestiques étaient déjà en train de décharger notre malle.

« Je connais le chemin, ma mère. »

L'abbesse et la prieure repartirent vers l'église sans faire de commentaire, je pris donc Ella par la main. Elle refusa de lâcher son père. Il embrassa le sommet de son crâne et lui demanda de me suivre, ce qu'elle accepta de mauvais gré, à la condition d'être portée.

J'autorisai Ella à monter sur mon dos, tenant ses petites mains afin qu'elle ne serrât pas trop fort ma gorge. Elle semblait s'être remise de sa torpeur initiale, et elle parlait sans discontinuer des animaux qu'elle avait vus durant notre voyage. Comme elle sortait rarement et qu'il n'y avait aucun animal dans l'enceinte du manoir, même les moutons étaient une nouveauté pour elle.

Bien que cela constituât un détour, je me rendis d'abord au cloître dans l'espoir d'apercevoir Charlotte et Matilda. Le soleil s'était couché, signe que les vêpres se terminaient, et que les enfants prendraient bientôt la direction de leur dortoir. Je m'attardai sous l'arcade, dans la pénombre grandissante, et j'essayai de distraire Ella en lui montrant le ciel, dans l'attente des premières étoiles. Elle finit par s'ennuyer et avoir froid ; la culpabilité me gagna quand j'entendis son bâillement de chaton. À contrecœur, je quittai le cloître désert et amenai Ella dans nos appartements. On avait livré notre malle dans la plus grande chambre, à l'avant du bâtiment, où je couchai Ella, soulagée de la voir redevenir une petite fille de quatre ans. Je m'installai à côté d'elle, sachant parfaitement que je ne trouverais pas le sommeil. Je désirais plus que tout retrouver mes filles ; elles étaient si proches et mon esprit s'emplit du souvenir de leurs petits corps endormis. Je m'imaginai le mouvement lent de leur respiration, le papillonnement de leurs paupières, leurs bras étendus et leurs poings légèrement fermés. Je pouvais sentir la chaleur de leurs fronts pendant que je les embrassais doucement pour leur souhaiter bonne nuit.

Le matin suivant, Ella se leva aux aurores, et je l'amenai aux cuisines de l'abbaye pour lui trouver du lait. J'avais l'intention d'attendre dans le cloître jusqu'à l'arrivée de Charlotte et Matilda, aussi emportai-je les boutons d'Ella que je plaçai sur un petit plateau pour l'occuper. Le jour où la pauvre Ella devait assister à l'enterrement de sa mère, j'étais aussi nerveuse qu'une jeune fille en route pour ses noces.

Nous n'eûmes pas à attendre bien longtemps que les jeunes élèves eussent fini leurs prières du matin. Je les regardai sortir de la chapelle à la file, toutes vêtues de la même robe grise que j'avais jadis portée à Rose House. Les filles les plus âgées marchaient deux par deux en silence, et les plus jeunes s'égaillaient en chahutant entre elles et en étouffant des rires. Ma gorge se noua en cherchant le visage de mes filles.

Quand j'aperçus Charlotte, je retins ma respiration. Elle était si grande ! Ses cheveux noir corbeau et sa peau sombre détonnaient au milieu de ces enfants pâles : on aurait dit un mouton noir au milieu d'un troupeau d'ovins blancs. Les contours ronds de l'enfance avaient laissé place à une mâchoire bien dessinée et à l'arête gracieuse de son nez. Sans réfléchir, je me levai, renversant le plateau avec lequel Ella jouait sur mes genoux. Elle poussa un cri perçant et je me penchai pour la consoler, en lui promettant que je récupérerais les boutons. J'eus à peine le temps de me relever que Matilda se jetait sur moi en s'écriant : « Maman ! » Nous tombâmes en arrière sur la pelouse, encore brûlée par l'hiver, et Matilda couvrit mon visage de petits baisers. Quand elle sourit, je vis qu'il lui manquait deux dents. Derrière elle, ondulant à travers mes larmes, Charlotte nous regardait, radieuse.

Ella fut si surprise par cette agitation qu'elle s'arrêta de pleurer. Une nonne gronda vivement les filles ; Matilda me relâcha et brossa de la main les brins d'herbe jaunie accrochés à sa jupe. Son visage portait encore les marques terribles de la petite vérole. Si sa peau avait retrouvé sa couleur normale, elle était déformée par de petites cicatrices et des creux irréguliers. J'eus le cœur bien lourd en me rappelant son visage lisse et parfait de bébé qui se blottissait dans mon cou.

« Que veut dire ce comportement ? » demanda la nonne corpulente. Quelques-unes des plus jeunes élèves s'attardaient pour observer la scène.

« Veuillez nous excuser, ma sœur. C'est notre mère, répondit Charlotte.

— Est-ce ainsi que se tient une demoiselle respectable ? répliqua la nonne en haussant ses fins sourcils.

— Non, ma sœur, répondirent les filles à l'unisson.

— Chacune de vous deux devra réciter une neuvaine afin de vous en souvenir pour la prochaine fois. »

Charlotte émit un grognement.

La nonne se tourna vers moi. « Je ne savais pas que leur mère devait venir. Les ramenez-vous chez vous ? »

Charlotte et Matilda me regardèrent les yeux brillants, leur espoir enfantin se lisait clairement sur leur visage.

« Non, ma sœur. Je suis venue pour les funérailles de lady Alba. Voici sa fille, Elfida. Je suis sa nourrice. »

Le menton de Matilda se mit à trembler.

« J'aimerais passer du temps avec mes filles pendant cette visite. Je ne les ai pas vues depuis plus de trois ans. Nous pourrions rester la matinée ensemble. Je dois partir demain pour ramener Elfida chez elle. »

La sainte femme eut l'air perplexe. Il lui était difficile de faire coïncider mon apparence et mon éloquence – sans oublier le fait que mes filles étudiaient au couvent – avec ma condition de domestique. Elle ne savait probablement pas quoi penser de moi ni comment s'adresser à moi. Finalement, elle dit à mes filles : « Retrouvez-nous pour la tierce. Vous pouvez rester avec votre mère jusque-là. » À la manière d'une mère oie, elle conduisit les autres filles vers le réfectoire, laissant Charlotte et Matilda avec moi.

Les filles devinrent timides une fois que tout le monde eut disparu, mais je leur demandai de m'aider à ramasser les boutons d'Ella, et cela sembla les mettre à l'aise. Elles scrutèrent Ella, fascinées. Avec ses longs membres gracieux et ses proportions élégantes, Ella ressemblait à une Bethsabée à la chevelure dorée que l'on aurait réduite à la taille d'une poupée. À côté d'elle, mes filles étaient des géantes.

Charlotte, qui avait toujours eu un côté maternel, essaya de jouer avec Ella. Elle transforma en jeu le fait de compter les boutons, ce qui fit rire la fillette, mais lorsque Charlotte voulut la prendre dans ses bras, Ella poussa un cri strident et se cacha dans mes jupons. Je proposai une promenade autour du bassin pour chercher des grenouilles, et ma suggestion enthousiasma mes filles, mais pas Ella. Elle fuyait l'eau comme un chat. Je lui promis qu'elle ne se mouillerait pas les pieds et elle accepta de nous accompagner si je la portais.

En route pour le bassin, je pressai Charlotte et Matilda de questions sur leur vie à l'abbaye, mais elles n'avaient pas envie d'en discuter. Elles sautillaient autour de moi, parlant d'une fille qui s'était évanouie pendant la messe (ce qui avait provoqué la colère de la prieure), de ce qu'elles espéraient avoir pour le dîner et à quel point elles trouvaient jolie la robe bleue d'Ella. Je compris qu'elles étaient toutes deux bonnes élèves, et qu'elles aimaient certaines enseignantes et en détestaient d'autres. Je suppose que j'obtins la seule réponse qu'il me fallait : elles n'étaient pas malheureuses.

Le sol autour du bassin était plus boueux que je ne l'avais prévu. J'essayai d'attirer les filles loin du bord, vers un terrain plus ferme, mais elles furent emportées par leur enthousiasme ; lorsque les grenouilles tentèrent de s'échapper dans les joncs, Charlotte et Matilda les poursuivirent. Je les avertis qu'elles seraient punies si elles salissaient leurs chaussures, mais elles s'en moquaient. Après un moment, je finis par m'en moquer aussi. Je dévorais du regard le moindre de leurs mouvements. Je me nourrissais de leur bonheur, et leur rire remettait des couleurs dans mon univers.

Ella ne fut pas tentée de se joindre à mes filles, mais elle les regarda s'amuser avec intérêt depuis mon dos, où elle était perchée. Quand Charlotte attrapa une grenouille, Ella se pencha avec précaution pour regarder dans l'interstice sombre de ses doigts. Comme elle n'y voyait rien, Charlotte ouvrit petit à petit ses mains, tant et si bien que la grenouille saisit sa chance de s'échapper et bondit en l'air. Ella sursauta et je manquai de la lâcher, mais elle gloussa joyeusement. Charlotte se joignit à elle et promit de lui trouver une autre grenouille.

Alors que le moment de se quitter approchait, Matilda devint silencieuse et se glissa plus près de moi. Elle tira sur mon bras, mais comme j'avais besoin de mes deux mains pour tenir Ella, je ne pus l'enlacer. Je tentai de poser Ella sur un bout de terre sec, mais elle se tortilla et refusa de descendre. Matilda se mit alors à gémir plaintivement, me disant qu'elle ne voulait pas me voir partir, et elle tenta d'enlacer ma taille, mais Ella se trouvait en travers de son chemin. Je ne sais pas si Matilda la tapa ou la pinça, mais Ella poussa un cri furieux et indigné.

« Matilda ! »

Elle m'adressa un regard penaud.

« Où sont vos manières ! » Je déplaçai Ella afin de la tenir contre ma poitrine, et je déposai un baiser sur sa chevelure dorée. « Demandez immédiatement pardon à Ella ! »

Le visage de Matilda s'assombrit en me voyant câliner la petite en pleurs. « Je suis désolée.

— Ce n'est encore qu'un bébé. Vous devriez avoir honte !

— Oui, mère. »

C'était la première fois que Matilda m'appelait « mère » au lieu de « maman ». Son ton était plus triste que froid, et je résistai à mon envie soudaine de lâcher Ella et de prendre ma propre fille dans mes bras. Au lieu de cela, je demandai à Charlotte d'approcher et lui dis : « Je vais vous aider à vous nettoyer. Les cloches vont bientôt sonner, et nous ferions mieux de rentrer. »

Charlotte avait l'air dévastée, et je ne savais pas comment la réconforter. Je luttai contre les larmes qui montaient. En chemin, Ella accepta de marcher, et je cueillis des touffes d'herbe pour nettoyer les chaussures des filles. D'un pas lourd, elles m'accompagnèrent en silence jusqu'au cloître alors que les cloches sonnaient la tierce. Quand nous arrivâmes sous l'arcade, Charlotte se tourna vers moi, les yeux brillants. « Quand allons-nous vous revoir, maman ? dit-elle d'une voix tremblante.

— Je ne sais pas, mon ange. » Ella tira sur mes jupons et je les dégageai d'un coup sec, agacée.

« Allons-nous revivre ensemble un jour ?

— Je l'espère de tout mon cœur.

— Moi aussi. »

Ella se mit à geindre, mais je l'ignorai. J'enlaçai rapidement Charlotte et Matilda et leur dis de se dépêcher, sinon elles seraient en retard. Elles partirent à contrecœur. En approchant de la salle capitulaire, Matilda me lança un regard par-dessus son épaule. Je venais de prendre Ella dans mes bras, mais je réussis à lever la main pour la saluer. Matilda se détourna sans répondre.

La messe d'enterrement ne fut pas bien différente des autres messes auxquelles j'avais assisté à l'abbaye. Toutes les sœurs étaient là, mais l'assistance était clairsemée, et de ce que je vis, personne ne versa de larmes. Les hommes et les femmes richement vêtus assis sur les premiers bancs étaient certainement venus pour s'attirer les bonnes grâces de l'abbesse, qu'ils appartiennent ou non à la famille Wenslock. Je ne suis pas même certaine que la sœur de lady Alba ait pleuré sa disparition.

Ella et moi étions assises derrière Emont. Il avait l'air mal en point ; son visage était cireux et bouffi.

J'avais habillé Ella de son plus beau velours et brossé ses cheveux jusqu'à les faire briller, mais il ne fit aucun commentaire sur sa beauté, contrairement à son habitude. Il se contenta de lui tapoter légèrement la joue et de s'agenouiller ensuite pour prier.

Après la messe, l'abbesse mena la procession jusqu'au cimetière, mais Ella et moi ne les suivîmes pas. Comme Ella s'était endormie la tête sur mes genoux, je restai dans l'église et la laissai se reposer avant de nous joindre aux autres pour la réception de l'abbesse. Même si elle n'avait pas manifesté son chagrin, je la plaignais d'avoir perdu sa mère. Lady Alba avait été inconstante, mais Ella avait dû l'aimer de tout son cœur.

Le corps de lady Alba s'était transformé en festin pour les vers, et je me demandai ce qu'il adviendrait de son âme. Le péché qu'elle avait commis était le plus grave de tous, celui dont on ne pouvait se repentir. Il semblait injuste que des meurtriers puissent entrer au paradis après s'être confessés, et que lady Alba ne pût bénéficier de la même chance.

J'enroulai les boucles pâles d'Ella autour de mes doigts pendant qu'elle dormait. Ses cheveux étaient doux et retombaient en anglaises parfaites autour de son beau visage en forme de cœur. Un frisson d'émerveillement me parcourut, comme lorsqu'une immense lune d'automne brille de sa lumière argentée dans l'horizon pourpre, ou que les chants de Noël s'élèvent dans l'église.

La tristesse m'envahit quand je repensai à mes propres filles. Jamais personne ne les trouverait belles.

Alors que le soleil descendait dans le ciel, les fenêtres qui donnaient à l'ouest diffusaient leurs belles couleurs sur le sol et les bancs. Je m'efforçai de me sentir chanceuse, en me disant que Charlotte et Matilda avaient une vie confortable. Mais je ne pus faire taire cette voix inquiète qui me disait que mes filles étaient en train de perdre leur mère, tout comme Ella venait de perdre la sienne.

17

Fiançailles

Après la mort de lady Alba, Joan partit pour Cothay Manor, et on assigna Gisla au service d'Ella. L'enfant n'avait pas besoin de deux personnes pour s'occuper d'elle, mais j'étais contente d'avoir de l'aide, et Gisla était ravie de la facilité de ses nouvelles tâches. Je n'eus pas à justifier la dépense auprès d'Emont et de Wills ; j'avais à présent repris en main la plupart des comptes du manoir, et ils ne me posaient que rarement des questions.

Black, le bailli, n'était pas aussi imposant qu'il m'avait semblé au début. Bien que grand et bourru, c'était un homme raisonnable et respectueux envers les femmes, tout particulièrement envers son épouse qui, selon lui, était la personne la plus admirable de tout Aviceford. S'il avait été moins ouvert d'esprit et prévenant, il est peu probable que le bailli aurait travaillé avec moi au projet qui finit par rendre le manoir bénéficiaire.

Depuis plusieurs années, le nombre d'habitants du village ne cessait de décliner. Les jeunes hommes s'évadaient vers les villes, espérant obtenir leur liberté et apprendre un métier. Les jeunes femmes trouvaient des époux travaillant pour des manoirs plus prospères ou partaient habiter en ville avec leurs fiancés. Comme Aviceford était la propriété la moins lucrative de l'abbesse, les autres manoirs débauchaient notre main-d'œuvre. Un lord plus énergique qu'Emont ou un bailli plus sévère que Black aurait peut-être pu arrêter cette saignée mais, en l'état, la population décroissante mettait Aviceford dans une situation encore plus précaire.

« Nous n'avons toujours pas assez d'hommes pour la moisson. Les céréales vont geler sur pied, et encore, si elles ne pourrissent avant », se plaignit Black lors d'une de nos réunions.

L'été et l'automne avaient été pluvieux, ce qui avait repoussé la moisson à l'hiver. Nous avions déjà eu du gel et de la grêle ; la récolte serait inévitablement maigre, et Black était pressé de mettre à l'abri le peu de céréales encore intactes.

« Le manoir peut bien se passer de quelques bras supplémentaires, dis-je.

— J'ai déjà prêté tous les bras dont je pouvais me passer », répliqua Wills. La réorganisation du travail au sein du manoir ne lui plaisait pas. Le manque d'efficacité qui y régnait me dérangeait, mais je n'avais aucune autorité sur Wills pour lui dire quoi faire de ses domestiques.

« Quelques bras supplémentaires ne feraient pas grande différence de toute façon. J'ai demandé de l'aide à Cothay Manor, mais ils affirment se trouver dans une situation tout aussi difficile, répliqua Black.

— Quelle bande de bons à rien, ceux-là, lâcha Wills.

— La pénurie de travailleurs ne fait qu'empirer un peu plus chaque année, fis-je observer.

— Et comment !

— Et si vous arrêtiez de planter des céréales et laissiez l'herbe pousser pour les moutons ?

— Nous ne pouvons pas nourrir les gens exclusivement avec du mouton, dit le bailli.

— Vous pourriez laisser partir la plupart des serfs. D'ailleurs, ils s'en vont déjà.

— Et comment allons-nous survivre sans loyer ni taxes ? »

Je réfléchis à une manière délicate de répondre. Je ne voulais pas avoir l'air d'accuser le bailli de laxisme, bien qu'en vérité il ne fût pas bon pour collecter les sommes dues. « Bien des serfs ne paient pas de temps à autre. Ils affirment qu'ils paieront avec des œufs mais que les poules ne pondent pas, ou bien qu'ils vous donneront l'argent dès qu'ils auront vendu un bœuf. Les revenus n'ont jamais suffi à soutenir financièrement le manoir, et la situation ne fait que s'aggraver. Comme de plus en plus de paysans partent, la terre donne obligatoirement de moins en moins. La seule façon de s'en sortir, c'est de changer entièrement notre manière de procéder.

— Ta solution, c'est de remplacer les paysans par des moutons. J'aimerais bien voir ça ! Des animaux labourant les champs, railla Wills.

— Transformez les champs en pâturages. Les moutons ne paient pas le loyer avec des pièces ou des œufs, mais avec de la laine qui a de la valeur. Ils n'ont jamais de retard dans leurs paiements. Ils s'enfuient rarement. Sur chaque parcelle cultivée par un paysan, nous pourrions élever des troupeaux entiers. Quand trop de moutons naissent, nous n'avons pas besoin de les nourrir puisque ce sont eux qui nous nourriront. »

Le bailli ne fut pas immédiatement convaincu par mes idées mais, en l'espace de trois ans, il avait transformé une partie importante des terres d'Aviceford en pâturages, et la trésorerie du manoir s'en trouva considérablement améliorée. Nous n'eûmes aucun problème pour payer nos dettes, et nous fûmes capables de faire travailler les villageois à la construction de nouvelles granges et au rejointoiement des murs extérieurs du manoir. Ceux qui perdirent leur terrain et ne voulurent pas participer aux travaux de construction partirent travailler dans l'un des autres manoirs de l'abbaye ou dans une des villes voisines. Je suppose que Lottie et Thomas se trouvaient parmi eux, car jamais plus je ne les revis et je n'eus de leurs nouvelles.

Quand Ella eut huit ans, sa marraine vint lui rendre visite. C'était un événement extraordinaire, car l'abbesse ne voyageait que rarement, et après la mort de lady Alba, le manoir n'avait presque plus reçu de visiteur. Auparavant, l'abbesse Elfida avait manifesté son intérêt pour sa nièce en lui envoyant des cadeaux, dont un superbe tableau de la Vierge à l'Enfant que nous suspendîmes au-dessus du lit d'Ella. Cette dernière chérissait ce tableau ; c'était peut-être en partie dû à la ressemblance entre la bienheureuse Madone et sa mère décédée.

Ella avait repris les appartements de lady Alba, et je partageais toujours l'antichambre avec Gisla. Comme il s'agissait des pièces les plus grandes et les plus richement décorées de la demeure, nous les laissâmes à l'abbesse Elfida. Ella dormit avec moi au grenier, et Gisla près de l'âtre dans les cuisines pour réchauffer ses vieux os. Emont était si soucieux du confort de l'abbesse qu'il envoya chercher en ville un nouveau lit de plumes et une nouvelle couette, alors que ceux d'Ella étaient encore en parfait état. Il harcela tant Wills pour les préparatifs que le chambellan en devint fou. Wills s'était laissé pousser une longue barbe roux et blanc, sur laquelle il tirait quand il était anxieux. Je crus bien qu'il allait l'arracher entièrement durant les jours précédant l'arrivée de l'abbesse Elfida.

Elle voyagea avec une suite de dix personnes, dont trois étaient des nonnes. Je ne fus pas témoin de leur arrivée mais, lorsque Gisla vint chercher Ella, elle me dit en haletant que la sainte femme avait voyagé dans un carrosse doré arborant les armoiries de la Maison Wenslock. En mettant pied à terre, l'abbesse demanda à voir sa filleule. Gisla se joignit à nous, car elle ne voulait pas manquer un des rares moments d'effervescence à Aviceford Manor.

L'abbesse s'était installée dans l'un des fauteuils au dossier haut qui se trouvaient près de la gueule noircie de l'âtre dans le grand hall, Emont assis face à elle. Deux nonnes encadraient mère Elfida, surveillant la pièce comme si elles s'attendaient à voir des barbares jaillir des tapisseries. Gisla et moi poussâmes doucement Ella vers sa marraine. J'avais appris à Ella à faire la révérence et à baiser la main de l'abbesse, et elle suivit mes instructions à la lettre. Bien que de nature réservée, Ella n'avait pas une once de timidité, et elle était douée pour respecter les règles. Elle était toute petite, ce qui la rajeunissait beaucoup et lui donnait un air particulièrement intelligent et digne pour son âge. L'abbesse en fut charmée.

« Quelles excellentes manières ! » dit-elle. Sa voix était cristalline et résonnait légèrement. « Quel âge as-tu maintenant ?

— J'ai huit ans, ma mère.

— Et connais-tu tes prières ?

— Oui, ma mère.

— Quelles sont les sept vertus catholiques ?

— La foi, l'espérance, la charité, la justice, la prudence... » Ella marqua une pause et fronça les sourcils. Il lui arrivait de se fâcher lorsqu'elle ne se rappelait pas quelque chose qu'elle avait appris. Depuis l'autre bout de la pièce, où Gisla et moi observions la scène, je retins mon souffle.

« ... la force et la tempérance. » Ella sembla contente d'elle.

« Tout à fait. Et peux-tu réciter le Notre Père ? »

Ella récita la prière en latin de sa voix chantante.

« Quelle fillette intelligente ! Qui lui enseigne ses leçons ? demanda l'abbesse à Emont.

— Sa nourrice, Agnès.

— Ce doit être une nourrice remarquablement instruite pour lui apprendre les prières en latin.

— Je crois qu'elle a reçu son enseignement dans votre abbaye, ma mère.

— Elle a été notre élève ? Dans ce cas, pourquoi donc travaille-t-elle en tant que nourrice ?

— Ce n'était pas une élève, ma mère. Agnès a travaillé pour votre mère. Elle a épousé votre pupille. » Durant nos années ensemble, Emont avait appris presque tous les détails de mon passé.

Mère Elfida plissa les yeux pour me regarder dans la pénombre où je me trouvais. « Bien sûr. Je t'ai envoyée ici pour servir de femme de chambre à ma sœur. Je croyais qu'Emont t'avait trouvé un mari, depuis tout ce temps. »

Je m'avançai dans la lumière et fis la révérence. « Révérende mère.

— Tes filles suivent-elles toujours notre enseignement ?

— Oui, ma mère. Je vous en suis très reconnaissante.

— Je suppose que c'est à propos : tu enseignes ses prières à ma filleule, et je fais de même avec tes filles, dit-elle avant de se tourner vers Emont. Il faudra à présent lui trouver un vrai tuteur. Ce n'est plus un bébé.

— Oui, bien entendu, ma mère. »

L'abbesse se tourna à nouveau vers Ella. « Tu as très bien récité ton Notre Père. Demain, je t'apprendrai les quinze promesses du rosaire. Ton père va te chercher un véritable enseignant en ville, maintenant que tu es une grande fille. Il est l'heure d'aller te coucher, et je parlerai avec toi à nouveau demain. » Mère Elfida agita la main dans ma direction. « Tu peux disposer. »

Cette nuit-là, Ella et moi dormîmes dans les combles de l'aile sud du manoir, où l'on avait installé plusieurs paillasses étroites sur des châssis fatigués, faits de cordes et de planches. L'endroit avait hébergé à une époque les domestiques des visiteurs, mais on l'avait laissé à l'abandon depuis la mort de lady Alba. Les rongeurs avaient grignoté les lits et extirpé les rembourrages, dispersant de la paille un peu partout sur le plancher rugueux. Tout était recouvert d'une fine couche de poussière. Je préparai le seul lit qui ne s'était pas encore affaissé pour le partager avec Ella. Lorsque je secouai le matelas, la poussière forma un grand nuage, et lorsqu'elle se dispersa, les derniers rayons du soleil capturèrent les poussières en suspension. Ella les observa avec fascination, tendant la main vers ces rais de lumière, pour attraper de son petit poing ce firmament évanescent.

Malgré les dégâts causés par les rongeurs, l'endroit était confortable. Il sentait le pin, et il n'y avait aucune trace de moisissure ; l'air ici était plus chaud et sec que dans bien des pièces du manoir. Cela ne dérangea pas Ella de céder sa chambre à l'abbesse ou de dormir au grenier, mais elle ronchonna à l'idée de partager une paillasse avec moi. Je tentai de lui laisser assez de place dans le lit, mais nous glissions inéluctablement dans le creux qui s'était formé au centre du matelas. Par chance, les paupières lourdes de la petite se fermèrent bien vite, et elle s'endormit profondément.

Ella s'agita et roula dans son sommeil, s'enveloppant dans un cocon de draps et de couvertures. À chaque fois qu'elle se tournait, sa longue natte ondulait sur l'oreiller comme un serpent doré. Je restai éveillée, frissonnant dans l'air frais de la nuit, tirant sur les couvertures quand j'avais la chance d'en récupérer un bout. La lune bossue grimpa lentement dans la fenêtre, et un hibou hulula au loin. Un papillon de nuit solitaire qui cherchait à s'échapper vrombissait doucement et se cognait contre la vitre, jetant à maintes reprises son corps contre le verre inflexible dans sa quête de liberté. J'essayai d'imaginer Charlotte et Matilda assoupies à l'abbaye, la lune éclairant leurs visages. Bien entendu, à cette époque de l'année, les volets seraient fermés, ne laissant entrer qu'un petit faisceau de lumière.

Le visage d'Ella sous la lune était d'une ineffable beauté. Je me tournai vers le mur et fermai les yeux. Au bout de ce qui me parut une éternité, je m'endormis à mon tour.

L'abbesse Elfida séjourna au manoir une semaine, durant laquelle Emont réussit à maintenir une apparence de sobriété. L'abbesse s'entretint quotidiennement avec Ella afin de poursuivre son éducation religieuse. Le matin de son départ, elle se joignit à la réunion entre Emont, le bailli et le chambellan. Quand elle se rendit compte que j'avais l'intention d'y assister aussi, les légères rides de son front se creusèrent. Elle se tourna vers Emont : « Que fait-elle ici ?

— Agnès a bien aidé pour les comptes, révérende mère, dit Emont après s'être éclairci la voix.

— La nourrice de votre enfant tient vos livres de comptes ? s'étonna mère Elfida.

— Eh bien, ce n'est pas tant qu'elle les tient... » Je voyais bien qu'Emont se maudissait de ne pas avoir anticipé sa réaction. La surprise de l'abbesse était similaire à celle du bailli des années auparavant, mais nous nous étions tous si bien habitués à mon rôle que nous avions oublié à quel point c'était peu conventionnel.

« Que fait-elle alors, si elle ne tient pas vos comptes ?

— Elle est douée pour les chiffres, révérende mère. Elle relève les erreurs. »

L'abbesse sembla réfléchir un temps. Elle s'adossa à son fauteuil et agita sa main avec impatience. « Poursuivez, dans ce cas. Je vous écoute. »

La réunion fut des plus banales et se déroula sans incident ; mère Elfida posa quelques questions, mais les réponses ne semblaient pas vraiment l'intéresser, et les affaires furent vite expédiées. Après que le bailli se fut agenouillé et lui eut dit au revoir, l'abbesse me demanda de rester avec elle et Emont. Elle posa ses petites mains sur ses genoux et me regarda placidement. « Tu as été une bonne nourrice pour Ella, mais elle est à présent trop grande pour avoir une nourrice. Il est temps pour Emont de te trouver un mari. Tu es encore assez jeune pour avoir d'autres enfants. »

La terreur que je ressentis se lut également sur le visage d'Emont. Il en était venu à s'appuyer sur moi non seulement pour l'administration du manoir, mais aussi comme sa seule compagnie. Par manque de confiance, Emont se sentait mal à l'aise avec ses pairs et se méfiait de ses domestiques ; les conventions masculines le décontenançaient et il se méfiait des ruses féminines. Comme j'étais directe et ne le jugeais pas, et qu'Ella l'aimait sans réserve, elle et moi étions les seules personnes qu'il voulait à ses côtés.

Emont répondit d'une voix tendue : « Je suis certain que nous pouvons trouver du travail à Agnès ici au manoir une fois qu'Ella aura un tuteur. La petite s'est attachée à elle, ma mère. Ce serait vraiment dommage de les séparer. »

Je n'avais pas vu beaucoup de preuves de l'attachement d'Ella envers moi. De toute façon, la déclaration d'Emont n'amadoua pas l'abbesse.

« Raison de plus pour lui trouver un mari. Il n'est pas dans l'ordre des choses que des enfants s'attachent à ce point à une domestique.

— Révérende mère ? dis-je avant de marquer une pause, attendant que l'on m'autorisât à parler.

— Oui ?

— Je crois, ma mère, que vous avez été satisfaite des revenus provenant d'Aviceford Manor ces deux dernières années ?

— C'est exact.

— Mes efforts ont aidé à augmenter ces revenus, ma mère, et je serais heureuse de continuer à apporter mon aide en fonction des besoins. »

L'abbesse, agacée, haussa les épaules. « J'apprécie tes services, mais il s'agit là du travail réservé à la châtelaine. Nous trouverons quelqu'un de convenable d'ici peu, j'en suis convaincue. » L'abbesse Elfida adressa un regard désapprobateur à Emont avant de se lever, indiquant ainsi que la discussion était terminée. « Tu pourras rester avec Elfida jusqu'à l'arrivée de son tuteur. Je vous en enverrai un de la ville. »

Une fois l'abbesse et sa suite reparties pour Ellis Abbey, Emont vint me chercher. J'avais tout juste couché Ella dans sa chambre habituelle et je lisais mon psautier à la lumière d'une bougie dans l'antichambre. Gisla dormait déjà quand Emont ouvrit la porte et me demanda de le suivre. Quelqu'un qui l'aurait moins bien connu n'aurait peut-être pas remarqué son pas légèrement hésitant ; il était évident qu'il avait compensé sa semaine de relative abstinence au dîner.

Je suivis Emont dans le couloir qui menait à ses appartements. La porte était ouverte, et la lumière vacillante du feu guida nos pas. Une fois à l'intérieur, il referma la porte et s'enfonça lourdement dans le fauteuil près de l'âtre. Il faisait bon dans la pièce, alors je défis mon châle.

« Cette femme ferait mieux de rester à l'abbaye et de laisser les lords s'occuper des affaires manoriales. Je vais trouver un moyen de te garder à mes côtés. »

Je regardai les flammes danser dans le foyer. Les restes calcinés d'une bûche s'affaissèrent dans une nuée d'étincelles orange.

« Tu resteras de toute façon avec nous jusqu'à l'arrivée du tuteur. Nous te trouverons alors un nouveau poste ici au manoir. L'abbesse Elfida n'aura pas besoin de le savoir, dit-il d'une voix pâteuse.

— Ce sera difficile de garder le secret si je continue à aider pour les comptes.

— Tu pourrais me faire part de ton avis en privé. Personne d'autre n'aurait besoin d'être au courant.

— Vous pensez que les domestiques ne cancanent pas entre eux ? Que le régisseur de l'abbesse ne transmettra pas ces potins à sa maîtresse si elle lui demande de mes nouvelles ? Et elle a bien l'intention de vous trouver une nouvelle femme. Quelle épouse tolérerait mon ingérence ? »

Emont grogna et appuya sa lourde tête entre ses mains. « Que veux-tu que je fasse ? »

Je me sentais abattue. Tout ce que j'avais fait de bien dans ma vie m'était arraché. J'avais fait renaître de leurs cendres la taverne et le manoir, et l'abbesse me les avait retirés d'un simple claquement de doigts. Je lui reprochais la perte de mes filles. Je la détestais.

« Il n'y a rien à faire », dis-je sans conviction. J'étais trop découragée et désespérée pour pleurer.

Emont dégagea la mèche de cheveux qui lui cachait le visage. Son regard brillait d'une folle intensité.

« Tu pourrais travailler à la buanderie.

— Et ensuite ? Boire de la bière avec vous le matin ? Devenir votre putain ? » Le souvenir de l'avilissement d'Elisabeth me souleva le cœur.

« Je... Je ne supporte pas l'idée que tu partes. » Il avait l'air angoissé.

Une idée effrontée me traversa l'esprit. Il y avait peut-être un moyen pour moi de rester. J'avais besoin d'un mari, et Emont avait besoin d'une épouse. En imaginant l'impossible, ma respiration s'accéléra et avant que j'eusse pu ravaler mes mots, je m'entendis lui dire : « Vous pourriez m'épouser. »

Emont renversa la tête en arrière et éclata d'un rire mêlant amusement aviné et amertume. « T'épouser ? Et pourquoi pas épouser mon cheval.

— Pourquoi pas ?

— Pourquoi pas ? As-tu perdu la tête ? Tu es une domestique, et je suis le fils de lord Henry Vis-de-Loup.

— J'ai été mariée à un fils de chevalier. J'assume déjà les fonctions de châtelaine, et je le fais bien. Je ne suis plus toute jeune, mais je peux encore donner la vie pendant au moins une décennie. Sinon, qui d'autre allez-vous épouser ? » Je savais qu'il ne voulait pas d'une nouvelle épouse. La plupart des femmes le déconcertaient, et il avait trop honte de sa vie pour y faire entrer une inconnue. C'était moi qu'il voulait à ses côtés.

« L'abbesse sera scandalisée. Tu n'es même pas issue de la haute bourgeoisie.

— Elle va peut-être grincer des dents, mais que pourrait-elle bien faire ? Vous êtes le père de sa nièce et filleule bien-aimée. Elle ne vous reprendra pas le manoir. Elle ne peut pas vous nuire sans nuire également à Ella.

— Tu es complètement folle. C'est de la folie pure. »

Je m'agenouillai devant lui et tendis la main pour lui caresser les lèvres du bout des doigts. Mon châle glissa de mes épaules, découvrant mes bras nus. Emont avait les yeux braqués sur moi, pleins d'un désir confus. Enhardie, je pris son visage entre mes mains et l'attirai à moi jusqu'à faire toucher nos lèvres. Son souffle était chaud, comme s'il était fiévreux, et empestait le vin. Je concentrai mes sens sur la chaleur piquante du feu dans mon dos. Des perles de sueur glissèrent entre mes seins.

Conséquence de sa détermination ou d'une perte d'équilibre, Emont se pencha en avant, pressant sa bouche avec force contre la mienne. Nos dents s'entrechoquèrent sourdement et je titubai en reculant, mon crâne s'arrêtant à un cheveu du foyer en pierre. Emont glissa de son fauteuil et rampa sur moi. Il chevaucha ma taille. Son regard me désirait tout autant qu'il m'implorait. Son poids me coupa le souffle et je fus soulagée lorsqu'il bougea pour coller sa poitrine contre la mienne. Comme il était trop petit pour atteindre ma bouche, il ondula maladroitement, à la manière d'un petit garçon grimpant à un arbre. Ses mouvements firent remonter ma robe jusqu'à mes cuisses. Je restai immobile pendant qu'il plantait des baisers hâtifs sur ma bouche, mais lorsqu'il saisit mon sein, je détournai le visage : « Non, Emont. »

Il grogna, mais se redressa, écrasant mes côtes sous ses hanches. « Viens te coucher. » Il parlait d'une voix rauque. Il se releva en titubant et me tendit la main pour m'aider à faire de même, mais je ne me fiais pas à son équilibre. Je me redressai seule, rabaissant ma jupe de la main.

« Vous n'allez qu'empirer les choses pour nous deux. » Je lui caressai légèrement le bras avec une affection qui n'était que partiellement feinte. En dépit de ses avances maladroites d'ivrogne, il tenait vraiment à moi, et malgré ses privilèges, c'était un homme profondément malheureux.

Emont se pencha en avant et m'embrassa à nouveau. Je pressai brièvement mes lèvres contre les siennes avant de le repousser à nouveau. « Non. Je vous en prie. Pourquoi ne vous allongeriez-vous pas sur le lit ? Je vais défaire vos bottes. Il se fait tard et il est temps pour vous de dormir. »

Emont me regarda avec espoir. Il tenta de me prendre par la main, mais, pour l'éviter, je posai mes doigts sur ses épaules et le guidai vers le lit. Arrivés au bord du lit, il m'agrippa les poignets et scruta mon visage. Son regard était lucide ; peut-être n'était-il pas aussi soûl que je l'avais pensé. Gênée, je fus incapable de croiser son regard.

« Agnès, tu ne ressembles à aucune autre personne que j'ai pu rencontrer. Tu es si intelligente et bonne. Je... J'aimerais tant... »

L'émotion sincère dans sa voix me mit mal à l'aise. Je n'aimais pas l'entendre me décrire comme quelqu'un de bon. Je l'interrompis : « Vous devriez peut-être rencontrer plus de femmes. » J'avais voulu me montrer ironique, mais mes mots furent amers même à mes oreilles.

Emont garda mes poignets un moment, puis il se laissa retomber en arrière d'un air résigné et ferma les yeux. Je défis les lacets de ses bottes lentement, lui racontant une des mésaventures d'Ella ce jour-là. Avant que j'eusse pu terminer, il se mit à ronfler.

Au cours des semaines qui suivirent, Emont se débattit dans ses contradictions. Il ne voulait pas risquer d'offenser l'abbesse Elfida, mais il ne supportait pas l'idée de me voir épouser un autre homme. Il proposa des solutions intenables pour me cacher au manoir, mais même lui comprit que, s'il frayait avec une domestique célibataire, l'abbesse l'apprendrait tôt ou tard.

J'encourageai les sentiments d'Emont en me montrant douce et attentionnée, dans l'espoir de le faire céder, mais mes attentions enflammaient Emont sans le rapprocher d'une décision. Il buvait plus que jamais, et ne supportait plus sa fille, ce qui n'était jamais arrivé auparavant.

Un matin, alors que nous étions assis ensemble dans le grand hall, Ella, en se faufilant sur les genoux d'Emont, renversa sa coupe de bière.

« Descends de là, sale petite bestiole maladroite ! » mugit-il en poussant Ella sans ménagement.

La fillette atterrit sur ses genoux, et elle resta immobile un moment, choquée. Puis elle écarquilla ses yeux ravissants et poussa un cri perçant, un long gémissement aigu. Emont l'attrapa par sa longue chevelure, qu'elle portait lâchée ce jour-là, et la remit sur ses pieds d'un geste vif. Il approcha son visage de celui de sa fille et hurla : « Va pleurnicher ailleurs ! »

Cela mit fin au cri d'Ella, mais elle commença à sangloter. Tremblante, elle s'éloigna de son père. Je me levai pour l'aider, mais Emont m'ordonna de me rasseoir dans un rugissement, alors je me laissai retomber dans mon fauteuil, et la petite partit seule pleurer dans le giron de Gisla.

Emont agrippa les bras de son fauteuil. J'attendis que sa respiration se calmât avant d'oser prendre la parole.

« Vous devriez aller la voir et l'apaiser avec quelques petits mots gentils », dis-je.

Emont ferma les yeux et l'arrière de son crâne heurta l'appui-tête en bois sculpté. Il soupira. « Je sais. Je vais aller la voir.

— Vous êtes un bon père.

— Je suis un père faible.

— La plupart des pères ne montrent pas autant d'affection pour leurs filles.

— Elle est tout pour moi, dit-il d'une voix misérable.

— Elle peut être difficile parfois. »

Emont ouvrit les yeux et me dévisagea curieusement. La couleur de ses yeux était du même bleu-violet saisissant que ceux de sa fille, et je remarquai alors qu'ils avaient aussi quelque chose de l'innocence d'Ella.

« Tu trouves Ella difficile ? »

Ses mots me surprirent, car j'étais convaincue que tout le monde trouvait Ella rétive. « Elle pleure facilement, et c'est une enfant compliquée, expliquai-je.

— Elle est sensible.

— Oui, je suppose que c'est vrai », murmurai-je. Je me repris et lui demandai : « Voulez-vous que j'aille vous chercher de la bière ? Avez-vous besoin d'une couverture ?

— Ne l'aimes-tu pas ? »

Je ne m'étais jamais posé une telle question. Ella était mon travail, mon devoir, tout comme la lessive l'avait été. Elle était particulière, assurément ; une sorte de rêveuse solitaire qui ne jouait pas comme les autres enfants. Elle exigeait le calme et se montrait rigide dans ses goûts. Pourtant, c'était une bonne fille, qui se rebellait rarement et s'en tenait scrupuleusement aux règles autant qu'à sa routine.

« C'est une petite adorable, dis-je.

— La plus adorable de toutes. Un ange. La perfection incarnée. »

Je souris poliment.

« Je suis convaincu qu'elle est la fille la plus belle et la plus intelligente du royaume.

— Sans aucun doute. Certainement la plus belle que j'aie jamais vue. Et elle est loin d'être sotte. »

Après une pause, Emont déclara : « Tu ferais une bonne mère.

— Je suis *déjà* mère.

— Bien sûr, bien sûr. Toi aussi tu as eu des filles autrefois.

— Ce sont toujours mes filles. » Je n'avais pas vu mes enfants depuis quatre ans. Je ne savais pas si elles se souvenaient de moi. Je savais seulement qu'elles étaient en vie, car j'avais supplié le messager de l'abbaye de se renseigner pour moi.

« J'espère que je ne t'ai pas offensée. Je voulais simplement dire que tu t'occupes bien d'Ella.

— Je vais aller vous chercher de la bière. » Je partis pour le cellier, les yeux brûlants.

Les jours s'étiraient, et Emont ne se décidait pas. Il était acculé, cherchant frénétiquement une échappatoire, tout en refusant d'affronter le danger qu'il percevait de tous les côtés. Il était tout simplement incapable d'agir.

Je tentai de lui exposer mon projet de retourner à Old Hilgate. Je pensais qu'il pourrait me donner l'argent pour commencer une nouvelle vie ; j'avais permis au manoir d'éponger ses dettes, et il avait les moyens de se montrer généreux. Depuis Old Hilgate, je pourrais rendre visite à Charlotte et Matilda à l'abbaye.

Emont refusa de discuter de tout cela avec moi. Il tapa du poing sur la table et m'ordonna de me taire et de le laisser réfléchir.

Ella tomba malade, elle eut de la fièvre pendant plusieurs jours. Je me mis bientôt à tousser également et à avoir mal partout, et je fus à mon tour confinée au lit. Ma fièvre disparut et je crus que mon état s'améliorait, mais la toux empira. J'eus des quintes qui me laissèrent à bout de souffle, puis la fièvre reprit de plus belle. Mon flegme s'infecta, avant de devenir sanguinolent, et j'eus peur pour ma vie.

Gisla envoya chercher l'apothicaire, mais le remède ne fit aucune différence. Des rêves agités me poursuivaient dans mes moments d'éveil, au point que je n'arrivais plus à distinguer les songes de la réalité.

J'avais du mal à respirer, et je faisais des cauchemars au cours desquels je me noyais dans un étang couvert d'écume grise et de joncs morts : je m'enfonçais lentement dans les ténèbres. Le fond boueux de l'étang était aussi doux et mou que mon édredon, et plus je descendais, plus il m'engloutissait, jusqu'à se refermer sur mon nez et ma bouche. C'était à ce moment que je me réveillais, prise de haut-le-cœur et luttant pour retrouver mon souffle.

Souvent, à mon réveil, je voyais le visage préoccupé d'Emont flotter au-dessus de moi. Il me frottait le dos ou me mettait en position assise pour calmer ma panique. Bien que je n'en eusse aucun souvenir, Gisla me rapporta ensuite qu'un médecin était venu me faire une saignée, et qu'en partant, il leur avait dit que mes chances de survie étaient nulles.

Emont veilla alors à mon chevet. Il priait, et Gisla me raconta qu'il pleura quand il vit que mes lèvres avaient viré au bleu alors que je suffoquais. Il cessa de boire et de manger, mais lorsque Gisla vit à quel point ses mains tremblaient, elle le convainquit d'avaler au moins un peu de bière.

Je fus malade pendant deux semaines et, une fois que tout cela fut terminé, j'eus autant de mal à me tenir sur mes jambes qu'un chaton sur ses pattes. Emont insista pour me faire boire du bouillon, et il m'aida à remarcher en passant mon bras autour de ses épaules. Je ne l'avais encore jamais vu aussi doux, pas même avec Ella.

Jeûner m'avait beaucoup amaigrie ; je flottais dans mes chemises, et j'eus un mouvement de recul en voyant dans le miroir mon visage devenu si anguleux. Cela m'allait bien – à l'aube de la quarantaine, les rondeurs de la jeunesse avaient laissé place à des traits plus prononcés. Mes joues creusées et l'angle net de ma mâchoire étaient trop austères pour être beaux, mais, avec mes grands yeux bruns, l'effet restait plaisant.

Emont semblait sous le charme. Il me regardait avec une telle intensité que j'en fus gênée et préférai détourner les yeux. Sous l'œil désapprobateur de Gisla, il m'offrit l'un des colliers de lady Alba, et insista pour attacher le fermoir lui-même. Après avoir bien arrangé les pierres, il me tint à bout de bras et me dit que j'étais éblouissante.

Inversant totalement nos rôles, Emont fut ravi de s'occuper de moi, m'apportant du cidre et couvrant mes genoux avec des couvertures. Mon infirmité semblait lui donner une nouvelle raison d'être. Il ne fut jamais aussi joyeux – et sobre – que durant ma convalescence.

Un après-midi ensoleillé, Emont m'enveloppa dans l'un des manteaux de fourrure de lady Alba et m'emmena faire une promenade. La neige avait fondu, laissant des flaques et de la boue, mais la brise portait la promesse de lys et de lilas. Mes jambes étaient encore faibles, le soleil me remonta néanmoins le moral.

« C'est bon de te voir reprendre des couleurs. »

Nous marchâmes un moment dans un silence agréable, son bras frôlant le mien, avant qu'Emont ne s'arrêtât. Il frappa les dalles de son bâton de marche. « Agnès, tu sais à quel point ta compagnie compte pour moi, n'est-ce pas ? »

Je le vis tirer sur sa tunique là où elle formait des plis sur son ventre. Quand son regard croisa le mien, je fus gênée par la vulnérabilité que j'y lus.

« J'apprécie moi aussi votre compagnie, monsieur.

— Monsieur ? Cela fait longtemps que tu ne m'as pas appelé ainsi. » Il s'éclaircit la voix et m'adressa un sourire nerveux. « Tu avais suggéré que nous nous mariions. »

Je suppose que le malaise que je ressentis dut transparaître, car il éclata de rire : « Ne me dis pas que la formidable Agnès s'est transformée en demoiselle rougissante ! »

Mon cœur cognait presque douloureusement dans ma poitrine. « C'est simplement que je ne m'attendais pas à ce que vous parliez de mariage.

— J'ai eu le temps d'y réfléchir.

— Avez-vous accepté de passer outre aux obstacles que cela soulèvera ?

— Ce n'est pas tant cela... » Il fit tourner son bâton un moment. « J'ai découvert que je ne peux pas vivre sans toi. T'épouser est insensé, mais je ne vois pas d'autre solution. Je... Je sais que tu ne partages pas mes sentiments. J'espère cependant que tu ressens un peu d'affection pour moi. Je crois que c'est le cas. Bien entendu, ce mariage serait très avantageux pour toi, comme tu le sais... Et pour moi aussi, bien sûr, car tu es la meilleure intendante que l'on puisse espérer avoir... »

Comme je ne pouvais pas supporter de le laisser continuer, je posai ma main sur la sienne : « Emont, ce serait un honneur pour moi d'être votre épouse. »

Avec une profonde inspiration, il prit ma main et se pencha pour l'embrasser. Il me sourit, les yeux brillants : « Merci, Agnès. Je vais tâcher de me montrer digne de toi. »

La transition contre nature de domestique à fiancée d'un lord ne se fit pas sans accroc. Il n'existe aucun protocole pour briser ainsi les codes. On raconte qu'Ella est passée de la misère à la richesse en épousant un prince mais, en réalité, elle était bien née, même si son père n'était pas riche en comparaison de la famille royale. Le mariage d'Ella sortait de l'ordinaire, certes. Le mien était tout bonnement inimaginable.

Notre isolement à la campagne et le peu de visites que nous recevions étaient une chance, car Emont aurait pu manquer de courage face à la désapprobation de ses pairs. Mais ici, dans ce manoir solitaire d'Aviceford perché sur une colline, avec pour seul voisinage des paysans illettrés, nous n'entendîmes que les réprobations de Gisla et, bien entendu, d'Ella.

J'annonçai moi-même la nouvelle à Gisla, après avoir mis au lit la petite. Elle me regarda, sidérée. « Qu'est-ce que tu me chantes là ? demanda-t-elle, n'en croyant pas ses oreilles.

— Je vais me marier. Avec Emont.

— Non ! C'est impossible ! s'exclama-t-elle avant de se couvrir la bouche de sa main noueuse.

— C'est la vérité. Nous sommes fiancés.

— Le maître doit épouser une noble ! Se marier avec une domestique ? Quel infâme... » Elle chercha les mots pour exprimer son indignation. « Quel infâme scandale ! »

Je posai ma bougie et en allumai une seconde dans le bougeoir mural. La chambre que Gisla et moi partagions n'avait pas de cheminée, mais celle de la chambre adjacente d'Ella nous gardait au chaud.

« J'ai beaucoup fait pour sauver ce navire du naufrage. Le manoir n'a jamais été aussi lucratif. Emont ne s'est jamais si bien porté. Tu sais que j'ai une bonne influence sur lui.

— Oui, c'est vrai, mais ce mariage ? Avec un noble ?

— N'es-tu pas heureuse pour moi ? »

Gisla croisa ses bras osseux. « T'as toujours agi comme quelqu'un d'au-dessus de ta condition. Je te le reproche pas. T'as de l'instruction. Je te reproche pas non plus d'avoir tapé dans l'œil du maître. C'est pas ta faute si t'es née belle. Mais il y a des choses qui s'font et d'autres qui s'font pas, et le mariage d'une servante avec un maître, ça s'fait pas.

— Même si c'est pour le bien du maître ? Et d'Ella ?

— Ce qu'y manque à Ella, c'est une mère de bonne famille. C'est la petite-fille d'un comte et d'un baron. Elle peut pas avoir une paysanne comme belle-mère ! Ça ruinerait sa réputation. Comment son père fera-t-il pour lui trouver un mari ?

— Tu doutes vraiment qu'Ella puisse trouver un époux ? » lui dis-je d'un ton taquin.

L'indignation de Gisla ne put empêcher le tressautement de ses lèvres qui esquissèrent un sourire. Seul un homme aveugle resterait indifférent aux charmes d'Ella. Gisla pinça à nouveau les lèvres avant de dire : « Ça s'fait pas. » Mais la désapprobation dans sa voix était moins prononcée.

« Je comprends tes objections. Cela va complètement à l'encontre des conventions. Je ne mérite pas l'amour d'Emont. Il pourrait bien changer d'avis. Si ce n'est pas le cas, l'abbesse va sûrement interférer avant que nous puissions nous marier, et tu seras satisfaite. » Je savais que Gisla n'appréciait pas l'abbesse, qui avait traité sa sœur, lady Alba, avec froideur. « Nos chances d'arriver jusqu'à l'autel sont infimes, mais d'ici là, j'ai désespérément besoin de ta bienveillance. Nous avons toujours été amies et alliées. »

Agacée, Gisla me fit signe de partir. Elle n'était pas encore prête à capituler, mais elle avait bon cœur et ne resta pas fâchée longtemps. Quelques jours plus tard, elle me dit à quel point elle avait été touchée de voir Emont à mon chevet, quand j'étais malade. Peu après, elle me compara à Asnath, la pauvre orpheline qu'un ange avait habillée pour épouser le prince Joseph d'Égypte. Sans doute inconsciemment, Gisla élabora un récit romantique autour de mon mariage afin de rendre plus acceptable cette situation qui heurtait tant sa sensibilité et son rigorisme. Les histoires que l'on se raconte exercent un si grand pouvoir sur nous.

J'eus beaucoup moins de succès avec Ella. À cause, peut-être, de ma façon de lui présenter la chose, car j'étais d'une inexplicable nervosité. Je lui apportai du pain d'épice pour adoucir son humeur, mais pendant qu'elle grignotait sa friandise, assise sur un haut tabouret, je fus incapable de savoir comment aborder le sujet. L'air gênée, je fis le tour de la fillette avant de lâcher : « Votre père et moi allons nous marier ! »

Ella s'arrêta de manger et me lança un regard circonspect. « Qui allez-vous épouser ? » Le ton détaché de sa voix fluette était déconcertant.

« Nous allons nous marier l'un à l'autre.

— Tu vas épouser mon père ? s'étonna Ella, comme si je lui avais annoncé qu'il m'était poussé des ailes et que j'allais m'envoler vers la lune.

— Oui. Je vais devenir votre belle-mère. »

Le regard d'Ella devint glacial. Elle se remit à grignoter son pain d'épice. J'aurais peut-être dû la laisser seule, mais je voulais m'assurer qu'elle m'avait comprise. C'était une enfant si réservée ; je ne savais jamais ce qui se passait derrière ses jolis yeux.

« Nous allons être une vraie famille, et vous pourrez m'appeler "maman" si vous le souhaitez. Gisla continuera à s'occuper de vous, comme elle le fait déjà », dis-je avec enthousiasme.

Ella m'ignora. Elle mâchait et caressait sa joue de la pointe de ses cheveux en un mouvement circulaire.

« Je ne vous en voudrai pas si vous préférez m'appeler mère. Vous êtes une grande fille maintenant. Je suppose que "maman" doit vous sembler bien enfantin. J'oublie parfois votre âge, comme vous êtes si petite. » Je me sentais idiote, à dire tout et n'importe quoi, mais son silence me déstabilisait. Je m'entêtai : « Ce ne sera pas un grand changement, ce n'est pas comme si votre père épousait une inconnue. Nous allons tous continuer à vivre ensemble, mais cette fois-ci ce sera en famille. »

Une larme coula le long de la joue d'albâtre d'Ella, rapidement suivie d'une autre.

« Oh, non, ma chère enfant, ne pleurez pas. » Je mis maladroitement mon bras autour de ses épaules, mais elle se déroba. Je retirai mon bras et la regardai, impuissante. Elle fixait le sol ; des larmes traçaient des sillons argentés sur son visage et s'accrochaient à ses longs cils.

« Voulez-vous votre doudou ? »

Ella ne me répondit pas, mais j'allai néanmoins le chercher. Me sentant aussi fautive qu'agacée, je me précipitai dans le corridor. Une partie de moi voulait réconforter la pauvre enfant, mais une autre ne voulait qu'une chose : m'éloigner d'elle au plus vite.

Quand je revins avec son doudou, une poupée en argile vêtue d'une robe élégante et d'une couronne, Ella était de meilleure humeur.

« Et si nous allions chercher des perles pour les coudre sur sa traîne ? » demanda Ella. Chaque jour, elle embellissait les vêtements de sa poupée avec des bouts de dentelle ou des broderies.

« Certainement. Nous pouvons en récupérer sur les vieilles robes de votre mère. »

L'expression d'Ella se troubla, mais elle retrouva son calme.

« Même si elle est à présent au paradis, elle régnera toujours dans votre cœur. La mort ne diminue pas l'amour d'une mère. Pas le moins du monde. Elle chérit le moindre de vos cheveux, et elle chante vos louanges aux anges. »

Ella sauta de son tabouret et fit tomber les miettes de sa jupe. « Aide-moi à trouver des perles », dit-elle.

Si Ella ne parla pas du mariage, elle s'accrocha à son père plus qu'à l'accoutumée. Elle s'asseyait sur ses genoux comme un tout-petit l'aurait fait, mangeait dans son assiette, le rejoignait dans son lit le matin.

Ella avait toujours essayé de se soustraire aux leçons que je voulais lui enseigner, mais en tant que nourrice, j'avais pu être insistante. Les fiançailles changèrent notre relation : je perdis le peu d'autorité que j'avais en tant que gouvernante, mais on ne m'avait pas encore donné l'autorité élargie liée au statut de parent. Je regardai avec frustration une Ella désœuvrée qui gâchait des journées entières à ne rien faire, et Emont qui se joignait à elle, l'encourageant à rester allongée près de lui pendant des heures.

« Elle est si jeune, me dit Emont.

— Elle a huit ans. Presque neuf. Je n'étais guère plus âgée quand j'ai commencé à travailler à la buanderie. Si un tuteur finit par venir, il vaudrait mieux qu'Ella sache lire ses prières, au lieu de se contenter de les réciter. »

Ella bâilla et pressa son visage contre l'épaule de son père.

« Elle a toute sa vie pour apprendre à lire. Laissez-la profiter de son enfance. Elle aura bien assez le temps d'être une dame une fois adulte. La lecture ne lui servira pas à grand-chose, de toute manière », dit Emont d'un ton conciliant.

Ses mots m'irritèrent, mais je répondis avec le sourire : « Je sens qu'au ciel lady Wenslock fronce les sourcils.

— C'est l'abbesse Elfida qui les fronce ici-bas. Elle s'assurera de nous envoyer un tuteur. Cette famille fait une fixation sur l'éducation des jeunes filles.

— L'oisiveté est mère de tous les vices.

— L'oisiveté est le droit de naissance d'Ella, sourit Emont en caressant les cheveux de sa fille comme s'il s'agissait d'un animal de compagnie.

— Ella deviendra peut-être la maîtresse d'une grande demeure, et aucun manoir ne se dirige tout seul. Elle aura des obligations, et il serait préférable qu'elle ne s'attende pas à ne rien faire, répliquai-je avec raideur.

— Vous entendez ça, mon ange ? Vous devriez écouter Agnès. Elle sera bientôt votre belle-mère.

— Je ne veux pas que tu te maries, papa, dit Ella en ouvrant grands les yeux.

— Mais vous l'aimez tant, votre nourrice ! » répondit Emont.

Ella enlaça étroitement le cou de son père.

« Elle s'inquiète du changement, dis-je.

— Je ne t'appellerai pas maman !

— Rien ne vous y oblige.

— Et je ne t'appellerai pas mère non plus ! »

J'attendis qu'Emont la réprimande pour s'être montrée insolente, mais il resta muet.

« Vos manières, Ella, surveillez vos manières », dis-je doucement, sachant bien que mes mots tombaient dans l'oreille d'une sourde.

Ella me jeta un regard par-dessus le bras de son père. Comme c'était souvent le cas, son visage demeurait indéchiffrable.

Ce fut Gisla qui réussit finalement à vaincre les réticences de la fillette. Ella était fascinée par les vêtements féminins, une fascination qui dépassait l'engouement habituel des enfants pour les déguisements. Elle triait les robes de sa mère par style, puis par couleur, et elle les modifiait légèrement, épinglant par exemple une jupe pour créer l'illusion de volants, dans un effet étonnamment plaisant. Gisla suggéra qu'Ella pourrait créer sa propre robe pour le mariage. Ce projet fut une double bénédiction, car il occupa l'enfant et détourna son attention du sens de cet événement.

Je poussai Emont à organiser le mariage dans le mois, pour qu'il ne perdît pas courage. Comme nous souhaitions nous unir dans l'intimité de la chapelle du manoir, il ne fut pas nécessaire d'officialiser nos fiançailles ou de publier les bans. Nous informâmes le personnel manorial de nos intentions, et malgré l'indignation de certains, ce fut le soulagement qui l'emporta. Tous ne se réjouirent pas d'avoir une nouvelle châtelaine, mais au moins ils me connaissaient, moi et mes méthodes. Lady Alba ne leur manquait pas, et ils avaient craint que sa remplaçante ne fût pire.

Emont et moi nous mariâmes au début du printemps ; seules Ella et Gisla y assistèrent. Ella était resplendissante dans une robe de soie rose, le collier d'émeraudes de sa mère autour du cou. Gisla enroula ses cheveux en spirale, dans des crépines, provoquant gigotements et protestations, car Ella n'avait pas l'habitude d'être coiffée de la sorte. Elle se tint néanmoins avec fierté et minauda avec bonheur quand nous lui dîmes à quel point elle était belle.

Emont était pâle et tendu, mais il ne montrait aucun signe de regret. Il me fit cadeau d'une belle alliance en or, chose à laquelle je ne m'attendais pas, et il sourit en me la passant au doigt.

Si je n'aurais pas pu espérer meilleur mariage, j'avais encore le cœur lourd. Je n'avais qu'une envie, retourner à Old Higalte, dans ma joyeuse taverne, entourée de mes filles. Même Fernan me manquait, lui qui avait été si fort et solide, en dépit de tous ses défauts. On ne pouvait dire la même chose d'Emont, ou de sa fille si étrange, qui observait le monde de ses yeux limpides tout en gardant ses pensées secrètes. Ces deux-là vivaient dans une passivité et une morosité silencieuses, comme les créatures au corps mou qui habitaient sous les pierres de la forêt.

Le soir de mon mariage, je soupai dans le grand hall pour la première fois, et Ella se joignit à nous pour cette occasion spéciale. Les domestiques évoluaient en silence autour de nous, apportant de quoi nourrir un nombre de convives bien supérieur à nous trois. Emont parla peu ; il avait l'air tendu et mécontent, et il chercha du réconfort dans le vin. Ella, les yeux dans le vague, regardait au loin, en picorant dans son assiette.

Après le souper, Emont se retira dans ses appartements, et je fis de même. J'aurais pu prendre ceux de lady Alba, mais je ne souhaitais pas déloger Ella. Au lieu de cela, je choisis l'appartement le plus modeste, habituellement réservé aux visiteurs. Je n'avais pas encore de femme de chambre pour me déshabiller, alors je m'en chargeai moi-même et rangeai ma robe. J'attendis de m'assurer qu'Emont ait eu le temps de se dévêtir lui aussi, et je traversai le corridor vêtue de ma seule chemise. Emont m'attendait dans son lit. Le feu n'était déjà plus que braises ; quand je levai haut ma bougie, je pus voir les yeux d'Emont briller dans l'obscurité. Je tâtonnai les draps pour me glisser en dessous. Pendant un long moment, Emont resta allongé sur le côté, sa tête reposant dans sa main, à me regarder et me caresser tendrement les cheveux. Il passa ses doigts sur mes côtes et me dit que j'étais trop maigre, mais d'un ton si tendre que je sus que mon corps ne le décevait pas. Juste au moment où je commençai à me demander s'il était trop fatigué pour consommer notre mariage, il tira sur ma chemise, m'intimant de l'enlever. J'obéis. Son membre était au repos à cause de l'excès de vin, et cela demanda quelques efforts pour que s'accomplît notre devoir conjugal, mais quand ce fut terminé, Emont sanglota de soulagement.

Après m'être éclipsée pour retrouver mon lit, je restai éveillée, le regard perdu dans l'obscurité. Je ne serais plus jamais domestique. J'étais à présent Agnès Vis-de-Loup, la lady du manoir d'Aviceford.

18

Les vilaines demi-sœurs

Ma première décision en tant que châtelaine fut de rassembler tous les domestiques dans la cuisine à l'aube. Désormais, ils étaient sous ma responsabilité, et je souhaitais m'assurer de leur obéissance. Je voulais également établir un lien direct avec eux. Ayant observé moi-même la relation que les chambellans entretenaient avec leurs subalternes et leur maître, je savais que l'on sacrifiait souvent la vérité par opportunisme, intérêt personnel ou flagornerie. Je ne souhaitais pas devoir dépendre de Wills pour savoir ce qui se passait en ma propre demeure.

Les commis de cuisine apportèrent du pain et de la bière sous la supervision d'un Wills réticent, qui rassemblait les domestiques encore ensommeillés dans la cuisine. Wills n'appréciait pas ma démarche, qu'il considérait comme une excentricité et une menace pour son autorité.

Ils se rassemblèrent en silence contre le mur du fond, près de la cheminée, bâillant et traînant les pieds. Je lisais la méfiance sur leurs figures éclairées par la faible lueur matinale qui filtrait à travers les puits de lumière encrassés. Ceux qui étaient arrivés de l'extérieur étaient encore trempés à cause de la pluie, et de la vapeur, imprégnée de l'odeur de laine humide, s'élevait de leurs capes. Tout au fond, la lingère essayait de ne pas se faire remarquer, en vain. Elle me fit penser à une marmotte devenue trop grosse, incapable de rentrer à toute vitesse dans son terrier.

« Bonjour. Certains d'entre vous me connaissent mieux que d'autres. Je me présente : Agnès Vis-de-Loup, votre nouvelle maîtresse. » Ma voix résonna sous les hauts plafonds.

Certains hommes m'adressèrent un regard hostile, le visage fermé. Ma détermination vacilla, mais je pris une profonde inspiration et poursuivis : « J'ai l'intention de faire d'Aviceford le plus lucratif des manoirs d'Ellis Abbey. La bonne fortune du manoir améliorera vos conditions de vie, mais rien ne pourra s'accomplir sans vous. »

Les bâillements cessèrent, et tout le monde me regarda avec attention.

« Je vais exiger que vous travailliez dur, et chacun d'entre vous devra me rendre des comptes. Aujourd'hui, j'affranchis de ses devoirs envers le manoir quiconque le voudra. Vous êtes tout à fait libres d'aller chercher fortune ailleurs. Ceux qui choisissent de rester recevront un salaire, qu'ils soient serfs ou affranchis, et ce salaire augmentera ou diminuera selon les revenus du manoir. Travaillez dur et vous serez récompensés. Si vous refusez de participer, personne ne vous retient. J'étendrai la période d'amnistie jusqu'à la fin de cette semaine. »

Un profond silence s'installa. Certains domestiques avaient l'air perdus, d'autres semblaient furieux. Je résistai à la tentation de tordre nerveusement mes mains. J'étais rongée par le doute. J'avais compté sur ces hommes et leur cupidité pour la réussite de mon plan, mais j'avais oublié à quel point ils étaient englués dans leurs habitudes. Pourquoi avais-je été arrogante au point de penser que je pourrais changer la façon dont le manoir avait toujours fonctionné ? Si j'affaiblissais trop l'autorité de Wills et d'Emont auprès des domestiques, je risquais une rébellion. La veille encore, j'étais des leurs, et ils n'étaient pas convaincus de mon autorité.

La bouche sèche, je m'apprêtais à parler pour briser ce terrible silence, quand un homme de forte carrure s'avança : « Combien vous allez nous payer, et qu'est-ce que vous attendrez de nous ? »

Je notai l'absence de déférence dans sa voix. « Jack, c'est bien cela ? Le montant dépendra de la fonction de chacun : entre deux et six shillings par an pour la plupart d'entre vous. Et, les bonnes années, un shilling supplémentaire à la Noël. Ce que j'exigerai de vous, c'est qu'une fois votre propre travail terminé, vous donniez un coup de main pour d'autres tâches, comme la construction de bâtiments, le transport de marchandises, la moisson, la tonte... pour en citer quelques-unes. Les jardiniers ne se tourneront pas les pouces en hiver, pas plus que les commis de cuisine quand nous n'aurons pas de visiteurs. Vous travaillerez dur, mais vous serez récompensés. Plus le manoir fera de profit, plus vous gagnerez d'argent, plus vos logements seront confortables, et plus nous aurons les moyens de garnir vos assiettes de viande. »

Un grondement sourd parcourut l'assemblée. Ma poitrine tremblait à chaque battement de cœur. Jack grimaça et hocha la tête, hésitant, ce qui fit ressortir les tendons de son petit cou épais. Il finit par acquiescer lentement et dire : « Cela me semble honnête. Le travail ne m'a jamais fait peur. » Il se tourna vers ses pairs et déclara : « Ce que dit notre maîtresse a l'air correct. »

Un autre domestique s'avança, un jeune homme à la barbe rousse et à la mine renfrognée. Je ne le reconnus pas. Il lança : « Ce n'est qu'une ruse pour nous faire tous suer sang et eau. Elle a piégé le maître pour qu'il l'épouse, et maintenant elle veut faire pareil avec nous, avec ses trucs de sorcière. » On entendit quelques murmures d'approbation.

Je devais m'imposer, sinon j'allais perdre le contrôle de la situation. Je redressai les épaules pour afficher une assurance que j'étais bien loin de ressentir. Puis, m'inspirant du ton que j'avais si souvent entendu l'abbesse Elfida utiliser depuis son pupitre, je haussai la voix pour qu'elle résonnât clairement jusque dans les renfoncements de la cuisine : « Vous avez une semaine pour partir sans faire de vagues. Mais ne vous y trompez pas. L'insubordination ne sera pas tolérée. Vos efforts seront récompensés, mais les fauteurs de troubles seront fouettés jusqu'à ce qu'une rivière de sang coule de leurs dos. Je n'aurai aucune pitié envers quiconque représentera une menace pour la sécurité de mon manoir. »

Alors que les échos de ma voix s'éteignaient, les premiers rayons de soleil traversèrent les fenêtres et les puits de lumière, chassant le voile gris de l'aube. Je tins bon, faisant baisser les yeux à quiconque croisait mon regard. Le domestique à la barbe rousse serra les poings et grogna, mais il ne dit rien. La majorité gardait les yeux baissés. Je décidai de prendre cela comme une petite victoire. S'ils insistaient pour être des moutons, alors ils seraient au moins *mes* moutons. Je levai mes mains comme en signe de bénédiction et leur dis : « Vous pouvez disposer. »

La lingère se hâta vers la porte, mais Wills l'arrêta, comme je le lui avais demandé. Il retint aussi la seule autre femme parmi les domestiques, une jeune fille maigre et nerveuse au teint rougeâtre, dont le tablier était taché de cendres et les doigts pleins de cloques. Une fois tous les hommes sortis, je m'approchai d'elles. Sous ses boucles grisonnantes qui s'échappaient d'un bonnet informe, Elisabeth me regardait avec méfiance. Son assistante tremblait de peur.

« Wills me dit que tu es obligée désormais de te charger toi-même d'une grande partie du travail à la buanderie, Elisabeth. Cela doit être dur pour toi. »

La lingère pinça sa petite bouche. De fines rides se dessinaient maintenant autour de ses lèvres, et son menton était encadré par de profonds sillons. « J'ai toujours travaillé dur.

— Mes souvenirs sont bien différents. Je vois que tes mains sont toujours blanches et douces, et non pas gercées et pleines d'ampoules comme celles de cette petite. Comment t'appelles-tu, jeune fille ?

— Béatrice, madame.

— Béatrice, dirais-tu toi aussi que la lingère fait sa part du travail ? »

Elle jeta un regard à Elisabeth et me regarda ensuite, l'air paniquée. « Oh que oui, madame. » Elle fixa le bout de ses chaussures.

« Alors je suppose qu'elle pourra s'en sortir sans toi pendant quelque temps ? »

Béatrice sembla encore plus angoissée.

« Tu n'as pas besoin de me répondre. Je sais qu'elle se débrouillera très bien toute seule. Je n'ai pas de femme de chambre, mais jusqu'à ce que j'en trouve une, j'aimerais que tu travailles pour moi. »

Béatrice me fixa, stupéfaite. La lingère commença à protester, mais Wills la fit taire bien vite.

« Combien de temps allez-vous l'éloigner de son vrai travail ? demanda Elisabeth en essayant de cacher sa frustration.

— Aussi longtemps qu'il me plaira.

— Dans ce cas je pars !

— Tu n'aurais pas le courage de partir. De toute façon, je ne t'y autorise pas.

— Vous venez juste de dire que tout le monde pouvait !

— Est-ce ainsi que tu t'adresses à ta maîtresse ?

— Vous avez dit que tout le monde pouvait partir, *madame*, dit-elle entre ses dents.

— Ceci s'applique aux autres. Toi, tu devras gagner ta liberté si tu souhaites partir. » Je me serais volontiers débarrassée de cette femme, mais lui trouver une remplaçante aurait pris du temps et je ne pouvais pas demander à un des hommes de s'occuper du linge.

« Je ne peux pas tenir le rythme à la buanderie sans aide ! »

Je haussai les sourcils.

« *Madame*. » Elle s'étouffa sur le mot.

« Tu feras au mieux. Je crois que tu te souviens de la punition qu'on inflige à qui se montre paresseuse. C'est toi-même qui l'as fixée. »

Le visage de la lingère vira au rouge vif, mais elle ne fit aucun autre commentaire.

« Tu peux disposer », lui dis-je d'une voix doucereuse. Je me tournai ensuite vers Wills : « Montre à Béatrice où sont mes appartements et assure-toi qu'elle sache en quoi consistent ses tâches. Elle retournera à la buanderie une fois que je l'aurai décidé. Elle sera peut-être promue au rang de lingère principale si elle s'acquitte bien de son travail. »

Finalement, seuls deux domestiques quittèrent Aviceford Manor. Celui à la barbe rousse, qui travaillait en cuisine, s'en alla le jour même, et le garçon qui s'occupait des cochons partit le jour suivant. Il y eut d'abord quelques réticences face au changement, mais quand les domestiques reçurent leur salaire, certains pour la première fois, ils s'adoucirent. Nous gérions le manoir plus facilement avec un nombre réduit de serviteurs. Ils donnaient leur avis de bonne grâce, et lorsque nous avions des réunions à l'aube, ils se rassemblaient volontiers autour de la table pour manger du pain et boire de la bière. Wills s'indigna de voir les domestiques s'entretenir directement avec la châtelaine, mais il devait bien admettre que les revenus supplémentaires étaient bienvenus.

Peu de temps après le mariage, l'abbesse Elfida envoya un messager pour nous faire part de son mécontentement. Ceci tracassa Emont, qui noya son inquiétude dans l'alcool, mais je fus trop heureuse pour m'en soucier, car l'abbesse avait également envoyé un cadeau bien plus beau que dans mes rêves les plus fous : elle me renvoya Charlotte et Matilda. Comme je l'avais vexée, elle refusait de poursuivre l'éducation de mes filles. Quand Wills me fit part de cette nouvelle, je dévalai l'escalier, mes pieds touchant à peine le sol. Sur le palier, encadrant le messager, les silhouettes sombres de mes filles se découpaient sur fond de ciel bleu clair. Depuis la dernière fois que je les avais vues, elles avaient bien grandi ; Charlotte faisait presque la même taille que le messager. Matilda n'avait pas perdu sa vieille habitude de se tenir avec les mains sur les hanches, la tête penchée sur le côté.

Quand j'atteignis les dernières marches, je me mis à pleurer, ce qui les troubla et les fit hésiter, mais lorsque je les appelai, elles coururent dans mes bras. Je n'avais jamais été aussi heureuse qu'à ce moment-là, tenant contre moi leurs corps élancés et solides, le visage de Matilda contre mon sein, les bras forts de Charlotte autour de mon cou. Je gardai les filles si longtemps dans mes bras que Matilda commença à gigoter ; je les relâchai à contrecœur et les dévisageai. Elles portaient toutes deux les robes en laine brute de l'abbaye, et un voile simple recouvrait leur chevelure. Charlotte était plus élancée que dans mes souvenirs, ce qui accentuait ses airs de biche. Matilda, qui contrairement à sa sœur n'était pas encore aux portes de l'âge adulte, était robuste, et ses yeux noisette brillaient toujours autant, mais son visage grêlé avait perdu de sa rondeur. Je me tins les mains jointes, des larmes coulant sur mes joues. Charlotte les essuya du bout des doigts et me taquina : « Maman, jamais nous ne pourrions deviner que vous êtes heureuse de nous voir ! »

Après que Wills eut rangé les petites besaces de mes filles, je leur fis visiter le manoir. Je leur racontai qu'à l'âge de dix ans, un petit peu plus jeune que Matilda donc, j'étais venue pour la première fois à Aviceford Manor. Les filles se montrèrent polies, mais le bâtiment ne les impressionna pas ; comparé à l'abbaye, Aviceford était rustique et petit. Elles montrèrent plus d'intérêt pour les appartements privés, en particulier pour la chambre d'Ella. Matilda courut vers le lit à baldaquin et se jeta sur le matelas en plume en poussant un petit cri ravi, pendant que Charlotte s'émerveillait à voix haute du délice que ce serait de dormir sur un matelas moelleux près d'un bon feu dans la cheminée.

Je demandai aux cuisiniers de préparer des tourtes à la viande pour le souper, et pour l'occasion, j'envoyai les jardiniers chercher les premières fraises pour qu'on les servît avec du miel et de la crème épaisse.

Emont était déjà à table, en train de boire du vin, quand nous arrivâmes dans le grand hall pour souper ; il nous accueillit avec amabilité, mais je devinai à son sourire flou qu'il était soûl. Ella s'assit timidement à côté de lui, la tête baissée.

« Ella, voici vos demi-sœurs, Charlotte et Matilda. Vous les avez rencontrées il y a plusieurs années de cela, mais vous ne vous en souvenez peut-être pas », dis-je.

Charlotte s'avança et s'agenouilla près d'Ella, assise sur le banc. « Bonjour ! Tu as un très joli collier violet, dis-moi », dit-elle de cette voix haut perchée qui met à l'aise les jeunes enfants.

Ella avait noué un ruban en satin autour de son cou pour en faire un ras-de-cou improvisé, une parure qui semblait étrange à l'époque, mais qui deviendrait par la suite son signe distinctif. Elle toucha son ruban de façon empruntée et adressa un sourire timide à Charlotte.

Matilda se joignit à sa sœur et plaça un bras autour de ses épaules : « Je m'appelle Matilda. Toi et moi avons joué un jour avec des grenouilles. »

En voyant le visage marqué de Matilda, Ella sursauta et recula sur le banc. Matilda se redressa avec grâce et s'éloigna, alors que Charlotte se retournait vivement pour regarder sa sœur. Matilda lui fit un sourire qui signifiait « Tout va bien », et l'expression de Charlotte s'adoucit. Cela m'attrista de constater que de telles réactions face à l'apparence de Matilda semblaient monnaie courante.

« Asseyez-vous, je vous prie. Je vois que le repas est servi ! » dis-je aux filles.

Nous nous installâmes sur le banc en face d'Ella et Emont, Matilda s'asseyant le plus loin possible de sa jeune demi-sœur. Les domestiques posèrent devant nous une tourte à la viande qui sortait du four ; l'odeur appétissante me fit saliver pendant qu'Emont marmonnait le bénédicité.

« Si je me rappelle bien, vous aimez beaucoup ce plat toutes les deux, dis-je.

— Oh oui ! À l'abbaye, on nous a servi une tourte au chevreuil, avec des dattes et du gingembre.

— C'était délicieux, mais tu te souviens de celle au porc et au lait d'amande ? C'est celle-là que j'ai préférée, déclara Charlotte.

— J'ai bien peur que nous n'ayons ni chevreuil ni lait d'amande au manoir, dis-je, la mine déconfite.

— Peu importe, vraiment, c'est parfait ! Merci, maman », s'empressa de dire Charlotte.

Emont vida la carafe dans sa coupe et fit signe qu'on lui en apportât une autre. « Comment va la despote ? demanda-t-il à Charlotte.

— Je vous demande pardon, monsieur ? dit Charlotte, perplexe.

— C'est merveilleux de vous avoir toutes deux à la maison, intervins-je.

— La mégère, la vieille harpie », précisa Emont, mâchant les deux derniers mots.

Je savais qu'il parlait de l'abbesse Elfida, mais je feignis de ne pas comprendre. « Ella, Charlotte et Matilda peuvent vous parler de certaines des leçons qu'elles ont apprises à l'abbaye, dis-je.

— Oh oui. Jamais nous ne te torturerons avec du latin, mais nous connaissons quelques jolies comptines.

— Tilly était la meilleure de toutes en latin. » Charlotte était fière. « Moi, j'ai reçu le bâton pour m'être trompée dans mes conjugaisons.

— Tu t'en sortais bien, Lottie. C'est Edeline qui ne savait jamais ses leçons. Sœur Anne a fini par en avoir assez de la punir. Peu importait le nombre de coups donnés, Edeline oubliait toujours ce qu'elle devait dire. La pauvre.

— Tu te rappelles quand tu as écrit la réponse sur sa main pour qu'elle s'en souvienne ? Sœur Anne est presque tombée à la renverse tellement elle était surprise qu'Edeline donne la bonne réponse. »

Matilda se mit à rire.

J'avais l'impression qu'un fossé me séparait de mes filles. « Il va falloir vous faire faire de nouvelles robes. Ces tenues grises sont affreuses. Je me rappelle comme elles étaient désagréables à porter.

— Nous y sommes habituées, dit Charlotte en haussant les épaules.

— Oh, puis-je avoir de nouvelles robes moi aussi ? demanda Ella.

— Vous en avez déjà beaucoup.

— Je n'en ai pas de nouvelles.

— Celles que vous avez dans votre armoire vous vont encore pour l'instant.

— Ce n'est pas juste !

— Laissez le petit ange avoir une nouvelle robe », dit Emont. Il embrassa le sommet du crâne de sa fille et lui caressa les cheveux avec maladresse.

« Je vais y réfléchir, dis-je laconiquement.

— Je m'assurerai que vous ayez la plus jolie des nouvelles robes, chuchota-t-il assez fort à Ella, en lui souriant.

— Souhaiteriez-vous vous entretenir avec la couturière, dans ce cas ? »

Emont tapa du poing sur la table. « Je refuse qu'on discute ma décision ! C'est votre faute si ceci s'est produit ! Si on les a envoyées ici ! »

Une sueur froide me picota le front. Je savais que le message de l'abbesse l'avait contrarié, mais je ne voulais pas qu'à cause de lui Charlotte et Matilda ne se sentissent pas bienvenues le premier jour de nos retrouvailles. Elles le regardèrent toutes deux avec les yeux écarquillés, ne sachant quoi penser.

« Tout ceci va se calmer, Emont. Si ce n'est pas le cas, je veillerai personnellement à ce que ça s'arrange.

— Que savez-vous de ces choses-là ?

— Beaucoup de choses. Je ne crois pas vous avoir jamais déçu. »

Emont semblait chercher désespérément une repartie, mais je le devançai : « Ella, vous devriez parler à Charlotte et Matilda de la belle robe que vous avez créée. Je vous en prie, Emont, prenez des fraises. Ce sont les premières de l'année ! »

Les fraises et la crème furent une bonne diversion, et ce que j'avais prévu se vérifia. L'abbesse avait chassé Charlotte et Matilda de l'abbaye comme punition pour mon mariage, mais elle ne prit aucune autre mesure contre nous. Son message m'exhortait à me comporter en bonne gardienne de sa filleule et contenait une menace voilée de représailles si nous la contrarions davantage à l'avenir. Malgré tout, elle ne souhaitait pas nous retirer Ella, et ne souhaitait pas non plus se charger de trouver un nouveau responsable pour s'occuper d'Aviceford Manor, tout particulièrement après que j'eus rendu le manoir lucratif. L'abbesse avait exprimé son mécontentement, mais c'était une femme à l'esprit pratique. Je la comprenais, car nous nous ressemblions sur ce point.

Après le souper, Matilda et Charlotte apprirent à Ella une chanson dans laquelle il fallait taper dans ses mains et claquer des doigts dans un enchaînement élaboré. Les paroles et les erreurs qu'elles faisaient les amusaient. Ella avait des difficultés à suivre, mais elle riait avec elles ; son rire aigu, dépourvu de gaieté et plus fort que nécessaire rappelait le cri d'une pie-grièche. J'aidai Emont à se mettre au lit, et à mon retour Ella demanda si Charlotte et Matilda pouvaient dormir dans sa chambre. Je fus ravie de les voir s'entendre si bien toutes les trois, mais cela m'attrista également que mes filles préférassent dormir avec Ella qu'avec moi.

Je demandai à Béatrice d'ajouter un matelas en plume dans la chambre d'Ella pour Charlotte ; Matilda s'installa dans le petit lit gigogne près de celui d'Ella.

Pendant que j'aidais Gisla avec les draps, Ella montra à ses demi-sœurs la brosse à cheveux nacrée qu'elle avait héritée de sa mère, et Charlotte proposa de lui brosser les cheveux. Je m'attendais à un refus, car Ella ne laissait que Gisla lui toucher les cheveux, mais à ma grande surprise, elle accepta volontiers. Elle s'assit en tailleur sur le lit, sereine, pendant que Charlotte démêlait doucement les nœuds et lissait chacune de ses longues mèches blondes. Matilda était allongée sur le petit lit, invisible à leurs yeux, et elle leur racontait des histoires amusantes sur les nonnes et les élèves de l'abbaye. Je m'attardai afin de pouvoir les entendre moi aussi. Les bougies avaient bien fondu, et même si j'eusse voulu rester et écouter encore leur conversation, je leur dis qu'il était temps pour elles de dormir et leur souhaitai bonne nuit. Charlotte et Matilda m'attirèrent dans leurs bras et me serrèrent fort, avec ferveur, mais Ella baissa la tête, n'offrant à mes lèvres que son front. « Où est Gisla ?

— Elle était fatiguée et je l'ai envoyée se coucher. »

Ella bâilla.

« Bonne nuit, maman ! me dit Matilda.

— Bonne nuit ! » renchérit Charlotte.

En fermant la porte, je les entendis reprendre leur discussion en chuchotant.

En dépit de la maladresse de nos retrouvailles, j'étais aux anges de vivre à nouveau sous le même toit que mes filles. Comme un soupirant terriblement anxieux, j'essayais de leur faire plaisir à la moindre occasion : je faisais préparer leurs plats préférés, leur achetais de nouveaux vêtements et me montrais à l'écoute de tous leurs besoins. Pourtant, malgré mon bonheur, l'inquiétude me rongeait. Si Charlotte et Matilda étaient restées à l'abbaye, elles auraient peut-être pu devenir nonnes, mais mère Elfida leur avait claqué cette porte au nez. La seule alternative était le mariage. Emont aurait déjà bien assez de difficulté à constituer une dot conséquente pour Ella ; je n'étais pas certaine de pouvoir le convaincre de faire de même pour mes filles. Sans lignage ni beauté, je me demandais ce qu'il allait advenir d'elles.

Matilda en particulier me causait du souci. J'avais beau coiffer ses épais cheveux en tresses chatoyantes que je relevais derrière ses oreilles et lui avoir offert un collier en or, rien ne pouvait changer le fait qu'elle était défigurée. Dans ce visage ravagé, ses yeux brillaient d'une vive intelligence et j'essayais de ne voir qu'eux, car sans cet ancrage rassurant, mon regard glissait et se détournait d'une vision qui me fendait le cœur.

Au contraire d'Ella qui, refusant mes leçons, préférait s'isoler avec indolence, Charlotte et Matilda voulaient être tenues occupées. La vie à l'abbaye avait été régentée et les punitions étaient sévères, alors elles s'étaient habituées à travailler dur.

Charlotte ne se rappelait pas grand-chose d'Old Hilgate et Matilda n'en avait aucun souvenir, mais je leur parlais de la taverne et les encourageai à apprendre à brasser. Elles semblaient comprendre l'intérêt d'acquérir ce genre de compétences.

Désormais, nous produisions notre propre bière au manoir et nous vendions le surplus pour augmenter les revenus. J'amenai les filles à la brasserie, qui se trouvait dans un nouveau bâtiment conçu spécialement pour la production de bière, et je les présentai aux domestiques qui travaillaient là. Plusieurs heures par jour, Charlotte et Matilda apprirent à moudre l'orge correctement, à procéder à l'empâtage, à faire chauffer la préparation et à filtrer le moût.

« Ces jeunes filles apprennent vite, déclara le brasseur.

— Elles ont peut-être ça dans le sang. J'ai jadis brassé une bonne bière à la lavande.

— Vraiment, madame ? Jamais j'aurais deviné. »

Il n'y avait aucune insolence dans ses mots ; il était nouveau au manoir et ne m'avait pas connue à l'époque où j'étais domestique.

Lorsque Charlotte et Matilda produisirent leur première cuvée, j'en apportai au souper pour la goûter. Je tendis une coupe à Ella : « Essayez donc cela, ma chère enfant. C'est la première tentative de vos demi-sœurs, assez réussie à mon avis. Vous devriez vous joindre à elles à la brasserie, un de ces jours. »

Ella prit une gorgée et émit un bruit évasif.

Charlotte sourit : « Oui, tu devrais te joindre à nous !

— Ce serait une bonne chose qu'Ella sorte de sa chambre », dis-je à Emont.

Il répondit par un bruit vague qui ressemblait beaucoup à celui d'Ella.

J'insistai : « Ce n'est certainement pas sain pour elle de passer autant de temps seule.

— Son tuteur va bientôt arriver.

— J'ai promis aux filles une partie des profits si elles continuent à brasser. Ella, n'aimeriez-vous pas gagner votre propre argent ?

— Je n'ai pas besoin d'argent, dit-elle en haussant les épaules.

— Mangez vos carottes. »

Ella avait trié et mis tous les légumes de son ragoût sur le bord de son assiette. Elle les poussa avec sa fourchette et déclara : « Je déteste les carottes.

— Ce n'est pas bien de gâcher la nourriture. Regardez, Charlotte et Matilda ont mangé les leurs.

— C'est parce qu'elles les aiment bien.

— Non, ce n'est pas pour cela. On nous a appris à manger tout ce qu'on nous servait, rectifia Matilda.

— Nous devrions être reconnaissantes à Dieu pour tout ce qu'Il nous donne, ajouta Charlotte.

— Dieu a eu une idée idiote quand Il a créé les navets et les carottes : c'est dégoûtant !

— Ella ! Faites attention à ce que vous dites ! Mangez, ou vous n'aurez pas de souper demain.

— Pourquoi me critiquez-vous toujours ? Vous ne leur dites jamais rien à *elles* ! » Elle désigna du doigt ses demi-sœurs assises de l'autre côté de la table.

Je lançai un regard à Emont, mais il se contenta de secouer la tête. « Cela ne fait de mal à personne si elle laisse quelques carottes. Et pourquoi devrait-elle travailler à la brasserie comme une domestique ? Arrêtez donc avec vos plans ridicules, Agnès. Ella est heureuse. Pourquoi devez-vous toujours manigancer quelque chose ? »

Car la malchance n'attend pas les bras croisés que l'on soit prêt à l'affronter, voulus-je répliquer. *Car il n'y aura peut-être pas toujours assez d'argent pour se nourrir. Car le monde ne sera peut-être pas toujours si généreux envers votre précieuse fille.* Je voulais lui dire toutes ces choses, mais je m'abstins.

Un jour, Ella demanda à Gisla d'ouvrir l'armoire où l'on conservait les robes de sa mère. Les rhumatismes de Gisla lui faisaient mal, alors je l'envoyai se coucher et j'ouvris moi-même le meuble. Les tissus sentaient encore fortement la lavande, et l'odeur me ramena à cette chambre sombre et sans air, dans laquelle Ella, accroupie dans l'ombre, avait regardé ce corps sans vie qui lui avait donné le jour. Ella ne parlait jamais de sa mère, et je me demandai à quel point elle se souvenait d'elle.

Ella choisit pour Charlotte une robe sophistiquée, et bien que Charlotte eût presque quatorze ans, âge auquel on ne s'amuse plus à se déguiser, elle accepta de jouer le jeu pour lui faire plaisir. Charlotte était si grande que l'ourlet de la robe ne lui arrivait même pas à la cheville, bien qu'elle fût trop large sur ses épaules et bâillât au niveau du col. La petite Ella disparaissait dans les plis de son vêtement ; ingénieuses, Matilda et Charlotte relevèrent à l'aide d'une ceinture la robe assez haut pour permettre à Ella de marcher et elles roulèrent les manches pour libérer ses mains. Même habillée de façon absurde, Ella était belle. Les filles s'amusèrent jusqu'à ce que Matilda demandât à enfiler elle aussi une robe.

« Tu devrais t'habiller en garçon, lui dit Ella.

— Mais je ne veux pas m'habiller en garçon ! J'aimerais bien mettre une robe bleue, comme ça nous aurions chacune une couleur de la nature. Nous pourrions faire semblant d'être trois grandes dames, toutes sœurs, qui sont emprisonnées. Tu peux être la plus jeune, qui serait si petite qu'elle pourrait se glisser par la fenêtre. Nous pourrions te faire descendre jusqu'au sol. »

Ella fronça les sourcils. Elle n'aimait pas les histoires ni les jeux d'imagination. « Si tu veux. » Elle ne semblait pas convaincue. « Mais tu n'as pas l'air d'une dame. Ton visage est tout crevassé et laid. »

Charlotte bondit aussi vite qu'une vipère, renversant Ella par terre. Elle se tint au-dessus de la petite fille, ses joues mates enflammées, et rugit : « Ne parle plus jamais comme ça à ma sœur ! Tu es un monstre ! Tu devrais avoir honte ! »

Ella avait l'air horrifiée. Son visage se décomposa et elle se mit à sangloter.

Pour séparer les filles, je m'interposai physiquement. J'aurais certainement dû tenter de réconforter Ella, mais son extrême prostration me répugnait. Je l'aidai à retirer sa robe et l'envoyai, toujours en pleurs, trouver Gisla dans l'antichambre.

Je réprimandai Charlotte sans grande conviction. Elle n'aurait pas dû pousser Ella, mais son amour pour sa sœur était un feu purifiant. Ella et son père poussaient comme des champignons, mous. Charlotte avait dégainé quelque chose de pur, une noble loyauté encore inconnue à Aviceford Manor, et je m'en réjouissais.

Cette nuit-là, Charlotte vint se plaindre auprès de moi qu'Ella refusait à présent de les laisser dormir dans sa chambre. Je venais juste de coucher mon époux aviné avec l'aide de deux domestiques, et je n'étais pas d'humeur à arbitrer des querelles de petites filles. Je me rendis à grands pas dans la chambre d'Ella pendant que Charlotte trottait derrière moi pour ne pas se laisser distancer.

« Que se passe-t-il ? » demandai-je en entrant. Ella était assise sur son lit, le menton posé sur les genoux, et Matilda boudait dans un coin.

« Ella dit que nous ne pouvons plus dormir ici ! s'indigna Matilda.

— Ne soyez pas ridicule, Ella ! Où peuvent-elles bien aller sinon ? »

Ella releva le menton. Son visage était de marbre. « Elles peuvent dormir au grenier.

— Ella ! Charlotte et Matilda sont vos sœurs désormais, pas des domestiques. Il va falloir que vous appreniez à partager.

— Ce sont *mes* appartements ! Ceux de *ma* mère !

— C'est vrai, mais les circonstances ont changé. *Nous* sommes votre famille à présent. »

Ella appuya son front sur ses genoux un moment ; quand elle releva la tête, ses yeux brillaient de larmes. Son « D'accord » fut à peine audible, et elle se rallongea, le visage enfoui dans son oreiller.

Je fus soulagée de voir Ella capituler aussi rapidement. Je dis à Charlotte et Matilda d'aller se coucher et retrouvai mon lit, rassérénée.

Le lendemain matin, Ella fit irruption dans mes appartements juste au moment où Béatrice finissait de me coiffer. La tâche avait été longue et douloureuse ; Béatrice venait de la campagne et n'était pas vraiment faite pour être femme de chambre, malgré sa gentillesse et son dévouement. Ella était à nouveau en pleurs, et je n'arrivais pas à comprendre ce qu'elle cherchait à me dire.

« Où est Gisla ?

— Partie... partie chercher du pain.

— Que s'est-il passé ? dis-je dans un soupir.

— Matilda m'a frappée !

— Pourquoi vous a-t-elle frappée ?

— Je ne sais pas ! »

Je me levai et soupirai à nouveau. « Venez, allons parler à Matilda. »

Toujours en chemise de nuit, mes filles étaient blotties l'une contre l'autre et parlaient à voix basse, en colère.

« Que se passe-t-il cette fois-ci ? dis-je avec impatience.

— Elle a pris nos pierres ! dit Matilda en pointant du doigt Ella.

— De quoi parlez-vous ?

— Les pierres que vous nous aviez données ! Elle les a prises ! »

Cela faisait bien longtemps que je n'avais pas pensé à ma collection. Je ne pus retenir un sourire. « Vous les avez gardées ? »

D'une même voix, Charlotte et Matilda répondirent : « Bien sûr ! » Matilda ajouta : « Elles sont précieuses pour nous. »

Ella, qui s'était arrêtée de pleurer entre-temps, intervint : « Je ne faisais que les regarder ! Tu m'as tapée !

— Ce n'est pas vrai ! Je t'ai à peine touchée ! Pleurnicheuse. »

Comme pour appuyer les dires de Matilda, Ella se remit à pleurer.

« Où sont les pierres à présent ? demandai-je, exaspérée.

— Il en manque une. La blanche qui brille », dit Matilda en désignant le lit.

J'inspectai les rangées de pierres sur la couverture. Ella avait formé un carré parfait, les plaçant de la plus petite à la plus grande. Je pris la pierre verte et en caressai la surface lisse avec tendresse. « Où se trouve la blanche, Ella ?

— Je ne sais pas.

— Vous feriez bien d'y réfléchir à deux fois !

— Pourquoi est-ce que c'est moi qu'on gronde ? C'est elle qui m'a tapée !

— Matilda, excusez-vous pour cela.

— Désolée », marmonna-t-elle. Puis elle répéta dans sa barbe : « Je l'ai à peine touchée.

— Matilda !

— Désolée.

— Bien. Où se trouve la pierre, Ella ? »

Elle la sortit de sa poche à contrecœur. Charlotte s'exclama : « Vous voyez ? Elle l'avait volée !

— Je ne l'ai pas volée ! » Ella cligna des yeux pour chasser les nouvelles larmes qui montaient. « Il n'y avait plus de place dans le carré. Et puis, de toute façon, ce n'est qu'un stupide caillou ! »

Matilda se leva et se précipita sur Ella d'un air menaçant. Celle-ci poussa un cri aigu et se réfugia derrière moi.

« Arrêtez ça, toutes les trois ! Je vais vous séparer. Ella, vous irez dormir dans les combles le temps que vous finissiez par vous entendre toutes les trois ! »

Ella tapa de son petit pied, furieuse. « Ce n'est pas juste ! Pourquoi est-ce que je dois dormir au grenier ? C'est *ma* chambre ici ! Ce sont *elles* qui devraient dormir au grenier !

— Car elles sont deux et vous, vous êtes seule. Et puis, vous aimez bien les combles. Nous allons y installer votre lit à plume, et je dirai à Béatrice de dormir là-haut aussi.

— Ce n'est pas juste !

— Quand vous arriverez à vous entendre, vous pourrez redescendre vivre ici.

— Ce n'est pas juste ! » Ella hurlait à présent de sa voix aiguë. « Je vais dire à papa que vous êtes méchante avec moi !

— Ça suffit ! » tonnai-je. Je savais qu'Emont allait passer toute la matinée au lit, malade des excès de la veille. « Votre père dort encore, et vous ne le dérangerez pas ! Maintenant, je ne veux plus vous entendre ! »

Au moment où je sortais de la pièce, Ella se laissa tomber au sol, sanglotant et hoquetant.

Nous installâmes Ella dans les combles le jour même, et au bout du compte, elle s'y installa définitivement. Comme une pie, elle se construisit un nid à partir d'objets colorés et brillants qu'elle récupérait dans la vaste collection de statues et d'objets divers et variés de sa mère. Je fus impressionnée par sa capacité à rendre le lieu confortable et accueillant.

Béatrice dormit avec Ella les premières semaines, mais comme Ella préférait avoir tout l'espace pour elle-même, j'ordonnai à Béatrice de retourner dormir dans les cuisines. Une fois que j'eus trouvé une femme de chambre plus qualifiée, je fis de Béatrice la lingère en chef, au grand désarroi d'Elisabeth. Elle avait de la chance que Béatrice eût si bon cœur, car Elisabeth méritait bien pire. La jeune femme ne trouvait pas le courage d'obliger son ancienne supérieure à travailler, et elle me mentit sur la répartition des tâches. Je finis par engager une nouvelle assistante à la buanderie et envoyai Elisabeth s'occuper des poules et des oies. Je pouvais compter sur le cuisinier pour la faire filer droit.

Comme Gisla n'aimait pas monter l'escalier en colimaçon qui menait au grenier, je pris l'habitude d'aller rendre visite à Ella à l'heure du coucher. J'appris l'emplacement de chaque marche branlante et pleine d'échardes, et celui du linteau tordu au-dessus du dernier virage, afin de pouvoir monter les marches étroites et obscures sans bougie. Passer le seuil du domaine d'Ella donnait l'impression de quitter Aviceford Manor. Un toit haut et pointu couvrait la spacieuse aile sud des combles, et bien que les fenêtres fussent petites, l'espace entier, y compris les chevrons, avait été blanchi à la chaux pour donner aux murs une couleur laiteuse qui réfléchissait la lumière nacrée provenant des fenêtres croisées. Ella avait décoré son lit à baldaquin de bandes fantaisistes en soie pastel, et elle avait accroché une cascade scintillante de morceaux de verre et de miroir entre les colonnes ; l'effet produit était à la fois plaisant et étrange. Des statues ayant appartenu à lady Alba envahissaient le plancher de bois brut. Ella avait principalement choisi des reproductions d'animaux, et elle les habillait de curieux morceaux de vêtements et de bijoux.

Il m'arrivait souvent de trouver Ella en train de chanter ou de fredonner une chanson, semblant se délecter de son isolement. À une occasion, elle s'était lancée dans une discussion enjouée alors que la pièce était vide. C'était le milieu de l'été, et le soleil commençait tout juste à se coucher dans une mer de lumière ambrée. La peau rayonnante d'Ella avait une teinte rosée dans les rayons mourants du soleil, et sa chevelure luisait comme du fil d'or.

« À qui parlez-vous, Ella ?

— À Henrietta.

— Et qui est-ce donc ? »

Ella soupira comme si ma stupidité l'insupportait. « Henrietta la souris. Elle est juste là. »

À ma grande surprise, je vis en effet un rat brun blotti dans un coin. Je poussai un léger cri et il fila sous l'armoire.

« Je croyais que l'on avait rebouché tous les trous du grenier ! »

Ella haussa les épaules.

« Ce sont des bêtes dégoûtantes », dis-je en frissonnant. Je me rappelai comme j'avais détesté devoir dormir par terre dans les cuisines. Les rats grattaient dans les coins une fois la nuit tombée, et dans mes cauchemars ils grignotaient de leurs dents jaunes et pointues ma peau découverte. J'avais en horreur ces voleurs furtifs au dos arrondi.

« Henrietta est gentille. Elle me tient compagnie.

— Je vais demander à Wills de venir inspecter les trous. Ce n'est pas sain pour vous d'avoir des rats qui se promènent en liberté alors que vous dormez. »

Ella fit la grimace et s'enfonça sous ses couvertures. Je déposai un baiser léger sur son front et lui souhaitai bonne nuit. Alors que je partais, Ella me demanda : « Vous n'allez pas faire de mal à Henrietta, n'est-ce pas ?

— Ne soyez pas ridicule, mon enfant. Le monde est envahi par les rats.

— Mais vous n'allez pas lui faire de mal ?

— Même si je le souhaitais, je ne pourrais jamais l'attraper. Les rats sont bien trop rapides et sournois. Dormez à présent.

— Bonne nuit, Maman Ours. » Ella m'avait choisi ce surnom tiré de son histoire préférée. Elle l'utilisait rarement, mais cela me réchauffait le cœur quand elle le faisait.

« Bonne nuit, Ella. »

Le jour suivant, je demandai à Wills d'inspecter le grenier à la recherche de rats. On trouva quelques petites fissures qu'on reboucha, et Wills m'assura que le problème était réglé. Malgré cela, quelques semaines plus tard, je remarquai des crottes de rat sur les draps d'Ella, et quand je lui rendis visite en plein jour, je vis qu'il y avait des miettes de pain et des restes de nourriture un peu partout dans la pièce. Ella les avait nourris. Ce n'était donc pas étonnant qu'ils aient eu l'audace de monter sur son lit.

Je trouvai d'autres crottes au sol, certaines écrasées en traces sombres là où Ella avait marché dessus. Je regardai sous l'armoire. Il n'y avait rien de particulier, bien que l'odeur de noisette, âcre, de rongeurs me soulevât le cœur.

Quand j'ouvris l'armoire, la puanteur m'assaillit. Une paire d'yeux noirs luisants me regardait depuis un nid touffu sur l'étagère du bas. Autour du nid se trouvaient des morceaux de pomme moisis et d'autres tas en décomposition. Le rat se redressa maladroitement, alourdi par une demi-douzaine de petits, roses, qui pendaient de ses mamelles. Leurs yeux étaient complètement fermés, et on aurait dit que leur peau sans poil était à vif et irritée. Les pattes du rongeur griffèrent le bois brut de l'étagère alors qu'il tentait de s'enfuir. Il se tordit brusquement, faisant tomber ses petits, et me fila entre les jambes. Je restai un moment figée sur place, à regarder le tas de petits nus qui se tortillaient. Ils produisaient des cris incroyablement aigus et sinistres.

J'envoyai deux domestiques nettoyer ces saletés. Ils ne trouvèrent pas la mère des rongeurs, mais ils enlevèrent le nid, la nourriture en décomposition et les excréments.

Ella avait dû découvrir juste avant le souper que le nid avait disparu, car elle vint à table tremblante et livide. Elle m'adressa un regard dur et me demanda : « Qu'as-tu fait à Henrietta ? »

Charlotte et Matilda étaient déjà assises à table, les mains posées poliment sur leurs genoux. Elles regardèrent Ella avec curiosité. Emont leva sa coupe de vin et la descendit d'une traite.

« Ella. Ce n'est pas ainsi que vous devez vous adresser à moi. » Elle me parlait encore parfois comme si j'étais sa domestique. « Et vous ne pouvez pas nourrir des rats dans votre chambre ! Je ne comprends pas comment vous pouvez vivre dans de telles conditions.

— Henrietta est mon *amie*. Est-ce que vous l'avez tuée ? dit-elle, les larmes envahissant ses yeux couleur améthyste.

— Vous n'avez pas le droit de nourrir des rats ! Votre chambre était d'une saleté révoltante.

— Papa ! Dites-lui de laisser Henrietta tranquille !

— Dites-lui de laisser Henrietta tranquille ! l'imita doucement Matilda d'une voix de bébé zozotant.

— Elle a tué Henrietta ! s'écria Ella d'une voix véhémente.

— Qui est Henrietta ? » demanda Emont, las. Il n'avait que peu de patience pour les disputes et voulait voir la paix revenir aussi vite que possible.

« Henrietta est un rat. Ella en a fait son animal de compagnie, expliquai-je.

— Cela me semble assez inoffensif.

— Au contraire ! Les rats sont une peste. »

Emont se frotta le front avant de remplir sa coupe à nouveau. « Très bien. Ella, excusez-vous auprès d'Agnès pour que nous puissions souper. »

Ella était outrée. « C'est à *elle* de s'excuser ! » Elle avait les joues rouges et elle haletait. « Henrietta était mon amie ! » Elle éclata en sanglots et quitta la table en courant.

Emont l'appela sans grande conviction. Il n'aimait pas devoir discipliner sa fille, et ses larmes le faisaient toujours fondre. Je secouai la tête en le regardant, irritée. Le comportement d'Ella devait être dompté, mais Emont n'était d'aucune aide.

Charlotte et Matilda échangèrent un regard lourd de sens. Je soupirai et tapotai le dos de la main d'Emont. « Devrais-je demander qu'on nous serve le souper ? » dis-je.

19

Cendrillon

Ella n'aimait pas avoir un tuteur. Elle trouvait fatigante la discipline qu'impliquaient les leçons ; si cela ne tenait qu'à elle, elle aurait passé son temps à trier des boutons ou blottie dans un coin, à regarder le plafond. Contrairement à la plupart des enfants, Ella ne se cherchait pas souvent des camarades de jeu ou des distractions, mais elle ne se plaignait jamais de s'ennuyer quand elle avait la possibilité de rêvasser.

Si elle n'aimait pas les leçons, c'était néanmoins une bonne élève, obéissante qui plus est. Vive d'esprit, elle avait une mémoire prodigieuse. Elle parlait couramment latin et français, et elle pouvait réciter à toute allure les noms de tous les membres des familles royales du monde civilisé. Elle s'exprimait avec une drôle de cadence à l'époque, mais cela s'était estompé avec l'âge.

Son tuteur, le frère Joachim, avait été personnellement choisi par l'abbesse Elfida. Il avait une barbe argentée, des yeux bleus enjoués, et il déjeunait souvent avec nous. À table, il racontait avec entrain des récits historiques ou relatifs à des figures bibliques.

Charlotte et Matilda finirent par s'attacher à lui, et pendant un temps je les fis assister aux leçons qu'il donnait à Ella.

« Une devinette, une devinette ! » demandaient les filles au dîner.

Frère Joachim grattait alors son crâne rasé et faisait semblant d'être décontenancé. « Mon vieux cerveau n'en connaît pas d'autres !

— S'il vous plaît, frère Joachim, une autre ! » le suppliait Matilda. Elle était toujours la plus forte à ce jeu.

« L'une a la peau sombre, les deux autres ont la peau blanche ; l'une est petite, les deux autres sont grandes : combien de fillettes tourmentent ce pauvre vieux professeur pour qu'il leur pose des devinettes ?

— Ha ! vous vous moquez de nous, frère Joachim ! De toute façon, nous ne sommes que deux à vous tourmenter, car Ella n'aime pas les devinettes. »

Des rides se dessinèrent autour de ses yeux quand le moine sourit à Ella. « Qui est la plus belle du royaume ?

— Ce n'est pas vraiment une devinette, et peut-être n'est-ce pas une bonne idée d'enseigner la vanité aux enfants », dis-je sèchement.

Ella eut l'élégance de rougir. « Je ne suis pas bonne pour les devinettes. »

Frère Joachim lui répondit avec gentillesse : « Vous êtes douée pour beaucoup d'autres choses. Laissez-moi réfléchir à une devinette... *On me dit que quelque chose grandit dans sa poche, gonfle et se lève, soulève ce qui la cache. Une fière mariée s'est emparée de cette merveille d'abord molle, la fille d'un roi couvrit cette chose gonflée d'un linge.* »

Je sentis la chaleur me monter aux joues et j'évitai de croiser le regard du tuteur. Je me demandai s'il me taquinait à cause de ma critique précédente. Heureusement, les filles ne comprirent pas le double sens.

« Une graine qui germe ? demanda Charlotte.

— De la pâte à pain ! annonça triomphalement Matilda.

— Oui, chère enfant, de la pâte à pain. Allez, une autre : *Sur la route un miracle : ce qui était liquide se durcit.*

— La glace, dis-je doucement.

— Maman ! Vous avez tout gâché ! » me reprocha Matilda.

Frère Joachim me regarda de ses yeux bleus perçants. « Oui, madame. La glace. »

Ce fut avec lady Rohesia, cousine issue de germains du côté de sa mère, qu'Ella s'initia au maintien, à la musique et à la danse. C'était une femme austère et imposante dont la stérilité et le veuvage étaient gravés sur son visage taillé à la serpe. Plusieurs fois par an, elle passait une semaine au manoir, faisant bien comprendre que sa tâche était bien en deçà de sa condition. Lady Rohesia ne donnait pas ces leçons à Ella par charité, mais parce que sa rente dépendait de l'abbesse Elfida.

Les leçons de maintien firent d'Ella la créature élégante qu'elle est aujourd'hui. Sa grâce bien connue n'est pas innée : c'est le résultat d'un travail assidu. Elle dut apprendre à conserver un air placide en toute circonstance et à se tenir bien droite. Aucun détail n'était à négliger ; elle apprit même à baisser les yeux, juste à la bonne hauteur. Bien des gens seraient surpris de savoir que la danse ne lui vint pas non plus naturellement, mais elle perfectionna ses mouvements durant des heures d'entraînement, ce qu'elle détestait.

Ce fut lady Rohesia qui informa l'abbesse que mes filles assistaient aux leçons d'Ella. Frère Joachim reçut une lettre lui interdisant de prendre du temps réservé à son élève pour le profit de ses demi-sœurs. Je tentai de poursuivre l'éducation de Charlotte et Matilda seule, mais leurs connaissances dépassaient déjà les miennes. Heureusement, frère Joachim avait apporté plusieurs livres pris dans la collection de lady Wenslock à l'abbaye, et lorsque Ella n'en avait pas besoin, nous nous faisions la lecture entre nous. Elles lisaient mieux que moi, mais je m'améliorai à force de pratique. Écouter la voix claire et riche de Charlotte, tresser la douce chevelure de Matilda, regarder le soleil de fin d'après-midi briller sur la corniche dorée des appartements des invités – ce furent là de doux moments.

Quand Ella eut douze ans, lady Rohesia l'emmena à la ville pour être présentée à la cour. Elles s'absentèrent un mois, ce qui rendit Emont plus agité qu'à l'accoutumée. Il était exceptionnellement attaché à sa fille, qui continuait de venir le voir tous les matins dans sa chambre. Ella aimait sauter sur son lit et se blottir contre son ventre rond et mou ; parfois elle lui racontait ses leçons, mais la plupart du temps ils se contentaient de rester allongés ensemble en silence. Je dis à Emont qu'elle était trop grande pour se comporter de la sorte, mais il se contenta de hausser les épaules. Ella faisait bien plus jeune que ses douze ans, par son apparence et son comportement, et cela convenait très bien à son père.

Au retour d'Ella, Emont demanda au cuisinier de préparer les plats préférés de sa fille, dont de la tourte au pigeon. Une fois que nous fûmes tous autour de la table, Emont accueillit Ella en portant un toast. Ses demi-sœurs avaient hâte de la presser de questions ; Charlotte voulait tout savoir des gens qu'elle avait rencontrés à la cour.

« Oh, j'ai rencontré tant de personnes, répondit vaguement Ella.

— Venaient-elles d'ailleurs ? » Charlotte voulait savoir s'il y avait des femmes en ville qui avaient le teint aussi foncé que le sien.

« Il y avait un homme avec un drôle d'accent. Il m'a donné un panier de douceurs.

— As-tu vu la reine ? Ou la princesse Anne ? »

Ella prit une nouvelle bouchée avant de répondre. « J'ai vu la reine. Et je ne sais pas qui parmi les princesses. Je n'ai pas la mémoire des noms.

— Et les robes ? Elles devaient être magnifiques ! » s'enquit Matilda.

Ella avait toujours montré un vif intérêt pour la confection des robes, elle répondit donc avec bien plus d'enthousiasme qu'auparavant. « Oui, j'ai vu les robes les plus saisissantes ! Ma préférée était bleue avec des entailles dans les manches qui laissaient apparaître en dessous de l'argent, embellie par une petite traîne vaporeuse. Oh, et il y avait tant de velours ! Du velours de soie, égayé par un brocart fleuri et des finitions incroyables. Oh, et beaucoup de tuniques avaient dans le dos des motifs brodés de fil doré... Qui aurait pu imaginer une chose pareille ?

— Et les repas ? Cela devait être divin !

— Charlotte, laissez Ella prendre son dîner », intervins-je.

Ella enfonça sa cuillère dans sa tourte au pigeon. « La nourriture normale me manquait. Je ne veux pas y retourner.

— Tu es folle », dit Matilda. Elle se pencha brusquement en avant, les longues boucles de ses nattes trempant presque dans son bol. « Je donnerais tout pour aller à la cour. As-tu vu les princes ? On dit que le prince Henry est charmant et très beau.

— On dit aussi que c'est un débauché », dis-je d'un ton acerbe.

Les filles m'ignorèrent.

« Jamais on ne t'inviterait à la cour », dit Ella à Matilda, réaliste, mais manquant de diplomatie. « De toute façon, tu ne t'y plairais pas. C'est l'endroit le plus ennuyeux de la terre. Les gens ne font que parler, parler, parler.

— Cela me plairait de parler aux gens. J'apprécie la compagnie, répliqua Matilda, sur la défensive.

— Eh bien, tu ne pourrais pas t'intégrer, et les gens ne feraient que te dévisager.

— Ne fais pas attention à elle, Tilly. Les conversations intéressantes l'indiffèrent. Vu sa façon de ne pas tenir en place et de rester à regarder dans le vide, ils ont probablement dû penser qu'elle était idiote.

— Charlotte ! Demandez pardon à Ella ! » Je voyais la colère assombrir le visage d'Emont, et je voulais couper court à toute nouvelle dispute.

Ella lâcha bruyamment sa cuillère. « C'est faux ! Lady Rohesia m'a dit que tout le monde avait déclaré que j'étais la plus belle et la plus charmante demoiselle qu'ils aient jamais vue. Tu es juste jalouse ! »

Matilda grogna et je levai la main en m'écriant : « Ça suffit ! Vous savez bien comme vos querelles contrarient sir Emont. N'oubliez pas vos bonnes manières ! »

Ella lança un regard penaud à son père, et le froncement de sourcils de ce dernier disparut. Il adressa à sa fille un sourire plein d'adoration. « C'est bien *vous* la plus belle fille du royaume, et la plus gentille. Dites-moi à présent ce que vous pensez de la tourte. J'ai demandé au cuisinier de la préparer juste comme vous l'aimez ! »

Ella rapporta de la ville plusieurs robes élégantes commandées par lady Rohesia et payées par l'abbesse Elfida. Ces robes étaient savamment froncées et plissées, et certaines avaient de la dentelle sur le corsage et les poignets. La propreté n'étant pas au nombre des qualités d'Ella, je craignais que, par négligence, elle n'abîmât ces vêtements coûteux. Je lui demandai de les plier avec soin et de les garder dans l'armoire de sa mère.

Un matin, Béatrice passa devant moi avec une brassée de linge sale, et j'aperçus l'une des robes d'Ella. Elle avait été taillée dans un tissu moiré chatoyant, d'un bleu turquoise, qui scintillait comme des vaguelettes à la surface de l'eau. Je fis attendre Béatrice et j'envoyai un autre domestique chercher ma belle-fille.

Ella descendit l'escalier en sautillant, ravie qu'on l'eût libérée de son cours, mais elle ralentit le pas quand elle vit mon expression.

Je désignai la robe qui se trouvait dans le tas de linge. « Qu'est-ce que ceci ? demandai-je d'un ton égal.

— Une robe, madame ma mère. » Ella veilla à se montrer polie, mais n'avait pas l'air contrite.

« Et que fait votre robe au milieu du linge sale ? Vous n'avez eu aucune occasion de la porter.

— La lingère a dû la prendre par erreur, dit-elle en haussant les épaules.

— Croyez-vous que Béatrice passe son temps à fouiller dans votre armoire ? »

Béatrice commença à nous raconter qu'elle avait trouvé la robe par terre, mais Ella l'interrompit. « Comment pourrais-je savoir ce qu'elle fait de ses journées ? De toute façon, cette robe a besoin d'être nettoyée et repassée, et Béatrice pourra la remettre dans l'armoire.

— Vous estimez donc n'avoir rien fait de mal en laissant votre robe en tas à même le sol poussiéreux, comptant sur Béatrice pour la nettoyer, la repasser et la plier pour vous ?

— Je n'aurais pas dû laisser ma robe traîner par terre. Je me rappelle maintenant que vous m'aviez demandé de ne pas le faire. Je suis désolée, Maman Ours. Mais c'est son travail. Pour quelle autre raison aurions-nous des domestiques ?

— Ne comprenez-vous pas à quel point Béatrice travaille dur ? »

Ella haussa les épaules et bâilla.

« Venez avec moi ! » J'agrippai Ella par le poignet et elle écarquilla les yeux. Je la traînai le long du corridor qui menait à la buanderie.

« Lâchez-moi ! » gémit Ella.

Béatrice trottait derrière nous, inquiète.

L'odeur âcre d'humidité de la buanderie me fit l'effet d'une gifle en plein visage. Je n'étais pas revenue ici depuis mes quatorze ans. La nouvelle assistante avait les bras plongés jusqu'aux coudes dans le bassin ; son bonnet blanc luisait dans l'obscurité qui régnait derrière elle. Elle nous regarda avec curiosité.

« Polly, tu peux prendre le reste de la journée pour faire ce que bon te semble. Ella va faire ton travail aujourd'hui. »

La jeune fille me fixa, muette.

« Tu peux disposer, Polly. Donne ton tablier à Ella, et file. » Je poussai Ella en avant. « Mettez ce tablier. Vous allez apprendre à faire la lessive. »

Ella me regarda, incrédule. « Vous ne pouvez pas me faire faire le travail d'une domestique ! Jamais mon père ne vous autorisera à me traiter comme cela ! »

J'étais trop furieuse pour lui répondre. Je me tournai vers Béatrice, qui avait l'air malheureuse. « Assure-toi qu'Ella fasse toutes les étapes de la lessive, depuis le début. Tu as bien formé Polly. Traite Ella de la même façon. C'est ton assistante pour la journée.

— Vous ne pouvez pas me faire ça ! me dit Ella, les yeux pleins de larmes.

— Si, je le peux. Ce n'est rien de plus que le travail quotidien de Polly. Vous pourrez vous joindre à nous pour le souper ce soir si vous en avez fini avec vos tâches. Je vous suggère de commencer dès maintenant. »

Béatrice s'affaira autour d'Ella, l'air inquiète.

« Ne te laisse pas attendrir par ses pleurs. Si tu fais le travail à sa place, tu auras à t'expliquer auprès de moi », lui aboyai-je.

Béatrice garda la tête baissée et acquiesça.

Je sortis de la pièce portée par ma colère, mais quand l'émotion passa, mon cœur se serra. Comme chaque jour, je poursuivis péniblement les réunions et mes obligations, terminant tard dans l'après-midi, puis je me tins près d'une fenêtre dans le grand hall et regardai sans joie la neige tomber. Les flocons ressemblaient à du duvet, et en l'absence de vent une couche épaisse se forma rapidement. La neige s'accumulait sur le rebord de la fenêtre, et bien vite les gargouilles se retrouvèrent ornées de voiles blancs.

Charlotte et Matilda étaient assises près du feu, occupées à broder. Leurs conversations à voix basse étaient brèves, mais elles passèrent le plus clair de leur temps dans un silence détendu. Les domestiques apportèrent du cidre et montèrent un pichet de vin chaud à Emont, resté dans sa chambre. Depuis quelques jours, il était fatigué, et sa peau était d'un jaune terne ; cela faisait plusieurs fois qu'il n'était pas venu prendre son repas avec nous.

Je me sentais agitée et mal à l'aise. Alors que les ombres s'allongeaient, je me décidai à aller chercher Ella à la buanderie. À peine cette idée m'avait-elle traversé l'esprit que la fillette apparut, fantôme noir dans l'encadrement de la porte. Elle était couverte de cendres, excepté à l'endroit où ses larmes avaient dessiné des rigoles claires dans la suie sur ses joues. À ma surprise, elle courut vers moi et enfouit son visage contre mon sein. La saleté me révulsa, mais quand elle se mit à sangloter, j'entrelaçai mes doigts dans sa chevelure soyeuse et la serrai contre moi.

J'amenai Ella près de la cheminée et l'assis sur mes genoux, comme le faisait son père. Elle laissa une trace noire sur mon corsage, mais je ne lui fis aucun reproche. Charlotte et Matilda levèrent la tête de leur ouvrage. Je savais à quel point cela les agaçait de voir leur demi-sœur se comporter comme un bébé ; selon elles, j'aurais dû obliger Ella à arrêter ses enfantillages et accepter sa punition la tête haute. Pourtant, cette fois-ci, je ne ressentis que de la pitié. Si belle et intelligente qu'elle fût, Ella avait une aile déformée, qu'elle dissimulait en n'essayant jamais de s'envoler. Charlotte et Matilda, comme toutes les poules normales, voletaient sans difficulté quelles que fussent leurs occupations. Elles ne pouvaient imaginer qu'une chose aussi ordinaire pût être hors de portée de leur demi-sœur originale et tant admirée.

« Tout va bien, Ella, c'est fini. » En lui caressant les cheveux, j'entendis ses reniflements étouffés. Je plaçai ma main sous son menton et lui relevai délicatement la tête. Je ne pus m'empêcher de sourire en voyant son visage noirci. Cela me rappelait Fernan, et la tendresse avec laquelle il m'avait appelée sa petite cendrillon. Je me demandai combien ma vie aurait été différente s'il avait encore été en vie.

« C'est vous la petite cendrillon maintenant », dis-je à voix haute.

Ella renifla et s'essuya le nez sur sa manche. Un long soupir haché secoua sa poitrine.

« Ella, ma petite cendrillon. » Je dégageai ses cheveux de son front pour y déposer un baiser. « Je suis désolée que la leçon ait été rude, mais je suis convaincue que vous l'avez bien apprise. »

Elle acquiesça.

« Eh bien, allez. Courez voir Gisla pour qu'elle vous prépare un bain. Quand vous serez propre, assurez-vous que toutes vos robes sont bien rangées. Vous pourrez ensuite descendre souper. Ronald est en train de farcir des poulets pour ce soir.

— Papa va-t-il souper avec nous ?

— Je ne le crois pas.

— Il prend toujours ses repas dans sa chambre !

— Il ne se sent pas bien. »

Ella soupira, agacée, et avec un mouvement impatient de sa jupe elle grimpa l'escalier. Matilda la regarda partir d'un air mauvais.

Cette histoire absurde de Cendrillon commença par une dispute au sujet d'équitation. Les Wenslock étaient une famille qui adorait les chevaux, et s'enorgueillissait de ses prouesses équestres. L'abbesse Elfida insista pour qu'Ella apprît à monter, et comme la santé d'Emont se dégradait, il m'incomba de superviser ses leçons quand lady Rohesia n'était pas là. Je n'y connaissais absolument rien aux chevaux, mais je pouvais quand même m'assurer qu'Ella se mît en selle. Ce ne fut pas chose facile, car, contrairement à sa mère, Ella avait horriblement peur des chevaux.

J'amenai Charlotte et Matilda avec moi aux écuries afin qu'elles eussent également l'occasion de monter. Plus jeune, j'avais rêvé de galoper dans la campagne sur le dos d'un beau palefroi blanc, les cheveux au vent. Faire de petits cercles poussiéreux près des écuries envahies par les mouches à Aviceford Manor était bien loin de mes rêves de jeunesse, mais cela me ravit néanmoins de voir mes filles découvrir une chose qui m'avait été refusée. Je me serais peut-être même jointe à elles si je n'avais pas eu peur du ridicule. Mon autorité sur les domestiques me semblait ténue, et je ne voulais pas risquer de perdre ma dignité devant eux.

Les leçons d'Ella avaient lieu le mardi et le jeudi. Notre manoir était trop petit pour avoir un vrai chef d'écurie : Peter, en charge du bétail, dirigeait aussi les écuries. C'était un gentil géant qui connaissait bien les animaux et pouvait calmer le plus nerveux des poulains d'une caresse et de quelques mots apaisants.

Un après-midi étouffant d'août, j'amenai les filles à Peter pour leur leçon. Des nuages noirs menaçants s'accumulaient, et Ella traîna les pieds dans l'espoir qu'un orage nous obligeât à rester au manoir. J'aurais moi aussi préféré ne pas sortir, car l'air était lourd et oppressant, comme le souffle fiévreux d'un enfant malade sur votre peau. Une trace de sueur sombre s'étirait le long du dos de la robe de Charlotte, et le mouchoir avec lequel Matilda s'épongeait le front était trempé. Si Ella se plaignait, elle n'avait pas l'air de souffrir de la chaleur sous son chapeau aux larges bords et son visage arborait un masque de sérénité.

Peter nous attendait dehors, tenant la bride de Lovely, le poney couleur caramel d'Ella. Deux vieilles carnes dociles, destinées à Charlotte et Matilda, étaient attachées à la clôture non loin. Le visage de mes filles plus âgées s'illumina à la vue de Peter et elles accélérèrent le pas pour aller à sa rencontre, tandis qu'Ella s'attardait derrière.

« Voici mes trois jeunes filles préférées ! » dit Peter avec un sourire. Il caressa de sa main libre sa barbe striée de blanc. « J'ai sellé Rosie et Cuivré pour vous deux, ils vous attendent. » Il fit signe à Ella d'approcher. « Venez donner sa friandise à Lovely ! Vous lui avez manqué. »

Peter tendit une carotte à Ella pendant que l'animal reniflait son bras et secouait sa belle crinière lumineuse, étirant le cou en direction de sa friandise. Ella eut un mouvement de recul et mit ses mains derrière son dos.

« Allez-y, n'ayez pas peur ! » Peter se pencha, la carotte à la main. « Votre poney est heureux de vous voir ! »

Ella prit le légume et le tendit à Lovely du bout du bras, se détournant pour ne pas voir ce qu'elle ne pouvait supporter. Charlotte et Matilda levèrent les yeux au ciel quand le poney se mit à grignoter le bout de la carotte et qu'Ella retira vivement sa main dans un cri, laissant tomber le légume. Peter récupéra calmement la carotte et nourrit le cheval impatient. Il inclina la tête pour me saluer.

« Bonjour, madame. Vous allez bien, j'espère ?

— Oui, Peter, merci. Bonjour à vous aussi. »

Il se tourna vers les filles. « Êtes-vous prêtes pour une promenade à cheval ? Je pensais que nous pourrions aller ensemble dans le pré qui se trouve à l'arrière du bâtiment. » Peter siffla et un garçon émergea de l'entrée sombre des écuries.

« Aide donc ces jeunes dames à se mettre en selle. Venez, lady Elfida, montrez-moi comme vous enfourchez bien votre fier destrier. » Même si Ella avait douze ans, les gens lui parlaient souvent d'une voix chantante, comme ils le feraient avec une jeune enfant.

Ella se déroba devant cet homme imposant. J'intervins d'un ton sec :

« Ella ! Il est temps de monter sur votre cheval ! » Je voulais qu'elles se missent en route pour me trouver un endroit frais où m'asseoir.

Charlotte et Matilda s'impatientaient elles aussi, car ce serait leur première promenade à cheval jusqu'au pré. Charlotte fronça les sourcils en voyant les nuages noirs s'accumuler au-dessus de nos têtes, et Matilda se hissa sur sa carne fatiguée sans avoir recours au palefrenier.

Ella réagit au ton cinglant de ma voix en s'approchant de Lovely. Peter lui tendit la main, et elle fit semblant de ne pas pouvoir atteindre l'étrier. Il la guida pour adopter la bonne position, mais elle fit alors tout un numéro, feignant de ne pas trouver l'équilibre pour grimper sur la selle. Peter tenta de la stabiliser, Ella évalua mal les choses et bascula de l'autre côté, plus loin que prévu. Cet homme attentionné avait supposé qu'elle essayait véritablement de monter sur le poney, et non de s'échapper. Dans un bruit sourd, Ella atterrit sur le sol poussiéreux. Elle se mit à pleurer et se frotta le visage de ses mains sales.

« Oh regardez, bébé Cendrillon est de retour », chuchota Charlotte.

Matilda se montra moins charitable et dit assez fort pour se faire entendre d'Ella : « Qué qui a, pitite Cendrillon ? C'est le vilain poney qui t'a fait tomber par terre ? »

Ella poussa un grognement énervé.

« Pauvre Cendrillon. Sa vie est si difficile.

— Arrête ! Pourquoi es-tu toujours si méchante avec moi ?

— Matilda, ça suffit. » J'essuyai la sueur sur mon front. « Ella, arrêtez de pleurer et montez sur votre cheval. »

Peter l'aida à se relever. J'aurais dû lui adresser une parole réconfortante, mais j'étais trop agacée.

Les premières grosses gouttes de pluie se mirent à tomber, soulevant des petits nuages de poussière autour de nous. Ella enfonça un peu plus son chapeau sur sa tête et se fit aussi petite que possible en croisant ses mains sur ses épaules et baissant la tête. Elle détestait être mouillée ; l'eau sur son visage la révulsait tout particulièrement.

La pluie se transforma rapidement en grosse averse. Il était impossible d'éviter les gouttes. La pluie n'était pas froide, et une fois que nous nous fîmes à l'idée d'être trempées, ce fut assez agréable. L'eau claire nettoyait la saleté et la sueur sur notre peau, et pour la première fois depuis des jours, je me sentis fraîche et appréciai cette sensation.

Peter tenta de protéger Ella de ses grandes mains, en vain.

« Levez votre visage vers le ciel et laissez la pluie vous débarrasser de la poussière. Si vous arrêtez de lutter, vous verrez que la pluie est assez agréable », dis-je à Ella.

Ella secoua la tête et se recroquevilla un peu plus encore. Lovely hennit et tira sur ses rênes, de sorte que le palefrenier la ramena aux écuries. Les carnes se contentèrent d'aplatir les oreilles et de ranger leur queue.

« Très bien, nous pouvons rentrer au manoir nous changer.

— Il n'y aura pas de leçon d'équitation aujourd'hui ! » annonça Peter.

Le sourire radieux de Charlotte ressemblait en tout point à celui de son père. L'eau se déversait du bord de sa capuche et gouttait de son visage. « C'est bien dommage ; cela aurait été si amusant de monter sous la pluie.

— Nous devrions retirer nos chaussures et aller courir dans le pré à l'arrière ! Allez, viens, Ella. Viens avec nous ! Nous sommes déjà trempées, pourquoi ne pas nous amuser ? » s'exclama Matilda.

Ella secoua à nouveau la tête.

« Je vais continuer à t'appeler Cendrillon si tu ne viens pas avec nous, la taquina Matilda.

— Je me moque de comment tu m'appelles. Je veux rentrer.

— Comme tu veux. Viens, Matilda ! »

Sur ce, Charlotte et Matilda se mirent à courir en riant. Ella les regarda s'éloigner, le visage dénué de toute expression.

« Bien, allons vous mettre à l'abri. »

Quand elle tendit la main pour prendre la mienne, je fis semblant de ne pas le remarquer. J'ajustai son chapeau pour mieux protéger son visage de la pluie.

« Vous êtes trempée comme une soupe ! » dis-je avec un enthousiasme feint.

Ella me suivit à la maison en silence, les épaules courbées, en prenant soin d'éviter les flaques.

20

La marraine

Les filles ne montèrent plus jamais à cheval ensemble, mais il ne faut pas croire pour autant que la discorde régnait sous notre toit. Les jours de fête étaient toujours des moments joyeux, en particulier celui de la Saint-Crépin où, après avoir assisté à la parade dans le village, les trois filles distribuaient des cadeaux aux enfants. Durant les semaines qui précédaient l'événement, elles travaillaient dur pour constituer un panier plein de jouets simples, et leurs visages reflétaient la joie des petits à qui elles donnaient les présents.

La Noël à Aviceford Manor se déroulait toujours dans la joie ; toute l'année, les filles attendaient les festivités avec impatience. Nous offrions un repas de Noël aux villageois, et Charlotte, Matilda et Ella se portaient toujours volontaires pour aider à servir mets et boisson. Ella était chérie de tous. « Quel ange ravissant ! Elle devient de plus en plus charmante chaque année ! Elle est encore plus belle que sa mère, paix à son âme ! » s'exclamaient-ils.

Le dimanche, quand Ella n'avait pas de leçon, elle passait le plus clair de son temps avec ses demi-sœurs.

Elles discutaient et se tressaient les cheveux les unes les autres, buvaient du cidre et chantaient des chansons. Parfois, Matilda lisait à haute voix un des livres de frère Joachim. Durant ces instants-là, elles étaient l'amour sororal incarné.

Mon union avec Emont eut également d'heureux moments. Quand le temps le permettait, il m'emmenait marcher dans les vergers. Il glissait ma main au creux de son coude et me parlait de sa jeunesse, de la fois où ses frères aînés lui avaient appris à jouter, ou de celle où il avait volé un seau de miel à l'apiculteur et avait mis au défi sa sœur de tout manger. Il avait beaucoup aimé ses frères et sœur, et regrettait de s'en être éloigné. Je l'encourageais à se rendre au domaine familial, mais jamais il ne le fit. Je crois qu'il avait trop honte de son ivrognerie et de ses manquements, dont l'un était notre mariage.

Il me rendait parfois visite dans mon lit, et c'était un amant affectueux, bien que maladroit. En dépit de la rareté de ses visites, il affirmait me trouver attirante et me complimentait sur mon apparence ; si je n'ai jamais été d'une grande beauté, j'avais encore l'air jeune à l'aube de la quarantaine, grâce à ma taille mince, mon corps solide et mon épaisse chevelure acajou. Emont ne m'attirait pas, mais j'accomplissais toutefois mon devoir d'épouse. Aucun enfant ne naquit de nos unions charnelles.

La santé d'Emont commença à décliner au début de notre sixième année de mariage. Il avait toujours eu des trous de mémoire et un mauvais équilibre à cause de l'alcool, mais je remarquai que ces problèmes devenaient de plus en plus récurrents, qu'il eût bu ou non. Il me faisait part d'une nouvelle et, un moment plus tard, me la répétait. Après s'être entretenu avec Wills, il pouvait me dire : « Où est donc ce fichu chambellan ? Je ne l'ai pas vu de la journée. »

À treize ans, Ella continuait de lui rendre visite dans sa chambre tous les matins, et elle le découvrit un jour nu, tentant d'enjamber la fenêtre. Elle courut me chercher, et quand nous revînmes, il était blotti contre le mur, agrippant une couverture sur sa poitrine.

« Emont ? » dis-je d'une voix douce.

Il me regarda d'un air paniqué. « Ils arrivent, chuchota-t-il.

— Qui donc, mon ami ? Nous sommes là pour vous aider.

— Qui est-ce ? demanda-t-il à voix basse en jetant un regard à Ella.

— Papa ! Comment pouvez-vous ne pas me reconnaître ? dit-elle, horrifiée.

— Agnès ?

— Non, Emont. C'est moi, Agnès, votre femme. C'est Ella, votre fille », dis-je d'une voix apaisante.

Le visage d'Ella se crispa, comme si elle était sur le point de pleurer. Je lui touchai l'épaule et lui dis : « Vous devriez sortir. Je vais m'occuper de lui. Il ira mieux d'ici peu. »

Ella partit en courant, et bien que son père se remît de cette crise, elle ne lui rendit plus jamais visite le matin. Elle arrêta également de rechercher sa compagnie durant la plus grande partie de la journée.

Malgré sa mémoire défaillante, Emont continua de boire à l'excès. Charlotte et Matilda apprirent les attitudes à adopter avec lui : quand il valait mieux l'ignorer et quand il fallait l'apaiser. Ella, en revanche, avait toujours eu des difficultés à percevoir les humeurs des autres. En grandissant, elle fut de plus en plus contrariée par le comportement de son père, et son irritation ne faisait qu'empirer l'état d'Emont. Ella gardait ses distances, et le fossé entre père et fille se creusa un peu plus à la suite d'une conversation malheureuse au sujet de lady Alba. Charlotte s'était enquise du blason des Wenslock sur les tapisseries du grand hall.

« Il s'agit des armoiries de ma mère. La couleur dorée représente la vertu et la générosité. L'anneau est le symbole de la fidélité.

— La fidélité ! se moqua Emont.

— Te souviens-tu de ta mère ? demanda Charlotte en ignorant Emont.

— Je me rappelle qu'elle était belle.

— Bien sûr qu'elle était belle. Nous n'avons qu'à regarder ses portraits pour le savoir, dit sèchement Matilda.

— Elle était folle, lança Emont.

— J'ai travaillé pour la mère de lady Alba, intervins-je en posant une main sur la sienne.

— Je sais, au paradis. Tu dis toujours que Rose House ressemblait au paradis, dit Charlotte en souriant.

— Ma mère n'était pas folle ! »

Je serrai la main d'Emont, espérant lui faire comprendre qu'il avait été blessant. « Ella, voyons, votre père ne le pensait pas, dis-je.

— Elle était folle à lier, marmonna Emont.

— Ma mère était bonne, généreuse, vertueuse et très belle, dit Ella avec un tremblement dans la voix.

— Elle était démente.

— Rien n'est ni tout noir ni tout blanc. Les gens ne sont pas bons ou mauvais. Dieu a créé l'homme à

Son image, mais nous avons hérité du péché originel. Nous avons tous en nous une part d'obscurité et une part de lumière », déclarai-je.

Matilda me sourit d'un air compatissant.

« Vous calomniez ma mère afin d'avoir une plus haute opinion de vous-même, me dit Ella.

— Pourquoi ferais-je une chose pareille ? demandai-je vivement.

— Vous voulez prétendre que quelque chose n'allait pas chez elle, car elle était noble, quand vous n'êtes qu'une roturière. Ma mère était bonne et douce ! » Son ton sous-entendait que je n'étais ni bonne ni douce.

« Lady Alba était complètement folle, affirma Emont.

— Pourquoi prenez-vous toujours sa défense ? dit-elle, le souffle court, en essayant de ne pas pleurer.

— Il ne prend presque jamais la défense de maman ! » s'indigna Charlotte. Cela la contrariait qu'Emont intervînt souvent pour prendre le parti d'Ella ; elle trouvait sa demi-sœur trop gâtée.

« Mes filles, je vous en prie. Parlons d'autre chose.

— Si ma mère était encore vivante, vous ne seriez même pas là. Vous êtes de grands coucous parasites, vous accaparez *notre* maison. Si elle était encore là, rien de tout cela ne serait arrivé ! Je n'ai plus que mon père, et il se met du côté des coucous !

— Vous êtes contrariée. Vous ne voulez pas vous montrer aussi irrespectueuse avec votre père, j'en suis sûre. Peut-être préféreriez-vous prendre le reste de votre dîner à l'étage, afin de vous calmer, dis-je froidement.

— C'est ce que je vais faire ! Je prendrai tous mes repas au grenier. Vous voulez m'y enfermer, comme cela votre vœu sera exaucé ! » Ella sortit brusquement de table et ses jupes en soie la suivirent dans un mouvement élégant alors qu'elle montait l'escalier à toute vitesse.

Emont sortit de sa léthargie ; il sembla désorienté et consterné de voir sa fille partir.

« Cela va s'arranger. Nous discuterons avec elle plus tard et nous ferons la paix. Sa mère lui manque, voilà tout. »

Ella se calma, mais je ne réussis jamais vraiment à faire la paix avec elle. Elle délaissait volontiers sa solitude pour voir Charlotte et Matilda, mais pas son père et moi. Ella prenait souvent ses repas dans les combles, comme elle avait menacé de le faire. Je n'insistai probablement pas autant que je l'aurais dû pour l'obliger à en sortir. Sur le moment, c'était toujours plus simple, et donc apparemment plus sage, de la laisser tranquille.

Outre sa mémoire défaillante, Emont commença à souffrir d'accès de jaunisse et de grande lassitude ; s'ensuivit une perte de poids lente et inexorable. Le changement était imperceptible d'un jour à l'autre, mais sur plusieurs mois il était impossible de nier qu'il avait fondu. Il n'avait plus que la peau et les os à l'exception de son ventre protubérant, rond et tendu, strié de veines sombres. Les derniers temps, son visage devint méconnaissable, anguleux et cireux. Il avait les yeux enfoncés et les joues creuses. Il perdit tout appétit et finit même par délaisser la boisson. Il passait l'essentiel de ses journées et de ses nuits à dormir, et j'aidais les domestiques à s'occuper de lui. Un matin, peu de temps après le quinzième anniversaire d'Ella, Emont ne se réveilla tout simplement pas.

Ella fut inconsolable. Elle n'avait passé que peu de temps avec lui durant les derniers mois de sa vie, mais quand elle apprit la nouvelle, elle se jeta sur son corps sans vie et pleura à chaudes larmes. Au bout d'une heure, j'essayai de l'éloigner, mais elle se débattit et s'agrippa aux épaules émaciées d'Emont, la tête posée contre sa poitrine froide. Ce ne fut qu'à la nuit tombée, et une fois que Charlotte lui eut fait boire une bouteille entière d'hydromel, qu'Ella accepta de partir. Elle me jeta un regard noir en descendant maladroitement du lit, soutenue par ses demi-sœurs. C'est absurde, mais je crois que, pour une raison ou pour une autre, elle me tenait pour responsable de la mort de son père.

Si je n'avais pas ressenti de grand amour pour mon mari, le décès d'Emont laissa un vide dans ma vie. Cela ne touchait pas à mon quotidien, car j'avais l'habitude de m'occuper du manoir toute seule, et Emont avait rarement été de bonne compagnie. Pourtant, après sa mort, il me manqua nettement quelque chose, comme un plat sans saveur ou un coucher de soleil sans couleur. Quand je passais le soir devant sa chambre vide, à ma grande surprise je sentais ma gorge se serrer et des larmes me monter aux yeux.

Pire encore que la tristesse fut la peur que sa mort engendra en moi. J'avais perdu ma maison quand Fernan était décédé, et j'étais malade d'inquiétude à l'idée que mes filles et moi-même pussions perdre notre maison une seconde fois. Le manoir appartenait à Ellis Abbey, et si j'avais fait mes preuves en tant que régisseuse, mère Elfida ne laisserait pas passer l'occasion d'octroyer la seigneurie d'Aviceford au fils d'un riche noble, moyennant une donation à l'abbaye. Je ne serais bientôt plus en âge d'enfanter, et même si je demeurais robuste, je n'attirerais jamais un mari sans aucune fortune personnelle. Le mariage m'avait sauvée une fois, mais ne pourrait le faire à nouveau.

Je m'éveillais tous les matins après un sommeil agité, la tête dans le brouillard et le cœur battant à tout rompre ; j'imaginais le bruit des sabots claquant dans la cour, craignant que le messager ne fût déjà là. J'avais pour seul espoir que l'abbesse suspendît le transfert d'Aviceford Manor, le temps de trouver un mari acceptable pour Ella. À quinze ans, elle était à présent en âge de se marier, et l'abbesse préférait ne pas avoir à lui trouver deux fois une situation.

Je ne partageais pas mes inquiétudes avec Charlotte et Matilda, mais elles se montrèrent plus attentionnées qu'à l'accoutumée ; elles avaient dû sentir ma peur. Ella était, comme toujours, dans son monde. Dans les premières affres de son chagrin, elle passa plusieurs jours alitée, mais elle se remit petit à petit, reprenant sa routine. Elle se joignit même à nous plus souvent pour les repas.

La partie la plus difficile de son deuil, étrangement, fut de savoir comment se vêtir. À mes yeux, le noir lui allait tout aussi bien que n'importe quelle autre couleur, mais elle se plaignait amèrement de sa garde-robe. Ella était fascinée par la mode ; lancée dans des soliloques érudits, elle nous parlait des vers à soie, des meilleurs matériaux pour les boutons, ou encore des cordonniers les plus célèbres du royaume. Je n'aurais pas dû être surprise par son refus de se laisser dicter ses tenues, mais je n'ai jamais compris les passions d'Ella. Si elle pouvait nous faire une causerie passionnée sur la chaîne et la trame dans le tissage du satin ou l'art de créer des teintures aux couleurs vives, pour tout le reste, elle était à la limite du mutisme. Il me semblait dans son intérêt de la détourner de cette obsession.

De plus, si Ella n'avait jamais été une enfant vaniteuse, je m'inquiétais qu'elle ne devînt narcissique. Elle atteignit tardivement la puberté ; après le décès de son père, elle remplit pour la première fois le corsage de ses robes, et des courbes douces se dessinèrent sur ses hanches jusque-là étroites. Elle souhaitait probablement s'habiller de façon à mettre en valeur sa nouvelle silhouette, mais je n'étais pas certaine que ce fût ce qu'il y avait de mieux pour elle. De plus, même au-delà des convenances d'usage, j'avais de bonnes raisons d'insister pour qu'elle observât la période traditionnelle de deuil.

Ella m'accusa d'être injuste. Elle s'indignait de voir Charlotte et Matilda porter des vêtements au goût du jour quand cela lui était interdit. En vérité, tous les jours, je luttais intérieurement avec mon propre sentiment d'injustice, avec cette douleur tenace et lancinante, comparable à celle que cause une dent gâtée, de devoir comparer mes filles à la plus belle jeune fille du royaume. Cela ne pouvait en rien aider Charlotte ou Matilda, mais j'avais peut-être aussi envie d'atténuer l'éclat d'Ella, même de façon infime.

Notre pire dispute se déroula au début du printemps, vers la fin de sa période de deuil. Pour la énième fois, Ella me demanda : « Quand pourrai-je porter de vrais vêtements à nouveau ? » Elle faisait les cent pas, irritée, et évita mon regard en posant sa question.

Une pluie faible tapotait contre les vitres de la grande salle. Charlotte et Matilda étaient plongées dans une partie d'échecs. L'échiquier, aux pièces sculptées dans des pierres blanches et noires, appartenait au frère Joachim ; les filles l'avaient convaincu de leur enseigner les règles. Ella n'avait aucune patience pour ce jeu.

« Vous portez *déjà* de vrais vêtements. Quant à la fin de votre deuil, je vous l'ai déjà répété maintes fois, ce sera le 1er mai », lui dis-je.

Ella fit une jolie moue. Elle était plus belle que jamais. Sa peau était lumineuse et parfaite, ses yeux clairs et brillants. Si elle avait perdu la silhouette filiforme de son enfance, elle restait délicate et svelte, avec de petites mains et de petits pieds. Sa chevelure dorée couronnait ce tableau parfait ; même durant son deuil, elle portait souvent ses cheveux lâchés, vagues soyeuses descendant en cascade dans son dos. Suivant mes directives, Gisla relevait et coiffait ses cheveux lorsque nous avions des invités, mais autrement je la laissais les porter détachés et découverts.

Matilda leva les yeux de sa partie d'échecs pour regarder Ella, qui s'était arrêtée devant la cheminée. « Les habits de deuil te vont bien. Tu ressembles à un petit corbeau lisse et élégant.

— Exactement. C'est laid, un corbeau.

— Ne sois pas vaniteuse. Beauté sans bonté est comme vin éventé, dit Charlotte.

— Ce n'est pas de la vanité que de faire remarquer que ce n'est pas juste ! Votre mère achète de nouvelles robes pour vous, mais pas pour moi ! Je dois porter ces horribles monstruosités noires. J'ai l'air d'un cadavre !

— Ne soyez pas ridicule, chère enfant. » Je ne supportais pas d'entendre une personne aussi privilégiée se montrer aussi peu reconnaissante des cadeaux que Dieu lui avait faits. J'aurais donné mon bras droit si cela avait pu rendre le visage de Matilda ne serait-ce qu'ordinaire.

« Pourquoi refusez-vous de m'acheter de nouvelles robes ?

— Je vous ai dit cent fois que je vous en achèterai dès que votre deuil sera terminé.

— Dans ce cas, je vais demander à lady Rohesia de m'en apporter.

— Vous ne ferez rien de tel. Il n'est pas temps pour vous d'être frivole, mais d'honorer la mémoire de votre père.

— Si mon père était encore en vie, il vous obligerait à vous comporter de façon juste ! Vous ne vous souciez que de Charlotte et Matilda, et c'est à elles que vous donnez tout.

— Voyons, vous dites des sottises à présent. Vous avez tout ce dont vous pourriez avoir besoin.

— Vous leur avez donné ma chambre et m'avez forcée à dormir au grenier !

— Vous auriez pu revenir dans votre chambre à n'importe quel moment, si seulement vous acceptiez de la partager.

— Et puis cela te *plaît* d'avoir les combles pour toi toute seule ! intervint Charlotte avec un soupir exaspéré.

— C'est aussi injuste pour moi de devoir suivre des leçons pendant que Charlotte et Matilda restent assises là dans leurs belles robes à jouer à des jeux stupides, et de toute façon c'est du gâchis ces robes sur elles, car personne ne les voit, et même si c'était le cas... Enfin, vous me comprenez. » Elle désigna ses demi-sœurs.

La voix de Charlotte se durcit : « Nous ne pouvons pas toutes être aussi belles que Cendrillon. »

Ella rougit et s'exclama : « Vous êtes toutes méchantes avec moi ! Vous me traitez comme une domestique dans ma propre maison maintenant que mes parents sont morts ! Vous êtes ravies que papa ne soit plus là et vous ait laissée en charge de tout !

— Comment osez-vous dire une chose pareille ! dis-je, la voix tremblante de colère.

— Parce que c'est la vérité ! Vous me faites dormir dans le grenier comme une domestique, vous me faites porter des haillons, vous m'avez même fait faire la lessive, et cela a été le jour le plus affreux de toute ma vie, un jour que je n'oublierai jamais, puisque tout le monde continue de m'appeler Cendrillon ! »

Je pris une profonde inspiration, ravalant ma fureur. Pour les empêcher de trembler, je glissai mes doigts sous mes bras. Je parvins à me calmer, mais une froideur implacable remplit le vide laissé par ma colère.

« Je vais vous pardonner, car vous ne savez pas ce que vous dites. Vous devriez remercier Dieu pour tout ce qu'Il vous a donné...

— Je ne vais certainement pas vous remercier *vous* ! Vous ne me donnez rien ! »

Ma main jaillit malgré moi et je giflai vivement sa tempe. Ella se retrouva bouche bée, les yeux écarquillés.

« Je ne veux pas entendre un mot de plus. Sortez. Maintenant. »

Ella me lança un regard plein de rage impuissante avant de s'enfuir.

Charlotte et Matilda demeurèrent figées près de leur échiquier, les yeux posés sur moi.

« Retournez à vos affaires ! »

Matilda haussa les sourcils avec impertinence, mais elles reprirent leur partie.

Je me retirai dans la cour, où une petite bruine piquait la surface miroitante des flaques sombres. Un corbeau solitaire déchiquetait un tas humide de déchets provenant des cuisines. Les nuages laissaient parfois s'échapper de faibles rayons de soleil avant de les étouffer à nouveau. Je tournai en rond et regardai ce triste spectacle aussi longtemps qu'il le fallut pour me convaincre que je n'avais rien fait de mal.

S'il n'y avait pas eu ces disputes avec Ella, je me serais peut-être montrée plus réceptive à son souhait d'assister au bal du prince à Cothay Manor. Ce gala était inhabituel. Il n'y avait encore jamais eu de fête d'une telle ampleur et d'un tel luxe dans l'un des domaines d'Ellis Abbey, et l'abbaye n'avait encore jamais parrainé de soirée mondaine. Je suis certaine que l'abbesse Elfida aurait contesté l'utilisation du mot « parrainer », mais tout le monde savait bien que le bal n'aurait pas pu avoir lieu sans elle.

Nous entendîmes parler du bal pour la première fois par Gisla, qui était toujours au courant des bruits de couloir. Bien qu'elle soit frêle et dure d'oreille, elle tenait à tout savoir de ce qui se passait dans les trois manoirs qui appartenaient à l'abbaye.

Gisla se débarrassait de sa cape avec difficulté lorsqu'elle nous trouva dans le grand hall, où nous prenions notre dîner.

« Lady Agnès ! » m'appela-t-elle de sa voix nasillarde.

J'étais contrariée qu'elle se fût permis d'entrer sans en avoir avisé le chambellan, mais en voyant sa vive impatience et son souffle court, il était évident qu'elle pouvait difficilement garder pour elle ce qu'elle avait appris. Elle boitilla vers nous rapidement.

« Qu'y a-t-il, Gisla ? demandai-je.

— Un bal, madame ! À Cothay Manor ! » Elle nous gratifia d'un sourire édenté en lisant l'étonnement sur nos visages. « L'abbesse en organise un en l'honneur du prince Henry. Et elle a invité tout le royaume !

— Et nous aussi ? demanda Matilda.

— Sûr que oui !

— Quelle est l'occasion ? C'est très étrange de la part de l'abbesse d'organiser une fête pour un prince », dis-je.

Gisla eut un rire sifflant. Cela lui plaisait de jouer le rôle de messagère. « Vous ne croiriez pas les rumeurs qui courent ! La fille qui s'occupe des oies à Cothay m'a dit que l'abbesse essaie de trouver une femme au prince. Ça m'a fait de la peine de lui dire que les gardiennes d'oies n'étaient pas invitées. La pauvre petite.

— Je croyais que le prince Henry était déjà fiancé.

— Il y a bien eu une jeune fille étrangère, une comtesse peut-être ? Je crois qu'elle est morte. Le prince Henry a tellement de frères plus âgés en droit de régner, je ne doute pas que ce soit difficile de lui trouver une femme de condition. Mais un roi ne chercherait pas à marier son fils avec une fille de la campagne ! Ce sont des sottises de gardienne d'oies. Non, je suis sûre que l'abbesse veut obtenir une faveur du roi, et le prince Henry est simplement celui que l'on a envoyé à Ellis Abbey.

— Est-ce vrai qu'il est très beau ? demanda Charlotte.

— Sûr que mes vieilles mirettes l'ont jamais vu, mais à c'qu'on dit, il prétend avoir dépucelé bien des dames de compagnie ! » Gisla eut soudain l'air coupable et posa sa main noueuse sur sa bouche. « Je ne devrais pas dire ces choses devant lady Elfida. »

Ella ne semblait pas écouter. Elle dînait tranquillement, une expression rêveuse sur le visage.

« C'est si excitant ! Nous pouvons aller au bal, n'est-ce pas, maman ? demanda Charlotte.

— Quand aura-t-il lieu ?

— Le samedi suivant le 1er avril.

— Oh. Ella et vous serez encore en deuil, fit remarquer Matilda.

— Oui, c'est vrai, soupirai-je.

— Je vous en prie, maman, pouvons-nous toutes aller au bal ? Ella pourra prévoir nos tenues ! »

Le visage d'Ella s'illumina et elle se joignit à la conversation. « Nous pourrons faire faire des robes de bal ! s'exclama-t-elle.

— Oui ! Nous aideras-tu à choisir le tissu et les modèles ? demanda Charlotte.

— Bien sûr ! J'ai déjà des idées. Il nous faudra connaître notre budget...

— Ella, notre deuil ne prendra fin que le 1er mai, lui rappelai-je.

— Mais je veux aller au bal ! »

Je soupirai à nouveau. « Ce serait indélicat de votre part de vous y rendre alors que vous êtes encore en deuil, et vous êtes trop jeune pour y aller sans un bon chaperon. Pensez-vous que ce soit approprié pour moi de vous chaperonner dans mes vêtements de deuil alors que tout ce que vous voulez, c'est une nouvelle robe ? Vous détestez la foule et les fêtes. »

Gisla me fusilla du regard. Le visage d'Ella s'assombrit, et l'espace d'un instant je crus qu'elle allait se mettre à pleurer, mais elle me surprit.

« Dans ce cas, je vais aider Lottie et Tilly pour leurs robes. Ce sera tellement amusant !

— Maman, Ella peut-elle venir aussi ? » demanda Matilda.

J'hésitai un temps, mais je ne cédai pas. Je voulais qu'Ella apprît la patience.

Par un frais matin d'avril, le messager de l'abbesse vint à Aviceford Manor. J'inspectais le jardin de plantes aromatiques quand il apparut au sommet de la colline de vergers. Les pommiers étaient en fleur ; une brise faisait voltiger autour de lui des pétales pastel, tels des flocons de neige. Le jardinier continuait de parler de sauge et de menthe, sans remarquer que je m'étais transformée en statue de pierre.

Le messager descendit de son cheval et tendit les rênes à un palefrenier. Alors qu'il se dirigeait vers la porte, je me posai la question : comment il allait demander à me parler ? Lady Agnès ? La châtelaine ? Ou étais-je de nouveau Agnès, tout simplement, la mère de deux jeunes femmes malchanceuses sans le sou et sans toit ?

Je m'excusai auprès du jardinier et, raide comme un piquet, je me rendis à l'entrée principale. Lorsque j'aperçus le messager dans le vestibule, la panique me saisit à la gorge et m'étrangla, m'empêchant de parler.

Le messager, un jeune homme élancé qui ne devait pas avoir plus de seize ans, s'inclina respectueusement. Il me tendit un parchemin sorti de sa sacoche, m'informant qu'il provenait de l'abbesse Elfida.

Afin d'éviter tout regard indiscret, je dis au garçon d'aller chercher de quoi se restaurer en cuisine, et j'allai dans ma chambre avec le message. Mes mains tremblaient en déroulant le petit parchemin. Il n'y avait que deux phrases rédigées dans une écriture serrée et nette. *Elfida est autorisée à ne pas porter le deuil pour assister au bal. Les dispositions nécessaires sont prises.*

Je me laissai tomber sur le lit en riant de soulagement. Un sursis temporaire ! Nous étions sauves, du moins pour un temps.

L'irritation prit ensuite le dessus. À l'évidence, Ella avait fait parvenir une plainte auprès de sa marraine par l'entremise de lady Rohesia. Par le privilège de sa naissance, elle aurait toujours le dernier mot. Et je ne pouvais rien y faire.

Je retardai autant que possible le moment de parler à Ella du message de sa marraine. Je suppose que c'était mesquin de ma part ; je ne voulais pas avoir à ravaler ma fierté. Nous attendions une visite de lady Rohesia la semaine précédant le bal, je devais de toute façon mettre au courant Ella d'ici là.

Un soir au souper, je décidai enfin de lui annoncer la nouvelle. « L'abbesse Elfida a sollicité votre présence au bal. J'imagine que lady Rohesia vous apportera une robe pour cette occasion. »

Ella poussa un petit cri de surprise et tapa des mains. « Comme c'est merveilleux ! J'aurais quand même bien aimé avoir mon mot à dire sur le choix de ma robe. Cette nouvelle tendance de mettre de la dentelle au niveau des épaules est absurde. J'espère vraiment que lady Rohesia n'en choisira pas une de ce genre. »

Charlotte roula des yeux, mais Matilda sourit en déclarant : « Tu vois, je te l'avais bien dit, les rêves peuvent se réaliser !

— J'ai appris toutes les danses. Je vais vous enseigner tous les pas ! dit-elle en sautant sur son siège.

— Personne ne dansera avec nous », répliqua Charlotte sèchement. Les manières enfantines d'Ella l'irritaient.

Cette dernière sourit. « Peut-être pas, mais on ne sait jamais ! » Elle éclata de rire. « Pensez-vous que le prince dansera avec moi ?

— Il tombera immédiatement amoureux de toi, comme tout le monde, j'en suis sûre, affirma Matilda.

— Je ne serais pas si impatiente à l'idée de danser avec le prince. Il est peut-être charmant, mais il n'a pas une réputation d'intégrité, intervins-je.

— Mais il est si beau, dit Charlotte en adressant un clin d'œil à Ella.

— Et riche ! ajouta Matilda.

— Cela n'a d'importance que s'il vous épouse. Quant à la beauté, elle n'en a aucune », dis-je sombrement.

Lady Rohesia arriva à la date prévue et apporta une robe qui surpassa les plus hautes exigences d'Ella.

Le tissu était une soie d'un bleu opalescent qui scintillait comme de la nacre ; les perles de verre cousues dans le corsage brillaient tels des diamants. Les chaussures étaient tout aussi extravagantes que la robe, car elles étaient incrustées de tant de perles que l'on aurait dit qu'elles étaient entièrement faites de verre. Bien que ces pantoufles soient inhabituellement lourdes, Ella les adorait. Lorsque lady Rohesia avait le dos tourné, elle dansait dans le grand hall et ses jolis pieds étincelaient.

Lady Rohesia nous annonça d'un ton maussade que l'abbesse enverrait un carrosse pour sa filleule, qu'elle accompagnerait elle-même Ella au bal, mais qu'il était *hors de question* pour elle de jouer les chaperons. Redressant la tête, la noble dame me regarda par-dessus son nez crochu. J'en conclus que c'était le rôle que l'on souhaitait m'attribuer, et que mes filles et moi-même devions nous rendre à Cothay Manor par nos propres moyens. Cette seconde exigence ne me dérangeait pas, car je détestais la compagnie de cette femme. Je porterais mes vêtements de deuil pour le bal, et personne ne s'attendrait à me voir danser ou même faire la conversation. Ella se fatiguerait rapidement du bruit et de la cohue, et nous rentrerions alors chez nous. J'étais en tout cas curieuse de voir le prince. Je n'avais encore jamais rencontré de membre de la famille royale, et il semblait peu probable que j'en eusse de nouveau l'occasion.

Le jour du bal, la femme de chambre de lady Rohesia coiffa Ella. Cela lui prit deux heures pour glisser des perles dans le labyrinthe de tresses délicates, mais l'effet fut époustouflant. Mes pauvres

Charlotte et Matilda n'avaient que Gisla et ma femme de chambre peu expérimentée pour les aider. Ces domestiques bien intentionnées auraient dû s'en tenir aux coiffures simples qu'elles maîtrisaient, mais en voulant trop s'appliquer pour les filles, elles créèrent des coiffures étrangement bombées qui manquaient autant de sophistication que de sobriété.

Charlotte portait une robe bleu pâle en soie qui mettait en valeur son teint noisette et ses cheveux noir corbeau. Sans surprise, Matilda se choisit un tissu aussi jaune que les iris d'été. Malgré sa laideur, Matilda gardait toujours la tête haute et ne fuyait jamais le regard des autres. Toutes deux avaient appris à l'abbaye à se tenir bien droites, et avec leurs joues rosies par la fébrilité et la joie qui pétillait dans leurs yeux, je les trouvais charmantes.

Même si Charlotte et Matilda avaient été très belles, elles seraient malgré tout devenues invisibles à côté d'Ella, comme la lune qui s'éclipse quand le soleil se lève dans toute sa splendeur. Elles eurent le souffle coupé quand elles aperçurent leur demi-sœur resplendissante en haut des marches. Ella descendit l'escalier avec précaution pour nous rejoindre et tourna sciemment sur elle-même pour nous permettre de l'admirer sous tous les angles. On dit qu'aucune femme depuis Bethsabée n'a été plus attirante qu'Ella le soir du bal, et je crois que c'est vrai. Elle était si exquise, si sublimement belle, qu'il était impossible de détourner les yeux.

« Cendrillon, tu ressembles à un ange ! s'exclama Matilda.

— Vous êtes jolies aussi, dit-elle en rougissant.

— Le prince ne pourra pas te résister !

— Je ne veux pas entendre ce genre de remarque ! Ella se comportera comme la demoiselle noble et bien élevée qu'elle est. Je veux que vous restiez toutes les trois près de moi ce soir. » Je donnai une légère tape du doigt sur le bout du nez d'Ella. « Vous en particulier, jeune fille. »

Ella acquiesça docilement.

« Aucune d'entre vous ne se gavera de douceurs. Vous ne prendrez que des petites portions des mets que l'on vous présentera, et vous les mangerez avec élégance. Vous rappelez-vous toutes les formules de politesse ?

— Oui, maman, dirent-elles en chœur.

— Même si vous n'êtes pas fatiguées, je ne veux pas entendre qui que ce soit me supplier de rester tard. Il n'est pas décent pour des jeunes femmes célibataires d'être les dernières à partir. Nous nous retirerons avant le repas de minuit. »

Toutes trois murmurèrent leur accord.

« Ella, lady Rohesia vous retrouvera dans le vestibule ; allez l'attendre là-bas. Charlotte et Matilda, notre carrosse est prêt. Venez avec moi. »

Je me tournai vers Ella : « Vous êtes vraiment magnifique, ma chère enfant.

— Merci, Maman Ours », me dit-elle avec un tendre sourire.

21

Le bal

J'étais déjà venue à deux reprises à Cothay Manor, mais cette fois-là il m'apparut sous un jour nouveau. Des murets en treillage, décorés de fleurs et d'herbes tressées, avaient été érigés de chaque côté de la route conduisant au manoir. Des roses recouvraient l'arche du portail et des torches bordaient le chemin et les marches qui menaient à l'entrée. Au-dessus des torches se dressaient des mâts ; une brise légère déployait doucement les bannières, révélant de riches couleurs dans la lumière du soir. Le rouge et or vif, symbole de la famille royale, s'intercalait entre les bannières d'autres familles, et l'étendard du roi recouvrait également les grilles de fer imposantes du manoir.

Nous descendîmes du carrosse bien avant d'arriver à l'arche de roses. J'indiquai à notre cocher, notre palefrenier en chef, de revenir nous chercher dès que l'on aurait sonné les complies et de nous attendre au même endroit.

Alors que nous attendions l'arrivée d'Ella et de lady Rohesia, Charlotte et Matilda regardaient autour d'elles, émerveillées. Les chevaux se mettaient au petit galop en approchant de l'arche aux roses blanches ; quand les carrosses s'arrêtaient, les laquais sautaient à terre pour aider les dames à descendre. Des jupes aux couleurs vives apparaissaient aux portières, avant de se déployer, telles des fleurs ouvrant leurs pétales, au moment où les dames sortaient, parées de leurs plus beaux atours. À la lumière dorée du soleil couchant, un flot scintillant d'invités montait les marches et disparaissait dans l'entrée sombre de Cothay Manor.

Quand Ella arriva enfin, le flot d'invités s'était presque tari. Ce fut grâce à la peau laiteuse de la main d'Ella que nous reconnûmes le carrosse qui s'approchait ; elle tenait son mouchoir favori à la fenêtre et, pendant qu'il voletait, elle le tournait, révélant les côtés vert et argent du tissu, si bien que l'on aurait dit un vairon nageant dans les airs.

Le carrosse royal que l'abbesse Elfida avait mis à la disposition de sa filleule était une création richement dorée, en forme de bulbe, avec d'énormes roues incroyablement fines. Alors qu'il s'engageait sous le porche, tracté par un attelage de chevaux blancs, sa surface pâle réfléchissait le rose orangé du soleil couchant. Le laquais assista tout d'abord lady Rohesia. Je la saluai d'un geste de la main, et elle m'adressa un petit signe de tête en retour. Elle commença à monter les marches sans attendre qu'Ella émergeât du véhicule, me faisant savoir que ses devoirs de chaperon s'arrêtaient là.

Charlotte et Matilda se hâtèrent de rejoindre le carrosse ; elles tendirent la main pour en toucher la paroi lisse et s'extasièrent lorsque Ella descendit. Elles se mirent à glousser toutes les trois en réponse à une remarque qu'avait faite Matilda à voix basse et elles se seraient précipitées en haut des marches si je ne les avais pas retenues.

« Le protocole, je vous en prie, mesdemoiselles ! »

À contrecœur, elles se calmèrent et ajustèrent leur posture. Nous montâmes les marches et franchîmes le seuil pour arriver dans un passage éclairé par des torches. Le brouhaha des conversations et de la musique nous accueillit, et Ella grimaça sous l'effet du bruit. Malgré cela, elle parvint la première à la porte du grand hall et entra avec audace. À la lumière des chandeliers et des flambeaux, les perles de verre de sa robe s'enflammèrent et sa chevelure dorée s'illumina de tous feux. Les femmes qui se tenaient sous la tribune des musiciens se retournèrent pour la contempler et invitèrent d'un coup de coude leurs voisins et voisines à faire de même. Je posai ma main sur l'épaule d'Ella et la guidai vers les sièges qui se trouvaient au bout de la salle. Elle attira tous les regards, pendant que mes filles et moi-même avancions derrière elle, transparentes.

Nous nous assîmes dans la pénombre, près du mur. Le grand hall de Cothay Manor faisait au moins quatre fois la taille de celui d'Aviceford, et il était bien mieux décoré. Du lierre et des fleurs ornaient les murs, les tables et l'estrade. Sur l'estrade se trouvait la table d'honneur recouverte d'une nappe rouge, et des plats en argent débordaient de pains et de douceurs. Au centre de la table était assis un beau jeune homme ; il devait s'agir du prince. Il avait des cheveux noirs, comme décrit par Gisla, et un nez aristocratique. Ses sourcils arqués exprimaient l'ennui. Il pencha la tête sur son côté droit pour parler avec un autre jeune homme ; ils éclatèrent de rire tous les deux et levèrent leurs coupes à leur santé. Un page revêtu de la tunique rouge et or du roi se tenait non loin avec un pichet, guettant l'occasion de les resservir.

Je n'avais encore jamais vu un membre de la famille royale. Je m'attendais à ressentir un certain ravissement, un frisson de déférence, mais c'était simplement un homme assis à une table, rien de plus. Cela me surprit de découvrir qu'il était des plus ordinaires.

À la gauche du prince était assise mère Elfida, le dos bien droit, le regard posé poliment sur un objet offert par un voisin paré de bijoux. Dans son habit noir, l'abbesse semblait petite et effacée. Je me demandai si mère Elfida tirerait de ce bal l'avantage qu'elle en escomptait.

Les nobles assis à la grande table ignoraient la foule comme si un mur invisible les séparait des convives. Au centre du hall, des hommes et des femmes dansaient et tourbillonnaient au rythme de la musique. Je n'avais jamais vraiment appris à danser, mais je trouvais cela ravissant, ces robes de soie qui virevoltaient, ces révérences gracieuses, cette harmonie de mouvements. Je ne connaissais qu'une poignée des danseurs ; à en juger par leurs vêtements, nombre d'invités venaient de la ville. Malgré l'importance des domaines d'Ellis Abbey, les familles aisées qui y résidaient n'étaient pas assez nombreuses pour remplir une salle de bal royal.

Les filles tapaient du pied et regardaient autour d'elles avec enthousiasme. Charlotte et Matilda échangeaient à voix basse. Les ménestrels entonnèrent une carole enjouée et les danseurs formèrent un cercle.

« Pouvons-nous nous joindre à eux, maman ? » demanda Matilda, les yeux brillants.

Je souris et acquiesçai. Ella tapa dans ses mains et se mit vivement debout.

« Dans le calme. N'oubliez pas vos manières », leur dis-je.

Toutes trois se joignirent au joyeux cercle. Ella semblait ne pas voir les regards admiratifs braqués sur elle ; elle bougeait et sautillait avec insouciance dans la chaîne de danseurs, un grand sourire aux lèvres. Lorsque la chanson se termina, plusieurs jeunes hommes pleins d'espoir lui collèrent aux talons, mais leurs projets furent interrompus par une annonce faite depuis l'estrade. Le lord de Cothay Manor, un homme rondelet au visage rougeaud et au cou de taureau, enjoignit aux invités de venir saluer le prince.

S'ensuivit un remue-ménage provoqué par des femmes qui, près de la table d'honneur, jouaient des coudes pour former une file. Les visiteurs les plus élégants observèrent avec mépris la population locale se précipiter vers l'estrade. Je tendis le bras pour faire signe à Charlotte, Matilda et Ella de rester assises à mes côtés.

« Mais nous aussi, nous voulons rencontrer le prince ! chuchota Charlotte.

— Vous pourrez vous joindre à la file quand le moment sera venu.

— Maintenant ? demanda Matilda quelques instants plus tard.

— Attendez encore un peu. »

Mère Elfida avait disparu de l'estrade, laissant la chaise près du prince inoccupée. Le lord de Cothay Manor se tenait derrière la chaise vide, tapotant des doigts le dossier, ne sachant visiblement pas s'il devait s'asseoir ou rester debout.

Matilda tira sur ma manche. « Pouvons-nous y aller maintenant ? »

La file de gens qui attendaient de saluer le prince s'était disciplinée, et les ménestrels jouaient une douce mélodie.

« Très bien. Venez avec moi. »

La queue serpentait à côté d'une table bien garnie de bière, de pâtisseries et de coupes de fruits exotiques. Ella prit une des sphères à l'apparence étrange et expliqua à Charlotte et Matilda qu'il s'agissait d'une orange d'Aragon ; elle en avait mangé lors de son séjour à la cour royale. Ella éplucha le fruit et en tendit des quartiers à ses demi-sœurs, qui s'exclamèrent que c'était délicieux. Matilda partagea les siens avec moi ; le goût acidulé me fit sursauter, ce qui la réjouit.

Nous avancions assez rapidement. Pendant que la jeune femme devant nous faisait une grande révérence face à l'estrade, le prince, avachi, la tête en avant, soutenait sa mâchoire de sa main comme si cela lui coûtait de rester éveillé. Au moment où il vit Ella, son attitude changea cependant du tout au tout. Comme un loup ayant repéré sa proie, le prince redressa vivement son beau visage, le regard soudain alerte et affamé.

Je commençai à présenter notre groupe, mais le prince m'interrompit.

« Je suis certain que nous ne nous sommes jamais rencontrés, car je n'ai encore jamais vu de personne aussi ravissante de ma vie. Comment devrais-je vous appeler ? » demanda-t-il à Ella.

Elle termina sa révérence, et lorsqu'elle se redressa, je vis qu'elle rougissait. Nerveuse, elle se tordit les doigts dans le dos. Le feu et l'intensité que je pus lire dans les yeux noirs du prince me troublèrent également, pour une raison bien différente.

« Cendrillon », murmura-t-elle, à ma grande surprise.

Le prince sourit. « Cendrillon, m'accorderiez-vous cette danse ? »

Le manque de solennité dans les manières du prince me parut étrange, mais il sembla mettre Ella à l'aise. Elle accepta avec joie. Le lord du manoir, veillant toujours au bon déroulement des choses, interpella les ménestrels pour leur demander de jouer une musique dansante. Plusieurs personnes attendaient encore dans la file pour saluer le prince, mais il les ignora. Le prince ne salua même pas Charlotte et Matilda, qui gardèrent la tête baissée respectueusement. Il sauta avec légèreté de l'estrade et baisa la main d'Ella.

Les invités s'immobilisèrent à leur tour lorsque le prince bondit aux côtés d'Ella.

« Elle est si belle ! Qui est-ce ? » chuchotaient-ils.

Ella et le prince se mirent à danser, ne prêtant aucune attention à ceux qui les regardaient. Ella n'était pas une danseuse des plus accomplies, mais son partenaire la guidait élégamment. Entre ses bras, elle était tout simplement lumineuse, un rayon de soleil scintillant, éblouissant, un ange. J'étais aussi subjuguée que les inconnus autour de moi.

Lorsque la danse se termina, le prince garda Ella à son bras pour la suivante, et pour toutes les autres. Les invités se joignirent à la contredanse ou retournèrent à leurs verres de vin et leurs conversations. Charlotte et Matilda attendirent en vain que l'on jouât une autre carole afin de pouvoir se joindre à la danse sans avoir besoin d'un partenaire. Aucun des hommes présents ne s'approchait d'elles.

La soirée s'étira, et je crus que le prince ne se lasserait jamais de danser, mais soudain, je le vis accompagner Ella vers la sortie par un passage entre les palissades. Mon cœur se mit à battre à tout rompre et je me précipitai à leur suite. Ella était une proie facile pour n'importe quel homme, et un prince avait l'habitude d'obtenir ce qu'il désirait.

L'air était plus frais dans le passage, et la lumière des torches ondulait dans le courant d'air créé par la porte ouverte. Le rire gazouillant d'Ella flotta dans la brise. Le nœud dans mon ventre se desserra quand je compris qu'ils étaient probablement sortis pour se rafraîchir un peu.

Quand je m'approchai du seuil, je vis le prince, dos à moi, s'appuyer avec nonchalance contre un piédestal en pierre. Le visage relevé d'Ella luisait à la lumière des torches. Des mèches de cheveux s'étaient détachées de ses tresses, et elle avait les joues rosies. Sa coiffure en désordre ne la rendait que plus belle encore. L'adoration et l'exaltation qui rayonnaient de ses traits charmants réveillèrent en moi un sinistre souvenir.

Je les observais avec hésitation, mais lorsque le prince attira Ella contre lui et se pencha pour l'embrasser, je toussai bruyamment. Je passai le pas de la porte, feignant la surprise.

« Oh, mais vous voilà, ma chère enfant ! » Je prétendis reconnaître le prince seulement lorsqu'il se retourna et je fis une grande révérence. « Monseigneur. »

Ella me fusilla du regard, et le prince Henry me vit sans me voir.

« Nous allions justement rentrer pour danser ! » dit Ella d'une voix aiguë.

Avant que j'eusse pu ajouter quoi que ce fût, elle passa la porte en courant. Le prince la suivit sans me prêter la moindre attention. Je fis néanmoins une nouvelle révérence.

Fidèle à ses paroles, Ella dansa avec le prince Henry. À chaque fois que la musique s'arrêtait, le prince, en criant, exigeait une autre contredanse. Le couple était perdu dans son propre monde ; ils n'avaient d'yeux que l'un pour l'autre. Autour d'eux, les danseurs finirent par se lasser, attendant une mélodie plus enjouée, et des jeunes femmes se plaignirent à voix basse que le prince ne devrait pas se limiter à une seule partenaire.

Regarder une belle jeune fille danser avec le prince ne pouvait pas retenir l'attention de la foule toute la soirée. Des grappes de femmes en pleines messes basses et d'hommes soûls se firent bruyantes et chahuteuses. La table d'honneur était vide, et les invités les plus élégants s'éclipsaient les uns après les autres. Charlotte et Matilda s'impatientaient sur leur banc, la mine assombrie, ou jouaient à des jeux de lettres. Je les envoyai chercher du vin simplement pour les occuper.

Pendant que les domestiques préparaient le grand hall pour le repas de minuit, les ménestrels firent une pause bien méritée. Je vis ma chance d'extirper Ella de la soirée lorsque le prince la salua et sortit d'un pas vif par la porte qui se trouvait derrière l'estrade. Ella s'attarda au centre de la salle, attendant certainement le retour du prince. Je dis à Charlotte et Matilda qu'il était temps de rentrer, et elles eurent l'air soulagées.

Je savais qu'Ella ne serait pas contente de partir, mais je n'avais pas anticipé l'entêtement avec lequel elle m'accueillit. Elle sut immédiatement pourquoi nous fondions sur elle, et avant que j'eusse pu parler, elle me dit : « Je ne pars pas !

— Nous en avons déjà discuté, Ella. Il est l'heure de rentrer.

— J'attends le prince Henry !

— Vous vous êtes déjà assez donnée en spectacle. Il est temps de rentrer à la maison.

— Je ne partirai pas sans dire au revoir au prince Henry !

— Vous avez eu amplement le temps de faire vos adieux, et vous auriez dû prendre congé il y a bien longtemps. »

Je pris Ella par la manche de sa robe et la tirai vers le passage. Charlotte et Matilda se plaignirent qu'elles étaient lasses et prêtes à aller se coucher. Au début, Ella se laissa faire, mais juste au moment où nous sortions du grand hall, elle se libéra brusquement et sa manche se déchira.

« Voyez un peu ce que vous avez fait ! s'exclama-t-elle.

— Baissez d'un ton, dis-je, outragée. Nous raccommoderons cela plus tard. Venez, à présent, dis-je entre mes dents serrées.

— Je ne viendrai pas avec vous ! »

Je me demandai si elle avait bu trop de vin. Ne sachant que faire d'autre, je repris Ella par le bras, la poussai dans le passage et la fis sortir par l'entrée principale. Charlotte et Matilda trottinaient sur nos talons. Je plongeai avec bonheur dans l'air frais de la nuit, pensant que le pire était derrière nous, mais le froid ragaillardit Ella ; en haut des marches, voyant que j'avais relâché la pression de ma poigne, elle lutta sauvagement pour se libérer, déchirant une autre couture de sa robe. Elle perdit une de ses pantoufles décorées de perles en verre et la ramassa, la gardant à la main.

« Je ne suis pas votre chose ! » Sa voix se brisa sous la menace des larmes qui montaient. « Je n'ai pas à vous obéir. Vous n'êtes pas ma mère ! Ma mère est morte, et vous m'avez volé mon père, et maintenant lui aussi est mort, et vous êtes... » Les larmes coulaient à présent sur ses joues. « Vous êtes tout simplement méchante ! Je me fiche que vous soyez ma belle-mère, laissez-moi tranquille ! » Elle dégagea son bras d'un geste vif et me jeta sa pantoufle à la figure avec une force surprenante. Fort heureusement, elle avait mal visé, et la chaussure ne fit que me frôler l'oreille en allant s'écraser sur une fenêtre derrière moi. L'un des carreaux se brisa avec fracas.

Ella porta vivement la main à sa bouche, consternée, avant de s'enfuir, abandonnant son autre pantoufle sur les marches.

« Mais qu'est-ce qui ne tourne pas rond chez elle ? s'exclama Matilda.

— Ce n'est rien de plus qu'un de ses caprices habituels », répondit Charlotte avec mépris.

Toutes deux descendirent l'escalier à la suite d'Ella, mais je restai figée sur place, bouleversée. Les crises incontrôlables d'Ella avaient toujours troublé sa nature tranquille, mais je n'avais jamais pensé une seconde qu'elle fût violente. Mon estomac se noua en repensant aux colères de sa mère.

Des bruits de pas vifs m'avertirent que des hommes approchaient, mais je ne me retournai que lorsque l'un d'entre eux demanda :

« Où est-elle passée ? » Le prince avait l'air perplexe et déçu. Deux pages vêtus aux couleurs de la famille royale l'accompagnaient ; dans sa main, il tenait la pantoufle qui était tombée sur les marches derrière moi.

Après la révérence d'usage, je répondis : « Elle s'est enfuie, Monseigneur. »

Il fronça les sourcils. Il avait des traits aristocratiques, mais l'air sot. « Pourquoi ferait-elle une chose pareille ? »

J'avais comparé l'intensité avec laquelle il avait regardé Ella à celle d'un prédateur, mais cela ne concordait pas avec la candeur de ses propos.

« Je ne sais pas, Monseigneur.

— Je dois la revoir. Où puis-je la trouver ? »

Une absence d'esprit ou d'assurance dans sa façon de parler et de se tenir rendit son beau visage moins séduisant.

« Pourquoi souhaitez-vous la revoir, Monseigneur ? »

Je me montrais grossière en lui posant la question, et il aurait dû me remettre à ma place, au lieu de quoi il me répondit : « Je l'aime, et je souhaite l'épouser. »

Cette déclaration était si extravagante que je manquai d'éclater de rire.

« Pouvez-vous me dire où la trouver ? poursuivit-il en ignorant l'incrédulité qui devait se lire sur mes traits. Je vous ai vue en sa compagnie un peu plus tôt dans la soirée. »

Quand j'étais jeune, il y avait un idiot dans notre village, un homme au corps parfaitement sain, mais dont l'intellect ne dépassait pas celui d'un enfant. Le regard du prince me rappela cet homme. Je me sentais lasse et gênée.

« C'était une connaissance de ma fille qui vient de la ville, Monseigneur, dis-je en faisant une révérence. Je suis certaine que vous allez la revoir à la cour. »

Alors que je me dépêchais de descendre les marches, mon regard fut attiré par l'éclat de la pantoufle abandonnée d'Ella, mais je ne m'arrêtai pas. Je n'avais qu'une envie, laisser cette soirée derrière nous.

Je retrouvai les filles qui m'attendaient dans notre carrosse. Ella reniflait ; ses yeux étaient bouffis et sa peau rougie. Sa coiffure était presque totalement défaite. Charlotte et Matilda étaient assises de chaque côté de leur demi-sœur, lui caressant les bras en gestes apaisants. Elles lui chuchotaient des mots de consolation, mais l'agacement se lisait dans leurs voix et leurs attitudes.

Ella refusa de me regarder lorsque je grimpai dans le carrosse. Je m'installai en face d'elle, silencieuse. Ses petites mains, telles des araignées blanches posées sur ses genoux, ses pieds sales, ses épaules voûtées, son visage inexpressif... Tout cela me laissait parfaitement indifférente. La tempête régnait dans ma tête, mais mon cœur restait de marbre.

Nous voyageâmes en silence. Alors que nous approchions de la maison, j'avais bien conscience qu'il me fallait dire quelque chose, mais ma langue était sans vie. La lassitude et la tristesse me décourageaient. Tout cela serait bientôt terminé, d'une manière ou d'une autre. Mère Elfida trouverait un mari à Ella, et je devrais encore une fois m'en remettre à la grâce de Dieu.

Je sentis mon visage s'enflammer et mes yeux s'embuer. Je me rapprochai du carreau et fis semblant de scruter l'obscurité. Charlotte et Matilda n'avaient pas besoin de voir ma détresse. Je trouverais un moyen de les protéger, comme je l'avais toujours fait. Je supplierais l'abbesse d'en faire des novices, et si elle refusait, de les prendre comme domestiques. Je trouverais peut-être un époux à Charlotte. Un homme bon se montrerait peut-être indulgent.

Alors que je regardais au-delà de la faible lumière de notre lanterne, des arbres, éclairés par la lune, émergèrent de la nuit. Après un temps, je pus discerner des détails du taillis, comme des fougères argentées et des pas-d'âne. Dans la pénombre, je surpris le mouvement d'un animal filant dans la forêt.

Je ne remarquai la présence d'Ella à mes côtés qu'une fois que je sentis sa tête posée sur mon épaule. Je me raidis, résistant à mon réflexe de me dégager d'un mouvement discret. Je savais que par ce geste elle souhaitait s'excuser, et que je devrais accepter ses excuses, même si j'aurais préféré qu'elle ne me touchât pas. Je lui caressai doucement la joue, et Ella soupira. Charlotte et Matilda dormaient, appuyées l'une contre l'autre, oscillant au rythme du carrosse. Je demeurai aussi immobile que possible, et Ella finit par s'endormir à son tour.

22

Les pantoufles de vair

Tout le monde connaît l'histoire du prince Henry parti en quête de la belle jeune fille qu'il avait rencontrée au bal, visitant toutes les maisons pour demander à toutes les femmes célibataires des cinq paroisses d'essayer les pantoufles de vair. C'est un joli conte. Comme d'habitude, la vérité est bien plus banale.

Le prince découvrit facilement l'identité d'Ella. Après tout, sa marraine avait aidé à organiser le bal, et le lord de Cothay Manor connaissait Ella de vue. Une simple question lui avait fourni l'information nécessaire pour se rendre au galop avec sa suite à Aviceford Manor, un beau samedi matin.

Les hommes arrivèrent dans la cour dans un tonnerre de claquements de sabots, criant et brandissant des bannières comme s'ils étaient venus livrer bataille, et non faire la cour à une demoiselle naïve à la chevelure dorée. Nous accourûmes toutes aux fenêtres, surprises par le vacarme. Le prince descendit d'un bond de son étalon blanc et se dirigea à grandes enjambées vers la porte d'entrée, sans même attendre son escorte.

Avec un petit cri de plaisir, Ella courut l'accueillir. Je ne pris pas la peine de la gronder ou de la rappeler.

Il est vrai que le prince apporta les pantoufles de vair et, le temps pour moi d'arriver au vestibule, Ella dansait déjà, ses petits pieds étincelant dans la lumière du soleil qui se déversait par la porte ouverte. Son soupirant la regardait avec un sourire énamouré sur ses lèvres roses.

J'avais la gorge serrée et la tête qui cognait. Je fis une grande révérence, me rappelant le mensonge que je lui avais raconté la veille. Le prince ne sembla pas me reconnaître.

Charlotte passa un bras autour de ma taille, et Matilda s'accrocha à mon coude. Elles souriaient toutes les deux en observant la scène. Lorsque Ella s'arrêta de tourbillonner, le prince tomba à genoux et prit ses deux mains dans les siennes. Les membres de sa suite s'attroupèrent à la porte, jetant des ombres sur le couple tout sourires.

« Ma belle Cendrillon, dit le prince. Venez avec moi à la cour et épousez-moi !

— M'aimerez-vous à jamais ? demanda Ella avec un sourire radieux.

— Je vous aimerai jusqu'à ce que les étoiles s'éteignent dans le ciel !

— Aurai-je mes propres appartements privés ? dit-elle avec timidité.

— Vous pouvez avoir tout ce que votre cœur désire !

— Dans ce cas, mon cœur désire vous suivre ! »

Le prince se redressa d'un bond et souleva Ella haut dans les airs ; il la fit tourner comme si elle ne pesait pas plus qu'une poupée. Alors que son rire si particulier retentissait dans le vestibule, ses pantoufles scintillantes tombèrent l'une après l'autre en résonnant sur le sol. Après avoir reposé à terre l'objet de son admiration, le prince se tourna vers moi, rayonnant, et n'eut aucunement l'air de m'en vouloir ou de se souvenir de moi.

« Vous devez être la belle-mère de Cendrillon. »

Charlotte et Matilda se raidirent à la mention du surnom d'Ella ; je ne savais pas si elles grimaçaient ou souriaient.

Je fis une nouvelle révérence : « En effet, Monseigneur, je suis Agnès Vis-de-Loup, lady d'Aviceford Manor. » Charlotte et Matilda firent elles aussi la révérence.

Le prince sortit un mouchoir en soie de sa poche et se moucha bruyamment. « Je suppose que vous n'avez pas d'objection à ce que je fasse de Cendrillon ma femme ? »

J'hésitai un temps, et Charlotte me donna un léger coup de coude, mortifiée. Le prince Henry ne sembla rien remarquer.

« Bien entendu, je n'ai aucune objection, Monseigneur. Nous sommes honorées. Avez-vous parlé avec sa marraine, l'abbesse Elfida ? »

Le prince haussa les épaules. « Elle souhaite que je dépose une requête auprès de mon père afin qu'il donne à l'abbaye le reste d'Ellismere Island. Il me l'offrira en cadeau de mariage. »

Peut-être n'était-il pas aussi idiot que cela, après tout.

Le prince reprit la main d'Ella. « Nous devons immédiatement nous mettre en route. J'enverrai un messager en éclaireur pour commencer les préparatifs du mariage. Je vais laisser quelques hommes ici pour rassembler vos effets.

— Immédiatement ? » Le sourire d'Ella disparut. « Mais non !

— Mais si, sur-le-champ ! Pourquoi pas ? Ne voulez-vous pas que nous nous mariions le plus tôt possible ?

— Si, bien sûr... » Ella toussa, et lorsqu'elle reprit la parole, sa voix vacilla. « Maman et mes sœurs peuvent-elles nous accompagner ? demanda-t-elle en le suppliant du regard.

— Elles peuvent assister au mariage, bien entendu, mais elles ne peuvent pas venir maintenant. Nous devons nous mettre en route.

— Ne resterez-vous pas au moins pour le dîner, Monseigneur ? demandai-je.

— Non ! Nous avons deux journées entières à cheval devant nous. Nous n'avons pas de temps à perdre !

— Ne puis-je pas rester ici et me joindre à vous plus tard, avec ma famille ? l'implora Ella.

— Ne souhaitez-vous pas m'accompagner ? »

Les yeux violets d'Ella passèrent avec incertitude du prince à nous, et elle finit par acquiescer en silence.

« Alors pas de temps à perdre ! Dites à votre femme de chambre d'aller vous chercher ce dont vous avez besoin pour le voyage, et partons ! »

Gisla était déjà partie faire le nécessaire.

« Cela ne sera pas long, Monseigneur. Je vous en prie, prenez un verre de vin dans le hall pendant qu'Ella se change pour monter à cheval.

— J'attendrai dehors. » Le prince baisa le bout des doigts d'Ella. « Faites vite, mon ange ! » Il ressortit à grands pas, et les hommes de son escorte le suivirent les uns derrière les autres.

« Dépêchez-vous donc, Ella ! Ne faites pas attendre le prince ! »

Elle se jeta à mon cou et enfouit son visage dans mon épaule. « Je ne veux pas partir ! »

Charlotte retira son bras de ma taille pour laisser la place à Ella.

« Je croyais que vous vouliez épouser le prince !

— Je le veux ! dit-elle d'une voix étouffée contre ma robe.

— Eh bien, vous ne pouvez pas avoir les deux. Si vous souhaitez devenir sa femme, vous devez faire ce qu'il vous demande. »

Je la sentis acquiescer. « Mais je ne supporterai pas de vivre si loin de chez moi ! »

Je soupirai. « Aviceford Manor n'est plus votre maison à présent, Ella. Vous ne connaîtrez probablement pas les nouveaux propriétaires des lieux. »

Ella releva la tête, les yeux écarquillés. « Que voulez-vous dire ?

— L'abbesse Elfida va trouver de nouvelles personnes pour s'occuper du manoir.

— Mais que vous arrivera-t-il à vous, et Lottie, et Tilly ? » Elle nous regarda, bouleversée, alors que Charlotte et Matilda tentaient de lire la réponse sur mon visage.

Je ne m'étais pas attendue à ce qu'Ella se fît autant de souci à notre sujet. En regardant son visage inquiet, je commençai à m'apitoyer sur mon sort, une émotion que j'aurais pu étouffer si Ella n'avait pas poursuivi : « Je parlerai au prince Henry. Vous viendrez vivre au palais avec moi ! » Elle sourit joyeusement. « Quel bonheur ce sera ! »

Je fondis en larmes.

Ella sembla encore plus alarmée. « Maman Ours ! Qu'y a-t-il ? Ne voulez-vous pas venir vivre au palais ? »

Je ne pus étouffer mes sanglots et me contentai de lui sourire à travers mes larmes et de la serrer fort dans mes bras. Mon cœur se gonfla, se pressant contre les barreaux de sa cage. C'était le plus beau des miracles de ma vie : enlacer Ella sans autre raison que mon besoin de la sentir contre moi. Elle me tapota le dos pour me réconforter, comme si elle comprenait – heureusement, ce n'était pas le cas. C'était ma fille, mais ce fut la première fois que je m'autorisai à être sa mère.

23

La cour royale

Cela fait cinq ans que nous avons rejoint Ella à la cour. Les premiers temps, nous espérions vivre dans l'anonymat et priions pour que les commérages cessassent d'eux-mêmes, mais malheureusement, l'inverse s'est produit. Après la mort accidentelle du prince George dans un tournoi, les princes John et Hubert ont succombé à la fièvre bilieuse. Le prince Michael, qui est à présent l'héritier du trône, a toujours eu une santé fragile ; il souffre d'une forme de prostration nerveuse, et la rumeur court que le roi ne l'estime pas apte à régner même s'il vit assez longtemps. Il semble de plus en plus probable que le mari d'Ella, le prince Henry, devienne le nouveau roi. Ce qui veut dire, bien entendu, que ma belle-fille sera reine consort.

Je ne sais que penser de cette situation. Ella n'a vraiment aucun désir d'assumer les responsabilités d'une souveraine, et elle n'est pas faite pour la politique. D'un autre côté, en tant que reine consort, elle pourrait user de son influence et se créer le genre de vie qu'elle souhaite. Son manque de sens politique ne l'a certainement pas empêchée de devenir le membre le plus célébré de la famille royale.

On ne sait pas encore si l'ascension sur le trône du prince Henry sera une chance pour Ella, mais il est évident que cela n'en sera pas une pour Charlotte, Matilda ou moi. Au début, je n'ai pas compris pourquoi l'on avait relevé mes filles de leurs fonctions auprès de la princesse pour leur demander de s'occuper d'une comtesse en visite au palais, ni pourquoi on nous faisait asseoir au dernier rang dans la chapelle. Lorsqu'on nous a exclues des appartements d'Ella – elle attendait son troisième enfant et venait d'entrer dans la période de confinement –, j'ai demandé une explication à la dame d'honneur. « Je pourrais aussi bien vous demander de quel droit vous êtes à la cour », fut la seule réponse qu'elle me donna.

C'est un diplomate étranger qui m'a enfin éclairée sur ce qui se tramait. Je marchais dans le jardin lorsqu'un homme m'a abordée. Malgré sa barbe blanche taillée en pointe et ses cheveux argent, il semblait avoir à peu près la quarantaine, comme moi. Il était petit et menu, et avait une façon de vous regarder, directe et intense, qui était peu commune à la cour.

« Pardonnez-moi, madame, mais êtes-vous la mère de la princesse Elfida ? a-t-il demandé avec un accent que je ne connaissais pas.

— Je suis sa belle-mère, lord... ?

— Niccolò Barboro. Baron de la Sérénissime République de Venise. » Il a rangé son livre sous son bras et m'a pris la main. Il a embrassé le bout de mes doigts et m'a adressé un sourire. « Veuillez m'excuser. Je ne connaissais pas ce mot, "belle-mère". Je sais que vous êtes également mère, car j'ai rencontré vos autres filles. Dama Matelda est des plus brillantes. Vous êtes trop jeune pour avoir des enfants de cet âge !

— Vous me flattez, baron Barboro.

— Je vous en prie, appelez-moi Niccolò. Nous sommes tous les deux des étrangers en ces lieux.

— Je vous demande pardon ? Je ne suis pas étrangère. »

L'homme m'a regardée attentivement avant de sourire à nouveau. Ses dents étaient inhabituellement blanches et bien rangées. « Je crois que vous comprenez ce que j'entends par là, gente dame. » Il a insisté sur ces deux derniers mots, mais son ton n'était pas méchant.

« Comment connaissez-vous ma fille Matilda ?

— Ah, dama Matelda est ma tutrice, et je suis son tuteur. Elle corrige mon anglais, et en échange je lui prête des livres de poésie latine. Je crois que c'est à moi que notre accord profite le plus. »

Je n'avais pas souvent l'occasion de discuter avec Matilda, mais j'ai été surprise de ne pas avoir entendu parler de leurs conversations ou de la poésie.

Niccolò a éclaté de rire. « Je vois que votre fille ne vous a pas parlé de moi. Peut-être pensait-elle que vous n'approuveriez pas. Je vous assure que nous avons été bien chaperonnés.

— Oh, je... je ne pensais pas... » Je me suis interrompue, troublée. Le besoin d'un chaperon ne m'avait même pas traversé l'esprit, d'abord parce que cet homme me faisait penser à un elfe, et à cause du visage défiguré de Matilda. Pour cacher mon embarras, je lui ai demandé : « Comment trouvez-vous le jardin ?

— Il y fait si froid ! » Il a tendu une main délicate. « Regardez comme mes doigts virent au bleu !

— Mais c'est presque l'été ! Comment pouvez-vous avoir froid ? ai-je ri.

— L'été. » Sa voix s'est assombrie. « Vous en savez autant sur l'été que les poissons sur le désert. Nous sommes en mai, et je porte encore mon manteau d'hiver ! a-t-il dit en frissonnant avec exagération.

— Dans ce cas, à quelle sorte d'été êtes-vous habitué ?

— Ah, aux douces brises marines, au scintillement doré du soleil sur l'eau, aux parfums d'orange et de jasmin qui se mêlent à l'air chaud de la mer. » Il a fermé les yeux et a inspiré profondément, comme s'il pouvait sentir l'été vénitien dans l'air frais du jardin. « C'est le paradis, chez moi. Je n'en serais jamais parti si l'on m'avait dit qu'ici, il faisait toujours gris et froid.

— Alors pourquoi ne pas rester à l'intérieur, près du feu ? Ce ne sont certainement pas les fleurs qui vous attirent au jardin. » J'ai désigné d'un geste de la main les topiaires que l'on avait taillées en formes sévères et angulaires.

Le baron a adopté un ton sérieux. « J'ai appris que vous veniez ici presque tous les après-midi. Je souhaiterais m'entretenir avec vous. Puis-je me joindre à vous dans votre promenade ? »

Mon cœur s'est emballé. « Y a-t-il un problème avec Matilda ?

— Non, non, pas exactement, a dit Niccolò en se caressant la barbe. S'il vous plaît, marchez avec moi. » Il m'a pris le coude pour que je le suive sur le chemin. « Cela me peine de vous le dire, mais je pense que vous et vos filles ne devriez pas rester à la cour. Vous n'y êtes pas en sécurité.

— En sécurité ? » J'ai tenté de ne pas laisser paraître mon inquiétude. « Que voulez-vous dire ?

— Vous savez que le prince Henry va certainement devenir roi un jour ?

— Oui, bien entendu.

— Il y a toujours du... ah, *fracasso*, quand le pouvoir change de main. Certains se battent pour être au plus près du souverain.

— Mais nous sommes la famille de la princesse Elfida.

— Oui, et c'est bien là le problème. Vous ne faites pas partie de la caste des courtisans.

— Nous sommes d'origine très modeste. »

Il a haussé les épaules. « Notre société est moins obsédée par notre lignage que la vôtre. Mais oui, vous êtes étrangères ici dans cette cour. Tout comme moi. » Il a souri tristement.

Nous avons marché en silence un moment, avant que je lui demande : « Pourquoi dites-vous que nous sommes en danger ?

— Peut-être ai-je employé des mots trop forts. En tout cas, je l'espère. Je n'ai aucune connaissance de complots tramés contre vous. Mais j'entends ce qui se dit, et je sais que certains ne seraient pas mécontents de vous voir disparaître dans la tour.

— Nous n'avons rien fait de mal !

— Savez-vous ce que l'on raconte sur vous ? a soupiré le baron.

— J'ai entendu ces histoires ridicules sur mes filles qui se seraient coupé des bouts de pied pour épouser le prince Henry, oui.

— Cela m'attriste de vous l'apprendre, mais il y a pire, madame. » Il a marqué une pause. « Ils vous jugent diabolique. On dit que vous avez enfermé la princesse Elfida au grenier et dépensé tout l'argent de son père pour vos propres filles. Que vous avez forcé la princesse à faire le travail de domestiques. Que vous lui avez fait porter des haillons, et que vous avez encouragé vos filles à la persécuter. »

J'ai eu le souffle coupé et je dus ravaler mes larmes. Je me croyais insensible aux opinions peu charitables, mais ces mots avaient percé mon armure. « Il y a toujours eu des rumeurs à notre sujet.

— Eh bien, le roi et la reine ont désormais eu vent de ces rumeurs, et on les persuade que l'héritier présumé du trône doit prendre ses distances avec vous. Je me suis pris d'affection pour votre fille Matelda. Je ne voudrais pas qu'il lui arrive quoi que ce soit, à elle comme à ses proches. »

J'ai levé mon visage vers le ciel gris et morne pour empêcher les larmes de couler sur mes joues. Un faucon volait haut au-dessus de nos têtes, ses ailes bougeant à peine. Lorsqu'il a traversé les coins embués de ma vision, ses battements d'ailes m'ont semblé irréguliers, comme s'il était sous l'eau.

« Je vais trouver une solution », ai-je dit au vent. Le nœud dans ma gorge était aussi gros qu'un noyau de pêche. L'espace d'un moment, j'ai méprisé ce petit homme étrange pour m'avoir apporté des nouvelles aussi terribles et avoir été témoin de mon humiliation.

Niccolò a légèrement pressé ses doigts contre mon avant-bras. « Je m'excuse grandement d'avoir interrompu votre promenade. Je vais vous laisser maintenant. »

Je l'ai remercié en le regardant dans les yeux, et n'y ai vu que de la bonté.

La cour royale est une putain capricieuse. Sa robe écarlate et son visage maquillé semblent peut-être beaux aux yeux d'un observateur de passage, mais quiconque s'en approche peut voir des fissures dans son visage poudré et des trous rapiécés dans le satin de sa robe. La cour ne garde de place dans son cœur que pour l'or qui remplit les poches des hommes.

Une fois que j'ai compris à quel point notre position à la cour était précaire, j'ai vu le danger partout. Charlotte, Matilda et moi n'avions pas su nous attirer les bonnes grâces de qui que ce soit, et avions fait de femmes telles que Cecily Barrett et Isabella Florivet des ennemies mortelles en refusant de nous prosterner devant elles. Bêtement, nous nous étions reposées sur notre lien avec Ella pour nous protéger, mais elle se retrouvait emportée par le même courant que nous. Elle pouvait demander des faveurs, mais n'avait pas son mot à dire sur les questions d'État, et elle n'avait conscience ni des intrigues échafaudées, ni des puissantes cabales qui décidaient de qui était invité à la cour et qui devait la quitter.

Les murmures et regards en coin ont pris un aspect sinistre. Il m'a été interdit de voir Ella et son nouveau-né, et le chambellan a refusé de me trouver une place pour le souper, ce qui m'a forcé à demander de quoi me nourrir en cuisine, comme une domestique. Je ne pensais pas que l'on nous jetterait dans la tour – nous ne sommes pas assez importantes pour constituer une menace –, mais le bannissement semblait de plus en plus probable.

Charlotte et Matilda vivaient dans l'aile du palais la plus proche de la rivière, où logeaient les invités les moins prestigieux. Elles s'occupaient de la comtesse étrangère jour et nuit, dormant dans une chambre contiguë à la sienne, ce qui faisait que nos chemins se croisaient rarement. Comme je ne me fiais à aucun domestique pour leur délivrer un message, je me rendis en personne à l'aile sud au lever du jour. Ayant peur que l'on ne m'empêche de rentrer, j'ai patienté dehors, espérant qu'une de mes filles me voie par la fenêtre. C'est par ce côté du palais que les douves acheminent les déchets vers la rivière ; la puanteur était terrible, mais au moins je n'avais pas à affronter de gardes ou de courtisans indiscrets.

Le palais s'étendait à l'ouest de l'endroit où je faisais les cent pas ; les murs enveloppés par les ombres se révélaient dans la lumière chaude du soleil levant. Le vaste toit était entrecoupé d'une série de tours crénelées, spectrales dans la lumière pâle. Les détails de la pierre le long des parapets et des balustrades ont émergé à mesure que la lueur du soleil s'intensifiait ; les fenêtres des appartements se sont mises à scintiller.

Fort heureusement, je n'ai pas eu à attendre longtemps. Charlotte a passé la porte en arc en courant, soulevant sa jupe pour ne pas trébucher. Mon cœur s'est gonflé de joie en voyant apparaître ce visage que j'aimais tant rougi par l'effort.

« Maman ! Pourquoi êtes-vous là ? a-t-elle demandé, le souffle court.

— Je souhaite vous parler à toutes les deux. » Je n'avais pas de plan, mais Charlotte et Matilda méritaient de comprendre dans quelle situation nous nous trouvions.

« Qu'y a-t-il ? Quel est le problème ?

— Pas tout de suite, ma chère enfant, mais nous avons à parler. Pouvez-vous vous absenter un instant ? »

Les yeux noirs de Charlotte étaient solennels. Elle a acquiescé : « Retrouvez-nous à notre endroit habituel dans le jardin après le déjeuner. Tilly et moi devrions pouvoir nous éclipser pendant la sieste de la comtesse. » Elle m'a embrassée sur la joue, s'est hâtée de rentrer et m'a jeté un regard inquiet par-dessus son épaule en disparaissant sous l'arche.

J'ai vu les filles approcher avant qu'elles ne m'aperçoivent. Elles portaient des tenues sombres, qui me rappelaient les robes grises qu'elles avaient dû mettre à l'abbaye, et elles étaient penchées, échangeant à voix basse, comme elles le faisaient étant enfants. Je pouvais deviner au ton de sa voix que Charlotte houspillait sa sœur, même si de là où je me trouvais ses mots n'étaient qu'une mélodie, semblable au chant d'un oiseau. Matilda a éclaté de rire.

Je les ai saluées, et Matilda s'est exclamée : « Un entretien secret, comme c'est divertissant, maman !

— Vous êtes de bien bonne humeur.

— Ah, mais je vois que ce n'est pas votre cas. Dites-moi ce qui vous préoccupe. » Matilda a passé son bras sous le mien, et nous nous sommes engagées sur notre chemin habituel.

« J'ai rencontré votre ami, le baron Barboro. »

Matilda m'a jeté un regard prudent. « Quel petit homme singulier, n'est-ce pas ? Sa chambre est à côté de la nôtre, alors nous le voyons souvent. Il partage ses livres avec nous. Il semble plutôt aimable, mais il y a quelque chose de mièvre chez lui.

— Il m'a fait part de nouvelles assurément inquiétantes. »

Matilda m'a serré le bras.

« Qu'a-t-il dit, maman ? a demandé Charlotte.

— Il s'inquiète que ceux qui estiment que nous portons préjudice au prince Henry parviennent à nous chasser de la cour. » Je n'ai fait aucune mention de la tour. Cela ne semblait pas nécessaire.

« Ella ne les laisserait jamais faire !

— Quand avez-vous vu la princesse pour la dernière fois ?

— Nous avons été très occupées.

— Avez-vous fait la connaissance de votre nouveau neveu ?

— Non, a répondu Charlotte d'un ton hésitant.

— Ce ne sont pas vos tâches qui vous empêchent de lui rendre visite. C'est que l'on ne nous veut pas à ses côtés.

— Mais bien sûr qu'Ella veut nous voir !

— Peut-être. Elle ne nous a pas encore fait appeler : cela n'augure rien de bon.

— Où irions-nous si nous devions partir ? a demandé Charlotte.

— Je ne sais pas. Si nous pouvions obtenir un prêt, nous pourrions peut-être ouvrir une brasserie. Vous avez toutes deux appris le métier.

— Mais si la brasserie ne marche pas ? a dit Charlotte en se mordillant nerveusement la lèvre.

— Je ne sais pas.

— Nous pourrions aller à Venise, a annoncé Matilda d'une petite voix.

— Venise ? » Je me suis arrêtée net.

Matilda m'a regardé timidement. « Niccolò m'y a invitée. Je lui ai dit non, mais je suis certaine qu'il serait heureux d'apprendre que j'ai changé d'avis.

— Mais tu ne veux pas l'épouser ! s'est insurgée Charlotte.

— L'épouser ? ai-je dit, incrédule.

— Pourquoi avez-vous l'air si choquée, maman ? Pensiez-vous que jamais personne ne souhaiterait m'épouser ?

— Je... Non, bien sûr que non, c'est simplement que... Je ne m'attendais pas à cela.

— Eh bien, il semble que Niccolò m'admire en dépit de mon visage. » Matilda m'a enfoncé son doigt dans les côtes. « Qui aurait cru cela possible ?

— Oh, ma chère enfant, vous êtes un trésor, et vous savez que je vous considère comme l'une des femmes les plus accomplies que cette terre ait connues. L'une des *deux* femmes les plus accomplies, ai-je dit en souriant à Charlotte. L'une des trois les plus accomplies, me suis-je corrigée rapidement.

— Mais Tilly, tu ne peux pas faire ça ! » Charlotte m'a regardée d'un air suppliant. « Elle ne l'aime pas, et elle ne veut pas vivre à Venise.

— Si Niccolò accepte que vous m'accompagniez toutes les deux, je pourrais me résigner à un tel sort.

— Tu ne peux pas épouser un homme que tu n'aimes pas ! »

La naïveté de Charlotte me laissait sans voix. « Personne ne se marie par amour, ai-je déclaré.

— Ella l'a bien fait.

— Votre demi-sœur a épousé un *prince*. Ne me dites pas que vous aussi vous prêtez l'oreille à ces contes de ménestrels ! C'est précisément à cause d'eux que l'on nous chasse de la cour ! » J'étais scandalisée. « Le prince Henry n'est pas le personnage héroïque qui a sauvé Ella d'un sort misérable, et Ella n'a pas jeté toute raison au vent pour épouser un roturier qui lui aurait volé son cœur. Elle a épousé l'un des hommes les plus riches et haut placés du royaume ! Vous me parlez d'*amour* ? L'amour est une maladie qui pousse les hommes et les femmes à faire des choses idiotes, le genre de choses qui les laisse tristes et brisés une fois la fièvre retombée.

— Et je suppose que vous estimez que quiconque tombe amoureux de moi est un idiot ? a répliqué Matilda, en colère.

— C'est *vous*, l'idiote, si vous ne comprenez pas qu'il ne s'agit là que de passades, qui disparaissent bien vite une fois que les familles en viennent aux questions d'héritage ! »

Matilda a reculé comme si je venais de la gifler. La douleur sur son visage m'a déchiré le cœur. J'ai laissé échapper un soupir, secouée, et j'ai dit : « Je suis désolée. Je ne sais pas comment nous en sommes arrivées à nous fâcher de la sorte. Je vous aime si tendrement.

— Je dirai que c'est *vous*, maman, qui vous êtes fâchée, a répliqué Matilda. L'amour n'est-il pas une maladie ?

— Pas l'amour que j'ai pour vous ! » Les larmes me montaient à nouveau dangereusement aux yeux. « Vous êtes ma chair, mon sang, mes os. Vous êtes mon propre cœur ! »

Charlotte a enlacé les épaules de sa sœur. « Ce n'est pas bien pour une femme de donner sa vie à un homme qu'elle n'estime pas. »

Son commentaire a ranimé mon courroux. « Vous ne savez rien des choix que les femmes doivent faire. Croyez-vous que la plupart des femmes vivent sans contraintes dans des manoirs et des châteaux, à se régaler de faisans farcis, servis sur des plats en argent ? Qu'elles ont un quelconque contrôle sur leur destinée ? Toutes les femmes servent un maître, fût-il suzerain ou mari, et elles ont de la chance quand ils ne les frappent pas et ne se montrent pas cruels envers elles. Tout ce que vous avez, je vous l'ai obtenu soit par le mariage, soit en travaillant dur. Il n'y a pas d'alternative. Pensez-vous que la liberté ait *jamais* été un choix pour moi ?

— Nous vous en sommes reconnaissantes, maman, a dit froidement Matilda. Et nous sommes désolées que vous ayez souffert. » Elle a prononcé ce mot comme si elle n'en était pas vraiment convaincue. « Si le mariage doit être mon seul salut, alors je souffrirai à mon tour. Nous avons cependant la chance d'avoir une sœur qui est princesse, et avant que l'une d'entre nous ne fasse quelque chose de stupide, je vais parler avec elle. »

Charlotte, dans son éternel rôle de conciliatrice, a déclaré : « Maman n'était pas en train de dire que tu devais te marier, voyons. »

Le regard de Matilda a brillé. « Je sais parfaitement ce qu'elle a dit, merci, Lottie. » Matilda a tourné les talons et est repartie vers le palais. Charlotte m'a adressé un sourire chagriné et s'est lancée à la poursuite de sa sœur en l'interpellant. Je me suis laissée tomber à terre et j'ai sangloté, sans me soucier des possibles témoins de mon désarroi.

Ella a demandé à me voir le lendemain. J'avais passé une nuit blanche, à faire les cent pas dans ma petite chambre, et je n'étais pas encore habillée quand un messager a frappé bruyamment à ma porte et m'a dit de me rendre aux appartements de la princesse. Surprise que Matilda ait réussi à obtenir une audience si rapidement, je me suis habillée le plus vite possible et me suis hâtée vers les appartements royaux. Comme les regards hostiles étaient devenus chose commune, je portais un long voile et gardais la tête baissée dans les couloirs faiblement éclairés.

En approchant de la chambre d'Ella, une timidité inhabituelle s'est emparée de moi, mais avant que j'aie le temps d'hésiter, une domestique au visage de marbre a ouvert la porte et m'a fait entrer. Ella était assise sur son divan, enveloppée dans une robe de chambre en brocart violet, et Charlotte et Matilda se tenaient de chaque côté d'elle. J'ai fait la révérence et Ella m'a demandé : « Êtes-vous souffrante ? »

Réalisant qu'ils devaient être rougis par les larmes de la veille, j'ai couvert mes yeux de mes mains un instant. Comme il n'y avait aucun miroir dans ma chambre, je n'avais pu voir les dégâts causés par ma nuit blanche. J'ai touché délicatement mes paupières du bout des doigts ; elles étaient gonflées comme de la pâte à pain. « Je vais bien, Votre Altesse. Il n'est rien qu'un peu de repos ne puisse régler. »

Matilda s'est redressée et précipitée pour m'enlacer. Elle avait l'air tourmentée, et je voyais à ses yeux cernés qu'elle avait aussi versé des larmes.

« Je suis vraiment désolée, maman ! Je me suis comportée comme une misérable ingrate hier. Comment ai-je pu vous traiter de façon aussi horrible alors que vous avez tant fait pour nous ? Me pardonnerez-vous ? »

Je ne faisais pas confiance à ma voix, alors je l'ai serrée fort dans mes bras le temps que la tempête d'émotions qui m'habitait se calme. « J'espère que vous excuserez mes paroles sévères d'hier, ma chère enfant. Je ne suis plus moi-même. Je suis si inquiète... »

Matilda a pris mon visage entre ses mains et déposé un baiser sur ma joue. Puis elle a souri en annonçant : « Notre princesse a trouvé une solution à nos problèmes ! » M'enlaçant par la taille, elle s'est tournée vers Charlotte et Ella.

Ces dernières avaient l'air ravies. Ella a remis derrière son oreille une mèche qui s'était échappée de sa chevelure brillante et dit : « Mes sœurs me font savoir que vous êtes malheureuse à la cour. »

J'ai protesté, par politesse, mais Ella m'a interrompue : « Je ne m'y plais pas toujours, moi non plus. Parfois j'aimerais pouvoir m'enfuir. J'aime faire des pèlerinages à l'abbaye, car l'atmosphère y est toujours calme et paisible. Je ne peux choisir d'y vivre, mais vous le pourriez peut-être.

— Mais comment pourrions-nous vivre à l'abbaye ? ai-je demandé, perdue. Nous ne sommes pas nonnes, et nous n'avons pas de fortune personnelle. »

Ella a éclaté de rire, découvrant ses petites dents nacrées. « Avez-vous oublié que l'abbesse est ma marraine ? Elle ne pourra rien me refuser. » Elle a penché la tête sur le côté et m'a regardée à travers ses longs cils. « Quand ma grand-mère est décédée, elle a laissé presque toute sa considérable fortune à l'abbaye.

Ma mère n'a reçu que quelques statues et tapisseries, une misère, quand on y pense. On m'a refusé l'héritage qui me revenait de plein droit. Mère Elfida avait mis de côté un peu d'argent pour ma dot, mais ce n'est qu'une infime partie de ce qui aurait dû me revenir. Si je lui dis que je veux disposer de Rose House comme bon me semble, elle acceptera volontiers.

— Ne discutez pas, maman ! a lancé Charlotte avec un grand sourire. Cela fait si longtemps que vous souhaitez retourner à l'abbaye. Pensez à quel point nous serons heureuses là-bas ! Ella nous rendra souvent visite, et nous pourrons emmener les enfants chasser les grenouilles autour du bassin sans personne pour nous dire que cela ne se fait pas. Nous aurons tous les livres que nous souhaitons lire et il n'y aura plus aucun de ces affreux courtisans. Et nous serons ensemble ! » Charlotte s'est levée et m'a pris les mains. « Oh, maman, dites oui ! »

Ella s'est levée à son tour et nous a regardées l'une après l'autre, de ses grands yeux lumineux. « Si vous n'avez aucune objection, je vais prendre les dispositions nécessaires à votre déménagement. »

Je me suis avancée et j'ai fait une grande révérence. Aussitôt, Charlotte et Matilda m'ont imitée.

« Je ne saurais comment vous exprimer toute ma reconnaissance, Votre Altesse. Vous êtes trop généreuse, ai-je dit.

— Vous êtes ma famille. Nous avons eu nos différends, mais je n'ai jamais douté de votre amour », a-t-elle simplement répondu.

J'ai senti mon âme se serrer, honteuse : je n'avais pas toujours porté un amour inconditionnel à Ella. Mon affection pour elle n'était jamais allée de soi ;

j'avais dû me faire violence et forcer mon cœur vers ma belle-fille ; il m'était même arrivé de fermer les yeux sur l'intangibilité de mes sentiments. Je me trouvais des excuses, me disant qu'Ella était étrange, que tout le monde la trouverait difficile, que Charlotte et Matilda étaient plus aimables de nature, que je n'étais pas la vraie mère d'Ella...

« Merci. Je ne mérite pas tant de bonté de votre part. » Je me suis inclinée à nouveau devant Ella.

L'air parfumé est tout à coup devenu oppressant. Je voyais que Charlotte et Matilda souhaitaient que je reste un peu plus longtemps, mais j'avais du mal à respirer et la tête me tournait, si bien que je me suis retirée. Pourtant, dans le couloir, cette impression d'étouffer n'a pas disparu, et comme l'idée de me retrouver seule dans ma chambre sans lumière m'était pareillement insupportable, je me suis échappée au jardin, à la recherche d'air frais. La lumière vive du soleil s'est déversée quand j'ai ouvert la porte, éblouissant mes yeux irrités, et j'ai enfin pu mieux respirer. Néanmoins, des regards et des murmures accusateurs s'accrochaient encore à moi, nourrissant en mon for intérieur cette culpabilité que j'avais si longtemps tenté d'ignorer.

24

Retour à Rose House

Cela fait une décennie que nous sommes parties vivre à Rose House, et je dors dans la chambre où avait dormi ma maîtresse, lady Wenslock, il y a si longtemps. Bien que les chambres ne manquent pas, même quand Ella vient nous rendre visite avec ses enfants, Matilda et Charlotte ont souhaité continuer à partager la leur. Nous prenons tous nos repas ensemble, mais vaquons séparément à nos occupations le reste de la journée. Matilda enseigne le latin aux élèves du couvent ; elle s'est liée d'amitié avec la plupart des nonnes et, discrètement, elle les fait venir dîner dès qu'elle en a l'occasion. Charlotte travaille au scriptorium ; elle est très douée pour les enluminures, et on peut trouver ses livres chez les familles les plus prestigieuses du royaume. Pour ma part, je continue d'écrire, principalement de la poésie. Je ne sais pas si quelqu'un lira un jour mon travail, mais l'écriture m'apporte beaucoup de joie. Nous passons ensemble des heures privilégiées à la bibliothèque, et connaissons par cœur nos livres favoris.

Cela a été un soulagement que d'échapper aux jugements et au mépris de la cour. Je suis certaine qu'Ella n'a rien fait pour encourager les histoires qui circulaient sur ses vilaines demi-sœurs et son égoïste belle-mère, mais elle est si radieuse, simple et joyeuse, et nous sommes ses ombres. Pour qu'elle puisse incarner la beauté et la bonté, nous devons incarner la noirceur et la perversion. Depuis la nuit des temps, depuis que Dieu nous a chassés du jardin d'Éden, l'humanité a toujours fonctionné ainsi. Nous ne pouvons connaître la vertu qu'en comprenant le vice. Faute de quoi, nous ne serions que des animaux, occupés à vivre, s'accoupler, se reproduire et mourir dans un monde sans vertu ni péché.

Nous avons peut-être été trop dures avec Ella lorsqu'elle était enfant, mais je sais que Charlotte et Matilda voulaient sincèrement le bonheur de leur demi-sœur. Tout comme moi, mais pas autant que ce qu'elle méritait. J'essaie encore de faire la paix avec mes manquements passés.

D'une manière plus obscure, nous voulions également qu'Ella se montrât courageuse face à l'adversité, vigilante quant aux motivations des autres, forte face aux petites punitions de Dieu. Les taquineries de Charlotte et Matilda, comme ma rigueur, étaient destinées à forger son caractère, de la même façon que le feu agit sur le fer. Ce n'était peut-être pas dans la nature d'Ella d'apprendre ces choses-là, et une discipline stricte n'était peut-être pas le bon moyen de les lui enseigner, mais nous n'étions pas mal-intentionnées. Avec l'âge, je dois reconnaître que tous les caractères ne sont pas de fer. Celui d'Ella est d'une matière plus raffinée et plus fragile, comme la rosée du matin ou l'éclat du soleil sur l'eau.

Ella nous rend visite chaque saison et se délecte du calme paisible de l'abbaye. Elle vient en général avec quelques-uns de ses enfants. Elle a cinq petits princes et princesses à présent, deux garçons et trois filles. Les jumelles ont été baptisées Charlotte et Matilda, mais la petite Charlotte est morte au berceau, si bien que mes filles se partagent à présent le rôle de marraine de Millie. C'est une enfant douce, un vrai rayon de soleil. Bien qu'elle ait pris les yeux bruns et les cheveux noirs de son père, son visage est aussi pâle que celui d'Ella. Cela m'attriste de savoir que Charlotte et Matilda ne connaîtront jamais la joie d'être mère, mais elles aiment profondément leurs nièces et neveux, et elles sont heureuses de l'inhabituelle liberté qui leur a été accordée.

Ella rend respectueusement visite à mère Elfida, qui n'est désormais abbesse que de nom. Elle est frêle, et sa vue défaillante. La prieure gère la majorité des affaires courantes de l'abbaye, et Ella s'assure que nous sommes bien traitées.

Les années filent ; du demi-siècle que j'ai vécu, la dernière décennie est celle qui a passé le plus vite. Chaque printemps, je m'assieds dans le jardin de roses, où je regarde les reflets du bassin à poissons danser sur la tonnelle. Lorsque j'entends le crissement de pas sur le gravier, je m'attends à voir apparaître Fernan, sa sacoche jetée sur l'épaule, arborant son sourire éclatant. Au lieu de cela, c'est ma fille que je vois approcher. Elle prend place à mes côtés sur le banc et me caresse le dos de la main, lissant les veines bleues qui serpentent désormais sous ma peau tachetée. J'embrasse sa joue. Peut-être ne le méritons-nous pas, mais nous vivons heureuses à présent.

Remerciements

Il y a quelques années de cela, j'ai eu un entretien d'embauche avec un professeur de médecine, imposant et respecté. Je lui ai expliqué, pleine d'enthousiasme, être profondément convaincue que toute recherche scientifique devait être considérée comme un travail d'équipe, et que le mythe du génie solitaire nuisait au progrès. Je croyais que ce monsieur serait d'accord avec ce qui me semblait aller de soi, mais l'idée l'a horrifié. « Mais enfin, c'est comme prétendre qu'un grand roman peut être écrit par plus d'un auteur ! » À l'époque, je n'ai pas su quoi lui rétorquer, mais après toutes ces années, je tiens enfin ma réponse : les romans ne pourraient pas exister non plus sans le travail de toute une équipe.

Je dois énormément aux personnes qui ont contribué à ce livre. Je remercie sincèrement ceux et celles qui ont lu les premières versions et m'ont fait part de leurs critiques et conseils avisés, dont Jennifer Bird, Liese Schwarz, Lynn Stegner, Masie Cochran, et la fine équipe de InkWell Management. Merci aussi aux médecins membres de Pegasus 4, mon groupe d'écriture, pour la perspicacité de leurs commentaires et leurs encouragements.

Je suis plus que ravie de pouvoir travailler avec Jennifer Brehl et ses collègues de William Morrow, membres du panthéon éditorial qui a donné vie à certaines de mes histoires préférées. C'est un rêve devenu réalité.

Michael Carlisle, mon agent, est le vrai prince charmant de cette histoire. Il était déterminé à sortir Agnès de l'ombre et je lui serai éternellement reconnaissante pour sa confiance et son enthousiasme indéfectibles envers cette œuvre. Il s'avère que c'est aussi un homme qui a tout d'un prince, et des plus charmants. *Un grand merci aussi à*[1] Alexis Hurley pour avoir fait connaître ce livre au-delà des frontières nord-américaines.

Du fond du cœur, je remercie ma famille et mes amis pour leur amour, leur inspiration et leur soutien. Mention spéciale à ma fille Claire, qui a été une défenseuse acharnée de mes aspirations d'écrivaine ; à mon père, dont les talents innés de conteur m'ont guidée ; et à mon merveilleux mari, sans qui ce livre n'existerait pas.

1. En français dans le texte.